이쿠사가미
전쟁의 신 2 |地지|

IKUSAGAMI [CHI]

ⓒ Shogo IMAMURA 2023
All rights reserved.
Original Japanese edition published by KODANSHA LTD.
Korean translation rights arranged with KODANSHA LTD.
through COMPANY B. A

이쿠사가미

전쟁의 신

이마무라 쇼코 지음
이형진 옮김
이시다 스이 일러스트

2 |地 지|

하빌리스

목차

제1장　붓쇼지 야스케 / 9

제2장　센닌즈카(戰人塚) / 33

제3장　구라마에서부터의 세월 / 85

제4장　우체부 / 137

제5장　천명(天明) / 203

제6장　파란 눈의 기사 / 247

제7장　국전(局戰) / 313

제8장　하마마쓰 공방전 / 365

제9장　기오이자카(紀尾井坂)로 / 397

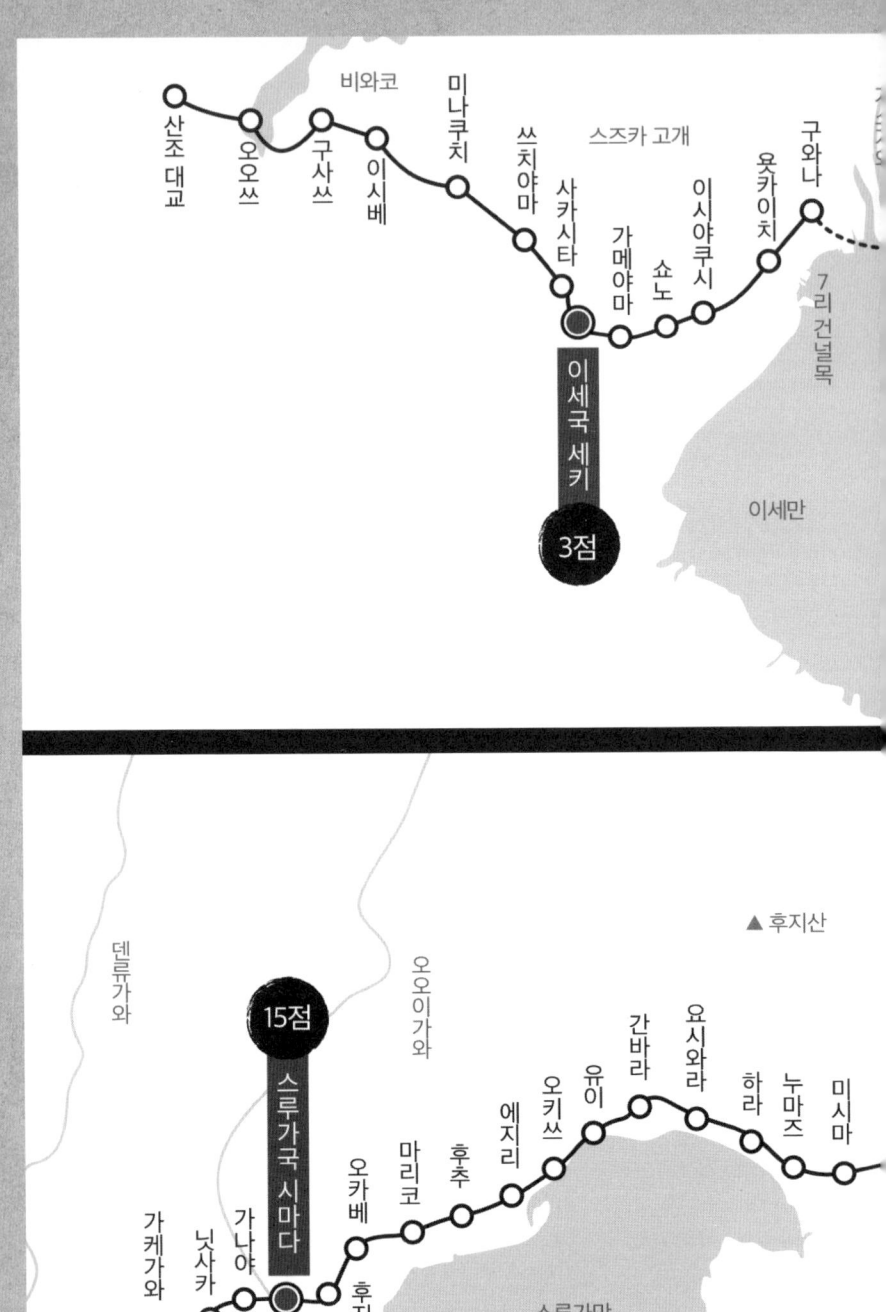

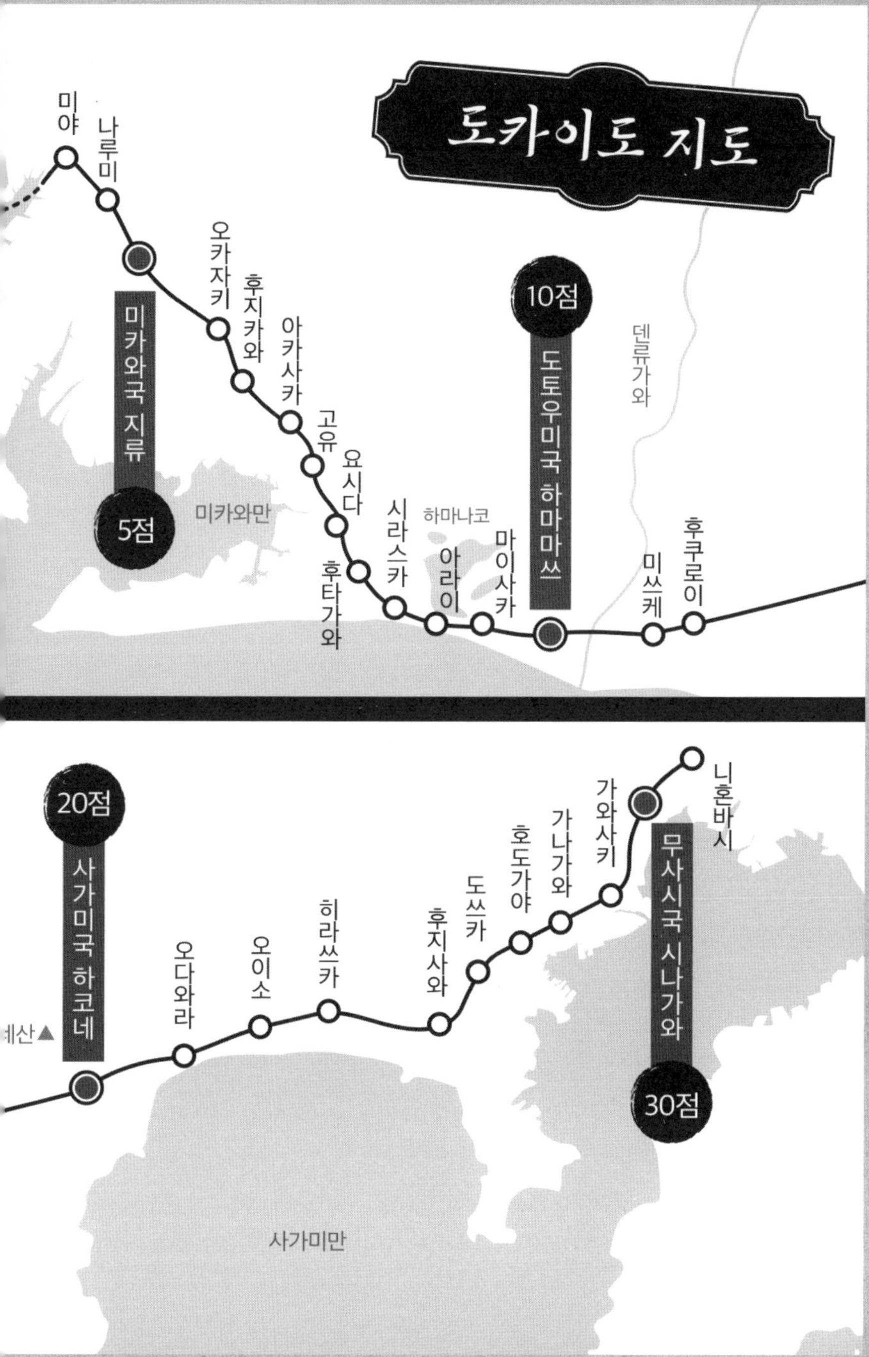
도카이도 지도
미야
나루미
미카와국 지류
5점
미카와만
오카자키
후지카와
아카사카
고유
요시다
시라스카
후타가와
하마나코
아라이
마이사카
10점
도토우미국 하마마쓰
덴류가와
미쓰케
후쿠로이
20점
사가미국 하코네
계산▲
오다와라
오이소
히라쓰카
후지사와
도쓰카
호도가야
가나가와
가와사키
니혼바시
무사시국 시나가와
30점
사가미만

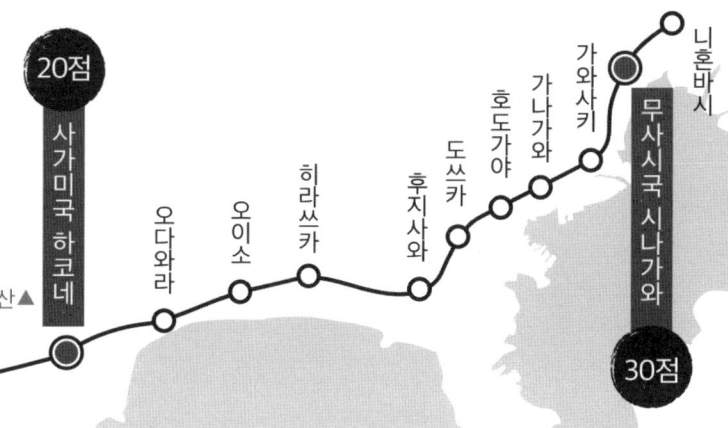

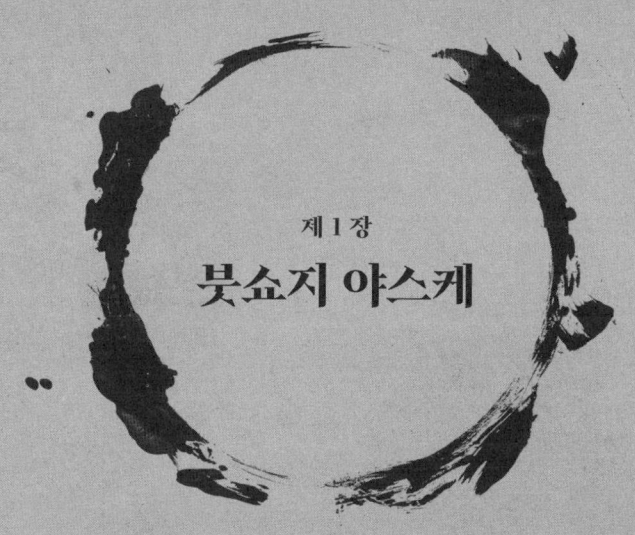

제 1 장
붓쇼지 야스케

*

도요지로는 격자 창문으로 도장 안을 엿보고 있었다.

남자들의 기합과 죽도의 소리와 메마른 소리가 울려 퍼진다. 안이 찜통 같은 상태라는 것은, 격자 창문 틈새로 뜨끈한 바람이 흘러나오는 것만 봐도 알 수 있다.

도장의 이름은 렌페이칸(練兵館)이라고 한다. 도장주인 사이토 야쿠로는 스무 살이 넘을 무렵에는 신토무넨(神道無念)류 오가타 도장 격검관의 사범 대리까지 올라갔고, 29세 때는 구단사카시타(현재의 지하철 구단시타 역의 소재지) 마나이타바시 근처의 이 장소에 렌페이칸을 열었다. 지금은 교신메이치류 시가쿠칸(士學館), 호쿠신잇토류 겐부칸(玄武館)과 나란히

— 에도(江戶. 도쿄의 옛 이름. 에도 막부의 본거지) 3대 도장.

이라고까지 불릴 정도로 융성함을 자랑한다.

도요지로는 엣추국(越中. 현재의 도야마현) 이미즈군 붓쇼지촌의 농가에서 태어났다. 차남이다. 한 뼘밖에 안 되는 전답밖에 없어, 기껏해야 장남이 생계를 꾸릴 만한 정도였고, 차남 이하는 토지를 나눠 받고 분가하는 것은 꿈 같은 일이었으며 변변한 생활을 할 수 없으리라는 것은 명백했다. 그래서 도요지로는 철이 들 무렵부터 자기 인생에 절망한 것이다.

그러나 도요지로는 절망을 극복하고 싶다고 생각했다. 장남을 거들

면서 근근이 먹고 사는 처지에서 탈출할 길을 모색한 것이다.

제일 먼저 생각한 것은, 아들이 없는 농가의 데릴사위가 되는 것이다. 그러나 이것도 성장하면서 차츰,

—무리겠지.

라고, 어렴풋이 깨닫게 되어버렸다.

나는 상당히 용모가 볼품없는 모양이다.

길을 가다 마주치는 마을 여자들이 고개를 돌려 외면하는 경우도 종종 있었고, 그중에는 소곤소곤 귓속말을 나누며 웃는 자도 있었다. 게다가 키도 작고, 먹는 게 변변치 않아서인지 몸도 말랐다. 그런 것들이 더욱 빈상에 박차를 가하는 것이겠지.

용모가 못났다고 해서 데릴사위 자리가 없는 것은 아니다. 그러나 도요지로의 경우는 도를 넘어섰다. 어쩌면 사람들에게 비웃음을 당하는 동안에 마음속에 응어리가 쌓여, 온몸에서 어두운 분위기를 발산하게 되어 그로 인해 더욱 음산하게 여겨지는 건지도 모른다.

도요지로는 물이 담긴 대야를 자주 들여다본다. 남들보다도 약간 광대뼈가 튀어나오고, 눈가도 퀭하게 들어간 것 같다. 마을의 절간에 있는 두루마리 그림 속의 아귀와 닮았다고 하는데, 그러고 보니 닮긴 했다.

"어이."

도요지로는 수면에 비친 자기 얼굴을 주먹으로 쳤다. 물에 파문이 떠올라, 자기가 일그러진다. 자기를 비웃는 여자들에 대한 증오인지,

이렇게 하면 조금은 나아 보일 거로 생각한 건지, 혹은 평범한 용모조차 갖지 못한 자기에 대한 짜증인지. 도요지로 본인조차 알 수 없었다.

도요지로에게 전환의 기회가 찾아온 것은 14세의 어느 봄날이었다. 마을에 사이토 야쿠로라는 사람이 와서, 에도로 나가 일할 자가 없는지 찾고 있다는 것이었다.

도요지로도 그 이름을 들은 적이 있었다. 사이토 야쿠로는 이 붓쇼지촌 출신이었던 것이다. 야쿠로 또한 도요지로와 마찬가지로 농민 신분이었는데도, 무슨 마음이었는지 검술을 배우기 위해 에도로 갔다고 한다. 마을 사람들한테는 상당한 기인이라 불렸던 모양이다.

그러나 야쿠로는 에도에서 두각을 나타내, 자기 도장인 렌페이칸을 열었고 입문자가 계속 들어와 엄청나게 번성했다고 한다. 그 소문은 야쿠로의 친척을 통해 멀리 이 붓쇼지촌에까지 전해진 것이었다.

야쿠로는 렌페이칸의 잡일을 맡아줄 사람을 찾고 있다고 한다. 잡용계 같은 건 에도에서도 얼마든지 구할 수 있을 것이다. 굳이 고향에 와서 찾는 의미는 무엇일까? 도요지로는 고개를 갸웃거렸으나 마을 사람들은 그런 생각까지는 하지 못한 모양이다. 과거 우습게 보던 사실도 잊고, 손바닥 뒤집듯 태도를 바꿔 야쿠로를 추어올렸다. 에도로 나가고 싶다는 일념인지, 아니면 마을의 출세자인 야쿠로를 따라가면 꿀을 빨 수 있다고 생각한 건지, 잡용계에 지원하는 자는 끊이지 않을 정도로 많았다.

- 나도 마을을 나가고 싶어.

도요지로 또한 그 일념으로 지원했으나, 솔직히 기대는 하지 않았다. 야쿠로가 모집하는 잡용계는 한 명. 그런데 놀랍게도 25명이나 지원자가 쏟아진 것이다. 야쿠로가 생각하기에도, 기왕 에도로 데려갈 거면, 눈썰미도 좋고 외모도 괜찮은 자가 좋을 테니까.

그러나 야쿠로는 모인 사람들을 차례로 보더니, 도요지로 앞에서 발을 멈추고,

"흠. 자네가 좋겠군."

이라고 말한 것이다. 모두가 매우 놀랐지만, 가장 놀란 것은 도요지로 본인이었다.

"진정…?"

"그렇다."

아직 제대로 믿지 못하는 도요지로를 향해 야쿠로는 빙긋 웃었다.

이렇게 해서 도요지로는 에도로 나가 렌페이칸의 잡일을 하게 되었다. 에도에서의 생활은, 과장없이 말해도, 최고였다. 세탁, 청소, 목욕물 끓이기 등 바쁘기는 했지만, 논밭을 경작하는 것과 별로 다르지 않았다. 흰쌀밥을 먹을 수 있고, 솜이 많이 들어간 이불에서 잘 수 있고, 다들 씻고 난 뒤에라도 괜찮다면 목욕도 할 수 있다. 그러면서 급료가 나오고, 휴식 시간도 있어서, 화려한 에도 거리로 놀러 다닐 수도 있는 것이다. 도요지로에게는 마치 꿈 같은 생활이었다.

"어째서 저를 선택해주신 겁니까…?"

석 달 정도 지나, 도요지로는 큰마음 먹고 야쿠로에게 물어봤다.

"옛날의 나를 보는 것 같아서."

야쿠로는 진지하게 말했다. 도요지로를 마을 사람들이 어떻게 생각하는지, 야쿠로는 어렴풋이나마 알아버렸던 모양이다. 야쿠로도 옛날에는 에도로 나가 남들 못지 않은 검객이 되고 싶다고 말하고 다녔기 때문에, 모두가 냉소적인 눈길로 봤다고 한다. 그때의 자기와 겹쳐 보여서, 기왕이면 가장 불우한 자를 데려가고 싶다고 생각했다고 한다.

"게다가… 자네는 뭔가 있을 것 같다고 생각했다."

야쿠로가 그렇게 덧붙여서, 도요지로는 의아한 듯이 눈썹을 모았다.

"뭔가… 란 건 무엇인지요?"

"아니, 그건 기분 탓이었는지도 몰라. 아무튼, 열심히 해다오."

야쿠로는 그렇게 얼버무렸으나, 충분히 만족한 생활을 하는 도요지로는 크게 신경 쓰지 않았다. 그렇게 2년이란 세월이 흐르고, 도요지로는 16세가 되었다.

때때로 도요지로는 잡일을 하는 틈틈이 도장을 엿봤다. 처음에는 은인인 야쿠로가 시작한 검술이란 것이 어떤 것인지 흥미가 일었다. 잡일에 익숙해져 시간에 여유가 생긴 탓도 있지만, 도요지로에게는 마음에 걸리는 일도 있었기 때문이다.

–저것은 뭐지?

검술 연습에 매진하는 남자들 뒤로 뭔가가 피어오르는 것 같은 느낌이 드는 것이다. 실제로 보인다기보다, 뭔가를 느꼈다고 하는 것이 적당할 것이다. 그 '뭔가'의 크기는 사람마다 다 다르다. 가늘고 맥없는 자도 있고, 콸콸 솟구치는 것처럼 보이는 자도 있다. 그중에서도 야쿠로의 것은, 다른 자보다도 압도적으로 크고 날카롭고 힘차게 보였다.

"곤도 님의 승리인가…?"

라고, 그날도 도장을 엿보던 도요지로는 중얼거렸다.

등 뒤에서 피어오르는 그것의 크기, 날카롭고 둔한 정도, 강약에 따라 승패가 정해진다는 것을 도요지로는 어느 순간 깨달았던 것이다.

"어째서 그렇게 생각하지?"

뒤에서 누군가의 목소리가 들려, 도요지로는 놀라 뒤를 돌아봤다. 거기에는 너그러운 할아버지 같은 노인이 서 있었다.

"은거 선생님…."

이름은 오카다 도시사다라고 하고 야쿠로의 스승이며, 사람들한테 은거 선생이라고 불린다. 때때로 도장을 보러 오기 때문에 도요지로도 알고 있었다.

"자네, 분명히 도요…."

"도요지로입니다."

깊숙이 고개를 숙이고 도장을 엿본 것을 사죄하려고 했으나, 도시사다는 말을 가로막는 것처럼 물었다.

"방금, 곤도가 이긴다고 중얼거렸지?"
"그건… 죄송, 송구함…."
"괜찮네. 어째서 그렇게 생각했는지 가르쳐주게."
도시사다의 재촉에, 도요지로는 조심조심 그 이유를 이야기했다. 그러는 사이에 도요지로의 예측대로 곤도가 상대방에게서 한판을 빼앗았다.
"흠. 그럼, 다음은 어찌 생각하지?"
"다다 님이… 강할 거라고."
"상대는 쓰야마인데?"
도시사다는 눈썹을 올리며 물었다. 쓰야마라는 제자는 상당히 강했고, 언젠가는 사범 대리가 될 거라고 모두가 이야기하는 남자다. 반면에 다다는 요즘 발전이 정체기라서 고민하는 모양이었고, 도장에서는 중하 정도의 실력이었다.
"오늘은 다다 님이 이길 거라고 생각합니다. 은거 선생님, 제 헛소리 같은 건…."
"나도 그리 생각하네."
"네…?"
도요지로가 작게 놀란 소리를 낸 다음 순간, 메마른 소리가 격자 창문 사이에서 날아왔다. 도장 안을 보니, 다다가 쓰야마의 동체를 근사하게 타격한 참이었다.
"자네, 검을 해보고 싶지는 않은가?"

"저, 제가….."

평생 검 같은 건 쥐어보지 못하고 살아갈 것으로 생각했었기 때문에, 도요지로는 어떻게 대답해야 할지 몰라 굳어버렸다.

"어떤가?"

"해보고… 싶습니다."

"좋아, 야쿠로에게 말해주지."

도시사다는 도요지로의 어깨를 톡 두드리더니, 도장 안으로 사라졌다.

그 말대로, 야쿠로는 도요지로에게 검을 배울 수 있도록 허가했고, 그날 중으로 도장으로 나가게 되었다. 처음으로 호구를 입고, 처음으로 죽도를 잡았다. 너무나도 어설펐기 때문인지 비웃음을 띠는 젊은 제자도 있었다. 도요지로의 뇌리에 스친 것은 자기를 얕보던 마을 사람들의 얼굴이었다.

"겨뤄봐라."

호구를 다 갖춰 입자, 야쿠로는 그렇게 말했다.

"가, 갑자기….."

"은거 선생님이 그리 하라 하셨다."

도시사다 또한 도장에 앉아서 보고 있었다. 힐끔 쳐다보니, 도시사다도 천천히 고개를 끄덕였다.

상대는 그 다다였다. 지금까지는 정체기였으나, 그 벽을 넘고 비약적으로 강해졌기 때문에 쓰야마에게도 이긴 모양이다. 모양이다, 라고 말한 것은 그렇게 들었기 때문이고, 도요지로는 그저 느낀 대로 예상했었다.

　―잔인하네.

　라고 생각한다. 아무것도 배우지 못했다. 연습에 매진하던 제자들 모습을 떠올리고, 도요지로는 죽도를 꽉 잡았다.

　"흠…."

　야쿠로는 헛기침을 하고 도시사다 쪽을 본다. 도시사다는 또다시 고개를 끄덕였다.

　"시작!"

　신호와 동시에 다다가 자세를 잡는다. 분명히 정안세라는 명칭이었을 것이다. 도요지로 또한 봤던 것을 얼추 흉내 내어 정안세로 겨눴다. 다다의 등 뒤로 예의 그것이 피어오르는 것이 보였다. 야쿠로에는 한참 못 미치지만 크고, 그리고 힘차다. 그러나, 도요지로는 신기하게도 두렵지 않았다. 정면에서 보면,

　―이 정도였나?

　라고 생각해 버릴 정도다.

　도요지로는 움직이지 않는다. 아니, 어떻게 움직여야 좋을지 잘 모르겠다. 다다는 여흥에 맞춰주려고 생각한 것이겠지. 냉큼 끝내버리자 라고, 곧바로 죽도를 내질렀다.

　도요지로는 흠칫했다. 다다가 몇 명으로 나뉜 것처럼 보인 것이다. 단, 그 대부분이 아지랑이처럼 흔들렸다.

-과연 그렇군.

흔들리지 않는 것은 하나뿐. 그것이 진짜 다다인 모양이며, 다른 것들은 아무래도 앞으로 움직일 궤적이라고 본능이 알려주었다. 한순간이라는 걸 알고 있다. 그러나 도요지로에게는 그것이 10을 셀 정도로 긴 시각처럼 느껴졌다.

기분 좋은 소리가 도장 안을 날아다닌다. 퍼뜩 놀라 정신을 차린 순간, 도요지로는 몸을 뻗어 피하고 다다의 정수리를 힘차게 치고 있었다.

다다는 망연자실했다. 모두가 경악했다. 야쿠로와, 그를 추천한 도시사다조차도 눈을 크게 뜨고 놀란 것 같았다. 무엇보다 도요지로 본인이 가장 놀랐다.

"좋아….'

도요지로는 자기도 모르게 중얼거렸다. 일찍이 느낀 적 없을 정도의 희열이 가슴속에서 북받쳐 올라온 것이다. 야쿠로가 천천히 다가온다.

"도요지로."

"네."

"내일부터 정식으로 입문한다. 수행에 매진하거라."

"일은…?"

"다른 자에게 맡기겠다. 검에 전념해라."

"감사합니다."

도요지로는 아직 믿을 수 없어, 목소리가 뒤집히고 말았다.
"뭔가 성을 만들어라."
야쿠로는 농민이라고 해서 검을 잡아서는 안 된다고는 생각하지 않는다. 그저 그가 농민 출신이라고 얕보이지 않게 하기 위한 배려가 아닐까?
"배움이 없는지라…."
"마을 이름을 따서 붓쇼지로 하면 어떤가? 붓쇼지 도요지로…. 좀 긴 것 같군. 이참에 이름도 바꾸면 어떤가?"
야쿠로는 잠시 생각한 뒤, 두세 번 고개를 끄덕이더니 말을 이었다.
"내 이름에서 한 글자 따서 야스케는 어떠냐?"
"감사합니다."
"붓쇼지 야스케. 좋지 않은가."
야쿠로는 자신감 넘치게 웃더니, 도시사다에게 가서 뭔가 이야기했다. 모두가 자기를 보는 눈이 달라진 것을 깨닫고, 도요지로, 아니, 야스케는 살짝 몸을 떨었다.
이렇게 해서 붓쇼지 야스케는 렌페이칸에서 수행에 매진하게 되었다. 며칠 만에 숙련자들을 차례로 격파하고, 반년도 채 지나지 않아 사범 대리까지 맡을 정도가 되었다.
검을 쥔 지 1년 반 정도 지났을 무렵, 조슈번사인 우노 긴타로라는 자가 대련을 하러 나타나, 렌페이칸에서도 세 손가락에 든다고 하며, 훗날 오무라번의 검술 지도자가 된 야쿠로의 삼남인 사이토 간노스케를 쓰러뜨렸다.

이대로는 렌페이칸의 체면이 구겨진다. 그러나 야쿠로는 초조한 기색은 조금도 보이지 않고, 야스케에게 상대하라고 명했다.

세 판 승부. 야스케는 세 판 모두 우노를 이기고, 마지막 대련에서는 목을 찔러 실신시킬 정도로 압승했다. 이쯤 되면, 야스케의 실력은 스승인 야쿠로와 동등하거나 혹은 그 이상이 아닐까? 라고, 수군대는 자도 있었다. 붓쇼지 야스케, 17세 때의 일이다.

슈지로는 가도를 달려갔다.

오우미에서 이세까지의 길과 달리 경사는 완만했다. 이미 북새통에서는 멀어졌고, 이 근처를 걸어 다니는 사람들은 미야 역참(국가가 설치한 교통·통신 시설. 공문서 전달, 운송, 숙박 등을 담당한 공공 기관으로 주변에 역참 마을이 형성되었다)에서 벌어진 흉행을 모르기에 당황하는 모습은 없다. 오히려 질주하는 그를 보고 놀란 듯, 서쪽으로 향하던 자가 돌아보았다.

- 우쿄.

슈지로는 감사의 마음을 담아 읊조렸다.

자기가 방심한 탓에 후타바가 납치당했다. 쫓아가고 있을 때 갑자기 덤벼든 것은 악명 높은 간지야 부코쓰다. 어떻게든 떨궈버리고 가려고 했더니, 부코쓰는 이번에는 전혀 관계없는 자들을 죽이기 시작했다. 그것만큼은 슈지로도 못 본 척할 수 없어 칼을 섞으려고 했을 때 기쿠오미 우쿄가 끼어들어 부코쓰를 맡아준 것이다.

우쿄가 도와준 것은 이번이 처음이 아니다. 쇼노 역참 뒤의 산길에서 후타바가 위험에 처했을 때도 구해줬으니 이것으로 두 번째다. 고독에 참가한 대부분이 자기만 생각하는 와중에, 명백하게 이질적인 남자다.

처음에는 신용을 얻고, 나중에 뭔가에 이용하려는 꿍꿍이가 아닐까? 라고 의심했었다. 그러나, 두 번째. 게다가 상대가 부코쓰인 시점에서 아무리 생각해도 이득보다 손해가 크다. 우쿄는 올바르고 싶다고 말했는데, 그것은 진심. 그럴 수밖에 없는 과거를 짊어진 것이리라.

─그 남자는 강해.

상당한 실력자다. 그러나 부코쓰 또한 상당한 실력. 실력이 비슷해도, 아주 사소한 일로 승패는 순식간에 정해진다. 검이란 그런 것이다.

그것은 우쿄도 익히 알고 있을 테니 결코 무리는 하지 않겠지. 그렇게 큰 소동이었다. 얼마 안 있어 경찰도 출동할 터. 그러면 제아무리 부코쓰라도 퇴각할 것이 틀림없다. 우쿄도 경찰에게 체포당하지만 않으면, 정식으로 감사 인사를 하고 은혜를 갚겠다고 슈지로는 마음속으로 결심했다.

"젠장."

완만한 경사길을 다 꺾어졌을 때, 자기도 모르게 목소리가 흘러나왔다.

미야 역참보다 1리(里, 일본에서 1리는 약 4킬로미터) 반 앞, 나루미 역참이 멀리 보였다. 그러나, 그 사이의 길에 산스케 같은 자는 보이지 않았기 때문이다.

자기 쪽이 산스케보다 발이 빠르다고는 해도, 부코쓰에게 빼앗긴 시간은 치명적이었다. 좀처럼 차이가 좁혀지지 않고, 어쩌면 눈에서 보이지 않게 된 동안에 산스케가 어딘가에 몸을 숨겼을 가능성도 있다. 이렇게 되어버리면 일단 차분하게 마음을 가라앉히고 생각하는 게 좋을 것 같아 슈지로는 발걸음을 늦췄다.

- 역참에 있을 가능성도 있어.

사람을 숨기려면 사람들 속이 좋다는 생각이다.

도카이도 최대의 역참인 미야 역참에 비하면, 나루미 역참은 뒤떨어져 보인다고 할 수밖에 없다. 그렇기는 해도, 거리가 약 15정, 본진 1, 부본진 2, 여관 68이라는 규모는, 도카이도 중에서도 큰 편에 속한다. 나루미 역참은 역참 동서로 상시 등이 있는 것으로 알려졌지만, 슈지로가 역참에 발을 들였을 때는, 당연히 아직 불은 켜지지 않았다.

나루미 역참에는 나루미 성터가 있다. 그 유명한 오케하자마 전투 때, 이마가와 요시모토 산하의 무장인 오카베 모토노부가 싸웠던 성이다. 즉, 전장이었던 장소도 여기서부터 가깝다.

"한나절은 걸려."

드문드문 사람들이 오가는 가운데, 슈지로는 걸어가면서 짜증스럽게 말을 내뱉었다. 나루미 역참에는 갖가지 물건들을 파는 가게와 여관뿐만이 아니라, 많은 사찰과 신사가 줄지어 있다. 그 전부를 혼자서 둘러보려면, 아무래도 나름대로 시간을 소요하게 된다.

게다가 상대는 교하치류의, 귀에 특화된 비술인 '녹존'을 터득한 산스케다. 보통 사람은 생각할 수 없을 정도로 멀리 떨어진 곳의 소리를 듣고, 자기 발소리도 지울 수 있다. 슈지로의 접근을 알아차리고 급히 그 자리를 떴다면 절대로 잡을 수 없다.

— 뭐가 목적이야?

상인이 힘차게 소리치는 것을 들으며 슈지로는 생각했다.

산스케와 후타바에게 접점은 없을 것이다. 즉, 후타바를 납치하는 일 그 자체가 목적이라고는 생각할 수 없다. 역시 슈지로를 노리는 것이다.

— 후타바를 인질로 삼아 나를 죽일 생각인가?

단, 미야 역참에서는 사람들 눈이 너무 많았다. 그래서 일단 납치해서 도망쳤고, 어딘가에서 대치할 생각은 아닐까? 만약 그렇다면 그 어딘가를 나에게 알릴 필요가 있지 않을까?

거기까지 생각했을 때, 슈지로는 퍼뜩 깨달았다. 후타바를 둘러업고 떠날 때, 산스케는 뒤도 돌아보지 않고 왼손을 하늘을 향해 들었다. 승리에 취한 동작인가 했으나 그런 쓸데없는 짓을 하는 남자가 아니라는 것을, 함께 자란 의형제이기 때문에 알고 있다.

그러면, 그것은 뭔가를 표현한 것인가? 슈지로는 혹시나 해서 찢겨 나간 왼쪽 옷소매를 살폈다. 예상대로 거기에는 작게 접은 종이가 들어 있었다. 후타바를 데리고 갈 때 산스케가 몰래 넣어놓은 것이겠지. 슈지로는 서둘러 종이를 펼쳤다.

"이것은….."

손바닥 하나 크기의 종이에 글자가 적혀 있다. 거기에는 의형을 그리워하는 말은 고사하고, 원망하는 글귀 하나도 적혀 있지 않았다. 단 한 마디,

－10일 오전 2시, 센닌즈카(戰人塚).

라고 적혀 있다.

"센닌즈카…."

지명일 테지만 들어본 적이 없다. 미야 사람이라면 알지도 모른다고 생각하고, 여인숙 앞에서 호객하는 중년 여성에게 말을 걸어봤다. 슈지로가 묻자 여자는,

"네, 알고말고요."

라고 어이없을 정도로 즉각 대답했다.

"어디입니까?"

"아노이치리즈카 바로 앞, 여기서부터 1리 정도 가서 북쪽으로 가면 나와요."

거기에 잡목림에 둘러싸인 작은 언덕이 보이고, 센닌즈카는 그 꼭

대기에 있다고 한다. 무덤 위에 있는 돌기둥 동쪽에 '에이로쿠(永綠) 3년 경신 5월 19일'이라고, 서쪽에 '나무아미타불'이라고, 그리고 남쪽에는 '센닌즈카'라고 새겨져 있다. 소겐지(曹源寺) 2대째 주지인 가이오 류키가 오케하자마 전투의 전사자를 공양한 무덤이라고 알려진 모양이다.

"거기에 그것 말고 또 뭔가 있습니까?"

"아니요. 무덤밖에는 딱히 아무것도. 단, 오다 노부나가 공이 기습했었다는 덴가쿠가쿠보는 내려다볼 수 있는데…."

"아니, 그럼 됐습니다. 시간을 빼앗아 죄송합니다."

"저것 때문에 가려는 거라면 관두시는 게 좋아요."

여자는 걱정스럽게 말했다.

"저것이라니요?"

슈지로가 미간에 주름을 잡아, 여자는 고개를 갸웃거렸다.

"아닌가? 나는 또 그 벽보를 봤나 해서…."

"벽보란 게 뭡니까?"

슈지로의 얼굴이 가까이 다가가자, 여자는 약간 겁먹은 듯 뒷걸음질 쳤다.

"저, 저거."

여자가 가리킨 것은, 길 비스듬히 맞은편. 커다란 입간판 같은 것이었다.

"아리마쓰 역참으로 착각하는 나그네들이 많으니까."

아리마쓰 역참이란 나루미 역참과 지류 역참 사이에 있는 '중간 역참'이다. 이 아리마쓰 역참은 그런대로 큰 역참이었으나, 도카이도 53경에는 들어가지 않는다. 다음 역참에서, 세 개 뒤의 역참에서, 라고 나그네들끼리 만날 약속을 하면, 착각해서 어긋나버리는 일이 종종 있었다.

따라서 나루미, 아리마쓰, 지류, 이 세 역참에서는, 언제부터인가 역참 사람들이 이렇게 큰 간판을 세워놓게 되었다. 여기에 이름을 적은 목간(木簡. 종이가 없던 시대, 문서를 기록하기 위해 일정한 모양으로 깎아 만든 나무 조각)을 걸어놓으면, 그날부터 22일 동안은 그대로 보존해 둔다. 그 덕분에 나그네들끼리 서로 엇갈리는 일은 현저하게 줄었다고 한다.

이것은 비단 친절한 마음에서 하는 것만은 아니다. 역참에서는 그 목간을 한 개에 32문에 판매한다. 유신 후에 종이를 싼값에 구할 수 있게 되기도 해서, 목간에서 더 많은 정보를 기재할 수 있는 종이로 옮겨갔으나, 이 큰 간판은 지금도 그 당시 그대로 남아 있다는 것이다.

슈지로는 큰 간판 앞에 섰다. 여자도 오지랖이 넓은 모양으로, 호객 행위를 중단하고 같이 가줬다.

"이거예요. 다들 기분 나빠했어."

"이것은….."

세로 1척(尺. 1척은 약 30센티미터), 가로 2척 정도의 종이가 붙어 있다. 거기에는 먹으로,

-5월 10일, 오전 2시. 센닌즈카에서, 교토의 팔두룡을 기다린다. 녹존으로부터.

라고 적혀 있었다.

5월 10일, 내일 새벽이다. 교토의 팔두룡이란 명백하게 '교하치류'를 가리킨다. 녹존이란 그 비술을 보유한 산스케를 말하는 것. 즉, 이것은 바꿔 말하자면,

-내일 새벽, 형제들을 센닌즈카에서 기다리겠다. 산스케로부터.

라는 뜻이 되는 것이다.

슈지로는 미간에 주름을 잡았다.

"어떻게 된 거지?"

산스케는 자기를 노리고 후타바를 납치한 것이라고 생각했다. 그러나 아무래도 자기뿐만이 아니라, 다른 형제들이 참가한 것도 알고 있었고, 그들 모두를 모으려고 하는 것 같다. 그 이유로 제일 먼저 생각할 수 있는 것은 모두 함께 슈지로를 치겠다는 것일까? 그렇다면 후타바 건만 아니라면 그가 센닌즈카로 가는 일은 없을 테니 이런 수단을 쓴 것도 이해가 간다.

그러나, 의아한 점도 몇 가지 있다. 먼저 첫 번째는 이 방법은 지나치게 눈에 띈다는 것. 슈지로는 그렇다 쳐도, 그밖에 고독에 참가한 시쿠라, 진로쿠, 이로하가 결탁하면 산스케가 위험에 처하는 사태도 생길 수 있다. 형제들중에서 미움받고 있는 것은 슈지로뿐이고, 다른 형제들끼리는 오히려 서로 협력할 수 있다고 믿는 것인가?

두 번째는, 첫 번째 이유와는 정반대. 간판을 보지 못하고 나루미 역참을 단숨에 돌파하면 어떻게 되나? 벽보를 붙인 시점에서 이미 지나쳤다거나, 혹은 제일 뒤쪽에 있어서 오늘 밤까지 올 수 없다거나 할 수도 있겠지.

더욱이 세 번째는, 이 벽보에 다른 고독 참가자가 유인될 가능성이 있다는 것. 이 기이한 '유희' 한복판, 반드시 지나가게 되는 나루미 역참에, 이 또한 기이한 벽보가 있다. 교하치류에 대해서는 몰라도, 누군가 참가자가 붙인 것 아닐까? 라고 생각하고, 목패를 얻으려고 센닌즈카로 갈지도 모른다. 게다가 함정이라고 의심할 만한 이 벽보. 그런데도 가는 자는, 함정이라고는 생각지 못하는 바보, 어떻게든 될 거로 생각하는 교만한 자, 모인 자를 몰살시킬 수 있을 정도로 실력에 자신 있는 자밖에 없다.

즉, 이 수법은 형제들을 소집하는 방법으로서는 너무나 엉성하고, 더욱이 위험천만이다. 여기서부터 도출되는 결론은 하나.

– 산스케는 상당히 조바심을 내고 있다.

라는 것이다. 누군가 빠질 수도 있다는 것은 잘 알지만, 그래도 알아차린 자만이라도 모아야만 할 정도로 절박한 것이 아닐까?

"이 벽보는 언제부터?"

"3일 전 아침부터였지."

좀처럼 볼 수 없는 기이한 내용이었기 때문에 역참 사람들 사이에서도 화제가 되어, 여자는 또렷하게 기억했다. 벽보를 부탁한 것은 나그네였고, 다른 사람에게 부탁받았다고 했다. 수상하긴 했으나, 현시점에서 뭔가 법을 위반한 것도 아니라서 그대로 계속 붙여놓기로 정했다고 한다.

"3일 전….."

산스케의 실력이라면, 잔챙이를 소리도 없이 해치우고 목패를 일찌감치 모으는 것은 어렵지 않을 것이다. 그러나 덴류지에서 고독이 시작된 것은 4일 전의 일. 상당히 일찍, 개시하자마자 선두로 뛰어나갈 생각이 아니었다면 있을 수 없는 일이다. 실제로 나루미에 도착한 것은 산스케가 첫 번째였던 것이 아닐까? 라는 생각까지 든다. 게다가 주목해야 할 점은,

-나루미 역참에 도착해놓고 다시 미야 역참으로 되돌아갔다.

라는 것이다. 도쿄까지 가야 하는 고독에서 역주행한 것이다. 너무 혼자 앞서갔기 때문에, 목패를 빼앗을 상대가 없어져 버렸을 가능성도 생각 못 할 것은 아니다. 그러나 그렇다면 굳이 되돌아갈 필요는 없고, 나루미 역참 부근에서 잠복하고 기다리면 된다. 먼저 지형을 알게 되었으니 이용할 수 있다거나, 그야말로 함정을 파거나, 그러는 편이 유리하게 진행할 수 있을 것이다. 어디까지나 추측이긴 하지만, 산스케는 형제 중에서 유일하게 벽보를 보고도 가지 않을 인물, 즉,

-나를 찾고 있었다.

라는 뜻이 아닐까? 그 전에 후타바를 데리고 있는 것을 봤거나, 혹은 돌아오는 도중에 발견해서 눈치챘거나, 어느 쪽이든 후타바를 인

질로 잡으면 슈지로도 올 것으로 생각했다.

형제들을 잡스러운 방식으로라도 서둘러 모으려고 하고, 더욱이 슈지로까지 불러내리려고 했다. 산스케가 조바심을 내는 이유는 뭘까? 생각할 수 있는 것은 두 가지.

한 가지는 아까 머리를 스친 것처럼 모두 함께 슈지로를 치려는 것. 단, 이 경우, 슈지로도 그리 쉽사리 당하지 않을 거라는 것을 모두가 알고 있고, 아직 남은 과정이 있다. 무엇보다 후타바를 납치할 때 슈지로의 배에 칼을 쑤셔 박았으면 끝났을 일이다. 살기를 드러냈다가 순식간에 몸을 피해 죽음은 면했을지 모르나, 상당한 타격을 줬을 것은 틀림없다. 그 정도로 산스케는 완벽하게 기척을 지웠다.

그렇다면, 나머지 한 가지 쪽. 교하치류 계승자에게 있어서 가장 어찌해볼 도리가 없는 그 남자와 관련된 일이 아닐까? 그런 거라면 '배신자'인 슈지로조차 포함시키고 싶다고 생각하는 것은 이해할 수 있다.

-가는 수밖에 없군.

거기까지 생각했을 때, 슈지로는 마음속으로 중얼거렸다. 어느 쪽이든 그에게는 그 길밖에 없다.

"만약을 위해 경찰에도 통보는 해뒀지만요."

여자는 벽보를 보면서 말했다. 그렇다면 경찰도 그리로 갈지도 모른다. 산스케도 그것은 감안했을 터. 역시 그만큼 절박한 것이다.

"여인숙에 들어가도 되나?"

"앗, 가는 건 포기하셨구나. 좀 싸게 해드릴게."

정성껏 이야기해 준 보람이 있었다고 생각했겠지. 여자는 표정이 활짝 밝아져서 자기네 여인숙으로 안내했다. 슈지로는 먼저 돈을 지불했다. 밤이 깊어질 무렵에 여인숙을 빠져나와 그곳으로 갈 생각이다. 동생이 기다리는 센닌즈카로.

— 남은 인원, 76명

제 2 장
센닌즈카(戰人塚)

1

한밤중, 슈지로는 여인숙을 나섰다. 목적지는 산이라기보다는 완만한 경사가 이어지는 언덕이다. 길고 짧은 들풀이 군생하는 벌판. 시늉만 낸 정도로 만들어진 오솔길이 벌판을 가로질러 뻗어 있다. 서쪽으로 가라앉아가는 상현달이 부드러운 바람에 흔들리는 초목을 흐릿하게 비춘다.

멀리 네모난 그림자가 보였다. 손님을 끌던 여자가 말했던 무덤이겠지. 슈지로는 걸음을 옮기면서 주위에 대한 경계를 소홀히 하지 않았다. 의동생 산스케의 녹존은 멀리 있는 작은 소리를 줍는다. 자기가 발하는 아주 작은 소리도 알아차려, 그것을 지워버리는 것으로도 이어진다. 교하치류의 비술 중에서 가장 암살에 특화된 기술이다. 그렇기는 해도, 자신이 건드린 물체의 소리를 지울 정도의 곡예는 가능할 턱이 없고, 키가 큰 풀도 있는 이 주변은 상성이 나쁠 터. 그것을 알고도 이리로 불러냈다는 점이, 이쪽의 방심을 유도하는 것으로도 해석된다. 사실 이렇게 머리를 굴리느라고 집중력을 소모하는 것이 산스케가 노리는 바일지도 —.

그런 생각을 해봤자 끝이 없다. 단 한 가지 분명한 것은, 교하치류를 구사하는 의동생들은 보통 달인과는 차원이 다르다는 것이다.

"산스케, 나다."

무덤 앞에 왔지만, 사람의 모습이 없어 슈지로는 불러봤다. 그러나 돌아오는 것은 바람이 우는 소리와 초목이 흔들리는 소리뿐. 약속시간보다는 약간 이를 터. 아직 도착하지 않은 건가? 혹은 어딘가에 숨어서 숨을 죽이고 있는 것인가?

슈지로는 주변을 한 바퀴 둘러보았다. 지금 올라온 것과 반대쪽, 무덤 건너편에는 숲이 펼쳐져 있다. 후타바를 탈환한 후에 그쪽으로 도망치는 것도 한 방법이겠지. 시선을 더 움직였을 때, 이상한 것이 시야에 포착되었다.

"후타바!"

큰 나무의 줄기에 고개를 숙인 후타바가 밧줄로 묶여 있었다. 그때까지 정신을 잃고 있었던 것인지, 후타바는 퍼뜩 고개를 들었다.

"슈지로 씨!"

"지금, 구해주-"

"이제야 알아차렸나. 꽤 녹슨 모양이네."

큰 나무 그늘에서 소리도 없이 모습을 드러낸 남자. 틀림없다. 기온 산스케다.

"가만히 있어."

산스케는 손을 칼처럼 후타바의 목에 댔다. 마음만 먹으면 당장 벨 수 있다. 혹은 목 졸라 죽일 수 있다고 말하는 것이다.

"산스케…, 놔줘."

"그건 안 돼. 움직이면 목숨은 없다고 생각해."

산스케는 바람 소리 틈새를 잇는 것처럼 대답했다.

"노리는 건 나잖아. 그렇다면 상대해 주마."

슈지로가 칼을 빼려고 했으나, 산스케는 움직이지 않는다. 눈으로 보고 있는데도 기척이 희미하다. 달빛이 만들어낸 그림자조차도 흐릿하게 번진 것 같은 착각이 든다. 이것이 녹존의 무서움이다.

"당신도 해치운다."

"도… 라고."

"그래. 고독에는 다른 형제들도 있다. 여기로 불렀다."

역시 그 간판에 종이를 붙인 것은 산스케가 틀림없다. 그리고 몇 명까지 파악했는지는 별개로, 고독에 교하치류 인간이 참가한 것도 알고 있다.

"시쿠라 말인가?"

떠보기 위해 던져보자, 산스케는 초목의 흔들림에 맞추는 것처럼 고개를 가로젓는다.

"진로쿠, 이로하도."

"알고 있었나? 정말 올 거라고 생각하는 건가?"

"오고말고. 계승전을 끝낼… 누군가가 오지 않을까? 하고, 지푸라기라도 잡는 심정으로 덴류지로 갔다. 그것 말고는 고독에 참가할 이유 같은 것은 없지. 당신 이외에는 말이야."

"그래서 후타바를 납치했다는 건가?"

"덴류지에서 구해주는 것을 봤다. 분명 구하러 올 거라고 생각했다."

"어떻게든 싸우겠다는 거로군…."

이미 각오를 다지고 왔을 터. 나이는 먹었지만, 산스케의 목소리는 그리 변하지 않았다. 그것이 반가웠다. 힘들었지만 즐거웠던 수행의 나날이 떠올라 가슴이 뛰었다.

"그래. 하지만 잠시만 기다려."

"다른 사람이 올 때까지 말인가? 다 모일 거라는 보장은 없다."

간판에 붙은 종이를 못 봤을 수도 있다. 봤다고 해도, 함정이라고 생각하고 오지 않을지도 모르는 것이다.

"아직 15분 정도 있어. 기다린다."

15분. 메이지(明治. 1868~1912년까지의 시기. 1868년 메이지 유신으로 막부 체제를 폐지하고 천황 중심의 중앙집권 국가로 전환하여 근대화가 시작되었다)가 되고 나서 생긴 단위가 산스케의 입에서 나와서, 세월의 흐름을 느끼지 않을 수 없었다. 산스케는 소리도 없이 한 걸음 앞으로 내디디며 말했다.

"한 가지 묻겠다. 왜, 도망쳤어?"

"나는 서로 죽이고 싶지 않았다. 단지 그것뿐이다."

"환도재가 온다. 끝까지 도망칠 수 있다고 생각하나?"

"그것은 스승의 협박일 뿐인지도 몰라."

교하치류의 계승전에서 도망친 자는 오보로류의 오카베 환도재가 사냥한다. 스승이 그렇게 말했었고, 과거 시쿠라는 그 인물로 보이는 자를 본 적이 있다고도 말했었다. 유신으로부터 11년, 환도재는 슈지로 앞에 모습을 보이지 않았다. 스승이, 아니, 역대 교하치류 계승자가, 다음 대가 도망치는 것을 막기 위해 한 거짓말은 아닐까? 그런 생각이 조금도 들지 않는다면 거짓말이겠지.

"아니, 환도재는 있어."

"뭐라고…? 만났나!"

"나는 아니야."

"나는…?"

"시치야가."

가라스마 시치야. 일곱 번째 형제다. 형제 중에서도 제일 다정하고, 항상 모두를 배려하는 의동생이었다.

"시치야는 지금…."

"환도재한테 당했다. 4년 전의 일이다."

산스케의 목소리에는 노기가 담겨 있었다.

"그럴 수가… 설마… 너는 어떻게 그것을…?"

"시치야와는 편지 왕래가 있었다."

슈지로가 도주하고 나서 얼마 후에 스승이 죽기도 해서, 계승전은 흐지부지되었다. 언제까지고 슈지로가 돌아오기만을 기다릴 수도 없어, 한 명, 또 한 명, 구라마산을 떠났다고 한다. 그후, 각자 메이지 유신을 맞이했다.

처음에는 산스케와 시치야는 함께 행동했었다. 메이지 2년 하코다테 전쟁(箱館戰争. 1868~1869년 홋카이도 하코다테에서 벌어진 전쟁으로 보신 전쟁의 마지막 전투)이 끝날 무렵이 되어도 환도재는 모습을 보이지 않았다. 그래서 두 사람은,
  - 환도재 같은 건 없는 것 아닐까?
라고 결론을 내린 모양이었다.
"너희는 뭐 하며 살았어?"
"나는 차부(인력거꾼)야."
검 말고는 배운 게 없는 자들이다. 일자리를 구하려 해도 그리 쉽게 얻을 수 있는 것이 아니었다. 메이지에 들어서 단숨에 수요가 늘기도 했고, 차부라면 체력만 있으면 누구나 할 수 있다는 구인이 있어서 산스케는 그리로 갔다.
"시치야는 좋은 직업을 얻었어. 뭐니 뭐니 해도 공무원이었으니까."
계기는 엉뚱한 것이었다. 도쿄에서 일자리를 찾고 있을 때, 괴한의 습격을 당한 여자를 구해준 일이 있었다. 여자는 시치야에게 한눈에 반했다고 한다. 후에 여자의 아버지가 사례를 하러 왔다가, 시치야의 인품에 매료되어 한동안 교류한 뒤, 데릴사위로 오지 않겠냐고 제안했다고 한다. 그 아버지는 구 사가 사로, 지금은 사가현의 공무원. 도쿄에 1년간 출장 온 것이라고 한다. 여자는 그의 외동딸로, 어머니는 이미 죽어 딸이 함께 와 있었던 모양이었다.
"시치야는 착하니까…"
산스케는 밤하늘을 올려다보며 가느다란 숨을 내쉬었다.

− 내가 행복해져도 되는 걸까?

망설이면서 묻는 시치야에게, 산스케는 잘된 거라며 등을 밀어주었다고 한다.

시치야는 그렇게 데릴사위 제안을 받아들여, 장인의 인맥으로 같은 사가현의 공무원이 되었다. 시치야가 도쿄를 떠날 때, 산스케는 그를 배웅했다. 그때 서로 주소를 교환하고 왕래를 약속했다고 한다.

그 후, 시치야는 아내와의 사이에서 아들도 얻었다. 도중에 사가에 소동이 일어나긴 했으나, 그것도 어찌어찌 극복하고, 가족과 행복하게 살았다고 한다.

"환도재에게 쫓기고 있다. 시치야가 그런 편지를 전해온 것은, 메이지 7년 8월의 일이었다."

시치야는 일 때문에 같은 사가현의 가라쓰로 이사했다. 어느 날 사가에 남아 있던 장인이 누군가에게 무참하게 살해당했다고 한다. 아내도 돌아가겠다고 했으나, 시치야는 일단은 혼자 돌아가기로 정했다. 이 시점에서 이미 불길한 예감이 들었던 모양이다.

그리고, 그 예감은 적중했다. 장인은 몸을 비스듬히 베이고 목이 잘려나간 무참한 모습이었다. 그 상처를 보고, 먼저 몸을 베고 나서 앞으로 고꾸라지는 것보다도 빨리 목을 벤 것이라고 간파했다.

장인은 사가번사 시대부터 매일 도장에 다닐 정도로 무예를 좋아했고, 메이지가 된 후에도 결코 단련을 게을리하지 않았다. 그런 장인이 한 걸음도 움직이지 못했고, 게다가 베인 자국은 일찍이 본 적 없을 정도로 깔끔했다.

이 정도 실력을 갖춘 자는 그리 많지 않다. 시치야가 짐작한 것은, 과거 함께 지낸 형제들. 혹은,

– 오카베 환도재.

였다. 단, 시치야가 아는 한, 태도의 흔적이 형제들 그 누구의 것과도 다른 것으로 보였다. 그렇다면, 남은 것은 환도재. 시치야는 산스케에게 도움을 청하는 편지를 보내고 자신은 가라쓰의 가족에게 서둘러 돌아갔다.

"나는 곧바로 가라쓰로 갔다."

산스케는 무겁게 이야기했다.

도쿄에서 한참 서쪽. 배를 이용해도 상당한 시간이 걸린다. 애초에 편지가 산스케에게 도착한 시점에 이미 열흘 이상의 시간이 지난 것이다. 시치야가 내가 도착할 때까지 버틸 수 있을까? 산스케는 조바심을 애써 억누르며 가라쓰로 갔다.

"시치야는…."

슈지로는 쥐어짜내는 것처럼 말했다.

시치야는 어업을 감독하는 부서에 배속되었다. 자택은 금방 알아낼 수 있을 거라고 생각되었고, 일 때문에 알게 된 어부의 빈집으로 도망쳐 들어간 것이다. 그 장소는 해변에 지어진 초가집. 산스케에게도 편지로 이 장소를 알렸다.

"무참한 모습이었다."

시치야는 초가집 앞에서 숨이 끊어져 있었다. 안에 있는 아내와 아이를 지키려고 한 것이겠지. 온몸에 칼자국이 있고, 격투가 벌어졌다는 것을 알 수 있었다. 그럼, 시치야가 그렇게까지 하며 지키려고 했던 아내와 아이는 어떻게 되었는가?

"부인도… 어린 자식까지."

산스케는 웅얼거리듯이 말을 이었다. 부인은 심장을 단칼에 찔렸고, 아이는 입에 올리기도 안타까운 모습이었다고 한다.

"시치야는 '염정'을 사용하지 않았던 건가?"

"사용한 것 같아. 온몸의 뼈가 다 부러졌어."

"그런데도 환도재에게…."

"이길 수 없었다는 거야."

가라스마 시치야가 계승한 교하치류의 비술은 '염정(廉貞)'이라고 한다. 이것은 입에 의존하는 비술로, 독자적인 호흡법을 함으로써 일시적으로 신체 능력을 비약적으로 올린다. 이럴 때의 시치야의 강함은 형제 중에서도 독보적이었다. 가장 검 재주가 있는 시쿠라조차도 못 당할 정도로. 단, 염정은 긴 시간 유지할 수 없다. 메이지의 시간법으로 재본 적은 없지만, 약 3분 정도였다고 생각한다. 따라서 여러 명의 적을 상대하기에는 맞지 않지만, 1대 1 결투라면 무적의 강함을 자랑하는 것이 염정인 것이다.

그것을 구사하고도 시치야는 패했다. 뼈가 다 부러졌다는 것은, 한계를 넘어서까지 염정을 계속 쓸 때 일어나는 일이라고 스승이 말했던 것을 기억한다.

"환도재의 강함은 정상이 아니다. 이길 수 없어…. 게다가 처자식까지 죽인다는 것은 분명하다."

"설마, 너도…?"

"그래. 나에게도 아내와 아이 둘이 있다. 큰아이 기에는 다섯 살, 둘째 마쓰타로는 아직 두 살이다…."

산스케는 감정이 북받치는 것을 억누르는 것처럼 가늘게 숨을 내쉬고는 계속 말을 이었다.

"계승전을 끝낸다. 어떻게든."

"그래서 고독에…."

"한 명이나 두 명은 참가하지 않을까 생각했었다. 그 뒤는 고구마 줄기 엮듯이 줄줄이 찾아낼 수 있을 거라고. 그러나 설마 나 말고도 네 명이나 있을 줄은. 그러나 계승전에서 도망친 당신은 응하지 않을 거라고 생각했다. 그래서 꾀를 낸 것이다."

"후타바를 풀어줘. 관계없으니까. 대신에… 같이 환도재와 싸우겠다고 약속한다. 둘이라면 - "

"무리야."

"그렇다면 어째서 모두를 한 곳에 모이게 한 거지?"

말을 토해내는 것처럼, 산스케에게 슈지로는 강하게 다그쳤다. 산스케가 계승전을 치러 이겨낼 생각이라면, 한 명씩 해치우는 편이 확실하다. 그런데도 모두를 모이게 하려는 것은, 다 함께 환도재와 싸우는 것에 희망을 품었기 때문이 아닌가?

"한시가 급하다."

어째서 시치야가 있는 곳이 환도재에게 노출된 건지는 모른다. 그러나 발견되면 끝. 본인뿐만이 아니라 관계자까지 죽는다는 것은 명백하다. 환도재가 있는 한, 아내와 아이들은 위험에 계속 노출된다.

"설령 내가 패해서 죽는다고 해도."

산스케는 날카롭게 노려본다. 자기가 끝까지 이기는 것이 제일 좋다. 그러나, 설령 죽는다고 해도, 가족에게 위해를 가하지 않도록, 한시라도 빨리 계승전을 끝내고 싶다는 뜻이다.

"우선은 둘이서 함께 환도재와 싸우자. 내가 목숨을 걸고 막겠다. 너는 그 틈을 타서 하면 돼."

슈지로는 포기하지 않고 설득했지만, 산스케는 조용히 대답했다.

"시치야의 상처를 보고 깨달았어. 환도재야말로 두 명인지도."

"두 명이라고…? 설마."

교하치류와 한 쌍이라고도 할 수 있는 오보로류도 또한 1인 계승. 스승의 말을 생각해 봐도 환도재는 한 명일 터.

"그의 아내와 아이가 있던 오두막 안에 두 종류의 칼자국이 있었어."

칼은 전부 다르다. 검신의 두께만 해도 그렇다. 따라서 칼자국에서 차이를 판별할 수가 있다. 산스케의 말로는, 시치야의 칼과는 별개로 두 개의 칼자국이 더 존재했다고 한다.

"누가 싸운 거지?"

시치야는 밖에서 쓰러져 있던 것이다. 만약 환도재가 두 명이라고 해도, 벽과 기둥에 자국을 남길 정도의 싸움이 벌어질 거라고는 생각할 수 없다.

"시치야는 처음엔 실내에서 싸우다 베이고, 도움을 청하고자 나왔을 때 쓰러진 것으로 보여."

산스케는 여러 가지 흔적에서 그렇게 결론 내릴 수밖에 없었다고 말했다. 그러나, 슈지로는, 자기는 알지만 산스케는 모르는 일이 있다고 확신했다.

"염정은 어떻게 되었는지 알아?"

"시치야는 누구에게도 넘겨주지 못하고 환도재에게 죽었어. 내 '녹존(祿存)' 외에 나머지 여섯 개를 모르면 끝날 거라고 보고 있어."

"아니야."

"뭐…?"

이번에는 산스케가 놀라는 기색을 보였다.

"시쿠라가 '염정'을 갖고 있다. 그것뿐만이 아니라 후고로의 '거문(巨門)'도."

"말도 안 돼."

"나도 이로하에게서 들은 것뿐이다."

"그렇다면 본인에게 물어보지."

산스케의 시선이 자기보다 뒤쪽을 향하고 있다는 것을 깨닫고, 슈지로는 돌아봤다. 누구의 모습도 없다. 그러나, 잠시 후에 언덕길을 올라오는 자의 머리가 보이고, 이윽고 몸 전체가 드러났다. 이로하였다.

– 발소리로 알았나?

녹존을 지닌 산스케의 귀는 보통 사람과는 비교가 안 된다. 이렇게 대화하는 도중에도 누군가가 올라온다는 것을 알아차린 것이리라. 발소리의 가벼움으로 그것이 여자인 이로하라는 것도.

"이로하."

"당신이 있을 줄이야."

이로하의 얼굴에 살짝 놀라움이 있었다. 계승전에서 도망쳤던 슈지로다. 산스케의 요구에 응하지는 않으리라 생각했을 것이다.

"그렇게 된 거로군."

나무에 묶인 후타바를 보고 이로하는 말했다.

"산스케 오라버니, 오랜만."

이로하는 조용히 말했다. 슈지로를 대할 때와는 달리, 그 목소리에 노골적인 적의는 없다. 역시 이로하는 슈지로를 가장 증오하는 것이리라.

"그래, 산을 내려온 이후 처음이로군."

"계승전을 이제 와서?"

"오카베 환도재에게 시치야가 당했다. 가족들도 같이…. 계승전을 끝내는 것 말고는 가족을 지킬 방도는 없어."

여러 가지 일을 너무 한꺼번에 알게 되어, 이로하는 약간 당혹스러운 것 같았다. 그러나 금방 차분함을 되찾고,

"그렇게 된 거군. 이해했어."

라고 중얼거리듯 대답했다.

"이로하, 한 가지 묻겠다. 시쿠라가 '염정'과 '거문(巨門)'을 갖고 있다는 것은 사실이냐?"

"틀림없어."

이로하는 단언했다. 슈지로도 그 일을 이로하에게서 들은 것뿐. 어째서 알고 있는지는 듣지 못했으나, 이로하의 말투를 보니 확신하는 모양이다.

"어떻게 된 거야…?"

산스케는 생각에 잠긴 것처럼 고개를 숙인다. 후고로의 거문은 둘째치고, 시치야의 염정을 갖고 있는 이유를 알 수 없는 것 같다. 그러나 지금은 생각만 하고 있어봤자 소용없다고 깨달은 것이겠지. 산스케는 천천히 고개를 치켜들고 말을 이었다.

"시간이다. 모인 것은 세 명뿐. 시쿠라와 진로쿠는 나타나지…."

산스케는 거기에서 말을 끊었다.

"산스케, 이로하, 함께 - "

"조용히 해."

산스케에게도 망설임이 있다. 그렇게 생각하고 슈지로가 설득하려는 것을, 산스케는 날카롭게 가로막고 말을 이었다.

"왔네."

그제야 슈지로와 이로하는 의미를 깨달았다. 그들에게는 들리지 않는 것을 산스케의 귀는 또렷하게 포착했다. 말은 하지 않아도, 자연히 서로 거리를 두고 있던 것은, 새로운 참가자로 인해 당장 싸움이 시작될지도 모르기 때문에. 누구일까? 하면서 마른침을 삼키며 기다리고 있노라니, 이윽고 슈지로의 귀에도 발소리가 들렸다. 밤과 함께 잠드는 것처럼 조용한 발소리다.

이윽고, 이로하 때와 마찬가지로 먼저 얼굴이 보였다. 길게 찢어진 서늘한 눈매, 씩씩하게 솟아오른 눈썹, 높이 중앙을 달리는 콧등, 입술은 얇지만, 가장자리가 야무진 입. 흐릿한 달빛 아래 용모가 또렷이 보인다. 틀림없다. 네 번째 형제. 아다시노 시쿠라다.

"시쿠라…."

"왔나."

슈지로, 산스케의 목소리가 이어진다. 이로하는 아무 말도 하지 않고 더욱 살기를 뿜어낸다.

이윽고 시쿠라의 온몸이 눈에 들어왔다. 얼핏 봐서 6척에 조금 못 미치지만, 그 무렵보다는 훨씬 키가 자랐다. 시쿠라는 재회의 감상도

없이, 주변을 쓱 둘러보더니,

"진로쿠 말고는 다 모였나?"

라고 조용히 말했다. 이미 시쿠라도 고독에 참가한 형제들을 파악하고 있던 모양이다.

"시쿠라, 계승전을 끝낸다."

"역시. 이제 와서 말인가?"

이로하와 같은 질문이다. 단, 시쿠라가 다른 점은 더 차분하다는 것이다.

"무슨 소리를… 너는 후고로한테서 빼앗았지? 어떻게 한 건지는 모르지만 시치야한테서도."

"과연."

두 사람의 비술을 빼앗은 것을 알고 있었나? 라는 의미의 반응일 테지.

"만약을 위해 묻겠다. 말려도 소용없나?"

시쿠라는 산스케에게 물었다.

"반드시 한다."

"이로하도 같은가? 나한테는 이길 수 없다는 걸 알고 있을 텐데."

시쿠라는 이로하 쪽으로 시선을 옮겼다.

"이번에는 해치운다."

이로하는 이를 악물고 노려본다. 지금 대화에서, 고독 도중에 시쿠라와 이로하 사이에 이미 한번 싸움이 있었다는 것을 확신했다. 그래서 이로하는 시쿠라가 비술을 세 개 갖고 있다는 것을 안 것이겠지.

"시쿠라…, 모두를 말려줘."

이미 일각의 여유도 없다. 슈지로는 지푸라기라도 잡는 심정으로, 13년 만에 재회한 의동생들을 의지했다. 그러나 시쿠라는 빙하를 연상시킬 만큼 차가운 눈으로 보더니,

"너는 입 놀리지 마."

라고 침을 뱉어버리듯이 말했다.

"미안하다…. 나는 이렇게 되기를 원치 않았으니까…."

"그 탓에 더한 지옥을 맛봤다. 우선 너를 베겠다."

시쿠라는 쓱 칼자루로 손을 내린다.

"마음에도 없는 소리 하지 마. 너도 이치 오라버니한테서 '북진'을 빼앗은 주제에."

이로하가 말하자, 산스케는 작은 소리를 내며 놀랐고, 시쿠라도 움찔 어깨를 움직였다.

"아니야! 잇칸은 - ."

"닥쳐."

그 자리에 실을 팽팽히 당긴 것 같은 긴장이 달린다. 당장이라도 끊어져 버릴 것처럼.

"이로하, 네가 불러해. 우선은."

"응."

산스케가 부르고, 이로하는 대답했다. 이로하의 대답은 옛날을 떠

오르게 하는 순순한 것이었다.

한동안 무언의 시간이 흘렀다. 울고 있는 것은 바람뿐인가? 네 명 사이를 꽉 채운 것이 지금 터져버리는 것을 확실하게 느꼈다. 오랜 시간 동안 멈춰 있던 계승전. 재회의 신호가 된 것은,
"간다."
라는 시쿠라의 목소리였다.
시쿠라는 단숨에 거리를 좁혀 강렬한 공격을 내질렀다. 슈지로는 발을 고속으로 움직였다. 대지에 율동을 새기고, 발꿈치를 틀고, 무릎을 굽히고, 몸을 뒤튼다. 시쿠라의 맹공은 처음부터 무곡을 꺼내지 않으면 피할 수 없는 것이었다.
"죽어라."
적은 시쿠라뿐만이 아니다. 산스케의 목소리가 들렸을 때는, 목에 칼이 달려들었다. 그러나, 그것은 바로 직전에 북진의 눈으로 포착했다. 온몸에 힘을 빼고 칼날을 빠져나가는 것처럼 피했을 때, 슈지로는 눈 가장자리로 봤다. 칼날을 휘두르는 시쿠라의 등 뒤에서 이로하가 덤벼드는 것을 -.
"와라."
시쿠라가 돌아보면서 바로 참격을 날린다.
"이로하! 받지 마!"
파군(破軍)의 일격은 무기를 박살 낸다. 산스케의 충고를 들을 것까

지도 없이, 이로하의 검의 궤도가 구부러지더니, 시쿠라의 칼날을 빠져나가는 것처럼 해서 달려든다. 서로의 공격이 뒤엉키는 것 같은 모양새다. 이로하의 흘러내린 머리카락이 허공에서 춤추고, 시쿠라는 과장될 정도로 몸을 뒤로 젖혀 피했다.

이로하는 시쿠라를 무시하고 그대로 이쪽으로 돌진해 온다. 문곡(文曲)은 종이 한 장 차이로 피해서는 죽는다. 슈지로도 아까보다도 크게 움직여 피할 수밖에 없어, 저절로 보폭도 커져 빈틈이 생겼다. 거기에 시쿠라의 질풍 같은 찌르기가 달려든다.

— 이것도 파군.

북진을 얻었기 때문에 간파할 수 있었다. 예전에는 파군으로 공격하는 것은 베기밖에는 할 수 없었지만, 세월을 거치는 동안 찌르기도 가능하게 되었다. 슈지로는 간신히 피하긴 했으나, 칼이 뺨을 스쳤다. 역시 파군이다. 통상과 달리, 톱으로 갈린 것 같은 아픔이 일었다.

그때, 어느 틈엔가 시쿠라 옆에 산스케가 소리도 없이 몸을 굽히고 들어가는 것처럼 다가가 있었다. 산스케는 목을 향해 칼을 선회시키는 것처럼 베어 올렸다.

— 이겼다.

피할 틈은 없다. 산스케의 칼날이 시쿠라의 목을 자를 거라고 봤다. 그러나, 시쿠라는 왼팔로 칼날을 막아낸 것이었다. 시쿠라는 한 손으로 반격을 개시하고, 산스케는 날아가는 것처럼 피했다.

이미 시쿠라의 왼손은 쓸 수 없게 된 것 같다. 산스케뿐만 아니라,

슈지로도 생각했다. 단 한 사람, 이로하만이,
"거문이다!"
라고 날카롭게 산스케에게 전했다. 시쿠라는 팔이 저렸을 뿐이라는 듯이 왼손을 허공에 흔들었다. 살짝 피가 튀었지만, 칼을 맞았다고는 생각할 수 없을 정도. 교하치류의 비술 중에서 미부 후고로가 계승했던, 가장 방어 능력이 뛰어난 기술. '거문'으로 버텨낸 것이다.
거문은 동체에 의존하는 비술이라고 하는데, 엄밀히 말하면 근육을 이용하는 것이라고 해도 좋다. 근육을 딱딱하게 만들어, 웬만한 충격 정도라면 살갗이 찢어질 뿐, 뼈는 고사하고 근육조차 찢을 수 없다.
"파군과 거문은 최선의 조합이군."
산스케는 거리를 좁히면서 땅에 침을 뱉었다. 가장 공격에 특화된 것이 '파군'이라고 한다. 시쿠라는 교하치류의 창과 방패를 손에 넣은 셈이 되는 것이다.
"우리에게는 최악. 더욱이 염정까지…."
이로하도 자세를 바로잡기 위해 크게 뛰어 물러났다. 염정은 기초 능력을 일시적으로 올리는 비술. 무적의 창과 방패를 들고 구사한다면, 절대적인 힘을 발휘하게 되겠지.
"게다가 이쪽은 맞추기 힘든 기술이 두 개나."
산스케는 진절머리 난다는 듯이 슈지로 쪽을 보았다.
"내가 해치울 때까지 기다리면 돼."
시쿠라는 차갑게 내뱉었다.

"꼬임에 넘어가지 마. 다섯 개 가져가게 하면 끝이야."
"나는 죽어도 기술을 전해줄 생각은 없다."
슈지로는 정안세에서 비스듬히 겨누는 자세로 바꾸면서 말했다.
"이치 형한테서 빼앗았으면서 잘도 말하네. 그렇게까지 썩은 건가?"
산스케는 날카로운 안광을 내뿜었다.
"산스케, 부탁이다. 우리 네 명이라면 분명 환도재를 쓰러뜨릴 수 있다."
슈지로는 더욱 열심히 호소했으나, 옆에서 시쿠라가 끼어들었다.
"무리다. 지금도, 우리가 이길 수 있는 상대가 아니야."
"뭐…? 설마, 너…."
산스케는 말문이 막힌 모양이다.
"메이지에 들어선 이후에 환도재를 봤다."
"어떤 남자야?!"
"먼저, 크지는 않아. 오히려 작은 편이다. 그리고…."
시쿠라가 말하기 시작했는데, 산스케는 가만히 손으로 제지했다. 그리고 남은 한쪽 손을 귓가에 대고 눈을 가늘게 뜬다.
"누군가… 한 사람 더, 온다."
"진로쿠네."
이로하는 소협차를 거꾸로 고쳐 쥐더니, 허리에서 사스가(刺刀)를 뽑아 쌍칼이 되었다. 지금도 난전인데, 더욱 혼란이 가중되리라는 것을 예상할 수 있었다.
"진로쿠까지…."
슈지로는 아랫입술을 깨물었다. 메이지가 되어 아내를 얻고, 아이가 생기고, 소박하나마 행복한 삶을 누리던 중에, 산에서의 생활은 꿈이었던 것 아닐까? 라고 생각한 적도 있었다. 그러나, 아니었다. 교하치류의 규율은 이렇게 문명개화의 시대까지 따라붙어, 다시금 형제들에게 골육상쟁을 하게 만들려고 한다.

- 끝까지 도망가 주지.
재갈을 물린 후타바를 쳐다봤다. 후타바는 살짝 고개를 끄덕였다. 진로쿠가 모습을 보일 때 아주 약간 생겨날 빈틈을 노려 후타바를 구해내 도망갈 생각이다.
"왔다. 이로하, 숨는다."
산스케가 말했다. 시쿠라와 그가 죽은 형제의 비술을 갖고 있는 이상, 진로쿠는 본인의 비술인 '탐랑(貪狼)'밖에 갖지 않았을 것이다. 산스케, 이로하, 진로쿠가 동맹을 결성하여 먼저 두 사람을 해치우자고 제안할 생각이었다.

"음…."

산스케가 눈을 부릅뜬다. 언덕을 올라오는 자의 머리가 또 보였다. 그 머리, 달빛을 받아 희게 빛나고 있다.

"산스케 형, 이로하, 슈 형!"

갑자기 시쿠라가 이름을 연호했다. 지금까지 이 자리에서 누구보다도 냉정했었는데, 그 얼굴이 지독하게 긴장되어 있다. 게다가 슈지로까지 옛날처럼 불렀다.

"왜 그래?!"

"도망가! 환도재다!"

시쿠라가 외친 다음 순간, 남자는 갑자기 뛰기 시작했다. 머리가 빛나 보인 것은 전부 백발이었기 때문. 뺨이 갈라졌나 싶을 정도로 추악한 웃음을 띠고, 무시무시한 속도로 접근해 온다. 그 얼굴, 슈지로는 잊을 수도 없는 얼굴이었다. 덴류지에서 봤던 그 괴노인이다.

"저게 환도재라고…?"

그러면 어째서 그때 슈지로를 공격하지 않았는가? 아니, 몰랐었나? 그렇다면 다른 형제들에 관해서는 어떻게 알고 있었던 것인가?

여러 가지 일들이 뇌리를 스쳐 지나갔지만, 지금은 그러고 있을 때가 아니다. 환도재는 이미 10간(間. 길이의 단위. 약 181cm) 남짓한 거리까지 다가와 있다.

"반격하자!"

산스케는 조금 전까지는 계승전을 끝내는 것을 제1목표로 생각했었다. 그러나, 이 상황에서 방침을 바꿨다.

"안 돼! 저놈은 전성기 때의 스승님보다도 강하다!"

"뭐-"

시쿠라는 한마디로 환도재의 실력을 이해시켰다.

"흩어져!"

슈지로의 목소리에 모두가 몸을 돌렸다. 가는 방향은 후타바가 있는 곳이다. 달빛에 가느다란 잎사귀를 빛내는 초목을 헤치며 후타바에게로 달려갔다.

"후타바, 움직이지 마."

슈지로는 밧줄을 단칼에 끊어버리고 후타바의 입에서 재갈을 풀어주었다.

"슈지로 씨, 미안해요…."

눈에 눈물이 고여 후타바는 사과했다.

"사과해야 할 것은 나다. 도망친다."

후타바의 손을 잡아끌고 달려나가려고 했을 때, 시쿠라의 비통한 목소리가 들렸다.

"이로하!!"

환도재는 이로하를 표적으로 정했고, 그 거리는 3간 이내로 좁혀졌다. 노(能. 일본 전통예술인 가면극) 가면을 쓴 노인 같은 용모. 그러면서도 다리는 젊은이처럼 움직이는 것이 기이했다.

이로하 바로 뒤까지 따라잡았을 때, 이로하는 상반신을 틀어 환도재에게 일격을 날렸다.

출렁이는 문곡의 공격. 그러나 환도재는 칼이 숨겨진 지팡이를 뽑아 정확하게 튕겨냈다. 그 순간 환도재의 손목은 빙글, 인간 같지 않은 회전을 보이더니 이로하를 향해 휘둘렀다.

"교하치류 계승자 그 여덟 번째, 기누가사 이로하."

환도재의 목소리가 들렸다. 온몸에 소름이 돋을 정도로 기분 나쁜, 끈적한 목소리였다.

"이로하!"

슈지로는 외쳤다. 늦는다. 북진 탓에 경치가 천천히 흘러가고, 이로하가 얼굴을 찡그리는 것은 또렷하게 보였다.

"도망쳐…."

시쿠라였다. 둘 사이에 장검을 밀어 넣어 환도재의 검을 막았다.

"교하치류 계승자 그 네 번째, 아다시노 시쿠라…. 이번에는 놓치지 않는다."

"괴물 놈."

시쿠라는 검을 튕겨내고 연속공격을 내지르지만, 환도재에게는 스치지도 않는다. 유파의 이름 그대로, 그야말로 오보로(몽롱함) 그 자체였다.

"시쿠라 오라버니!"

환도재가 둥실 흔든 칼날이 시쿠라의 어깨를 갈랐다. 파군과 거문은 동시에 낼 수 없다는 건가? 상처가 깊지는 않지만, 곧바로 피가 배어나온다.

"산스케 형! 이로하를 데리고 가줘!"

"아, 알았어!"

산스케는 이로하의 손을 잡아 자기 쪽으로 끌어당겼다. 그 사이, 시쿠라의 호흡에 변화가 생겼다. 얕게, 얕게, 깊게, 얕게, 깊게. 염정을 소환하는 호흡법이다.

"염정은 성가셔."

환도재는 낄낄 목을 울리며 웃더니, 지르기의 폭풍우를 선보인다.

"죽여주지."

시쿠라는 찌르기를 밑으로 피하며 반격으로 이행한다.

"그건 무리네. 잘해봤자 팔 한 개."

"그럼 빼앗아주마."

격렬한 응수였지만, 시쿠라가 밀리고 있다는 것은 초심자가 봐도 명백할 정도였다.

"슈지로 씨."

후타바가 잡혔던 손을 빼고 빤히 눈을 응시했다. 무슨 말을 하고 싶어 하는 건지는 안다. 환도재는 덴류지에서는 본 실력의 절반도 보이지 않았던 것이다. 둘이서 덤벼도 이길 수 있을지 알 수 없다. 패하면 산스케, 이로하까지도 위험해지는 것이다. 후타바 혼자서는 절대로 끝까지 도망칠 수 없다.

"시쿠라 오라버니!"

산스케에게 끌려가며 이로하가 외친다. 또 시쿠라가 공격을 당했다. 이번에는 거문을 사용한 모양으로 상처는 깊지 않지만, 얼마 못 가 시쿠라가 패할 것은 명백했다.

이로하는 산스케의 손을 뿌리치고 되돌아가려고 했다. 그 산스케도 돌아가야 할지 갈등하고 있다. 그걸 알 수 있는 것은 함께 자란 형제니까―.

"산스케, 이로하!"

"뭐야?!"

"나도 남겠다. 후타바를 데리고 가줘."

"뭐라고…?"

산스케는 당황하고, 이로하는 아연실색했으나, 후타바는 곤혹스러운 표정조차 보이지 않고 고개를 끄덕였다.

"아무 짓도 안 당했어. 괜찮아."

"그래, 알아. 지류 역참에서 만나자."

그 약속이 지켜지지 않고, 산스케가 후타바를 계속 인질로 삼을지도 모른다. 그때는 산스케의 결투 신청을 받아줄 각오였다.

"산스케!"

"젠장… 알겠다."

"부탁한다."

슈지로는 이미 달리기 시작해 그들을 스쳐 지나가면서 산스케에게 말했다.

시쿠라의 검이 허공을 베고 몸이 무너진다. 환도재의 반격이 쏟아지는 순간, 슈지로는 격투 한복판을 향해 번뜩이는 칼날을 내질렀다.

"너도 계승자였나?"

환도재는 시쿠라에게 하던 반격을 멈추고 슈지로의 검을 막았다. 지금의 말로 보아 역시 환도재는 슈지로가 누구인지를 모른다.

환도재는 맞부딪친 검을 밀어내려 한다. 이 노인의 어디에 그런 힘이 잠들어 있는 건가? 아니, 자기 몸을 쓰는 방법을 숙지하고 있는 듯한 힘 배분 방식이다. 슈지로는 몸을 회전시켜, 그 기세 그대로 일격을 날렸다.

"교하치류 계승자 그 두 번째, 사가 슈지로인가?"

환도재가 속삭이는 것처럼 말하는 것을 슈지로는 분명하게 들었다. 슈지로의 회전에서부터의 공격도 피하고, 환도재는 뒤로 펄쩍 뛰어 물러섰다.

"확실히 옛날 모습이 있군. 덴류지에서는 알아차리지 못했네. 역시 나이는 먹을 게 못 돼."

환도재는 분명 어릴 때의 슈지로를 봤었다. 그러나 성장함에 따라 얼굴도 변하는 것이다. 최종적으로 계승자인지 아닌지의 판단은, 각자의 비술을 보고 하는 것이라고 확신했다.

"왜, 왔어?"

시쿠라는 정안세로 자세를 잡으며 낮게 말했다.

"둘이서 싸운다."

"같이 죽게 된다."

그 판단은 대부분 정확하다. 슈지로도 과연 둘이서 덤벼서 서로 치고받는 결과로 몰고 갈 수 있을까? 라고, 환도재의 실력을 판단했다.

"그래도… 같이 살아남겠다."

"또 말만 그럴듯하게 하는 건가?"

"미안하다."

"간다."

시쿠라가 환도재에게 덤벼들었다. 슈지로가 환도재를 견제하는 동안에, 과거 시치야가 보유했던 비술, 염정을 소환했다.

웅웅거리는 검들의 공격이 환도재를 덮친다. 거기에 슈지로의 검의 난무, 발의 연타가 더해진다. 환도재는 간신히 피하지만, 아까보다 여유는 없다. 세 자루의 칼날이 고속으로 엇갈리고, 요란한 금속음이 휘몰아친다.

환도재는 무기를 박살 내는 시쿠라의 검은 피하고, 슈지로의 검은 막아내겠다고 순식간에 판단한 것 같다. 놀랄 만한 달인이다.

"애송이들 - "

피하기만 해서는 끝이 나지 않는다고 보고, 환도재가 검을 휘둘렀다. 그것을 슈지로의, 잇칸에게서 물려받은 북진(北辰)의 눈은 꿰뚫어 보고 있었다. 환도재의 옆구리를 향해 몸통을 날렸다.

환도재는 종이 한 장 차이로 피한다. 한순간에 몸이 흐릿해지더니, 더하여 흐느적 휘어진 것이다. 슈지로는 휘두른 기세 그대로 회전해서 발 걸기를 날렸다. 환도재는 뛰어올랐지만, 거기에 시쿠라의 강렬한 공격이 덮친다. 환도재는 칼집으로 막았다. 아니, 흘려버리는 것처럼 받아넘겼다.

"파군(破軍)은 무시무시하군."

칼집에는 호랑이 발톱에 파헤쳐진 것 같은 흠집이 나 있었다. 환도재는 땅에 내려서자마자 시쿠라에게 찌르기를 내지르고, 훌쩍 발을 뒤로 내밀어 슈지로의 가슴을 걷어찼다. 시쿠라는 옆으로 뛰어 피했고 흙먼지가 피어올랐다. 환도재는 경멸하는 것처럼 내뱉었다.

"이 **한가미** 놈들."

"닥쳐."

슈지로와 시쿠라의 목소리가 딱 겹쳤다. 교하치류 계승자밖에 모르는 단어. 아니, 지금 생각해보면 스승이 만들어낸 말이었는지도 모른다. 단, 스승의 입에서 이 말이 나온 것은 항상 위협할 때. 어릴 때의 공포가, 시쿠라에게도 되살아나는 것 같았을 것이다. 그것은 슈지로도 마찬가지. 두려움을 떨쳐버리려는 듯이 더욱 공격의 손길에 힘을 준다.

그러나, 환도재에게 검은 닿지 않는다.

"과연, 세 개 가진 놈과 두 개 가진 놈을 동시에 상대하려니 시간을 잡아먹는군…, 아까워."

그 사이, 중얼중얼 혼잣말을 하더니, 뭔가를 떠올린 것처럼 히죽 웃었다. 초승달을 기울여놓은 것 같은, 석류를 깨뜨린 것 같은 기괴한

웃음이었다.

"거기 서!"

시쿠라가 외쳤을 때, 환도재는 몸을 돌려 뛰기 시작했다. 그들을 뒤에 남기고, 산스케와 이로하를 먼저 해치울 셈인 것이다.

"쫓아간다."

슈지로는 땅을 박차고 달려나갔고, 시쿠라도 뒤를 따랐다.

"엄청난 다리야."

시쿠라가 경악하는 것도 무리는 아니다. 환도재는 평지를 말처럼 달리고, 큰 바위를 토끼처럼 뛰어넘는다. 다리에 특화된 무곡(武曲)을 지닌 슈지로조차, 간격이 벌어지지 않도록 하는 것이 고작. 시쿠라는 뒤처지기 시작했다. 환도재는 센닌즈카 옆을 빠져나가, 세 사람이 도망친 뒤쪽 숲으로 뛰어들었다. 어둠이 환도재를 휘감아 그 모습을 지운다.

"따라잡는 것은 무리다. 산스케를 찾는다."

슈지로 혼자 따라잡아봤자, 환도재에게 당하는 데는 5분도 채 걸리지 않을 것이다. 둘이 같이 덤벼야 일말의 희망의 빛이 보이는 정도라는 것을, 검을 섞어보고 깨달았다.

"산스케 형이 우리가 있는 걸 알아차려도, 우리는 알아낼 방법이 없어…."

시쿠라는 혀를 찼다. 이쪽에서 외치면 산스케의 귀는 반드시 그것을 포착한다. 그러나 산스케가 자기가 있는 장소를 드러내려고 하면,

환도재도 알아차리게 되어버린다.
"세 사람의 발자국을 쫓는다."
"보이는구나."
슈지로는 고개를 끄덕였다. 북진을 사용하면, 달빛을 차단하는 숲 속에서도 또렷하게 보인다. 특히 달인이 아닌 후타바의 발자국은 쫓기 쉽다. 숲에 들어가서 슈지로가 앞에 가고, 시쿠라가 뒤를 따라갔다.
"벨 거라고는 생각하지 않는 건가?"
시쿠라가 말했다. 등 뒤를 경계하지 않는다는 것을, 시쿠라쯤 되면 알 수 있다.
"여유가 없을 뿐이다."
환도재가 잠복하고 있을 수도 있기 때문에 신경을 곤두세워야 한다.
"지금은 네 힘이 필요하다."
"나도 알아…. 가라쓰에서 환도재와 싸웠더군."
혹시 시치야를 죽인 것은 환도재가 아니라 시쿠라였던 건가? 라는 생각이 뇌리를 스쳤지만, 그 생각은 금방 사라졌다. 그가 아는 시쿠라는, 관계없는 가족들까지 참살할 사내는 아니다. 더욱이 시치야가 사는 오두막에는 세 종류의 칼날 자국이 남아 있었다고 했다. 그렇다면, 그렇게 생각하는 것이 가장 타당하다.
"시치야와 연락이 된 것은, 산스케와 헤어진 후였다."
도쿄에서 산스케와 헤어지고, 시치야는 사가로 갔다. 그 후에 시쿠라가 찾아갔다고 한다. 처음에 시치야는 공포에 얼굴이 굳어 있었다. 그러나 시쿠라가 계승전을 계속할 생각은 없고, 환도재를 경계하라고 고하러 왔다는 것을 알고는 시치야는 안도로 가슴을 쓸어내렸다고 한다.

만에 하나, 환도재가 나타난다면, 시쿠라는 협력하겠다고 약속했다. 그리고 수개월 뒤, 시치야로부터 장인이 살해당했다는 소식이 왔다고 한다.

"나는 히로시마에 있었으니까 산스케보다도 일찍 달려갔다. 애초에 산스케에게도 도움을 청했다는 것은 몰랐어."

시치야가 도쿄에서 산스케와 같이 행동했었다는 것은 들었다. 다음 휴가 때 산스케를 방문하려고 생각했던 참에, 시치야로부터 편지가 왔다고 한다.

"환도재와 시치야가 싸우던… 그때 도착한 건가?"

"우연도 참 기가 막히지."

"글쎄."

환도재가 습격했을 때 히로시마에서 달려간 시쿠라와 마주쳤다. 만분의 1, 아니, 일억분의 1의 우연인지도 모른다. 그러나, 이렇게 형제와 재회하고 환도재와도 조우한 지금, 운명 비슷한 것을, 7백 년 동안 이어진 교하치류의 저주 같은 것을 느끼지 않을 수가 없었다.

"내가 달려갔을 때 시치야는 이미 숨이 간당간당했다."

만신창이였음에도 몇 번이고 몇 번이고 다시 일어선 것을 알았다. 마치 시쿠라가 달려올 것을 확신하고 있었고, 그때까지 시간을 번 것처럼. 환도재는 오두막 안. 시치야에게 결정타를 날리기 전에 그리로 향한 것은, 가족을 죽여 절망을 맛보게 하기 위해서겠지. 시쿠라가 분노에 몸을 떨며 오두막 속에 있는 시치야의 가족을 구해내려고 했을 때,

-시쿠라 형… 염정을. 부탁해.

라며, 비술을 맡겼다.

이미 늦었다. 시쿠라는 오두막 안에서 지옥을 봤다. 노인, 환도재는 피 묻은 칼을 손에 들고 실실 웃고 있었다. 시쿠라 속에서 뭔가가 끊어지는 소리가 나고, 환도재에게 덤벼들었다. 오두막 안에서의 격투는 15분 정도에 달했으나, 시쿠라는 이길 수 없다는 것을 깨달았다. 이대로는 개죽음일 뿐이다. 반드시 살아남아 원수를 갚겠다. 시쿠라는 마음속으로 맹세하고 오두막을 뛰쳐나와, 이미 숨이 끊어진 시치야를 옆눈으로 보며 험준한 절벽에서 바다로 몸을 던진 것이다. 그후 산스케의 이야기로 이어진다는 것이다.

"두 개의 비술로는 역시 전혀 상대가 되지 않나?"

"아니, 엽정까지 셋."

"먼저 후고로가…."

슈지로는 말끝을 흐렸다.

가라쓰에서 환도재와 대치했던 때부터 시쿠라는 세 개의 비술을 갖고 있었다. 시치야에게 환도재의 존재를 알리러 갔다는 것은, 시쿠라는 이미 그 존재를 확신하고 있었다는 말이 된다. 즉, 이미 환도재에게 당한 형제가 있다는 것. 고독에 참가한 다섯 명과 시치야, 슈지로가 임종을 지켜본 잇칸을 제외하면, 남은 것은 단 한 명. 시쿠라가 갖고 있는 '거문'의 원래 보유자, 미부 후고로다.

"후고로는 나가노의 스와에."

산스케가 시치야와 함께 행동했던 것처럼, 시쿠라는 한때 후고로와 같이 지냈다. 서로 소재지를 알리고 헤어졌다고 한다. 세상이 수상하게 돌아가기 시작했을 때, 시쿠라는 이번 생의 작별을 고하고자 후고로를 찾아갔다. 그때,

– 이걸로 이제 총알 한두 발로는 죽지 않아. 살아서 돌아와줘.

라며, 후고로는 '거문'을 가르쳐줬다는 것이다.

"총알…, 설마 너는…?"

"히로시마 진대(鎭臺. 옛날 그 지방을 지키기 위해 두었던 부대) 소속, 제4공병중대… 제국 육군의 전 오장(伍長. 구 일본군의 계급으로 최하급 하사관에 해당한다)이다."

제4공병중대라고 하면, 확실히 메이지 9년의 하기의 난(메이지 정부

초기인 1876년에 일어난 사족 반란 중 하나로 야마구치현 하기(萩)에서 발생), 더욱이 다음 해인 메이지 10년의 세이난 전쟁(西南戰爭. 1877년 메이지유신에 반대한 사이고 다카모리가 일으킨 반란. 정부군의 승리로 끝났으며 반란의 주모자인 사이고는 자결했다)에도 종군해서 활약했던 부대다.

시쿠라는 군대에 들어가 총기의 강력함을 뼈저리게 깨달았다. 더욱이 사족의 불평이 날로 높아지고, 마침내 총알이 날아다니는 전장으로 가야 한다는 것도 예측하고 있었다. 따라서 후고로에게 작별을 고하러 간 것이었다.

"후고로가 당한 것은, 그로부터 반년 후의 일이다."

뭐가 계기가 되어 소재가 노출되었는지는 알 수 없다. 단, 후고로도 환도재로부터 도망치던 와중에 시쿠라에게 편지로,

– 환도재는 정말 있다. 모두에게 알려줘.

라고 적어 보냈었다. 시쿠라는 사가의 난(1874년 사가번(현 사가현)에서 일어난 대규모 사족 반란) 이후의 뒤처리를 하기 위해 출진했었고, 편지를 받았을 때는 이미 한 달이 경과했다고 한다. 군의 인맥을 통해 후고로를 찾아봐달라고 부탁한 결과, 참살 사건이 있었다는 것을 알게 되었다.

"환도재는 진로쿠를 노리고 있다."

정적 속에서 시쿠라는 신음하는 것처럼 말했다.

"어째서 그것을?"

"그 녀석도 센다이 진대 보병 제4연대에 소속된 군인이다."

진로쿠의 계급은 상등졸(上等卒. 일본 육군의 계급으로 일반병사의 최상위. 이 호칭은 폐지되고 병장으로 대체되었다). 제4연대도 세이난 전쟁에 종군했다. 시쿠라는 제4연대의 명부를 볼 기회가 있었고 그때 전율했다고 한다.

"진로쿠는 가명을 쓰지 않았다."

시쿠라는 군인이 되기 전에 다나카 지로라는 흔한 이름으로 개명했다. 그러나 명부에는 분명히 게아게 진로쿠라는 이름이 있었다고 한다. 진로쿠의 이름을 사칭한 다른 자일 가능성도 머리를 스쳤으나, 본인일 가능성이 높다고 생각했던 모양이다.

"그 녀석이라면… 그럴 법하지."

진로쿠의 성격을 생각해보고, 슈지로도 그렇게 생각했다.

세이난 전쟁에서 재회는 할 수 없었고, 시쿠라는 종전 후에 휴가를 신청하고 센다이 진대로 향했다. 거기에서 진로쿠를 만난 것이다. 진로쿠의 반응도 시치야와 비슷한 것이었다. 그러나 다른 점은, 각오는 되어 있었으나 의형과의 재회가 기쁜 것 같았다는 것이다.

형제가 언젠가 알아차리고 찾아와주지 않을까? 그래서 게아게 진로쿠라는 이름을 관철했던 것이다. 진로쿠는 그런 남자였다.

"환도재 이야기를 했었다."

"진로쿠는 뭐라고?"

"알고 있었어. 게다가 이미 두 번이나 습격을 받았었다고."

"뭐라고…?"

자기도 모르게 뒤를 돌아볼 뻔했지만, 꾹 참고 슈지로는 후타바의 발자국을 쫓았다.

게아게 진로쿠라는 이름을 지킨 것이, 형제 말고도 환도재도 불러들인 결과가 되어버렸다. 그러나 진로쿠는 독신이었고, 센다이 진대의 군인 막사에 살고 있었다.

정원이 다 채워지지 않는 것이 문제이긴 했으나, 그래도 센다이 진대의 막사에는 항상 천 명 이상의 사람이 있었다. 아무리 환도재라도 총이나 대포가 늘어서 있는 진대에 쳐들어가는 것은 신중해질 수밖에 없었던 모양이다. 두 번 습격당한 것은, 두 번 다 진로쿠가 비번이었을 때였다고 한다.

"두 번 다 진로쿠는 환도재를 물리치면서 진대 안으로 도망쳐 들어갔다. 탐랑은 환도재한테 잘 통해. 놈을 해치우지는 못했지만 쉽게 당하지도 않는다는 뜻이다."

환도재의 검술 실력을 본 바로 판단하면 가능성이 있다고 생각한다. 탐랑이란 그런 비술이다.

후고로, 시치야의 죽음을 전하자 진로쿠는 주먹을 부들부들 떨었다. 시쿠라는 이미 환도재에게 들킨 이상, 도망치는 것보다는 이대로 센다이 진대에 소속된 편이 좋다고 전하고 무슨 일이 있으면 달려가겠다고 약속하고 헤어졌다.

그로부터 반년 후, 진로쿠에게서 시쿠라에게로 한 통의 편지가 왔다.

―여기로 가.

라며 동봉되었던 것이 '호코쿠 신문'이었다고 한다. 전모를 알고 있던 것은 아니지만 적어도 전국에서 달인들이 모이겠지. 탐랑으로 자기 몸을 지킬 수는 있어도 쓰러뜨릴 수는 없다. 그렇다면, 자기가 미끼가 되어 환도재를 불러들여 달인들에게 쓰러뜨리게 하는 것도 가능하지 않을까? 그러니 자기에게 맡겨달라고.

"그래서 너도….'

"응."

히로시마에서도 호코쿠 신문이 화제가 되었다. 시쿠라는 군인을 그만두고 덴류지로 향한 것이었다.

"원수를 갚기 위해, 모두를 지키기 위해서인가…?"

"너는 별도다. 네 탓에 시치야와 후고로는 죽은 거다."

"그렇다면, 어째서 나를 치지 않지? 무곡, 북진을 빼앗으면 다섯 개다."

"죽어도 넘기지 않겠다고 한 것은 너다."

시쿠라는 내뱉는 것처럼 말했다.

"하지만, 그런 사정이라면…."

"너는 알고 있었을 텐데. 여러 개의 비술을 얻으면 무슨 일이 일어나는지."

이것은 그와 시쿠라밖에 알지 못하는 일이다. 비술을 중복하여 지니면 두 가지 사실을 알 수 있게 된다.

"상성 말이군."

"눈치챘겠지. 파군과 거문은 동시에는 낼 수 없어."

비술끼리는 상성이라는 게 존재한다는 것은 슈지로도 북진을 얻었을 때 알아차렸다. 무곡과 북진은 동시에 낼 수 있다. 그러나 무곡을 체현했을 때 360도를 전부 둘러보는 북진의 힘이 약해져, 270도 정도로 줄어들어 버리는 것이다.

"나는 이 세 개를 구사해서 싸우는 데 익숙해지게 했다. 평소라면 몰라도 이런 때라면 신중해질 수밖에 없어."

"또 한 가지는 결코 두 배가 되지 않는다는 건가?"

"맞아."

시쿠라는 조용히 대답했다. 비술을 가졌을 때의 각자의 실력을, 예를 들어 10이라고 치자. 시쿠라가 후고로의 비술을 이어받았다고 해도, 두 배인 20의 실력이 되는 것은 아니다. 체감적으로는 14, 15쯤인 것이다.

"그 비유라면, 시치야에게서 받은 지금은 18, 19쯤. 너한테서 두 개 빼앗고, 잘 구사한다고 해도 25 정도 아닌가? 그러나…."

"그리 간단하지는 않겠지만… 15인 나와 함께 싸우면, 33, 34쯤인가?"

"그래서 지금은 살려둔다."

시쿠라의 의도는 알았다. 그러나 그렇게 둘이 함께 덤볐는데도 환도재에게 이길 수 없었던 것이다. 단독으로 이기기 위해서는, 비술을 전부 모으는 것 말고는 방법이 없지 않은가?

"신기하군…."

슈지로는 나무들을 수런거리게 만드는 밤바람을 향해서 말을 흘렸다.

"뭐가 말이야?"

"마지막에는 한 명을 목표로 하는 교하치류인데도, 다섯 개의 비술을 둘에서 가지는 것보다 다섯 명이 나눠 가지는 편이 강하다."

"내 탓을 하려는 건가?"

시쿠라는 노여움이 담긴 목소리를 내뱉었다. 계승전에 반대했던 것은 맏형인 잇칸. 여덟 명이 함께 환도재에게 도전하자고 제안한 것은 후고로. 그것들을 무리라며 말린 것은 시쿠라였다.

"아니, 너는 옳았어."

누군가의 비술을 빼앗지 않으면, 이 사실은 결코 깨닫지 못한다. 과거에도 그들처럼 알아차린 자는 있었는지도 모르지만, 그때는 이미 늦었다. 게다가 여덟 명이 덤비면 이길 수 있었을지도 모르지만, 아무도 죽지 않았을 거라고도 생각할 수 없다. 두세 명은 환도재한테 당했겠지.

"잘못한 것은 나다."

노린다면 계승전을 포기한 장본인인 나만. 환도재도 언젠가는 죽을 테니까 그때까지 도망치면 된다. 슈지로는 그렇게 생각했었다. 그러나 그것은 착각이었고, 후고로와 시치야는 죽은 것이다. 그리고 지금 또 형제의 목숨을 위험에 노출시켰다.

시쿠라는 이제 아무런 대답도 하지 않았다. 숲을 더 들어갔을 때, 슈지로는 발을 멈췄다.

"두 조로 나뉘었다…."

두 명과 한 명. 이로하와 후타바, 산스케의 두 조다. 뭔가 예측하지 못했던 사태가 벌어진 것은 아닐까?

"우리도 갈라지는 수밖에 없군."

"그렇군. 쫓을 수 있나?"

"너처럼 빠르지는 않겠지만. 나는 산스케를 쫓겠다."

"알았다. 살아남으면 지류 역참에서 만나자."

"그때는 벨지도 몰라."

"응. 그래도."

"…알겠다. 서두른다."

시쿠라는 잠깐 공백을 두고 대답하고는, 산스케의 발자국을 쫓아 덤불을 헤치고 나갔다. 슈지로는 그 뒷모습에서 눈을 떼고, 다시금 후타바의 발자국을 쫓기 시작했다. 발자국의 간격이 약간 좁아졌다. 달리던 것을 멈추고 조용히 도망치고 있다는 뜻. 즉, 환도재에게 포착당했다는 것.

－이로하, 부탁한다.

슈지로는 지푸라기라도 잡는 심정으로 의동생을 향하여 마음속으로 그렇게 부탁했다.

5

나무들로 뒤덮여 차단된 데다가 구름이 끼기 시작해서 달빛이 약해져, 더욱 어둠의 깊이가 늘어난다. 한참 서쪽이긴 하지만 천둥이 치는 소리도 들린다. 한바탕 비가 쏟아질지도 모른다. 바람도 비 냄새를 풍기기 시작했기 때문인지 새싹의 향기가 진해졌다.

"빨리."

제일 뒤에서 가는 산스케는, 이로하와 후타바를 낮은 목소리로 재촉했다. 센닌즈카로 가기 전에는 이런 사태가 될 줄은 생각지도 못했다. 설마 환도재가 고독에 참가했을 줄이야.

슈지로가 계승전에서 도망쳤을 때, 솔직히 산스케도 안도했던 것이다. 검밖에 모르는 그는 유신 시대를 살아가는 데는 고생했다. 시치야처럼 행운이 따라주는 일은 극히 드물고, 다른 형제들도 상당히 고생했을 것이다. 산스케도 결코 편하다고는 할 수 없지만, 차부직을 간신히 얻어냈다.

차를 타는 것은 유복한 인간들뿐. 열 명이 한꺼번에 덤벼도 그에게 이길 수 없을 만한 자들인데도, 거만하게 행동한다. 난폭한 태도를 보이는 것은 그나마 나은 편이고, 뭐가 마음에 안 드는지 발로 걷어차는 일도 있었고, 그런 때는,

- 죽여버릴까.

라고 마음속으로 저주를 퍼붓는 일도 있었다.

그러나, 그럴 때 아내와 아이들을 떠올리면 마음이 누그러진다. 아내인 사키는 오카치(御徒士. 에도 시대 쇼군이나 다이묘가 외출할 때 행렬의 선두나 호위를 맡은 하급 무사)의 딸이다. 철이 들었을 무렵에는 어머니가 병사하고, 아버지는 쇼기타이(彰義隊. 보신 전쟁 때 신정부군과 싸운 구 막부군 쪽 무사단. 우에노 전쟁에서 괴멸된다)에 들어가 죽었다. 남겨진 사키는 작은 상가에서 사무를 보는 일을 했다. 그곳 주인이 산스케를 단골 차부로 일을 시켰던 것에서 생긴 인연이다.

사키는 그가 교하치류의 계승 후보라는 것도, 검을 잡았었다는 것조차도 모른다. 교토에서 흘러들어온 자라고 지금도 생각한다.

가난한 생활에도 불평 한마디 하지 않았고, 아이가 태어나고부터는 내직을 하며 집안 살림을 돕고 있다. 그런 사키와 두 아이만큼은 무슨 짓을 해서라도 지킨다. 산스케는 그 때문에 계승전을 끝내기로 결정한 것이다.

"이로하, 왔다."

산스케는 혀를 찼다. 등 뒤에서부터 풀잎을 헤치는 소리, 땅을 짓밟는 발소리가 들린다. 이것은 시쿠라의 것도, 슈지로의 것도 아니다. 그 괴노인, 오카베 환도재의 것이다. 두 사람은 환도재에게 패했다고 봐야 하나? 형제들 중에서도 특별히 실력이 뛰어났던 두 사람이.

"어떻게 해?"

이로하는 물었다. 그 말에는 후타바를 두고 도망칠까? 라는 의미도 포함되어 있다.

"소용없어. 너무 빨라."

후타바를 데리고 있든, 아니든, 언젠가는 따라잡힌다. 후타바와는 납치했을 때 잠깐 이야기했었다. 슈지로의 지인이라고 생각했으나 그게 아니라 생판 남이었던 모양이다. 이런 모임인 줄은 모르고 참가한 후타바를 슈지로는 지켜주면서 여기까지 왔다고 한다. 그 이야기를 듣고 산스케는,

 - 슈 형답네.

라며, 쓴웃음 짓고 말았다. 불안한 듯한 후타바의 눈을 보고, 산스케의 뇌리에 문득 두 아이의 얼굴이 스쳤다.

"내가 죽인다."

"그 둘이 당해내지 못했는데."

"내 녹존은 정면 승부에는 맞지 않아. 단, 지금, 이 장소만큼 적절한 때는 없어."

"그래도-."

"이로하, 잘 들어. 이제 시간이 없어. 녹존을 전달하겠다."

"엇…."

"금방은 익숙해지지 않을지도 몰라. 하지만 녹존이 있으면 환도재의 발소리를 파악할 수 있어."

산스케는 자기 몸에 숨겨왔던 녹존의 정체, 그 전모를 이로하에게 다 이야기하더니,

"잘 써."
라며 미소 지었다. 한때는 이로하도 포함해서 전원을 죽일 생각이었다. 그러나 막상 이렇게 만나보니 마음이 흔들리는 것은 어쩔 수 없다. 이 세상에서 단 여덟 명뿐. 함께 자라고, 같은 고뇌를 짊어진 형제인 것이다. 떨어져 있던 사이에 각자 보냈던 시간들이 흘러들어오는 것 같은, 신기한 감각이다.
"산스케 오라버니…."
"걱정하지 마. 무리다 싶으면 도망쳐. 지류 역참에서 만나자."
산스케는 이로하의 어깨를 가볍게 찔렀다.
"알았어."
이로하는 그제야 안도한 것 같은 표정으로 끄덕였다.
"그쪽으로 가."
산스케는 두 사람을 배웅한다. 뒤를 돌아본 후타바와 눈이 마주쳤다.
"무섭게 해서 미안했다. 이로하가 지켜줄 거야."
후타바가 고개를 끄덕이는 것을 확인하고는, 산스케는 발밑의 돌을 몇 개 줍더니 그 자리에 우뚝 섰다. 두 조로 갈라지면 환도재가 이로하네를 쫓아갈지도 모른다.

"왔나?"
이윽고 나무들 사이를 가로지르는 것처럼 뛰어내려오는 환도재가 보였다.

"교하치류 계승자 그 세 번째…."

아직 10간은 있지만, 산스케의 귀는 환도재의 중얼거림을 포착했다.

"내가 기온 산스케다! 오너라!"

환도재가 말을 마치는 것보다도 빨리 외치더니, 산스케는 맹렬하게 달려나갔다. 발소리는 일절 없다. 들리는 것은 몸에 닿는 들풀 소리뿐이지만, 이윽고 그것도 사라졌다. 나무들이 울창하고 풀이 없는 장소를 찾아 달리고 있다. 보통 사람이라면 숲은 고요함에 감싸인 것이라고 생각하겠지만, 산스케에게는 짐승이나 새의 숨소리까지도 들린다.

— 도와줘.

산스케는 크게 곡선을 그리는 듯이 달린다. 어둠 속에 빛나는 것이 보였다. 사슴의 눈이다. 그 시야에 들어가지 않도록 빙 돌아서 다가가서는, 등 뒤에서부터 펄쩍 뛰어넘으며, 공중에서,

"미안하다."

라고 중얼거렸다. 사슴은 소리를 낼 때까지 그의 존재를 알아차리지 못했던 것이겠지. 산스케가 왔던 방향으로 달려간다. 묵직한 사슴의 단말마가 들렸다. 환도재가 벤 것이다. 아주 잠깐이라도 좋으니, 환도재의 눈을 피하고 싶었다. 산스케는 이미 나무 뒤에 숨어 있다.

차박, 차박 하는 환도재의 발소리가 다가온다. 그 거리, 6간.

"녹존 사용법이 능숙하군."

환도재의 끈적한 목소리가 들려왔다. 이쪽의 반응을 살피고 있는 것이다. 아직 움직여서는 안 된다. 아슬아슬한 직전까지 유인해야 해. 숨을 죽이는 산스케의 귀가 어떤 소리를 주웠다.

 – 무사했군.

산스케는 살짝 표정을 풀었다. 슈지로와 시쿠라의 목소리다. 아무리 환도재라고는 해도, 저 두 사람에게는 애를 먹고, 죽이지 못하고 내버려두고 산스케를 쫓아온 모양이다.

"어이, 어이, 어이."

환도재는 반복해서 말했다. 완전히 똑같은 음정이라는 것이 음산함을 부추긴다. 그 거리, 3간 남짓.

 – 사키, 기에, 마쓰타로.

아내와 아이들 이름을 마음속으로 부른다. 가족에게는 오랫동안 소식을 전하지 못했다. 형제들이 교토에 모인다고 말했다. 거짓말은 하고 싶지 않았다. 비록 그것이 죽이기 위해서라고 모이는 것이라고 해도.

형제가 있다는 사실도 처음 말한 것이라서 사키는 놀랐지만, 서방님이 셋째라면 필요하겠지요, 라며 한 푼 한 푼 모아뒀던 노잣돈을 쥐여주었다. 잇칸 형은 둘째치고, 슈 형은 그런 것까지는 챙기지 못할 것 같으니 도움이 될 거야. 그런 대화를 한 후,

 – 줄곧, 줄곧 열심히 일해왔잖아요. 느긋하게 지내다 와요.

라며, 만면에 웃음을 띠고 배웅해 주었다.

제2장 센닌즈카(戰人塚)

"어이, 어이 – "

산스케는 소리 없이 손을 움직여 돌을 던졌다. 몇 마리의 새가 앉아 있던 나무를 발견했고, 그것을 목표로 한 것이다. 새들이 날아오르고, 환도재가 휙 고개를 든다. 그때 이미 돌 한 개를 던졌다. 나뭇가지에 맞아 건조한 소리가 났다. 환도재가 그쪽을 향했을 때, 세 번째의 돌이 덤불을 살짝 흔들었다.

"거기인가?"

"여기다."

산스케는 이미 소리를 죽이고 나무 위에 올라가 있었고, 머리 위에서 칼을 겨누고 날아올랐다. 굳이 목소리를 낸 것은, 직전에 움직임을 유도해야 해치울 수 있다고 생각했으니까. 산스케는 환도재의 머리를 노리지 않았다. 환도재가 고개를 든 순간, 목덜미를 베어버릴 생각이었다.

땅에서 둔탁한 소리가 났다. 그 소리는 허공을 표류하지 않고, 몸을 통해 고막을 흔든다.

"젠장…."

분명히 해치웠다고 생각했다. 그러나 나뒹구는 것은 자기였고, 환도재는 땅에 두 발을 붙이고 서 있다.

– 휘었다….

칼날이 뒷덜미에 닿은 순간, 환도재의 목이 불가능한 방향으로 움직였다. 마치 뼈가 부러진 것처럼. 아니, 뼈가 없는 것처럼. 그리고 허공의 산스케를 향해, 발도와 동시에 칼을 휘둘렀다. 이것도 기이한 움직임이었다. 팔꿈치에서부터 그 끝이 회전하는 것 같은.
"잘하네, 잘해. 간담이 서늘해졌어. 오… 등을 베였네."
환도재는 기모노 등 쪽의 찢어진 부분으로 손을 돌리면서 말했다. 손가락에 피가 묻어 있다. 상처는 냈지만, 얕다. 1촌에도 못 미치는 깊이겠지.
"큭…."
반면에 자기는 배를 깊이 베였다. 내버려둬도 10분도 채 못 버틴다.
"이렇게 손이 많이 가는 세대는 교하치류 시작 이래 처음 아닐까? 이 몸이 장수했으니 망정이지…."
웃는 얼굴에서 돌변, 환도재는 우는 것 같은 얼굴로 걸음을 옮긴다. 광대뼈가 꿈틀거린다. 세상의 온갖 비애를 모아놓은 것 같은 추악한 얼굴이다.
 - 형제들을 위해 써야 해요.
이런 때에도 귓가에 되살아나는 것은 사키의 목소리였다.
"사키…."
"세 명째."
환도재가 칼을 휘둘렀을 때, 산스케는 남은 힘 전부를 쥐어짜 외쳤다.
"환도재는 뼈를 – "
"시끄러워."

목구멍에 뜨거운 것이 달린다. 칼날이 깊이 박혔다. 그러나 산스케는 그래도 외쳤다.
"뼈가… 없는 곳이 약점이다!"
"안 들려."
– 들릴 거다.
이로하라면. 녹존의 힘은 자기가 제일 잘 알고 있다.
– 시끄러워.
몸에 칼이 박히는 소리가 몇 번이나 귓가에 울린다. 필사적으로 사키와 기에와 마쓰타로의 목소리를 떠올리려고 했다. 간신히 세 사람의 목소리가 되살아나고, 산스케가 입술을 벌리며 웃자, 이제 아무 소리도 들리지 않게 되었다.

– 남은 인원, 68명.

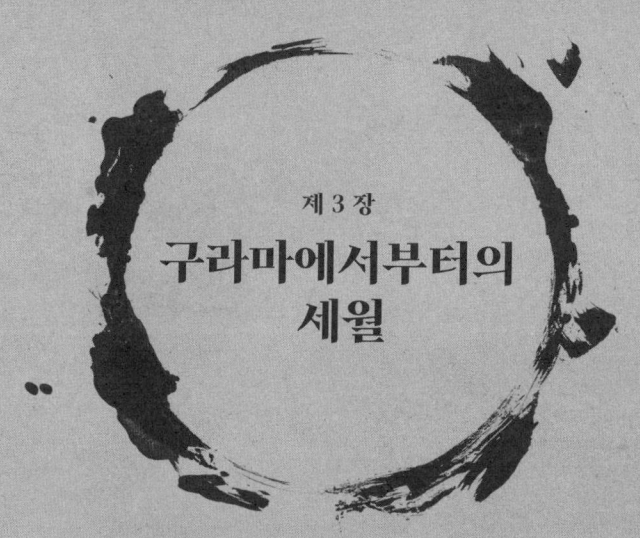

제 3 장
구라마에서부터의 세월

1

 지류 역참은 도카이도 중에서는 중간 정도 크기의 역참이지만, 크기에 비해 거기 들어선 가게의 수는 많다. 역참 동서쪽 끝자락에는 찻집이 줄지어 있어, 활기차게 나그네들을 불러들인다. 가운데 쪽은 여관이 나란히 있다. 술집, 담배 가게, 자질구레한 소품들을 파는 가게는 물론이고 전당포, 귀금속, 대장간도 있으며, 한 칸 뒷골목으로 들어가면 유곽까지 있다. 그 때문에 여행에 익숙한 자들은 큰 역참이 아니라, 일부러 작은 범위 안에 전부 다 갖춰져 편리한 지류를 선택하는 자도 많다. 더욱이 지류에는 마(馬)시장이 서기 때문에 말 거간꾼들도 모여들어 역참 마을은 항상 떠들썩했다.
 그 지류 역참이 지금 절규에 휩싸였다. 남녀노소를 불문하고 이리저리 도망 다녔고, 도망가, 숨어라, 주재 경찰을 불러, 아니, 경찰서까지 뛰어, 등등의 목소리가 날아다닌다. 그 고함인지 비명인지 구분도 안 되는 외침 사이사이로, 칼날이 교차하는 요란한 소리가 울려 퍼졌다.
 간지야 부코쓰는 질색하며 요란하게 혀를 찼다. 그사이에도 공격이 세 번 들어갔지만, 그 모두가 거부당한다.
 "도대체 뭐야? 이놈은… 에잇!"
 더욱 공격의 속도를 높인다. 그러나, 그것도 닿지 않는다. 남자의 검

이 전부 다 막아내 버린다. 흘려버리는 것이 아니다. 튕겨내고, 후려쳐 떨어뜨리는 것인데, 그것보다도,

 ‑ 물렸어.

라는 것이 정확한 느낌이다.

아까 걸어가던 이 남자에게 쓱 다가가는 자가 있었다. 그자는 흘낏 보고 목패를 확인하더니, 양끝에 색이 칠해진 목패와 교환해 줬다. 즉, 남자는 고독 참가자가 틀림없다.

부코쓰는 뒤를 밟아, 인적 없는 곳에서 해치우려고 했다. 그러나 이 남자, 무슨 생각을 했는지 서쪽으로 방향을 틀어 즉, 지금 왔던 나루미 쪽으로 도로 발길을 돌린 것이었다.

 ‑ 과연. 똑똑한 놈이네.

솔직히 부코쓰는 감탄했다. 고독 규칙 중에 '역주해서는 안 된다'는 문구는 없다. 본인은 지류를 빨리 돌파해 두고, 왔던 길을 되돌아가 뒤에 오는 자를 친다. 지류보다 더 나아가면 그 관문을 돌파한 달인들만 있지만, 그 전이라면 상대적으로 약한 자가 많다. 목패를 다 모으지 못해 지류 역참 바로 앞에서 얼쩡거리는 자도 있을 것이다. 그들을 사냥하면 효율적으로 목패를 모을 수 있다. 더욱이 강자와 마주쳐 도주할 때도, 자신은 목패 확인이 이미 끝난 상태지만, 적은 목패를 보여주기 위해 발을 멈춰야 하니 쉽사리 떨궈버릴 수 있다는 것이다.

역시 똑똑해. 그러나, 그것이 부코쓰를 매우 짜증 나게 했다.

 ‑ 이것은 그런 게 아니잖아.

부코쓰는 인생에서 지금이 가장 즐거웠다. 우쿄라는 태도잡이도 상당한 실력이었다. 그 정도 수준의 검객과 조우할 수 있는 것은 10년에 한 번이나 두 번. 그런 자들이 우르르 참가한 것이다. 그중에는 태어나서 처음으로, 등줄기에 오한을 느꼈던 괴물 같은 자도 있었다.
 - 그건 이길 수 없어.
멀리에서 보고 간파하고, 지금은 손을 대지 않기로 한 자까지 있는 것이다. 단, '지금은'이다. 강자와 검을 섞음으로써 자기가 엄청난 속도로 강해지는 것을 실감한다. 저 정도의 괴물이라면, 반드시 도쿄까지 도달하겠지. 도쿄에 갈 때까지만 죽일 수 있게 되면 좋을 뿐. 그때를 생각하면 입가가 벌어지는 것을 참을 수 없다.
그렇게 당당하게 고독을 즐기는 그이기 때문에, 이 남자의 영악한 꼼수에 화가 났다. 어차피 이런 잔꾀를 부리는 놈이니까, 대단한 것은 없겠지.
 - 죽여둘까.
부코쓰는 가벼운 마음으로 결정했다. 남자는 역참을 역주해서 이쪽으로 다가왔다. 스쳐 지나가면서 목을 베고, 목패를 빼앗는다. 역참이 혼란스러워지는 동안에 냉큼 목패를 확인하고, 단숨에 다음 역참인 오카자키까지 달려가면 된다.
어깨가 스치는 순간, 부코쓰는 남자의 목에 섬광 같은 칼날을 날렸다. 이것으로 남자는 땅바닥에 엎어져야 했다.
그런데, 3분 정도 경과한 지금도 남자는 두 발로 서 있다. 그뿐만이 아니라, 부코쓰의 난격을 전부 튕겨내는 것이다.

"네놈이야말로 누구냐? 거치적거린다. 비켜!"

남자는 날카롭게 짖었다. 송곳니가 엿보여 그 모습이 마치 개, 아니, 늑대를 방불케 한다. 나이는 20대 중반 정도. 기모노에 모모히키(통이 좁은 바지로 속옷이나 작업복으로 입는다) 차림이지만, 군인이 걸치는 외투, 분명히 프록코트라던가 그렇게 불리는 것을 걸쳤고, 양장과 전통 복장이 뒤죽박죽 뒤섞인 차림새다.

"간지야 부코쓰."

"난자의 부코쓰인가."

"너는?"

"베려고 했던 주제에 물어보지 마."

그 사이에도 부코쓰가 날린 비스듬히 베기, 올려 베기, 몸통 베기, 전부 다 남자의 검에 먹혀버렸다.

"이름을 대라, 비겁자."

"너, 머리 괜찮냐? 기습공격을 한 주제에 할 말이야?"

"약한 자를 사냥하려고 하니까 그랬다. 나랑 싸워라."

"무슨 말을 하는 거야? 나는 갈 데가 있단 말이다!"

격정을 분출하는 말투와는 대조적으로, 남자의 검은 한 치의 오차도 없이 정확하게 부코쓰의 공격을 격파한다.

"도쿄는 반대 방향이다."

"날 부른다고!"

부코쓰는 단속적으로 쏟아지는 장맛비 같은 찌르기를 쏟아냈다. 그러나 이것도 남자의 검의 장막에는 매번 잡아먹힌다.

예상치도 못한 요란한 격투가 되어버려, 역참 마을은 혼란의 극치에 달했다. 혼잡한 인파 속에는 그의 목패를 확인하는 '소마'라는 남자도 있었지만, 꺼림칙하다는 듯이 혀를 차며 인파 속에 섞이는 것처럼 사라졌다.

50대 남자가 정신없이 어린 여자아이를 밀쳐내고 도망친다. 여자아이는 고꾸라지면서 부코쓰와 남자 사이로 굴러들어 왔다. 그 얼굴은 공포로 얼어붙어 있다. 이것이 또한, 좋다.

"비켜."

부코쓰는 충동을 억누르지 못하고, 소녀를 베어버리려고 칼을 치켜들었다.

"무슨 짓이야?"

남자가 소녀의 어깨에 왼손을 뻗었다. 움켜잡고 끌어당길 생각이다. 그러나 소용없다. 늦는다.

그러나, 남자는 소녀의 어깨에 손을 올려놓았을 뿐, 잡아당기려고 하지 않았다. 오른손에 쥔 칼이 고속으로 날아가, 칼끝으로 부코쓰의 칼을 튕겨내 날려버렸다. 이런 검술은 본 적이 없다. 검술이라기보다, 요술처럼 느껴진다.

"사가 고쿠슈의 발 기술도 그렇고… 이놈이고 저놈이고 하나같이 희한한 기술을."

"사가…, 발 기술…, 슈 형을 알고 있는 건가?"
자기도 모르게 입에서 흘러나온 것뿐이었지만, 남자는 예민하게 반응했다.
"아는 사이인가?"
"어디에 있어?"
"이름을 대. 그럼 가르쳐주지."
"게아게 진로쿠다. 말해."
"내가 해치웠다."
반은 허언이다. 그러나, 언젠가는 반드시 해치운다. 이 남자와 어떤 관계인지 모르지만, 동요해서 검 놀림이 둔해지면 이득이라고 생각해 허풍을 떨어봤다. 그러나, 남자는, 아니, 게아게 진로쿠는 당황하긴커녕 코웃음을 치더니,
"거짓말하지 마. 네놈 따위가 죽일 수 있을 것 같아?"
라고 지껄였다. 부코쓰는 끓어오르는 격앙에 맡겨 그대로 크게 휘둘렀다. 그 순간, 부코쓰의 얼굴에 찌르기가 날아왔다. 몇 분간의 싸움에서 진로쿠 쪽에서 공격한 것은 이것이 처음이다.
"칫 - ."
부코쓰는 고개를 흔들어 피했다. 뺨이 살짝 베였다. 진로쿠의 공격은 별것 없다. 엄밀하게 말하면, 보통 사람보다는 훨씬 날카롭지만, 그야말로 그가 아니라 사가 고쿠슈였다면 방금 그 일격으로 나는 죽었겠지.

그러나 이 진로쿠, 방어에 관해서는 사가 고쿠슈보다 훨씬 위다. 철저하게 수비를 굳히고, 상대방의 빈틈을 찔러 반격하는 것이 특기인 것으로 파악했다.

―패하지는 않겠지만, 죽이지도 못하겠군.

부코쓰는 이를 갈았다. 좀 더 편하게 해치울 수 있을 거라고 생각했는데, 큰 오산이었다. 빈틈을 보이지 않고 계속 공격하는 것이 좋다. 부코쓰는 더욱 살기를 끌어모아 검을 빨리 움직이지만, 역시 진로쿠에게는 닿지 않는다.

흰 날이 춤추고, 불꽃이 튄다. 어떻게, 어떻게 해서 죽여줄까. 부코쓰는 생각하면서 싸우던 와중에, 눈 가장자리로 검은 점을 포착했다. 화살이다.

"젠장."

"뭐야?!"

부코쓰는 펄쩍 뛰어 후퇴하고, 진로쿠는 칼로 순식간에 쳐냈다. 여관 지붕을 기묘한 차림의 남자가 달리고 있다. 남자는 달리면서 잇달아 화살을 겨냥한다. 세 번, 휘어지는 궤도를 그리며 진로쿠에게 날아가지만, 이것도 검의 방패가 근사하게 쳐냈다.

―따라가잖아.

부코쓰는 감탄했다. 화살이 휘어질 것을 예상하고 쳐낸 것이 아니다. 휘어지고 나서 검이 추격해서 튕겨낸다.

"이놈이고 저놈이고."

진로쿠는 칼을 선회하며 지붕을 노려본다. 남자가 화살을 또 쏜다. 다음 표적은 부코쓰다.

"방해하고 자빠졌어. 먼저 죽여주마."

부코쓰는 구르는 것처럼 해서 피하고, 지붕의 남자를 향해 가려고 했다. 그러나 남자는 옆 지붕으로 건너뛰어 거리를 벌린다. 게다가 점 프하는 도중에 또 한 발을 쐈다. 위에서부터 아래로 휘어진다. 호랑나비를 방불케 하는 기이한 궤도다.

"뭐야? 이건."

부코쓰는 오른쪽으로 날아 피했으나, 거기에 이번에는 진로쿠의 공격이 온다.

"이 녀석 - ."

간신히 막아내고 반격하지만, 진로쿠의 검에 역시 쉽사리 박살 난다. 거기에 또 머리 위에서 화살이다. 부코쓰는 모래 먼지를 일으키며 구르는 것처럼 해서 도망쳤다. 지상의 남자에게도 처음에는 공격을 가했으니, 그의 동료라고는 생각할 수 없다. 그러나, 이제 지붕 위의 남자는 자기만 노린다.

"저 녀석도 노려."

부코쓰는 입안에 들어간 모래를 뱉어냈다.

"저것을 쏘기에는 화살이 부족하다."

남자는 화살통에 손을 돌리면서 말을 계속했다.

"게다가 네놈은 사악하다."

눈 깜짝할 사이에 화살을 겨누고 쏜다. 게다가 화살 두 개를 동시에. 각기 다른 궤도를 그리면서 날아온다. 피하지 않으면 죽음. 왼쪽으로 피하면 또 하나의 화살을 맞고 죽음. 오른쪽으로 가면 진로쿠가 이미 휘두른 검에 –.

"아아, 최고다."

부코쓰는 환희에 떨리는 몸을 뒤틀며 왼쪽 어깨에 화살 하나를 맞고는, 진로쿠를 향하여 덤벼들었다. 처음으로 격추를 피하고 부코쓰의 검이 진로쿠의 어깨를 스쳤다.

"그런 원리인가?"

부코쓰는 어깨의 화살을 뽑아내더니 히죽 웃었다. 그때였다. 경찰이 왔다고 역참 사람들이 외쳤다. 호루라기 소리도 들렸다. 한순간의 빈틈을 노려, 부코쓰는 몸을 돌려 달려나갔다.

결코 쉽지는 않지만, 진로쿠를 벨 방법은 찾았다. 그러나 지금은 그 말고도 활잡이가 있다. 동시에 상대하는 것은 좀 불리하다. 일단 물러났다가 다음에 어딘가에서 죽이기로 결정했다.

진로쿠는 쫓아오지 않는다. 경찰과는 마주치고 싶지 않은 모양으로, 진로쿠 또한 도주하고 있었다. 활잡이 남자도 어느새 사라졌다. 그러나, 지붕 너머에서부터 계속 화살이 날아왔다. 부코쓰는 뛰어드는 것처럼 몸을 날려 굴렀다가 다시 달려나갔다.

아까 여자아이를 밀쳐냈던 중년 남자가 꼴사나울 정도로 손을 흔들며 앞에서 달리고 있었다.

"재미있는 놈들뿐이야."

부코쓰는 킥킥 웃고 남자의 등을 베어버리고는, 비명이 소용돌이치는 지류 역참을 서쪽으로, 서둘러 달려나갔다.

이로하는 거무스름한 숲을 헤쳐나와 언덕을 내려간다. 가도로 나가면 지류 역참까지는 그리 멀지 않다. 슈지로와 시쿠라는 살아 있는 건가? 두 사람의 소리는 여전히 들리지 않았다. 만약 살아남았다면, 두 사람은 지류를 향하겠지. 게다가 산스케도, 자기도 고독 참가자인 이상, 목패를 확인하는 관문인 지류 역참은 반드시 지나가야만 한다.

산스케는 숲속에서 해치우려고 했지만, 충분한 시간을 벌었다고 생각하면 후퇴하는 것도 고려하고 있을 터. 그렇게 되면 환도재도 조만간 지류 역참으로 가겠지. 자신도 목패를 보여야만 돌파할 수 있을 테니까.

그때,

-넷이서 치는 수밖에 없어.

라고 이로하는 생각했다. 시쿠라는 무리라고 단언했었다. 그러나 그 둘이서도 상대가 안 되었으니까, 도망칠 수 없다면 그것밖에 방법은 없겠지.

-진로쿠는 무엇을?

이로하는 마음속으로 의형제의 이름을 부르며 혀를 찼다. 못마땅해서 하대하며 이름을 부른 것이 아니다. 형제들 중에서 진로쿠만은 옛날부터 그랬다. 쾌활하고 가벼운 농담만 하고, 그리고 누구보다도 열혈한. 오빠지만 동생 같은 분위기가 있었다. 애초에 그들은 정확한 나이를 아는 자는 적었고, 산에 온 순서대로 형제가 되었다. 따라서, 실제로는 진로쿠는 시치야와 같은 나이거나, 어쩌면 더 어릴지도 모른다.

본인도 쑥스러운 모양으로, 시치야와 이로하에게, 형이나 오빠라고 부르지 말라고 말해서 그렇게 되었다. 그러나 그들 중에서도 형제자매에 대한 애정은 매우 깊었다. 덴류지에서 발견했을 때, 그런 진로쿠였기에 더욱 계승전에 집착하는 것에 낙담과 분노를 느꼈었다. 그러나 잘 생각해보면, 진로쿠가 형제들이 있다는 것을 알고 참가했다는 확증은 없다. 뭔가 다른 이유가 있다고 생각하는 게 타당하다.

그런 진로쿠지만, 산스케의 호출에 유일하게 응하지 않았다. 그것은 형제 싸움을 피하기 위해서인가? 혹은 알아차리지 못했을 뿐인가? 다른 목적에 매진하고 있기 때문인가? 가던 도중에 누군가에게 패했거나, 방해꾼을 마주쳤을 가능성도 있다. 가능하면 진로쿠를 포함해서 다섯 명이 환도재에게 덤비는 것이 바람직하다.

"지금."

후타바가 발을 멈추고 돌아본다. 바로 지금, 단말마 같은 소리가 들렸다. 이 정적의 숲속에서라면 보통 사람 귀에도 들리는 것이다.

"분명 사슴이다."

환도재와의 싸움에 휘말렸나? 산스케가 이용했는지도 모른다. 삼라만상 모든 것을 이용해서 싸우라는 것은 교하치류의 가르침이다.

"그래도…."

"입 다물어. 네가 뭘 할 수 있어?"

이로하는 통렬하게 내뱉었다. 이로하가 후타바를 얕보는 것은, 어린아이이기 때문도, 더욱이 여자이기 때문도 아니다.

산을 내려갔을 때, 이로하는 후타바보다도 어린 나이였다. 그때 세상에는 여자라는 이유만으로 무시하는 어리석은 자들이 잔뜩이라는 것을 알았다. 그 대부분은 이로하가 약간만 본 힘을 내면 시체로 변할 자들뿐이다. 그러나 한편으로, 그리 여겨져도 어쩔 수 없는 여자도 또한 많다는 것을 알았다. 이로하가 후타바를 짜증스럽게 여기는 것은, 후타바가 상황을 타파하기 위한 힘을 일절 갖지 못했기 때문이다.

"역시 슈지로 씨를 불러서 –."

"남한테만 기대는 건가?"

이로하는 그 한마디로 차단했다.

애초에 어째서 후타바는 고독에 참가한 걸까? 확실히 뚜껑을 열어 볼 때까지 내용은 몰랐겠지만 어지간한 바보가 아닌 한, 그리 쉽사리 10만 엔이나 되는 큰돈을 얻을 수 있을 거라고는 생각하지 않을 것이다.

그리고 어째서 슈지로는 후타바를 돕는 건가? 보통 때라면 이해 못할 것도 없다. 그러나 이런 상황이다. 명백하게 불리해질 것을 각오하고 지키려고 할 만한 가치가 이 소녀에게 있다고는 이로하는 생각할 수 없었다.

"두 번 말 안 하니까 잘 들어. 너는 네 몸만 생각해라."

이로하가 노려보는 것처럼 쳐다보며 낮게 명령하자, 후타바는 입을 꼭 다물었다. 이로하는 다시금 언덕길을 내려가기 시작했다.

어째서 내가 이런 계집애를 데리고 있는 건가? 슈지로가 부탁했기 때문이 아니다. 어디까지나 흐름상 이렇게 된 것이다. 그렇다면 내버려두고 나만 도망치면 되는데, 이렇게 따라오게 하고 있다. 결과적으로 슈지로와 같은 행동을 취해버렸다는 사실에 더욱 자기 자신에게 짜증이 났다.

"이쪽이다."

이로하는 진행 방향을 바꿨다. 산스케에게서 이어받은 녹존은 시간이 지날수록 몸에 익숙해지는 것이 느껴졌다. 짐승이나 벌레 울음소리는 물론이고, 숨소리나 날갯짓 소리까지도 들릴 정도로. 진행 방향을 바꾼 것은 생물의 기척이 끊어졌으니까. 그 앞은 절벽이라거나 그런 것 아닐까?

"어…."

이로하는 발을 멈추고 돌아봤다. 후타바에게는 들리지 않았는지 의아한 듯하다. 이것은 녹존으로밖에는 들을 수 없다. 아니, 녹존이라면 들리리라 생각하고 한 말이 틀림없다.
"왜 그래요?"
"쉿."
이로하는 날카롭게 숨을 뱉어내고, 귓가에 신경을 집중시켰다. 이로하는 다시 들리지 않을까? 하고, 숲의 목소리에 귀를 기울였으나, 이윽고 걸음을 옮기기 시작했다.
"무슨 일…?"
"아니야, 아무것도 아니다."
이로하는 후타바가 깨닫지 못하도록, 목소리의 떨림을 꾹 참았다.
산스케의 몸에 무슨 일이 일어났는지를 전부 알아차렸다. 자기에게 녹존을 맡긴 것을 봐서도 산스케는 이렇게 될 일까지 포함해서 예상했던 것이겠지. 그러면서도 나와 후타바를 –.
산스케가 어떻게 유신 시대를 살아남았는지는 모른다. 벌써 10년이나 얼굴을 마주치는 일 없이 보냈다. 게다가 불과 한 시간도 채 안 되는 재회였다. 그런데도 산에서 지낸 10년의 나날이, 그 무렵의 산스케의 얼굴과, 함께 나눴던 대화 등이 차례로 떠올랐다가는 사라졌다.
"이로하 씨…."
뒷모습만으로도 전해진 걸까? 후타바의 목소리에 살짝 물기가 있는 것처럼 느낀 것도, 산스케에게서 받은 녹존 덕분인지도 모른다.
"간다."

아랫입술을 깨물며 이로하는 애써 차분하게 말했다.
30분 정도 걸어가 숲을 빠져나가 작은 오솔길로 나왔다. 등 뒤에서 다가오는 기척은 없다.
지류 역참은 가깝다. 이대로 가면 새벽이 되기 전에 도착하겠지. 이로하가 제2관문인 세키 역참에 도착했을 때 아직 해는 지지 않았다. 고독을 주최하는 자는 심야에도 목패를 확인하러 나타나는 건지 그것도 궁금한 참이었다. 여자 둘인 여행자는 눈에 띄기 때문에, 어딘가에 숨어 있다가 해가 뜬 후에 가는 것도 생각해봤지만, 역시 이대로 가기로 했다. 슈지로와 시쿠라가 일찌감치 환도재를 포기하고 지류로 향했을 가능성도 있기 때문이다. 그렇게 되어버리면 우리가 이미 다음 역참으로 갔다고 오해하고, 합류할 수 없을지도 모른다.
– 원수를 갚아줄게.
이로하는 밤바람에 뜨거운 숨결을 녹였다. 만약에 두 사람이나 진로쿠와의 공투가 이루어지지 못하고 나 혼자라고 해도, 산스케가 목숨을 걸고 찾아낸 환도재의 약점을 찔러서.

오솔길에서 가도로 나가 한동안 걸어가다가 이로하는 뒤로 손을 쑥 내밀었다. 후타바는 바보가 아니다. 아니, 고독이 어떤 것인지 이쯤 되면 이해한 건가? 놀라기는 했겠지만, 말을 하는 일은 없었다.
"있겠지."
작은 찻집이 하나 있다. 유신 전부터 있던 것이겠지. 여기만 보면 무사가 마음 놓고 활보하던 시절에서 시간이 멈춰버린 것처럼 느껴지기도 했다. 숙식할 정도의 크기는 안 되기 때문에, 가게 주인은 분명 지류 역참에서부터 출근하는 것이겠지. 새벽에는 아무도 없을 것이다. 그런데도 안에서 사람 소리가 들렸다.

"나와."

대답은 없었지만, 이로하는 다시 불렀다. 찻집 문이 무겁게 삐걱거리며 열렸다. 문틀에 손을 대면서, 덩치 큰 남자가 불쑥 모습을 보였다. 키는 6척 정도. 어둑어둑해서 확실치는 않지만, 나이는 30대 중반.

"잘도 알아챘네."

남자는 히죽 야비한 웃음을 짓는다.

"숨소리가 시끄러우니까."

"헛소리를."

도발이라고 생각한 것이겠지. 남자는 질색하듯이 코웃음 치며 말을 이었다.

"그쪽 여자애, 덴류지에서 봤다. 너도 그런가?"

"그렇다면?"

이로하는 손가락을 오므렸다 폈다 하면서 걸음을 옮겼다.

"용케도 여기까지 살아남았네."

"지류 앞에 숨어 있다가 이길 수 있을 만한 놈만 노리려는 거겠지? 그런 겁쟁이가 할 말은 아닐 텐데."

"이게…, 순순히 목패를 내놔."

"사내라는 것들은."

이로하는 입술에 씁쓸한 웃음을 올린다. 산에서 내려올 때까지는 스승과 오빠들밖에는 남자를 본 적이 없었다. 그래서 외계로 나갔을 때, 하찮은 남자들만 있어서 질색했던 것이다. 완력의 강함이나 무예 실력으로 판단하는 것이 아니다. 이로하가 알던 남자들과는 모든 면에 있어서 너무나도 괴리가 컸다.

"미쳤나?"

이로하가 더욱 다가가니까, 남자는 허리를 낮추고 칼에 손을 댔다.

"머리는 놀랄 정도로 맑은데."

"나는 전 교토 순찰조의—."

남자가 말하려던 때, 이로하는 소리도 없이 땅을 박찼다. 남자는 흠칫 놀라 얼굴이 굳었고, 뽑은 칼이 밤의 그늘에서 번쩍였다.

분출한 피가 밤을 적신다. 이로하는 칼날 밑을 빠져나가 스쳐 지나치면서 목을 베어버렸다. 남자는 신음을 발하며 무슨 일이 일어난 건지 모르겠다는 듯이 안구를 격렬하게 움직였다.

"안 궁금해."

목에 매단 끈을 소협차로 자르더니, 이로하는 남자의 어깨를 손으로 툭 밀었다. 남자는 털퍼덕 땅에 쓰러져 격렬하게 경련했다.

"이로하 씨…."

남자의 목에서 목패를 빼앗을 때, 등 뒤에서 후타바가 말을 걸었다. 숨결은 거칠고, 심장 소리까지 희미하게 들린다. 역시 익숙해지지 않는 것인가? 그것이 '보통'인 것이겠지. 살인의 기술만을 배워온 그들 쪽이 '이상'한 것이다. 그것을 산스케가 가르쳐주려고 하는 것 같은 기분이 들었다.

"간다. 떨어지지 마."

이로하는 뒤를 돌아보지 않고, 어슴푸레 밝아오기 시작한 동쪽 하늘을 바라보면서 말했다. 후타바의 발소리가 들리는 것을 확인하고는 이로하도 다시금 걷기 시작했다.

슈지로는 살며시 시체에 손을 댔다.

－아직 따뜻하다.

가도에 있는 한 채의 찻집. 그 앞에 남자의 시체가 있었다. 분명 이 남자도 고독 참가자이며, 여기에서 뒤에 오는 자를 기다리면서 잠복하고 있던 것이겠지. 그리고 반격을 당했다. 목이 베였다. 이 칼자국은 이로하의 것으로 보아도 틀림없겠지. 시체의 온기를 보니 그리 멀리 가지는 않았다.

시쿠라와 갈라진 후, 슈지로는 후타바와 이로하를 쫓았다. 추적에 시간이 걸린 것은 이로하의 발자국이 매우 보기 힘들게 되었기 때문

이다. 그것은 산스케의 발자국의 특징이다. 여기에서 추론할 수 있는 것은,

―산스케가 이로하에게 '녹존'을 맡겼다.

라는 것이다.

교하치류는 기묘한 검술이다. 단 한 마디로 비술에 눈을 뜨게 하고, 누군가에게 넘겨주면 1각(시간의 단위. 일본에서는 2시간을 의미한다) 정도 만에 거짓말처럼 흩어져 사라져 버린다. 계승전 전에 스승은 분명히 그렇게 말했다.

이것은 신통력 종류는 아닐 거라고, 슈지로는 어렴풋하게나마 추측하고 있다. 분명 모두가 이미 '모든 비술을 쓸 수 있는' 상태가 되어 있다. 그러나 어떠한 암시에 의해 한 가지 말고는 열쇠로 잠근 것처럼 잠겨 있는 것이다. 필살기의 실태를 고하면 그 열쇠가 풀린다. 그리고 고한 자에게는 암시가 되살아나 필살기를 잃어버린다는 구조겠지. 그 정체는 접어두고, 스승은 확실히,

―1각 정도 만에.

라고 말했다. 산스케도 또한 기억하고 있겠지. 따라서 이로하에게 녹존을 맡기고, 자기에게 녹존이 살아 있는 동안에 환도재를 해치우려고 했던 것이 아닐까?

이로하는 지류 역참으로 가고 있다고 봐도 될 것이다.

밤이 짧은 계절이다. 하늘이 흐르는 것처럼 희미한 푸른색으로 서서히 물들기 시작했다. 슈지로는 지류 역참에 들어가자마자 이변을

깨달았다. 나그네에게 밥을 내주기 위한 준비를 하느라 역참은 이른 아침부터 움직이기 시작하므로 사람들이 있는 것은 이상하지 않다.

그런 게 아니었다. 이 시간임에도 경찰 몇 명의 모습이 보인 것이다. 역참이나 근린 주재원치고는 많다. 아이치현청 제4과가 움직이고 있다. 즉 그럴 만한 사건이 있었다는 것이다.

"할 수 없군."

슈지로는 칼집째로 검을 빼서 천으로 쌌다. 칼을 차는 것은 폐도령 위반이다. 단 천에 싸서 들고 다니면 그것이 명백하게 칼이어도 징벌까지는 하지 않는다. 갑자기 습격당할 때는 위험하지만 지금은 경찰과 엮여 시간을 빼앗기는 쪽이 더 좋지 않다.

"이보시오."

슈지로는 역참에 발을 들이고는 순회하는 경찰 두 명에게 말을 걸었다.

"뭐야…? 너, 너, 그것은 칼인가?"

젊은 쪽 경찰의 안색이 변한다.

"네."

슈지로는 애써 냉정하게 대답했다. 경찰의 반응을 보아 명백. 이 역참에서 칼부림 사건이 일어난 것이겠지. 그리고 분명 그것은 고독으로 인한 것.

"칼을 보여봐."

젊은 경찰이 다가오려는 것을 다른 한 명의 중년 쪽이 손으로 막는다.

"기다려. 범인이라면 말을 걸어올 리가 없어."

"확실히 그렇긴 하지만…."

"게다가 인상이 명백하게 달라."

중년은 고개를 옆으로 흔들더니, 슈지로에게 물었다.

"어째서 칼을?"

"부친의 유품을 받으러 교토까지 갔다가 도쿄로 돌아가는 길입니다."

"그렇군. 확인해 봐도 될까요?"

"괜찮습니다."

이런 일도 있을지 몰라 피는 닦아뒀고 사용했다는 것은 들키지 않는다. 칼날에 자잘한 흠집은 있을지도 모르지만, 그것도 언제 생긴 것인지는 증명할 수가 없다.

"훌륭한 것이로군요. 이제 집어넣어도 좋습니다."

눈에 띄지 않도록 역참 가장자리로 이동해서 검을 확인하더니 중년 경찰은 조용히 말했다.

"알겠습니다. 무슨 일이 있었습니까?"

슈지로가 묻자 경찰들끼리 서로 얼굴을 마주 본 후, 역시 중년 쪽이 대답했다.

"어제 이 역참에서 칼부림이 있었습니다. 용의자 중 한 명은 서쪽으로 도망쳤다고 합니다. 여기로 오는 도중에 수상한 자는 못 보셨습니까?"

"수상한 자라고요…? 얼굴을 모르다보니."

"어제 용모파기를 작성해 놓았습니다. 어이."

중년이 말하자, 젊은 쪽이 용모파기를 꺼냈다. 그 숫자는 세 장이었다.

"세 명입니까?"

"그렇소. 처음에는 두 명이었는데, 한 사람이 더 가담해서 난투로."

거기까지 듣고 슈지로는,

- 역시 고독이 틀림없어.

라고 확신했다. 젊은 경찰이 먼저 첫 장을 건네주었다.

잔기리(상투를 틀지 않고 가지런히 잘라서 산발한 머리) 머리에 높은 콧대. 그림을 봐도 알 수 있는 형형하게 치켜 올라간 눈. 용모파기에서도 웃고 있다. 더욱이 진한 연지색 약식 기모노 차림이라고도 적혀 있다. 틀림없다.

- 간지야 부코쓰….

였다. 들은 바에 따르면, 부코쓰가 먼저 덤벼들었다. 그리고 서쪽으로 도주한 것도 부코쓰라고 한다. 나루미 역참이나 미야 역참까지 후퇴했나? 혹은 산야로 숨어들었거나. 그들이 센닌즈카에 있는 동안에 엇갈린 모양이다.

"못 봤습니다."

슈지로가 대답하자, 그런가, 하고 고개를 끄덕이더니,

"이 남자는 어느 틈엔가 사라졌다고 한다. 산에 숨어들었다고 생각되므로, 오늘은 산을 수색한다."

라고 말하며 두 장째를 넘겨줬다.

- 가무이코차인가.

뚜렷한 쌍꺼풀. 입술은 얇고, 여자 같은 용모. 머리띠를 보니 틀림없다. 그 남자도 이미 지류 역참까지 와 있었고, 부코쓰와 한바탕 싸운 모양이다.

"이자도 모르겠습니다."

"이게 마지막이다."

마지막 한 장을 넘겨받고, 슈지로는 목소리가 흘러나올 뻔한 것을 꾹 참았다. 치켜 올라간 눈썹, 갈색 피부, 송곳니 같은 덧니, 눈가의 점. 13년 동안 만나지 못했어도 안다. 형제 중 여섯 번째 동생이며, 교하 치류의 계승 후보 중 한 사람.

- 진로쿠.

였다. 산스케의 쪽지를 못 봤거나, 혹은 무시했거나, 아무튼 지류 역참까지 와 있었던 모양이다.

"이 남자… 지인을 닮은 것 같기도 합니다."

"뭐라고?"

"단, 그냥 닮은 타인인지도. 싸우면서 뭔가 말하지 않았습니까?"

"목격한 자의 이야기에 따르면 꼭 가야 할 곳이 있다, 방해하지 마라, 뭐 그런 말을 외쳤다고 한다."

경찰로부터 더욱 자세한 상황 설명을 듣고 어느 정도 예상이 되었다. 진로쿠는 지류에 볼일이 있었거나 혹은 먼저 관문을 돌파해 두려고 생각했고, 센닌즈카로 돌아갈 생각이었던 것 아닐까? 그때 부코쓰의 습격을 받았고, 더욱이 가무이코차까지 참전. 소동이 일어나 서쪽으로 빠져나갈 수가 없어, 어쩔 수 없이 동쪽을 향했다. 꼭 맞는 예상은 아니어도 그리 크게 다르지는 않지 않을까?

"역시 기분 탓이었던 것 같습니다."

슈지로는 용모파기를 돌려줬다.

"그런가. 아무튼 흉흉하니까 조심하게."

"한 가지 묻고 싶습니다만, 여자 두 명이 역참으로 들어오지 않았습니까?"

"아아, 그거라면 봤다. 하마마쓰로 가는 자매 말이지?"

용모, 체격과 차림새, 연령대를 들어보니 틀림없다. 이로하도 이 엄중 경계 태세를 보고 그런 거짓말을 한 모양이다.

"너였나?"

"무슨 말씀인지?"

"나중에 형제가 올 거라고. 만약 만나면 전해달라고 했다."

"어느 여관에 묵고 있습니까?"

"아니. 그냥 역참 한복판에서 이름을 불러 달라고. 무슨 말인지 모르겠어."

"좀 별난 여동생이랍니다."

슈지로는 쓴웃음 지으며 감사 인사를 하고는, 경찰들에게 벗어나 역참을 걸어가기 시작했다. 이윽고 역참 중앙 부근에 접어들었을 때,
"이로하."
라고, 슈지로는 이름을 불렀다. 소리치는 짓을 하지 않아도 충분할 터. 슈지로가 그 자리에 우두커니 서서 기다리고 있노라니, 희미하게 낀 아침 안개 속에서 이로하가 모습을 보였다.
"이쪽."
이로하는 작게 중얼거리고 곧바로 몸을 돌렸다. '시노야'라는 한 여인숙으로 들어가, 슈지로도 뒤를 따라갔다. 계단을 올라 2층으로. 이로하는 제일 구석 방의 장지문을 열고 안을 향해 턱짓했다.
"후타바."
"슈지로 씨!"
방 안, 오도카니 앉아 있던 후타바였으나, 그를 보자마자 뛰어오르듯이 안겨왔다.
"미안했다."
"아니야. 나는 정말로 기대기만 하고… 슈지로 씨가 없었다면 진작에…."
슈지로는 이로하를 흘깃 봤다. 후타바의 지금 그 말은, 이로하와 관련되면서 생겨난 것 같은 기분이 든 것이다. 이로하는 복도를 확인하더니 조용히 장지문을 닫았다. 슈지로는 후타바를 가만히 떼어놓고 이로하에게 말했다.

"녹존을 이어받았구나."

"응."

지금까지와는 달리, 이로하의 말투는 산에서 함께 지내던 무렵 같았다. 그래서 모든 것을 알아차렸다. 산스케가 녹존을 넘겼다. 그것의 의미를 아는 것도, 아픔을 함께 할 수 있는 것도 형제뿐. 그 사실이 옛날을 되찾게 만든 것인지도 모른다. 이로하는 중얼거리듯 말했다.

"넘겨줘도 1각… 두 시간은 쓸 수 있어."

"너도 기억하고 있었나?"

"그래서 산스케 오빠는 환도재를."

"그런가."

오랜만에 만난 오라비를 금방 다시 잃었다. 이로하의 애통함은 안 봐도 본 듯이 알 수 있었다. 이로하는 그래도 감정을 억누르듯이 물었다.

"시쿠라 오빠는?"

"산스케를 쫓아갔다."

도중에 발자국이 둘로 나뉘어 있었기 때문에, 둘로 갈라져 쫓았다는 것을 전했다.

"시쿠라 오빠도…."

"그리 쉽사리 당할 놈인가?"

슈지로는 격려했다. 시쿠라 혼자서는 환도재는 분명히 쓰러뜨릴 수 없다. 그러나 산스케가 이미 죽었다는 것을 알면, 무모한 싸움을 해서

스러질 만큼 어리석지는 않다. 형제자매 중에서 누구보다도 강하고, 누구보다도 냉정하고 침착한 동생인 것이다.

"당신이 도망친 사실은 용서하지 않았어."

"알아…. 정말로 미안하다."

나는 형제와 싸우고 싶지 않다는 일념에 도망쳤다. 유신을 맞이해도 아무 일도 일어나지 않기에, 그 판단은 틀리지 않았다고 생각했었다. 그러나 몰랐을 뿐. 내가 모르는 곳에서 후고로와 시치야는 살해당하고, 시쿠라와 진로쿠는 싸웠던 것이다. 그리고 지금 산스케가 죽었다.

환도재 일뿐만이 아니다. 이 이로하도 포함해서, 검밖에 모르기 때문에 필설로 다 하기 힘든 고생을 해야만 했을 것이다. 나는 아내인 시노를 만났다는 기적 덕분에 어쩌다 보니 행복한 나날을 보내고 있던 것뿐이다. 지금에 와서는 잘못이었다고 뼈저리게 깨달았다.

"그래도, 지금은 힘을 빌려줬으면 해. 환도재를 칠 거야."

이로하는 그를 날카롭게 응시하며 힘 있게 말했다.

"환도재는 상당히 강적이다. 게다가 산스케도 없이 해야 하는 거다."

나와 시쿠라 둘이서 덤벼도 승기는 보이지 않았었다. 그때, 산스케, 이로하가 가담했었다고 해도, 시쿠라의 말대로 패하지 않았을까 생각한다.

"진로쿠도 함께라면 어때?"

"그렇군. 시쿠라한테서 들은 이야기다."

슈지로는 시쿠라에게서 들은 이야기를 빠짐없이 전부 이로하에게 전했다. 이로하는 모든 이야기를 다 듣고 나더니 신묘한 얼굴로 중얼거렸다.

"진로쿠는 이미 환도재와…."

"그래, 게다가 두 번이나. 환도재여도 '탐랑'은 쉽게 깨지 못하는 모양이다."

도망친 교하치류 계승자를 사냥하는 오보로류라고는 해도, 각각의 비술과의 상성은 있는 모양이다. 분명 환도재가 가장 고전하는 것이 '탐랑', 진로쿠라고 봐도 좋을 듯싶다.

"그러나, 진로쿠는 앞서간 모양이야."

아까 역참에서 경찰에게서 들은 이야기를 전했다.

"진로쿠라면 제일 먼저 달려올 것 같았는데, 오지 않았던 것은 그런 이유였네. 시쿠라 오빠는 뭐라고 말할까…?"

진로쿠를 이름으로 부르는 것도, '오라버니'가 아닌 '오빠'라고 부르는 것도, 이로하 본래의 모습. 서서히 옛날로 돌아가고 있다는 것을 느꼈다.

슈지로가 단언하듯 말했다.

"시쿠라는 힘을 빌려줄 거다."

시쿠라도 계승전을 계속하는 것이 아니라, 환도재를 해치우는 것이 목적이라고 말했었다.

"그래도 환도재를 치기 위해서 비술을 모을 필요가 있다고 생각하는지도 몰라."

"그것에 관해서도 이야기했다."

이로하는 비술을 두 개 손에 넣은 것이 오늘이기 때문에 아직 모른다. 비술이 두 개가 되었다고 해서 두 배로 강해지는 것이 아니라는 것을. 슈지로는 그 사실을 이로하에게 알려주었다.

"그럴 수가…."

이로하보다 빨리, 목소리를 흘린 것은 후타바였다.

"확실히. 거짓말이 아니라는 섯은 알겠어. 그렇다는 긴…."

"그래. 형제들 여덟 명이 함께 맞섰으면, 환도재는 해치웠을지도 몰라. 그렇다고 해도 이미 때늦은 후회… 그것은 이룰 수 없다."

산스케를 포함한 네 명이 사라졌다. 이 사실을 깨닫기 위해서는 누군가의 비술을 빼앗을 필요가 있고, 빼앗아버리면 이미 되돌릴 수는 없다는 모순이 있다. 끊이지 않고 이어져 내려온 교하치류의 계승자 중에는 그 사실을 깨닫고 우리와 같은 고뇌에 몸부림친 자도 있지 않았을까?

"그러나 할 거면 조금이라도 많은 편이 좋다."

슈지로는 말을 계속했다. 환도재가 존재하고, 계승자의 가족까지도 죽인다는 것을 알게 된 지금, 슈지로의 생각은 바뀌었다. 도망치는 것은 그만둔다. 고독과 관계없이, 환도재는 쓰러뜨릴 수밖에 없다.

"역시 진로쿠의 힘도 필요하다는 거네."

"특히 그 녀석은 더."

환도재라도 무너뜨릴 수 없는 탐랑. 거기에 승기가 있을지도 모른다. 더욱이 두 번이나 놈을 후퇴시킨 진로쿠라면, 그것 말고도 환도재의 약점을 알고 있을 가능성도 있다.
"하지만 진로쿠는 먼저 가버렸으니 쫓아갈 수 있을지 어떨지도 몰라. 즉…."
이로하는 똑바로 이쪽을 쳐다봤다.
"그래. 도쿄다."
슈지로는 힘주어 고개를 끄덕였다. 도중에 진로쿠와 만날 수 있으면 제일 좋다. 그러나 이 상황을 생각해보면 그럴 가능성은 낮다. 진로쿠, 환도재 둘 다 누군가에게 쓰러질 거라고는 생각하기 힘들다. 즉, 도쿄 땅에서 결전으로 몰고 가는 수밖에 없다.
"알았어. 나도 도쿄로 가겠어."
"함께… 가지 않는 건가?"
이로하가 용서해 준 것은 아니라는 것은 안다. 그러나 환도재라는 공통의 적이 있는 동안만이라도 옛날처럼 돌아갈 수 있는 것이 아닐까? 그렇게 어렴풋이 기대를 품어버렸다.
"두 조로 나뉘는 쪽이 진로쿠를 만날 가능성도 높겠지."
"분명히 그렇군."
"게다가 그 후의 일도 있어."
"역시 그런가…."
실낱 같은 희망이 일찌감치 박살 나, 슈지로가 무겁게 말을 흘렸다.

이로하는 가늘게 숨을 내쉬고 고개를 가로젓는다.

"내가 어떻게 할지 그게 문제가 아니라, 고독의 결말을 모른다는 거야."

고독의 당면 목표는 목패를 모아 도쿄에 가는 것. 참가자는 292명. 30점이 없으면 도쿄에 들어갈 수 없지만, 뒤집어 말하자면, 최대 9명은 들어갈 수 있는 것이다.

덴류지에서 엔주라고 했던 남자는, 그 후의 일은 도쿄에서 말하겠다고 했다. 도쿄에 들어가서도 고독은 계속된다는 뜻. 지금까지의 일을 생각하면, 별로 좋지 않은 일이 벌어질 것은 예상할 수 있다. 남은 아홉 명이 서로 죽이는 싸움을 속행하게 할 가능성도 있겠지. 즉, 환도재는 쓰러뜨린다고 해도 그것과는 별개로 고독에서 살육을 강요받을지도 모른다는 뜻이다.

"놈들이 이런 일을 하는 이유는 뭘까?"

이것을 전혀 알 수가 없다. 생각할 수 있는 것은 크게 두 가지. 하나는 도쿄에 들어갈 정도로 '무예에 능통한 자'에게 '뭔가'를 시키려고 한다는 것. 또 하나는 이 고독 그 자체가 부자들의, 그야말로 오락이라는 것. 이 경우에는 투견이나 투계처럼 우리는 내기의 대상이 된 것으로 생각할 수도 있다.

후자라면 그나마 낫다. 전자라면 이만큼 손이 많이 가는 일을 하면서까지 이루고 싶은 '뭔가'는 황당한 일일 테고, 이루었다고 해도 참가자도 그냥 내버려두지는 않을 것이다. 최악의 경우, 입막음을 위해 죽이는 일도 있을 수 있지 않을까?

"애초에 어째서 덴류지에?"

슈지로는 자기가 참가한 이유를 간단히 설명했다. 이로하는 그에게 처자식이 있다는 사실에 약간 놀란 것 같았지만, 이윽고 어이가 없다는 듯한 얼굴이 되더니,

"그럼 하는 수밖에 없잖아."

라고 중얼거리듯 말했다.

"너도 돈이 필요한 사정이 있는 건가?"

"별로. 검으로 돈을 벌 수 있다면 그보다 좋은 건 없다고 생각했을 뿐. 형제들이 참가했을 거라고는 생각지도 못했어."

거기에서 그를 발견하고, 이로하 속에 있던 원한이 되살아났다는 것이겠지. 이로하는 도톰한 입술에서 쓰디쓴 숨결을 내쉬며 말을 이었다.

"아무튼 그때는 그때 가서 생각할래. 나는 환도재를 친다."

"알았다."

거기에서 이야기는 끝나고, 시쿠라를 기다리기로 했다. 이로하는 벽에 기대어 눈을 감고 있었지만 경계는 풀지 않았다. 만약 누군가가 습격해 온다면 곧바로 칼을 뽑겠지.

"슈지로 씨…."

"왜 그래?"

후타바가 부르는데도, 슈지로는 허공을 바라본 채로 대답했다.

"산스케 씨는 나에게 사과했어."

미야 역참에서 산스케는 소리도 없이 후타바를 납치했다. 소리 지르지 못하도록 입을 손으로 막았을 때,

- 다치게 할 생각은 없다.

라고, 먼저 속삭였다고 한다.

슈지로를 떨궈버린 뒤, 산스케는 후타바에게 자신이 슈지로의 의동생이라고 말했다. 후타바가 교하치류에 관해서 입에 올리자 산스케는 놀라면서도, 그렇다면 이야기가 빠르겠다고 했다. 그리고 환도재가 존재한다는 것, 형제가 당했다는 것, 그리고 그의 아내와 아이들도 대상이 된다는 것. 자기에게도 처자식이 있고, 계승전을 끝낼 계획이라는 것을 죄다 이야기했다고 한다. 더욱이 형제들 중에서 슈지로만은 절대로 부름에 응하지 않을 것이기 때문에 이런 짓을 했다고 솔직하게 말하고,

- 말려들게 해서 미안하다.

라고, 힘없는 목소리로 사과했다고 한다.

"그런가."

자기에게도 처자식이 있는 지금, 산스케가 그런 행동을 한 것도 이해가 간다.

"그리고… 왜 이런 것에 참가했냐고 야단맞았어."

후타바는 중얼거리듯이 말했다. 고독에 참가한 이유를 추궁당해 후타바는 어머니를 위해서라고 대답했다. 슈지로도 그것을 알고 후타바

를 지키는 것이라고 듣더니,

　-슈 형은 아무것도 변하지 않았네.

라고 중얼거렸다고 한다. 산스케는 거기에서 계승전이 끝나면, 자기가 슈지로 대신에 후타바를 도쿄까지 데리고 가겠다고 약속했다고 한다.

"아무것도 변하지 않은 건 그 녀석이다."

피차 가족이 생겨 변한 것도 있다. 그러나 변하지 않은 것도 있다고 확신했다. 일일이 예를 들 필요조차 없다. 산스케는 그런 동생이었다. 이로하가 입술을 살짝 깨문다. 분명 그와 같은 생각을 하고 있는 것이리라.

다시 대화가 끊어졌다. 후타바는 이윽고 졸기 시작하더니 그대로 작은 숨소리를 냈다. 1시간 정도 지났을 때, 이로하가,

"왔다."

라며, 눈꺼풀을 올렸다.

"시쿠라인가?"

슈지로도 몸을 일으켰다.

"근처에서 경찰과 뭔가 이야기하고 있어. 어…."
"왜 그래?"
"시쿠라 오빠는 군인이었어?"
경찰의 검문에 시쿠라는 자기 신분을 말하고 있다고 한다.
"나도 들었다. 진로쿠도 그랬던 모양이야."
"진로쿠도… 하긴 그게 보통인가. 나는 포기하는 수밖에 없었지만."
살인 기술만을 배워온 그들이다. 뭔가 제대로 된 직업을 가지려고 생각하면, 가장 잘 맞는 것이 군인이겠지. 경관은 무사 출신자를 채용하는 경우가 많지만, 군인은 신분을 불문하고 지원할 수 있다. 농민, 마을 중인의 차남, 삼남 등이 압도적으로 많은 것이다. 그렇기는 해도 군인이 될 수 있는 것은 남자뿐이다. 이로하는 그 사실을 말하는 것이다.
"내가 다녀올게."
이로하는 그렇게 말하고 시쿠라를 마중하러 방을 나갔다.
10분 정도 기다리고 있자니 이로하가 돌아왔다. 그 뒤에는 시쿠라의 모습도 보였다. 그 표정은 깊은 절망과 분노를 띠고 있었다. 손에는 협차 한 자루가 있다.
마주 보고 둘러앉듯이 자리에 앉자마자,
"산스케는."
시쿠라는 작은 목소리로 중얼거렸다. 흘러나오는 상심을 열심히 억누르려는 듯한 표정이다. 이렇게 들으니 원통함이 밀려와 저절로 어깨가 축 처졌다. 이로하도 고개를 숙이고 아랫입술을 깨물고 있었다.
"녹존을 최대한으로 구사했던 모양이야."
시쿠라는 신음하는 것처럼 말을 이었다. 비정상적인 청력, 그것에서부터 전환하여 자기 소리를 지우는 것이 '녹존'. 숲에 숨어들어, 미끼를 이용하고, 기습으로 일격필살에 걸었던 것 같다. 근처에 칼에 베인 사슴 사체가 있었던 것도 그 증거라고 한다. 그런데도 산스케는 패했다. 배에 깊은 상처가 난 데다가, 몇 번이나 목을 찔렸다고 한다.
"용서 못 해…."
시쿠라는 주먹을 꽉 쥐었다. 산스케가 갖고 있던 목패는, 목에 건 것도 포함해서 전부 빼앗아 간 모양이다. 제대로 장례를 치를 수는 없었으나 최소한의 애도로 머리카락을 잘라 산속에 묻어주고, 협차를 들고 돌아왔다고 한다.
한동안 정적이 찾아왔다. 각자의 머릿속에 과거 산스케와 보냈던 시간, 나눴던 이야기가 되살아나는 것이겠지. 이로하는 자기 자신에게 말하는 것처럼, 고개를 끄덕이며 조용히 입을 열었다.
"산스케 오빠가 마지막에 말했어."
산스케는 외쳤다. 그 목소리를 듣고 그가 이미 큰 상처를 입었다는 것도 알아차렸다. 분명 이로하에게만은 들릴 것이라고 믿고,
ㅡ뼈가… 없는 곳이 약점이다!
라고 전했다고 한다. 시쿠라가 이쪽으로 시선을 보내자 슈지로는 고개를 끄덕였다.

"이해했다."

슈지로는 말했다. 확실히 들어갔다고 생각한 일격이 있었다. 그러나 그 순간, 환도재의 몸이 갑자기 움푹 찌그러졌다. 너무나 기묘하지만, 그렇게 표현하는 것이 가장 적당하다. 환도재의 신체가 한순간에 얇아져 슈지로의 칼날을 피한 것이다. 그것은 몸의 구조가 정상이 아니기 때문에 가능한 기술이다.

"관절의 움직임이 종횡무진인 것 같다."

시쿠라가 말을 이었다. 그것은 환도재의 공격을 보면 명백하다. 휘두르고 있으면서 팔꿈치에서 손끝까지가 기이하게 구부러지고, 정반대인 올려 베기를 한다. 달인이면 달인일수록 사람 몸의 움직임에 정통하다. 생각할 수 없는 방향에서 오는 일격에 의식이 따라가지를 못한다.

"그뿐만이 아니라…."

이로하는 놀라면서도, 산스케가 더욱 전하려고 하던 진의를 깨달은 모양이다.

"좀 믿기 힘들지만… 몸속의 뼈까지 움직인다는 말이겠지."

시쿠라는 고개를 끄덕였다. 뼈는 의외로 딱딱해서, 잘라내는 것은 아무리 달인이라 해도 그리 쉬운 일이 아니다. 따라서 급소인 뼈의 틈새를 노리는 것이 상식이다. 그것은 산스케도 익히 알고 있을 텐데도 굳이 '뼈가 없는 곳'이라고 말한 것은, 그 약점이라는 부분이,

─움직인다.

라는 뜻이 아닐까?

"그것이 오보로류의 정체. 혹은 환도재가 원래 그런 몸이거나 둘 중 하나겠지만…."

생각에 잠기는 시쿠라와 대조적으로, 슈지로는 자기 생각을 말했다.

"분명 전자겠지. 그것은 불규칙하게 보이지만, 수련을 거친 움직임이다."

"아, 나도 그렇게 생각해."

실제로 직접 눈으로 볼 때까지는 짐작도 할 수 없었지만, 알고 나니 오보로(朧. 몽롱한 모양, 어슴푸레한 모양)류라는 이름의 기술과 부합한다는 것을 알겠다.

"시쿠라 오빠는… 어떻게 할 거야?"

이로하가 조심스럽게 물었다.

"나는 환도재를 쓰러뜨린다."

시쿠라는 상금을 위해 고독에 참가한 것이 아니다. 진로쿠가 환도재를 유인하기 위해 참가한다는 것을 듣고, 그것을 돕기 위해, 함께 쓰러뜨리기 위해 온 것이었다.

"나도 마찬가지. 산스케 오빠를 위해서도. 그때까지는… 이라고, 생각하는데."

이로하는 분명히 동조하면서도, 뒤로 갈수록 말끝을 흐리며 슈지로 쪽으로 눈길을 향했다.

"계승전이 치러졌다면 한 명밖에 살아남지 못했다."

시쿠라는 이로하를 타이르는 것처럼 말했다.

"확실히 그건 그래…."

"그런 의미에서 사가 슈지로의 판단은 옳았던 건지도 몰라."

그렇게 인정하는 것은 의외였지만, 시쿠라의 진의는 또 달리 있다는 것을 느끼고 있다. 시쿠라는 천장을 쳐다보면서 말을 계속했다.

"요 13년, 살아남았기 때문에 산스케와 시치야는 가정을 가질 수도 있었다. 하지만… 그 탓에 괴로워한 것도 분명해. 구라마산에서 죽는 편이 차라리 편했을지도 모르지."

머릿속에 그리는 것은 시치야겠지. 시치야는 살아남았고, 그래서 가족을 얻고 행복한 시간을 보냈다. 그러나 그것을 빼앗긴다는, 혼자서 죽는 것보다 몇 배나 더 큰 괴로움을 강요받은 것이었다.

"네 말이 맞아…."

슈지로는 신음하듯이 말했다.

"환도재는 가족이라고 해서 용서하지 않아. 계승권을 포기한 시점에서 본래는 죽어야 할 자와, 그 후의 인생을 부정하는 것처럼. 고독이 끝나면 산스케의 가족도 위험하겠지."

시쿠라가 환도재를 쓰러뜨려야 할 이유에, 산스케의 가족을 지키기 위해서라는 것도 더해졌다는 것을 느꼈다. 시쿠라는 천천히 시선을 내리면서 묻는다.

"너도 가족이 있다고 했지? 그렇다면 이미 각오는 되어 있는 거겠지?"

"그래."

"함께 싸우며 확신했다. 네 힘도 필요하다. 한 가지만 물어보겠다."

"잇칸에 관해서로군."

"맞아."

슈지로가 앞서 말하자, 시쿠라는 고개를 끄덕였다.

"잇칸과 만난 것은…."

"한마디로 충분해. 지금은 시간도 없다."

시쿠라의 곧은 눈길을 마주 보며 슈지로는 의연하게 말했다.

"잇칸이 내게 맡겼다."

"알겠다. 나는 이의 없다."

시쿠라가 그렇게 말함으로써, 이로하도 입술을 깨물고 두세 번 고개를 끄덕였다.

"산스케는 평온한 얼굴이었다."

시쿠라는 눈을 가늘게 떴고 숨결이 허공으로 녹아들었다.

"그런가…."

"그것이 대답인지도 몰라."

용서받았다고는 생각하지 않는다. 그러나 시쿠라의 그 한마디로, 산스케 덕분에, 줄곧 가슴속에 맺혀 있던 것이 아주 조금 가벼워진 것 같은 기분이 들었다.

"나도 환도재를 친다."

슈지로는 다시금 두 사람을 향해 분명하게 선언했다.

"이것을."

시쿠라는 산스케의 협차를 집어 들더니 슈지로에게 내밀었다.

"괜찮은 건가…?"

"원래 당신 거다."

시쿠라는 기억하는 모양이다. 확실히 이것은 원래 슈지로의 협차였다. 어릴 때 산스케가 수행하던 도중에 실수로 협차를 계곡에 떨어뜨렸다. 스승에게 심한 꾸지람을 들을 것을 두려워한 산스케에게,

　–이걸 써.

라며 넘겨 줬던 것이다. 그 탓에 슈지로가 대신 벌을 받고 맞았다. 퍼렇게 멍이 든 그에게 산스케는 울면서 몇 번이나 사과했던 것을 기억한다.

"이제 와서 돌아올 줄은."

협차를 잡은 순간, 그때 닦아줬던 눈물의 온기가 생생하게 떠올랐다. 산스케의 원통함도 풀어주겠다. 슈지로는 다시 한번 가슴속에 맹세했다.

어떻게 환도재를 칠까? 진로쿠의 동향에 대한 단서도 시쿠라에게 전하고, 셋이서 이야기를 계속했다. 30분 정도 이야기를 나눴을 때,

"역시 우선은 진로쿠를 찾아야 해."

라고 이로하는 결론지으려고 했다. 확실히 당면한 목표로서는 그것밖에 없겠지.

"그렇군. 하지만….″
시쿠라는 미간에 주름을 모으고 말을 멈췄다. 가장 검 재주가 있는 이 동생은, 어떤 사실을 깨달았다.
"어쩌면 환도재가 껄끄러워하는 탐랑을 가진 진로쿠가 있어도, 이길 수 없을지도 모른다는 거로군."
슈지로가 대신에 입에 올리자, 이로하는 회의적인 목소리를 냈다.
"설마."
"아니, 그 말이 맞아."
시쿠라도 역시 같은 생각을 하고 있던 모양이다. 둘로는 절망적이었다. 세 명이라도 매우 힘들다. 진로쿠가 포함된 네 명이어야 간신히 승부가 될지 어떨지. 단, 싸움 중에 환도재가 먼저 한 명을 죽이는 데 전념하게 되어버리면, 이미 승산은 없어지는 것이다.
"그래도 이제 다른 형제는….″
이로하가 괴로운 표정을 지었다.
"좋게 생각해도 절반의 가능성이긴 하지만, 결국은 네 명이 덤벼서 단숨에 해치우는 수밖에 없겠지."
시쿠라는 한숨 섞어 말했다. 말은 그렇게 했으나, 거기에 걸어보는 수밖에 없는 것이다.

"슈지로 씨, 시쿠라 씨… 이로하 씨."
그때, 원 밖에 있던 후타바가 갑자기 입을 열었다. 시쿠라는 의아한 듯이 미간을 찡그렸고, 이로하는 짜증스럽다는 듯이 혀를 찼다.

"왜?"

슈지로가 물었으나, 후타바는 금방은 대답하지 않았다. 오도카니 정좌한 다리 위에서 두 손의 주먹을 꽉 움켜쥐고, 각오를 다지려는 듯이 얇은 입술을 벌렸다.

"저도… 같이 싸울게요."

"당연히 안 된다."

슈지로는 즉시 말렸다. 시쿠라도 고려하지조차 않는다. 단, 이로하만은, 어째서인지 표정이 진지한 것으로 바뀌어있다.

"나 같은 게 상대할 수 없다는 건 알고 있어. 하지만 잠깐이라고 해도, 유인할 수는 있어."

"바보 같은 소리 하지 마."

슈지로는 단호하게 말했다. 후타바는 말은 하지 않았지만, 자기는 쉽사리 당하더라도 그 틈에 아주 조금이라도 빈틈이 생길 것이라고 말하고 싶은 것이다.

"진심인가?"

시쿠라는 날카로운 눈썹을 모으고 약간 놀라는 기색을 보였다.

"네."

"그만둬. 어린애라서 하는 말이 아니야. 이것은 교하치류 문제다."

잘라버리는 듯이 말하는 시쿠라에게, 후타바는 툭 던지듯 말했다.

"어째서요?"

"무슨 뜻이지?"

슈지로는 물었다.

"어째서, 슈지로 씨도, 여러분도 다, 누군가에게 부탁하지 않는 건가요? 저는 줄곧 도움받아 왔어요…, 그러니까 이번에는 제가 조금이라도 힘이 되고 싶은 거예요."

후타바는 쥐어짜 내는 것처럼 열심히 호소했다.

"그것은…."

슈지로는 말문이 막혔다. 시쿠라는 날카로운 눈썹을 한쪽만 올린다. 이것은 어릴 때부터 난처할 때 보이는 버릇이다. 이로하는 어떤가 하면, 고개를 돌려 벽을 보고 있었다.

"나도 같이 싸울래. 그러니까 다른 사람한테도 부탁해요."

"그런 뜻인가?"

슈지로는 후타바가 무슨 생각을 하는 것인지 그제야 알았다.

"응. 힘을 빌려달라고 하는 거야."

후타바의 제안이라는 것은, 다른 고독 참가자에게도 협력을 구하자는 것이었다. 확실히 한 가지 방법으로서는 생각할 만하다. 형제들 모두가 교하치류 일에 계승 후보자 이외 타인의 힘을 빌린다는 발상은 없었다. 따라서 정신이 번쩍 드는 것 같은 얼굴이 되었다.

"하지만 소용없겠지."

시쿠라는 다시 생각을 바꾼 듯 고개를 가로저었다. 만약 부탁한다고 해도 관계없는 자가 위험을 무릅쓰면서까지 힘을 빌려줄 거라고도 생각할 수 없다.

"부탁해 보지 않으면 모르잖아요. 다른 사람들도 도와주길 바라는 일이 있을지도 몰라요."

확실히 이 말도 일리가 있다. 교환 조건이라면 응하는 참가자가 있을지도 모른다.

"과연… 지금이 의뢰할 시점인지도."

시쿠라는 턱에 손을 댔다. 환도재와 검을 섞을 수 있을 정도의 강자는 좀처럼 없다. 통상이라면 한 명 찾는 데만도 몇 년은 걸리겠지. 그러니 일본 전체에서 실력에 자신 있는 자들이 모인 지금만큼 적절한 때는 없다.

"나는 딱 한 사람 봤다."

시쿠라가 먼저 입을 열었고, 이로하가 물었다.

"어떤 놈?"

"일단 보면 알아. 금발에 벽안. 이국… 아니, 외국 사람이다."

"확실히 있었지."

슈지로는 고개를 끄덕였다. 덴류지에 모였을 때 외국인도 보았다. 호코쿠 신문이 외국에도 배포되었다고는 생각하기 힘드니, 분명 요코하마 등 외국인이 많이 사는 지역에 배포된 것일 거라고 생각했다.

"두세 명 있었어. 다른 특징은?"

"키는 6척이 넘고, 군복을 입었다. 무기는 서양 검과 손도끼. 그건 영국 것이라고 생각한다."

시쿠라는 군인이기 때문에, 그러한 것도 다른 사람보다 잘 안다. 시쿠라는 쇼노를 지날 때쯤에 그 남자가 다른 참가자와 싸우는 것을 봤다.

"상대도 약한 것은 아니었지만, 압도적이었다."

남자는 상대의 치켜든 팔을 움켜잡더니, 악력만으로 뼈를 부러뜨렸다. 그리고 한 손으로 서양검을 휘둘러 몸을 동강 냈다는 것이다. 무시무시한 완력이다.

이쪽이 치명상을 입힌다고 해도, 그가 공멸할 각오로 주먹으로 내리치면 머리가 박살 날 것이다. 굳이 싸울 상대는 아니라고 판단하고, 시쿠라는 거리를 두었다고 한다.

"시쿠라 오빠가 물러나다니."

이로하는 씁쓸한 한숨을 내쉬었다.

"한방에 해치우지 못하면 나도 죽으니까. 당당한 체구인데도 움직임도 빠르다. 충분한 힘이다."

"나는 한 명. 하지만 이것은 아마도 무리."

"부코쓰인가?"

"정답."

이로하는 씁쓸함을 지울 수 없는 채로 고개를 끄덕였다. 이로하가 부코쓰를 본 것은 초반의 오오쓰와 구사쓰 사이. 이것도 한참 싸우는 와중이었고, 부코쓰는 2인조를 상대하고 있었다. 이로하는 그늘에 숨어서 상황을 살폈다고 한다. 2인조는 둘 다 제법 발이 빨랐다. 오랫동안 함께 해온 동지인 모양으로 호흡도 척척 맞고, 둘이서 한 명을 농락하며 해치우는 전법을 써온 모양이었다.
"그야 한순간이었거든."
등 뒤에서의 일격을, 부코쓰는 허리를 휙 돌려 피하고, 팽이처럼 돌며 다리를 베어버렸다. 두 다리가 무처럼 절단되고, 목소리가 되지 않는 비명을 지르며 땅바닥을 기는 남자에게,
– 이럴 때는, 내 다리! 라고 해야지. 뭘 모르네.
라며 피 묻은 칼을 어깨에 걸치고 낄낄 웃었다. 남은 한 명이 격앙되어 덤벼들었지만 부코쓰는 그 공격 전체를 다 보고 피했고, 다시금 다리를 향해 날카로운 칼을 휘둘렀다. 그 사람도 두 다리를 잘려 신음하는 가운데,
– 이제 똑같아졌네.
라고, 사뭇 유쾌하다는 듯이 말하더니, 두 사람의 목에서 목패를 빼앗고 소리 높여 웃으며 구사쓰 쪽으로 유유히 걸어갔다고 한다.
"그런 놈, 절대로 같이하지 않겠지."
"그놈은 나를 원수처럼 여기고 있다. 진로쿠도 부코쓰와 싸웠던 모양이야. 무리다."
슈지로는 고개를 가로젓고, 자기 이야기를 했다.
"나는 세 명이다. 이름도 알아. 교진, 가무이코차…."
"우쿄 씨."
후타바가 자기도 모르게 입에서 튀어나오는 것처럼 말했다.

"아아, 기쿠오미 우쿄. 각각 우리에게 뒤지지 않을 정도다."

그들과 언제, 어디에서 마주쳤는지, 무슨 일이 있었는지를 전부 소상히 이야기했다.

"그 아이누는 둘째치고, 우쿄라는 남자는 힘이 되어줄지도 몰라."

이로하가 말한 대로, 슈지로도 그 남자는 가능성이 있다고 생각했다.

"무엇보다 그 쓰게 교진. 동맹을 맺었다면 도와줄지도 모르지. 조건에 따라 다르겠지만…."

"교진과는 지류에서 만날 약속을 했다. 기다릴까?"

"진로쿠를─"

이로하가 말하려던 것을, 시쿠라는 손을 들어서 막았다.

"진로쿠가 아직 멀리까지 가지 않았다면 두 눈 뻔히 뜨고 기회를 놓치는 것이나 마찬가지다. 세 조로 갈라지자."

먼저 슈지로와 후타바는 이대로 지류에 남아 교진과 합류한다. 다음으로 시쿠라와 이로하는 당장이라도 지류를 출발한다. 시쿠라는 도카이도를 똑바로. 진로쿠가 소동 후에는 눈에 띄지 않게끔 하고 있을 가능성도 있기 때문에, 녹존을 보유한 이로하가 먼저 해안을 따라 난 길로, 그 후 고유 역참에서부터는 히메 가도로 간다.

단, 최악의 경우, 도쿄까지 합류하지 못할 가능성도 있다. 그래서 어느 순간부터는 쫓는 것을 멈추고, 어딘가에 모여 다음 방법을 생각할 필요가 있다고 봤다.

"하마마쓰가 어때?"

시쿠라는 모두에게 말했다. 하마마쓰는 여기에서 그리 멀지 않다. 단, 그보다 더 가면, 진로쿠를 붙잡기 힘들 것이라는 판단이다.

"알겠다. 교진도 데려가겠다. 그 밖에도 실력 있는 자가 있으면 눈도장을 찍어둬."

슈지로는 힘 있게 대답했다. 교진이 힘을 빌려줄 거라고는 단언할 수 없고, 강요할 생각도 없다. 그밖에 거론된 자들도 마찬가지이며, 애초에 그들도 도쿄에 갈 때까지 만나지 못할 가능성도 충분히 있다.

"최악의 경우, 도쿄까지 가면…."

이로하가 시쿠라의 얼굴을 들여다본다.

"그래, 거기에 있는 것은 모두가 강자다. 그때는 그자들을 끌어들이는 것도 생각하자."

시쿠라는 냉정하게 상황을 보고 있다. 먼저 진로쿠를 찾는다. 점찍어둔 자에게는 협력을 구한다. 더욱이 그 밖에도 뛰어난 무인을 찾으면서 도쿄를 향하고, 거기에서 환도재를 쓰러뜨린다. 이것으로 대강의 목표가 정해진 셈이 된다.

"언제로 할까?"

시쿠라는 곧바로 물었다. 하마마쓰에서 만나는 일시를 말하는 것이다. 교진은 오늘 중에는 지류 역참에 들어올 예정이다.

"모레 정오다."

슈지로가 말하자, 시쿠라, 이로하 순서대로 고개를 끄덕였다.

내가 형제들에게 어떤 마음을 품고 있었는지. 후타바는 그것을 알고 있기 때문에 이런 대화를 나누는 것을 보고 기쁜 듯이 살짝 웃었다.

- 남은 인원, 62명.

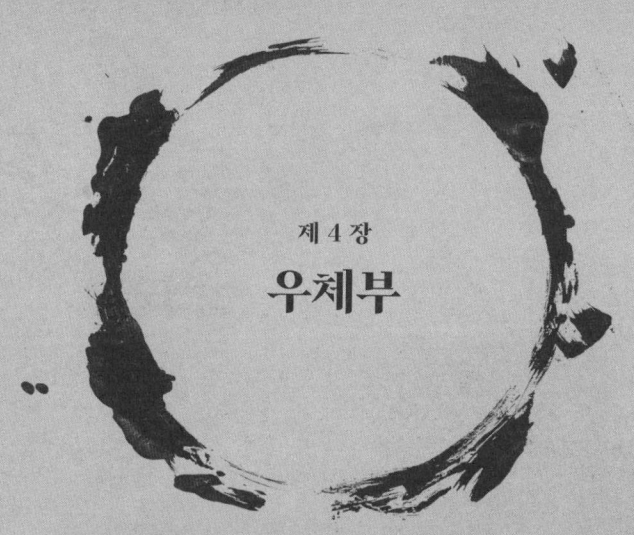

제 4 장
우체부

*

 분큐 2년(1862년), 33세가 된 붓쇼지 야스케는 한껏 에도를 만끽하고 있었다.

 16세에 처음 검을 잡고 나서 불과 2년 후, 붓쇼지 야스케는 신토무넨류의 면허 전부를 취득했다. 그 후로도 거의 매년 실력이 향상되어, 23세가 되었을 때는 스승인 사이토 야쿠로로부터,

 "너 정도 실력 있는 자가 더부살이하는 것도 보기에 좋지는 않겠지."

 라며 도장을 나갈 것을 권해서, 근처의 공동주택으로 이사했다. 도장 깨기가 올 때마다 야쿠로는 그를 불러 물리치게 했고, 그때 한꺼번에 용돈을 주기 때문에 주머니 사정은 나쁘지 않았다.

 야스케는 거의 매일 술을 마시고, 도박에 몰두하고, 때로는 여자도 사게 되었다. 후배를 데리고 연극이나 공연장에 가기도 하고, 스모를 보러 가기도 하고, 잿날 행사(신사에서 개최되는 축제)에 참석하거나—.

 이토록 즐거운 일이 있는 건가? 라고 몇 번을 생각했는지. 붓쇼지의 고향에 있었다면 절대로 경험할 수 없었을 화려한 나날을 보내고 있었다.

 —약 오르지?

 붓쇼지촌 사람들을 떠올리면 자기도 모르게 혀를 날름 내밀게 되어 버린다. 그를 바보 취급했던 놈들이다. 그들은 이런 즐거움을 전혀 모

르고, 안다고 해도 손가락만 빨다가 생애를 마감하는 것이다.

"저것은… 붓쇼지 님이다."

스쳐 지나간 3인조 무사들이 소곤댔다. 야스케의 실력은 에도 전체에 알려졌고, 지금은,

　-사이토 도장의 염라귀신.

등으로 불린다.

방금 전의 무사들은 무슨 번의 에도 지부에 있는 모양인데, 그런 어엿한 신분을 가진 자들이 농민 출신인 그를 경칭으로 부르며 대단하게 여긴다는 것은 너무나 기분 좋은 일이었다.

놀이를 만끽하고 있으나, 야스케의 실력은 녹슬지는 않았다. 오히려 나이를 먹어갈수록 점점 더 향상되었다. 아침 훈련 등은 7, 8년 전부터 나가지 않았고, 오후 지나 불쑥 도장에 모습을 보이지만, 스승인 야쿠로도 꾸짖을 일은 없었다. 거둬준 스승을 모욕할 생각은 없고, 감사의 마음뿐이지만, 이미 자기 쪽이 훨씬 더 검 실력도 뛰어나기 때문에 두려움을 품고 있는 것은 아닐까? 생각한다.

맛있는 음식. 고급 술. 아름다운 여자. 존경의 눈길. 야스케는 만족했다. 만족했지만, 동시에,

　-시시해.

라고, 진심으로 생각하는 것이다. 십여 년이나 계속해 왔으니까, 아무래도 싫증 난 것인지도 모른다. 아니, 그게 아니다. 이 감정은 이미 10년 가까이 전부터 마음속 한구석에 있었다.

나는 무엇을 하고 있을 때가 가장 유쾌한가? 라고 생각했을 때, 그 것은 바로 답이 나왔다. 스스로를 강자라고 믿는 놈들을 밟아버리는 그 순간이다. 기술 연마에 들인 수 년, 아니, 수십 년의 시간이 쓸모없 는 것이었다고 깨달았을 때의, 뭐라 말할 수 없는 표정. 자기가 사냥 하는 쪽이 아니라 사냥당하는 쪽이라는 것을 깨달은 표정. 그것을 봤 을 때 단전 부근에서부터 뜨거운 것이 올라와, 살아 있다는 실감이 차 오르는 것이다.

내가 이상한 건가? 확실히 유별난 것은 틀림없다. 그러나 일본은 넓 은 곳이다. 분명 나와 같이 느끼는 기인도 몇 명은 있겠지.

그러나 최근에 그런 자와는 전혀 조우하지 못했다. 붓쇼지 야스케 라는 이름을 듣는 것만으로 꼬리를 말고 뒷걸음질 치는 자들뿐인 것 이다. 도장 깨기를 하러 오는 자들도 격감했다. 그래도 야쿠로는 돈을 주지만, 채워지지 않는 감정은 쌓일 뿐이다.

그렇게 우울한 기분으로 야스케가 도장으로 발길을 향한 어느 날의 일이다. 도장 입구 근처에서 대기하던 자의 모습이 있었다. 여자였다.

"젠장."

야스케는 혀를 찼다. 눈길도 주지 않고 도장으로 들어가려고 하자,

"기다려주세요."

라고 여자가 불러세웠다. 야스케는 목덜미를 마구 긁어대며 발을 멈췄다.

"뭐야?"

"죄송하지만….".
"냉큼 용건을 말해."
야스케는 내뱉었다.

여자의 이름은 기누라고 한다. 셋쓰산다의 3만 6천석 구키 가문 에도 지부의 하급 무사인 레키후네 집안의 딸이다. 기누는 17세 때 구키 가문 내로 시집을 갔으나, 자식을 낳지 못해 이혼하고 친정으로 돌아왔다. 초혼 때 아이가 생기지 않았다는 이유도 있어서, 재혼 이야기도 좀처럼 들어오지 않았던 모양이다. 레키후네가의 당주인 오빠가 렌페이칸에 다니던 인연으로 기누는 몇 번인가 도장에 찾아온 적도 있었다.

스무 살이 넘으면 중년이라고 불리는 그때, 기누는 이미 25세. 재혼 같은 것은 이미 포기했을 거라는 가벼운 마음도 있었다고 생각한다. 야스케는 기누와 친밀한 사이가 되었다. 계기는 잘 기억나지 않는다. 남녀 간의 일이니까. 그로부터 1년 정도 지나 기누가,

– 아이가 생겼습니다.

라고 말했을 때는 매우 놀랐다. 아이를 낳지 못한다고 들었는데, 원인은 기누가 아니라 남편 쪽이었다는 것이다.

기누는 데릴사위로 들어오기를 요구했으나, 야스케는 이것을 가차 없이 거절했다. 이름은 그럴 듯하지만, 레키후네가는 하급 무사 집안이며, 그 녹봉으로는 분가도 어렵고, 단칸방에 들어가 생애를 마치게 되는 셈이다.

원래 농민으로서 일생을 마칠 뻔한 몸이었다. 지금 이상의 입신출세의 꿈은 없었지만, 하고 싶은 대로 하면서 살아갈 수 없는 답답한 생활만큼은 질색이었다.

10월 10일이 지나 기누는 아이를 낳았다. 레키후네가에서는 누구 아이냐며 난리가 났지만, 기누는 어찌 된 영문인지 절대 말하지 않았다고 한다. 검술로는 두려움을 모르는 야스케지만, 기누에게 아이가 생긴 일에는 속으로 전전긍긍했다. 따라서 이것은 야스케에게 있어서는 좋은 핑곗거리였다.

친척들에게 체면도 차리기 힘들다고, 기누는 반쯤 쫓겨나다시피 집을 나왔다. 야스케도 다소 악의가 생겨, 입막음 값도 겸하여 연초에 돈을 건네줬다. 단, 그 이외에는 일절 만나지 않았다. 기누가 어디에서 일하는지도, 어디에 사는지도 모르고, 단 한 번도 물어보지도 않았다.

"조금만 더 주실 수 없을지요?"

기누가 무겁게 입을 열었다. 아이가 생긴 지 이미 7년이 지났지만, 이런 요구를 하러 온 것은 처음 있는 일이었다.

"충분히 줬잖아."

도장 앞이다. 다른 사람 눈도 신경 쓰여, 야스케는 빠른 말투로 말했다.

"쌀값이 폭등하고 있어요."

확실히 그 말은 맞다. 지금 시국이 불안해졌기 때문인지, 거의 매년 계속해서 쌀값이 오르고 있다.

"너도 일을 할 텐데."
"그건 그렇지만, 요즘은 몸 상태가 그리 좋지 않을 때도 있어서…."
"친정으로 들어가."
"그건…."

기누가 고개를 가로젓는다. 야스케는 다시 혀를 차더니, 품속에서 지갑을 꺼내 1부짜리 금화 한 개를 던져줬다.

"지금 가진 건 그것뿐이다."
"알겠습니다."
"꺼져."

야스케가 가려고 했을 때,

"저기."

하고, 기누가 불러세웠다.

"아직 뭐가 더 있나?"
"아이를…, 도야를 만나주지 않겠어요?"

아이는 사내아이였다. 태어나서 곧바로, 적어도 이름만이라도 지어달라고 기누가 졸랐다. 야스케는 배운 것도 없고, 무엇보다 귀찮기만 했다. 거절했으나, 그럼 가장 좋아하는 것을 가르쳐달라. 그것과 그의 이름에서 한 글자씩 따서 짓겠다는 부탁에, 야스케는,

- 칼이다. 마음대로 해.

라고, 퉁명스럽게 대답했다. 이렇게 해서 아이 이름이 도야(刀弥)가 된 것이라는 사실만은 알고 있었다.

"역시 야스케 님의 아이랍니다. 요즘에는 도야도 – "
기누가 계속 말하려고 했지만, 야스케는,
"안 만나."
라고 일축하고, 이제 다시 돌아보는 일은 없었다.
어째서 나는 이렇게까지 만나고 싶다고 생각하지 않는 건가? 역시 나는 어딘가 이상하다. 아니, 망가진 것이겠지. 결코 아버지가 될 남자는 아니라는 것은 분명하다.

해가 바뀌고 분큐 3년(1863년), 닷새만에 도장에 얼굴을 내밀었을 때,
"야스케, 할 말이 있다."
라고, 야쿠로가 자기 방으로 불렀다. 또 도장 깨기가 왔나? 하고 자연히 웃음이 떠올랐지만, 야쿠로의 이야기는 그보다도 더 가슴 뛰게 하는 것이었다.
"교토에 갈 생각은 없나?"
야쿠로는 단도직입적으로 본론을 꺼냈다.
지금 교토에서는 존왕양이(尊王攘夷. 왕을 높이고, 오랑캐를 배척한다)를 외치는 지사들과, 그것을 단속하는 막부 사이에 피 튀기는 항쟁이 벌어지고 있다고 한다.
양이의 급선봉은 조슈번이다. 야쿠로는 제자들 중 조슈번사가 많기 때문에 가깝게 지낸다. 그런 인연이기도 해서, 조슈번이 실력 있는 자

를 보내달라고 부탁해 온 것이다. 야쿠로는 이를 받아들여, 제자 중에서 뛰어난 자를 '유시구미(勇士組)'라 칭하여 파견하겠다고 대답했다. 그때 제일 먼저 머리에 떠오른 것이 야스케였다는 것이다.

"교토는 그토록 참혹한 지경입니까?"

야스케는 진지한 표정을 필사적으로 유지하려고 했다.

"음. 거의 매일 양쪽에서 사망자가 나온다고 한다. 겁을 먹은 것은 아니겠지?"

야쿠로는 당연하다는 듯이 말했다. 어째서 야쿠로는 야스케가 놀면서 돌아다녀도 꾸짖지 않았던 건지 이제야 알 것 같았다. 이미 자신과 대적할 자가 없다는 사실에 우울해한다는 것을 눈치챈 것이다. 그렇기는 해도 강한 적을 그리 쉽게 만날 수 있는 것도 아니고, 야스케의 실력도 더 향상되었으니 아무 말도 할 수 없었다. 이 야쿠로의 제안은 야스케를 따분함으로부터 구제해 주는 것이라는 것을 이해했다.

"스승님…, 감사합니다."

자기를 치켜세워주었을 때 다음으로, 야스케는 스승에게 진심으로 감사했다.

"자네는 붓쇼지촌에 있는 게 좋았을지도 몰라. 이런 괴로움에 시달리는 일도 없었을 테니까."

야쿠로는 가느다란 한숨을 내쉬었다.

"아뇨, 감사드릴 뿐입니다…."

야스케는 깊이 고개 숙인 후, 자기 인생을 바꿔준 은사를 똑바로 바라보며 씩씩하게 말했다.

"이 붓쇼지 야스케, 강자를 찾으러 교토로 가겠습니다."

시쿠라와 이로하, 두 사람이 출발한 뒤에 슈지로와 후타바는 여인숙으로 돌아가 휴식을 취하면서 교진이 지류로 오기를 기다렸다.

처음에는 헤어진 뒤의 일을 조금 이야기했으나, 30분도 채 지나지 않아 수마가 덮쳐왔는지 후타바는 꾸벅꾸벅 졸기 시작했다. 산스케에게 끌려가고, 환도재한테 산속에서 쫓기고, 밤새 도망쳐 여기로 온 것이다. 어른이라도 피곤할 텐데, 아직 고작 열두 살인 후타바가 지칠 대로 지친 것은 당연한 일이다.

"후타바."

이불을 깔고 후타바를 눕혔다.

"미안해요…."

"됐으니까, 자."

슈지로가 후타바에게 살며시 이불을 덮어주자, 잠시 후 귀여운 숨소리가 들렸다.

-후타바, 고맙다.

새삼 후타바에게 느낀다. 의도치 않게 환도재의 습격으로 인해 형제 싸움이 멈췄다. 그러나 산스케가 후타바를 납치하지 않았다면, 납치한 것이 후타바가 아니었다면, 그런 행동은 취하지 않았을 거라는 생각이 드는 것이다.

더욱이 아까도 그렇다. 서로 손을 잡기로 결정했지만, 형제들끼리만으로는 이판사판의 도박을 하는 셈이다. 그것이 후타바의 한마디로, 다른 사람의 협력을 구한다는, 생각지도 못했던 방향으로 진행했다.

슈지로도 포함해서, 고독에 참가한 자는 자기만 생각한다. 그러나, 후타바는 이토록 처참한 여행 속에서도 타인을 생각하는 마음을 결코 잃지 않는다. 고독을 개최하는 자들에게 있어서도 후타바는 이질적이며, 예상외의 존재임이 틀림없다.

"휴…."

슈지로는 검을 끌어안고 벽에 기댔다. 연이은 싸움으로 몸이 물먹은 솜처럼 무겁다. 쉴 수 있을 때 쉬어두는 것도 중요하겠지. 깊이 잠들지 않도록 신경을 약간 곤두세운 채로 슈지로는 교진이 오는 것을 기다렸다.

해가 아직 중천에 걸치기 전 무렵이다. 계단을 올라오는 자가 있다. 이미 슈지로는 눈을 뜨고 한쪽 무릎을 세우고 있다. 발소리는 두 사람 분이다.

"왔나?"

"응. 연다."

슈지로가 낮게 말을 걸자, 대답한 뒤에 살며시 장지문이 열렸다. 거기에 서 있던 것은 교진이었다. 그 뒤에는 사야마 신지로의 모습도 있었다.

"오오, 엄청 피곤한 얼굴이네. 후타바는 자나 보구면."

교진은 여전히 가미가타(현재의 간사이(관서) 지방. 교토를 중심으로 한 근방) 사투리로 말했다.

"여러 가지 일이 있어서."

"뭔가 있었던 모양이네."

"그쪽도?"

말투는 가벼웠지만, 교진의 눈 안쪽 깊은 곳에서 심각함이 보이는 것 같았다. 무엇보다 신지로의 표정이 밝지 못했다.

"그야 뭐."

교진이 쓴웃음 지으면서 앉았을 때, 후타바가 눈을 비비면서 몸을 일으켰다.

"교진… 씨?"

"안녕."

교진은 갑자기 얼굴을 활짝 폈다.

"와줬구나."

"당연하구먼."

"신지로 씨도."

"아, 어어…."

신지로는 강요당했다고는 해도, 그들을 습격했다가 붙잡혔다. 말하자면 포로 신분이다. 그런데도 후타바가 웃는 얼굴로 맞아주니 신지로는 당황스러운 것처럼 고개를 끄덕였다.

"누구부터 이야기할까?"

교진은 슈지로와 자기 가슴을 번갈아 가리키면서 물었다. 슈지로는 후타바와 얼굴을 마주 보고 고개를 끄덕이고는,

"나부터 이야기하지."

라며 순서대로 그동안의 일을 이야기하기 시작했다.

교진은 후타바가 납치당했었다는 사실에 분노하고, 형제가 모인 대목에서는 몸을 앞으로 내밀며 관심을 보였고, 환도재의 등장에서는 경악했다. 두 사람이 무사했다는 사실에 가슴을 쓸어내리고, 그리고 산스케의 죽음 부분에서는 신묘한 얼굴이 되더니 한번 크게 반응했다. 반면에, 신지로는 이야기의 큰 줄거리는 이해한 모양이지만, 마치 꿈 이야기를 듣는 것처럼 멍한 얼굴이었다.

"그렇군. 이야기는 알았다."

"교진 씨…."

후타바가 말하려는 것을, 슈지로는 손을 들어 말렸다. 이것은 내 입으로 말해야만 한다.

"환도재를 해치우기 위해 힘을 빌려줘─."

"좋아."

제4장 우체부

"역시 너무 뻔뻔한… 뭐?"

"좋다니께."

"이야기를 제대로 들었나? 환도재는 무서울 정도로 강하다."

"겁주지 말랑게. 역시 안 하겠다고 할까 싶어지는구먼."

교진은 쓴웃음 지었다.

"정말로 괜찮은가?"

"도쿄에 도착하면 우리한테 뭘 시킬지는 아직 모르는구먼. 만약 거기서부터 또 설반이 될 때까시 싸우라고 하면, 니들이랑 같이 하는 편이 유리하니께."

교진은 그렇게 말하면서,

"말하지 마."

라고, 눈으로 촉구했다. 도쿄에서 무슨 일이 벌어질지 전혀 알 수 없는 이상, 최후의 한 사람만 남을 때까지 싸우게 할 가능성까지 있다. 그럴 경우, 후타바를 도쿄에 들여보내지 않는다고 해도, 슈지로는 형제들, 그리고 교진과도 싸워야만 한다. 그것은 피차 이해하고 있지만, 후타바에게 듣게 하고 싶지는 않은 것이겠지.

"도쿄에 들어가기 전에 먼저 처치할 수 있다면 그게 제일 좋구먼."

교진은 계속해서 말을 이어갔다. 환도재 정도의 강자라면, 웬만하면 도쿄에도 들여보내고 싶지 않다는 말이다.

"확실히 그래. 뭔가 조건은?"

"별로. 여기서부터 동료가 아무리 늘어난다고 해도, 처음에 정한 돈은 받는다. 그것뿐이구먼."

"알겠다. 그것은 약속하지."

시쿠라, 이로하는 상금에는 흥미가 없는 것 같았다. 나도 가족과 마을 사람들을, 후타바는 어머니를 구할 만큼의 돈만 있으면 그 이상은 바라지 않으니까, 걱정은 없었다.

"그렇다 해도… 내가 미나쿠치 바로 앞에서 본 남자가 시쿠라겠지. 그 시쿠라와 네가 둘이서도 당해내지 못한다면, 환도재라는 놈은 참말로 괴물이구먼."

교진은 턱에 손을 대면서 말을 이었다.

"확실히 강할 것 같았지만, 그 정도라고는 생각하지 않았는디…."

"힘을 숨기고 있던 것이겠지. 계승자에게는 숨길 필요가 없다는 것이다."

"과연."

"억지로 부탁하지는 않아."

"아니여, 한다니께. 게다가 정면에서 맞부딪치는 것만이 방법이 아니구먼. 이쪽은 들킬 새도 없이 해치우는 것이 본업이니께."

손가락으로 쓱 자기 목을 훑더니, 교진은 한쪽 얼굴만 찡그려 웃었다. 슈지로는 숨을 내쉬더니, 자기 쪽에서도 물어본다.

"그쪽은 어땠어?"

"난리도 아니었구먼. 안 그려?"

교진이 돌아보자, 신지로는 굳은 얼굴로 고개를 끄덕였다.

슈지로와 헤어진 후, 고독에서 규정하는 '탈락'의 정의를 알아내기 위해, 교진은 아카야마 소테키, 가와모토 도라마쓰, 두 사람을 데리고 경찰서로 갔다. 아카야마는 목패를 빼앗은 상태, 가와모토에게는 목패를 목에 찬 채로 출두하게 한 것이다.

"두 사람 다 살인을 자백하게 했다."

이것은 완전히 거짓말이 아니다. 두 사람 다 고독에 참가했기 때문이기는 하지만 살인에 손을 담갔다. 한편, 신지로는 반바라는 우두머리 격에게 협박당해서 따라다니고 있긴 했으나, 단 한 명도 자기 손으로 사람을 죽인 적은 없다고 한다. 엄밀하게 말하자면 그만한 각오는 없었다고 해야 할까. 그래도 반바에게 목패를 나눠 받아 구와나 역참까지 올 수 있었던 것은, 왈패들 천지인 와중에 신지로는 세세한 것들을 알아차린다는 점을 대우해준 것이라고 한다. 제비뽑기로 출두할 자를 결정한 것이지만, 결과적으로는 정말 죄가 있는 두 사람이 뽑힌 셈이라는 말이다.

"밖에서 본 것만으로도 경찰서 안이 소란스러워진 것을 알겠더라고."

두 사람을 보낸 뒤, 교진은 근처에서 상황을 엿보고 있었다. 살인자 두 명이 자진 출두했다고 경찰서는 갑자기 시끌벅적해진 모양이다. 취조를 받기 위해 두 사람은 분명 서 내의 유치장에 들어갔겠지. 그 후 두 사람이 나오는 일은 없었다.

"그리고 몇 시간 뒤에 또 시끄러워졌다."

서 내에서 명백하게 사람의 움직임이 분주해졌다. 비명이나 고함 같은 것도 들렸다고 한다. 더욱이 십여 명의 경찰이 안색이 변해서 밖으로 뛰어나와, 세 조로 나뉘어 주위를 탐색하기 시작했다고 한다. 길에서 그 경찰에게 무슨 일이 있었냐고 물어보면 의심받을 것이다. 그래서 교진은 꾀를 냈다.

"차라리 안으로 들어가서 확인해 보려 했구먼."

"들어갔나?"

슈지로는 눈을 크게 떴고, 교진은 당연하다는 듯이 가볍게 코웃음을 쳤다.

"내는 이가조 출신 닌자랑께."

"숨어들어간 건가?"

"아녀. 당당히 들어갔구먼."

교진은 별일도 아니라는 듯이 말했다. 의사인 아카야마는 양복 차림이었다. 출두 전에 아카야마에게는 준비한 기모노로 갈아입게 하고, 교진은 그 양복을 이용해서 공무원으로 가장했던 모양이다.

각 부현의 경찰은 경찰부 즉, 통칭 4과가 담당하고 있다. 그것들을 통솔하는 것이 도쿄에 있는 내무성 경시국이다. 4과에도 경시국에 지인 한두 명쯤 있어도 이상할 것 없다. 교진은 경시국이 아니라, 그 관할성인 내무성 공무원을 사칭했다.

교진은 좀 더 의심받을 각오도 했던 모양인데, 바로 서장이 마중 나

왔다고 한다. 서장은 창백한 얼굴로 첫마디가,

"역시 그렇습니까? …라고 했구먼."

"무슨 말이야?"

슈지로는 미간에 주름을 잡았다. 교진도 또한 처음에는 그렇게 생각했다고 한다. 그러나 이야기를 들으면서, 어째서 서장이 그런 말을 했는지 이해가 간 모양이다.

"먼저 아카야마 소테키, 가와모토 도라마쓰, 두 사람은 죽었다."

"결국 안 되는 거였나?"

슈지로는 혀를 찼다. 후타바는 아랫입술을 깨물고 있다.

경찰에게 붙잡혔다는 것은 동시에 보호받는다는 뜻이기도 하다. 그 방법이 안 된다면, 고독에서 사퇴하는 일은 사실상 불가능하다고 봐도 좋다.

"도라마쓰도 말인가…?"

슈지로는 가느다란 숨을 내쉬었다. 아카야마는 목패가 없었지만, 가와모토는 자기 몫의 한 개를 목에 걸고 있었다.

"그려, 압수당한 게 아니구먼. 이 눈으로 시체 목에 걸려 있는 것을 봤응께."

"즉, 경찰서에 들어간 시점에서 실격으로 간주한다는 뜻이군."

"그렇게 되는구먼. 두 사람은 유치장 안에서 살해당했다."

"누군가가 숨어들었나…? 그렇다 해도 어떻게 해서 유치장 안에…"

슈지로가 혼잣말처럼 흘렸다.

"아니여, 내는 계속 경찰서를 감시했다. 수상한 놈이 침입한 적은 없다고 단언할 수 있구먼."

"그렇다면, 어떻게 해서 두 사람을 죽였을까?"

"그 점이 열쇠구먼. 숨어든 놈은 없다. 하지만 당당히 들어간 놈은 있다."

소동이 일어나기 한 시간 정도 전, 두 명의 경시국 공무원이 서를 방문했다. 교진도 경시국원으로 보이는 남자들이 들어가는 것을 확실히 봤다고 한다.

그 공무원들은 아카야마, 가와모토가 국가를 뒤흔들 중요 사건과 관계가 있다며, 심문하겠다는 뜻을 전했다고 한다. 중요기밀이니 사람들을 물리라고 명하고 공무원들은 유치장으로 갔다.

거기에서 사건은 일어났다. 공무원은 즉시 안색이 변해 돌아와서,

-어떻게 된 거야? 왜, 죽였나!

라고 소리쳤다고 한다. 자다가 날벼락을 맞은 서장 이하 몇 명이 달려가 보니, 아카야마와 가와모토는 누군가의 칼에 살해당했다고 한다. 게다가 유치장은 확실하게 열쇠로 잠겨 있었다고 한다.

"워찌 생각혀?"

교진은 낮은 목소리로 물었다.

"그 남자들이 죽였다는 건가?"

"그려. 불과 몇 분 전까지는 두 사람은 확실하게 살아 있던 모양이여. 그 녀석들이 열쇠를 열고 죽이고, 다시 열쇠를 잠가 외부의 범행

이라며 소란을 피웠다. 그렇게 생각하는 게 자연스럽구먼."

"경시국 공무원을 사칭했다…?"

교진이 내무성 인간으로 위장한 것처럼, 고독을 개최하는 자도 경시국 직원으로 위장하여 두 사람을 처리했냐는 뜻이다.

"아녀, 그게 아니구먼."

교진은 고개를 가로젓는다.

"설마-."

슈지로는 경악해 말문이 막혔다.

"맞구먼. 그 남자들은 틀림없는 경시국 공무원이여."

서장은 그 두 사람 중 한 명은 면식이 있다고 했다. 나머지 한 명도 검격대회에서 본 적이 있다는 직원이 여럿 있었다. 틀림없이 경시국에 소속된 분명한 경찰관이라는 것이다.

서장들도 바보는 아니다. 방문한 경찰관이 아카야마와 가와모토를 죽인 것이 아닐지 의심했다. 그래서 내무성의 공무원이라고 한 교진에게,

- 역시 그렇습니까…?

라고 말한 것이다. 즉, 경시국의 현역 경찰이 살인자이며, 그것을 내무성이 쫓고 있다고 오해했다는 것이다.

"어떻게 된 거야…?"

머리가 혼란스러워 사태를 파악할 수 없어, 슈지로는 손을 이마에 댔다.

"여러 가지로 생각해 봤는디, 분명 이런 것이구먼. 고독을 장악한 놈들은 경시국과 내통하고 있다. 혹은….”

"경시국 내부의 인간.”

슈지로가 땅을 기어가는 것처럼 낮은 목소리로 말하자, 교진은 천천히 고개를 끄덕였다.

"그런 것이여.”

"좀 믿기 힘들지만… 아니, 오히려 납득이 간다.”

일본 전체에 신문을 뿌려 참가자를 모집한다. 텐류지를 봉쇄하고 외부와 차단한다. 순금 불상을 준비한다. 참가자를 항상 감시하고, 죽으면 시체를 처리한다. 이러한 일들이 가능한 조직이 이 나라에 얼마나 있을까? 경시국 인간이 관여했다면 전부 앞뒤가 들어맞는다.

신문을 황급히 회수한 것은 경찰에게 의심을 돌리지 않기 위해. 여기저기에서 칼부림이 일어난다고 해도, 사망자가 나온다고 해도, 경찰이라면 잘 처리할 수 있겠지.

슈지로는 쇼노 역참과 이시야쿠시 역참 사이의 산길에서, 시체가 어떻게 처리되는지를 숨어서 봤다. 시체를 운반한 자는 순사 제복을 입었고, 고독을 개최한 자들이 경찰로 변장한 것으로 생각했으나, 진짜 경찰이었다는 건가?

"하지만 기묘한 점도 있어….”

슈지로는 의문을 입에 올렸다. 고독의 흑막이 경시국 내부의 인간이라면, 아카야마와 가와모토를 죽이는데 어째서 경시국 사람이 경찰서에 들이닥치는 짓을 한 건가? 게다가 자기들은 죽이지 않았다고 주장하고 어느 틈엔가 모습을 감춘 것이다. 그런 일을 하지 않아도, 아이치현청 제4과에 지시를 내려 죽이라고 명령하면 되는 것 아닌가?

"아마도 각 부현의 4과에도 알리지 않았을 거구먼. 움직이는 것은 경시국 인간뿐 아닐까?"

덴류지에서 교토부청 제4과의 안도 진베가 놈들을 포박하려다가 살해당했다. 더욱이 미에현청 제4과의 오와세 마고타로가 고독에 참가한 것도 앞뒤가 맞는다.

"그래도… 왜 경찰이…?"

후타바도 역시 믿을 수 없겠지. 그 목소리는 떨리고 있었다.

"바로 그 점이 문제여."

증거는 없지만, 여러 가지 정황이 뒷받침한다. 그러나 거기까지 추리한 교진도, 그것만큼은 전혀 상상도 할 수 없다고 한다.

"뭐가 목적이야…?"

슈지로도 생각했지만, 그 동기만은 전혀 짐작되지 않는다. 그러나 그것을 생각하고 있을 여유도 별로 없다. 교진은 이야기를 계속 진행했다.

"아직 경시국 인간이 관여했다고 정해진 것은 아니지만, 고독을 도중에 빠져나가는 것은 할 수 없다는 것은 알았다. 나나 니는 둘째치고, 적어도 후타바는."

고독에서 이탈하면 그들이 목숨을 노리는 것은 명백해졌다. 슈지로나 교진이라면 반격할 수도 있을지도 모른다. 그러나 만약 경시국 인간이 관여된 거라면, 환도재와 마찬가지로 가족에게 누를 끼치는 일도 충분히 있을 수 있다. 무엇보다 후타바라면 물리치는 것조차 불가능하므로, 이미 선택의 여지는 없었다.

"하마마쓰부터는 한 사람한테 목패를 맡긴다는 계획도 좀 단념해야 쓰겠구먼. 전원이 이대로 도쿄에 가는 수밖에 없겠어."

교진은 말을 끊었다. 그것이 결론이 되는 것이겠지.

후타바는 어깨를 축 늘어뜨리고 있다. 어떠한 방법으로든 고독을 이탈할 수 있다면, 한 사람에게 목패를 맡기고 도쿄까지 달리게 한다. 이거라면 아무도 죽지 않을 수 있을지도 모른다는 후타바의 제안이 있었다. 그러나 시험해 본 끝에 그 제안은 파기했다. 후타바로서는 한 줄기 빛이 사라진 것 같은 심정이리라.

"또 다른 길을 찾아보자."

슈지로는 후타바의 어깨에 손을 올렸다.

"알았어."

교진도 달래는 것처럼 말했다.

"낙담할 것 없구먼. 후타바 덕분에 경시국 인간이 엮였을지도 모른다는 사실을 알아냈어. 이건 꽤 크구먼."

"그 사실을 고려하여 대책을 세워두고 싶다."

"워찌 할 건디?"

"정부에 이 사실을 고한다. 그러면 진짜 경찰의 짓인지 아닌지도 알 수 있을 터."

"그런 일을 했다가는 실격이 된당께."

교진은 약간 안달하면서 말렸다. 고독에 관해서 외부에 발설하는 것은 금지되어 있고, 탈락으로 간주한다.

"그러니까 비밀리에 한다. 게다가… 왠지 안 좋은 예감이 들어."

고독을 기획한 것이 경시국 인간인지도 모른다는 말을 들었을 때부터 줄곧 가슴속이 술렁거렸던 것을 기억한다. 역시 몇 번을 생각해 봐도 이 정도로 큰일을 벌이는 것은 기묘하다. 우리가 예상도 할 수 없는, 좀 더 커다란 동기가 있는 것 같은 느낌을 지울 수가 없는 것이다.

"애초에 누가 믿겠나? 고독의 손길이 어디까지 뻗어 있는지도 모르는 거시여."

서로 죽이면서 도쿄로 가는 '유희'를 개최한 자가 있다. 그런 기상천외한 일을 고발한다고 해서 누가 믿어준다는 것인가? 더욱이 경시국뿐만이 아니라, 다른 성청에도 한패가 섞여 있을 가능성도 충분히 있다. 교진은 위험이 너무 크다고 주장했다.

"아니야, 딱 한 명 있다."

절대로 이런 불의를 저지르지 않고, 그러면서 절대로 슈지로가 거짓말을 하지 않는다는 것을 아는 인물. 슈지로는 딱 한 사람 생각나는 이가 있었다.

"누구여?"

그의 말에서 진심이 느껴진 모양이다. 교진은 눈을 가늘게 뜨고 속삭이는 것처럼 물었다.

"오쿠보 도시미치."

"우웩."

교진은 괴상한 소리를 내며 놀라 자빠진다. 후타바조차도 이름을 아는 모양으로, 눈을 깜빡거린다. 신지로는 그가 정신이 나가기라도 한 것 아닌지 의심하는 듯한 눈으로 보고 있다. 그러는 것도 무리는 아닐 것이다.

"너, 오쿠보 도시미치라면 내무경(치안, 지방행정 등을 관장하던 내무성의 수장. 현 내무 대신)이구먼…."

교진은 다시 제정신을 차린 것처럼 말을 이었다.

오쿠보 도시미치는 메이지 정부 수립에 크게 공헌한 공신이며, 지금은 내무경 자리에 앉아 있다. 명실상부한 이 나라 유수의 요인이다.

"오쿠보 씨라면 분명 믿어줄 거다."

아직도 황당한 얼굴을 하고 있는 모두를 향해, 슈지로는 태연하게 단언했다.

2

슈지로 일행은 곧바로 여인숙을 나왔다. 지류 역참은 동서로 12정 35간. 요즘 식으로 말하자면, 1,400미터에 약간 모자랄 정도. 이 여인숙은 중심에서 약간 앞쪽에 있기 때문에, 10분도 채 걸리지 않아 역참을 나갈 수 있다.

오쿠보와의 관계를 설명하자면 이야기가 길어지기 때문에, 걸어가면서 말할 생각이었다. 지금은 한시라도 빨리 알리는 것을 우선시하고 싶다.

"오쿠보는 도쿄에 있구먼."

교진은 도쿄로 서둘러 가는 것이라고 생각한 모양이다. 교진이 밤낮을 전력으로 질주해도 3일은 걸린다. 게다가 지금은 고독 과정 중이기 때문에, 목패를 얻으면서 가야만 한다. 편지를 써서 맡긴다 해도 비슷하거나 그보다 더 시일이 소요된다. 무엇보다 고독 주최자가 편지를 놓치지 않고, 도중에 가로채려고 들지도 모르는 것이다.

"옛날이라면 힘들었겠지."

"뭔 뜻인겨?"

교진은 의아한 듯이 눈썹을 찡그렸다.

"편리한 세상이 되었다는 뜻이다."

"앗, 혹시나…."

후타바가 먼저 알아차린 모양으로, 목소리를 냈다.

"전보다."

"그렇구먼. 그 방법이 있었네."

교진은 손바닥을 주먹으로 쳤다.

막부가 건재했을 무렵부터 전보 기술은 이미 일본에 전해졌지만,

실용화된 것은 지금으로부터 9년 전인 메이지 2년(1869년)의 일이다. 처음에는 도쿄, 요코하마에서의 시험적인 운용이었으나, 편지보다도 훨씬 빠르고 편리한 통신수단이었기에, 눈 깜짝할 사이에 보급되어 메이지 8년(1875년)에는 전국에서 쓸 수 있게 되었다. 그로부터 3년이 지난 지금은 각 부현의 주요 도시뿐만 아니라, 우체국이 있는 마을에서는 어디에서든 이용할 수 있게 되었다. 슈지로는 이 전보를 이용해서 오쿠보에게 사태를 전할 생각이었다.

"왜 깨닫지 못했던겨…."

갑자기 교진은 안타깝다는 듯이 머리를 긁적였다.

"왜 그래?"

"놈들도 그걸 쓰고 있는 거시여."

고독을 개최하는 무리를 가리키는 것이다. 놈들은 사람을 수배해서 항상 우리를 감시하고 있다. 슈지로의 담당자는 쓰루바미라고 하는 남자다. 그리고 관문이 되는 역참에서 목패를 확인한다. 그렇기는 해도, 탈주한 자의 처리, 죽은 자의 시체 처리는 감시자만으로는 할 수 없다.

사실 슈지로는 쇼노 역참을 지난 산길에서 시체를 치우는 것을 봤는데, 몇 명이 있었다. 서로 어떻게 연락을 취하는 건지 신기했으나, 전보를 이용하고 있다고 생각하면 앞뒤가 들어맞는다.

"있을 수 있는 일이군."

경찰이라면 민간과는 별개로 독자적인 전신기를 갖고 있다. 이것을 사용하면 일일이 우체국에 가지 않아도 지시를 내릴 수 있겠지.

"경찰이라면, 애초에 우체국은 이용하지 않을 테고."

슈지로는 더욱 말을 이었다.

"이런 일이니까…."

후타바가 고개를 끄덕인다. 고독에 관해서 외부에 누설하지 않기 위해서라는 의미겠지. 그것은 틀림없지만, 특히 우체국이 적절하지 않은 이유가 따로 있는 것이다.

"경시국과 역체국(驛遞局. 메이지 시대에 우편, 통신을 관할하던 기관. 1877년에 역체료로 개칭하고, 1887년에 체신성으로 이관된 후에 폐지되었다)은 견원지간이다."

"같은 내무성인데도?"

후타바는 의외라는 듯이 눈썹을 치켜올린다.

"잘 알고 있네."

교진은 감탄의 목소리를 냈다.

"아버지가…."

작고한 후타바의 아버지 에이타로는 앞으로는 여자도 세상 돌아가는 것을 알아야만 한다고 항상 말했으며, 신문을 구독해서는 읽게 했다고 한다. 아버지가 죽고 수입이 끊어져서 쉽사리 신문도 살 수 없게 되었지만, 마을에서 신문을 구독하는 사람이 며칠분씩 모아뒀다가 넘겨줘서 최근까지도 꼼꼼하게 훑어보고 있었다고 한다.

"같은 내무성이니까 더욱 그렇겠지."

지금으로부터 4년 전인 메이지 7년(1874년), 경시국의 전신인 도쿄 경시청이 발족했다. 이때부터 내무성의 관할 내이긴 해도 독립한 청이기는 했으나, 세이난 전쟁 후에 내무성에 통합되어, 일개 지국이 되었다는 경위가 있다.

한편, 역체국의 전신은, 회계관 밑의 통신 담당이라는 일개 역직에 불과했다. 거기서부터 민부성의 관할 내로 옮기는 와중에 조직화되어, 대장성과 통합될 때 역체료로 승격했다. 더욱이 대장성에서 내무성이 분리될 때, 그쪽으로 붙어서 역체국이 되었다는 흐름이다.

즉, 간단히 말하자면, 경시국은 강등 끝에, 역체국은 출세 끝에, 내무성 관할의 2대국의 지위가 되었다. 경시국 입장에서 보면 요즘 활개를 치는 신참국, 역체국 쪽에서 보자면 추락한 주제에 여전히 거만한 고참국이라고 서로 생각하는 것이겠지. 호시탐탐 독립 성청으로의 부활을 노리는 경시국으로서는, 성과면에서는 절대로 질 수 없는 상대이기도 했다.

"원래 사이가 나빴지만… 결정적으로 틀어진 것은 이거겠지."

슈지로는 엄지와 검지만 세워 보였다.

"이거라니?"

후타바는 고개를 갸웃거린다.

"총 말이다."

경찰은 군대와 달리 총기 휴대가 허용되지 않았고, 경찰은 경찰봉뿐으로, 일정한 계급으로 올라가도 사벨(sabel. 군인이나 경관이 허리에 차던 서양식 칼. 네덜란드어)만 찰 수 있었다. 이것으로 흉악범을 진압하는 것은 무리라며, 총기 휴대를 바라는 것은 경시국의 숙원이었다. 그러나 전혀 인정받지 못하는 것이다.

"어째서 안 되는 거야?"

후타바는 더욱 물었다. 아버지가 경관 출신이었으니 후타바도 관심이 있는 것이겠지.

"경찰 전원이 총을 휴대한다면, 나쁜 놈들에게 빼앗기기 쉽겠지?"

여기에는 교진이 대답했다.

"확실히 그러네."

"게다가 경찰 그 자체가 폭주하면 곤란해지니까."

경찰은 사족 중심이다. 사족의 반란이 이어지는 가운데, 거기에 동조하는 자가 경찰 중에서 나오지 않을 거라는 보장은 없다. 그렇게 되었을 때, 총을 갖고 있으면 골치 아프기 짝이 없다. 그 밖에도 불량한 경찰이 일정 수 있어, 흉악한 사건을 일으킬 것을 우려하고 있다는 점도 요인 중 하나였다. 아무튼 그러한 사정으로 인해 정부는 경찰이 총을 소지하는 것을 허용하지 않는 것이다.

"그래도 왜 그게 역체국과 사이가 나빠지는 원인이 되는 거야?"

후타바가 계속 질문했다.

"우체국원은 소지하니까."

"엇…, 몰랐어."

이것은 후타바뿐만 아니라 모르는 자가 꽤 많은데, 실은 우체국원은 배달 중에 한해서 권총을 숨겨서 휴대하는 것이다. 이것은 관공청의 문서를 빼앗기지 않기 위해서였고, 더욱이 메이지 5년(1872년)부터 등기우편이 시작됨으로써 현금을 운반하는 일도 있어, 강도에 대한 대비책으로 채용되었다. 이것에 대해서 경시국은 불만을 드러냈고, 그중에는,

- 어째서 우리는 허용되지 않는데, 파발꾼 따위가 허용되는 거야!

등등 노골적인 폭언을 내뱉는 자도 속출했다. 이를 경계로 양국 사이의 골은 한층 더 깊어진 것이다.

"그렇다 해도, 니야말로 워찌 그리 잘 아냐? 다른 일은 잘 모르면서."

교진은 비꼬듯이 말했다.

"옛 직장이니까."

"뭐야?!"

교진이 괴상한 목소리를 내서 오가던 사람들의 시선이 단숨에 몰렸다. 교진은 헛기침을 해서 자신을 진정시키고 나서 물었다.

"미안. 진짜여?"

"그래. 4년 전까지. 메이지 7년까지는."

후타바도 눈을 동그랗게 뜨고 그의 얼굴을 빤히 본다.

"슈지로 씨는 우체부였구나…."

"숨기려던 건 아니지만. 말할 기회가 없었다."

"그래서 곧바로 전보를 생각해 냈구먼."

교진은 납득이 간다는 표정이었다.

"맞아. 오카자키에는 우체국이 있다. 거기에서 전보를 보낸다."

"그런 뜻이구먼. 그럼 서두를까."

곧 지류 역참도 끝나간다. 여기서부터 다음 역참인 오카자키까지는 3리 29정. 요즘 식으로 말하자면 약 15킬로미터다. 후타바에게는 고생이겠지만, 서두르면 두 시간 반 정도면 도착하겠지.

"그 전에….'"

슈지로는 흘낏 돌아본다. 한걸음 뒤를 신지로가 따라오고 있다. 신지로의 얼굴은 종이처럼 희고, 눈으로 봐도 알 수 있을 정도로 어깨가 축 처지고 발걸음에도 힘이 없다.

"응."

교진은 씁쓸하게 고개를 끄덕였다.

이 지류 역참은 세 번째 관문이다. 5점분의 목패가 없으면 통과할 수 없다. 지금 슈지로 일행 세 명이 갖고 있는 것은 합쳐서 26점. 관문을 통과할 수는 있으나, 목표로 했던 30점에는 못 미친다. 그리고 신지로가 갖고 있는 것은, 목에 건 그의 몫, 단 1점뿐이다.

즉, 지류를 빠져나갈 수는 없다. 되돌아가서 새로 목패를 모으는 것 말고는 방법이 없지만, 신지로의 실력으로는 그것도 힘들겠지. 사실상 탈락이라고 해도 좋다. 그리고 고독에 있어서 탈락이 무엇을 의미하는가? 그것은 교진과 함께 있던 신지로가 누구보다도 잘 알고 있다.

3

"왔군."

골목에서부터 쓱 모습을 드러낸 남자가 있어, 슈지로는 중얼거렸다. 남자는 길가로 나오더니, 그들과 나란히 걷기 시작했다.

"사가 슈지로 님, 가쓰키 후타바 님. 확인하러 왔습니다."

고독에서 그들을 담당하는 감시자. 쓰루바미라고 하는 남자다.

"세련된 옷차림이로군."

지난번에는 기모노 차림이었으나, 이번에는 양복으로 바꿔 입고 깊게 모자를 눌러썼다. 어디의 공무원이라고 해도 충분히 통할 만한 기품을 쓰루바미에게서 느꼈다.

"여러 가지 복장으로 섞여 있어야 하니까요."

"지금 우리는 목에 건 목패 이외는 한꺼번에 모아서 갖고 있다."

"그럼 나눠주시죠."

"내 건 확인 안 하는겨?"

교진이 대화에 끼어들었다.

"쓰게 교진 님이시죠? 쓰게 님은 다른 자가."

쓰루바미가 살짝 고개를 흔들자, 역참 출구 부근에 서서 이야기를 나누고 있던 젊은 도련님 같은 남자, 장인풍의 남자가 대화를 딱 멈추더니 이쪽으로 다가왔다.

"쓰게 교진 님. 잠시 멈춰주십시오."
"사야마 신지로 님. 확인하러 왔습니다."
젊은 도련님풍 남자, 장인풍 남자가 이어서 말한다. 각기 담당이 있다는 뜻이다. 가급적 눈에 띄지 않도록 하라는 쓰루바미의 말에 길가로 자리를 옮긴다.
"니, 누구여? 덴류지에서 목패를 주고, 세키 역참에서 확인했던 놈은 더 젊었다."
교진은 낮은 목소리로 추궁했다.
"배치가 바뀌었습니다. 저는 하코라고 합니다."
"하코? 수상한데… 속여서 빼앗으려는 속셈은 아니겠지?"
"그것은 저희가 보장합니다."
쓰루바미가 말하자, 신지로의 담당인 장인풍 남자도 고개를 끄덕인다.
"그런가. 하지만 왜 나만 바뀐 거시여?"
"쓰게 님은 길을 벗어나 산으로, 계곡으로, 숲으로, 그리고 나무 위로 가셔서… 보통 사람은 쫓아가기가 상당히 어렵다고 판단했습니다."
"오호. 그렇다면, 니라면 쫓아올 수 있다고?"
"그리 여겨져 배치된 것입니다."
교진이 살짝 코웃음을 치자, 하코는 거만한 웃음으로 대답했다.
"야마나시…."

신지로는 목을 울리며 침을 삼켰다.

"기억해 주셔서 영광입니다. 일행이 바뀌셨군요."

야마나시라 불린 장인풍은, 다른 두 사람에 비하면 약간 밝은 태도였다.

"함께 이야기해도 괜찮을까요?"

쓰루바미는 다른 두 사람도 고개를 끄덕이는 것을 확인하더니, 슈지로를 향해 이야기하기 시작했다.

"목패를 확인하기 전에 먼저 전해둘 것이. 실은 여러분이 제일 마지막 조입니다."

슈지로와 교진은 얼굴을 마주 보고 고개를 끄덕였다. 이 고독의 '탈락'의 정의를 간파하기 위해, 가능하면 제일 뒤가 되고 싶다고 생각했었다.

미야 역참에서는 중간에서 약간 뒤 정도에 있었을 텐데, 아마 센닌즈카에서부터 여기까지 오는 동안에 상당한 시간을 소비했기 때문에, 결과적으로 노리던 대로 되었다는 것이다. 그러나 주최자가 가르쳐줄 것이라고는 예상하지 않았기에 그것만큼은 의외였다.

"일부러 가르쳐주다니 친절하군. 뭔가 속셈이 있는 거겠지?"

"역시 다르십니다. 실은 지류 역참을 마지막으로 통과한 자에게는 약간의 상과 벌이 있습니다. 고로 먼저 알려드렸습니다."

슈지로는 교진과 눈으로 대화를 계속했다. 그것이 뭔지를 물어봐도 쓰루바미가 가르쳐주는 일은 없겠지. 상은 둘째치고, 벌이 궁금하다.

후타바를 제일 뒤에 통과시킬 수는 없다.

"나가 할까?"

교진은 자기 코를 콕 가리켰다.

"아니, 내가 한다."

"알겠다."

교진도 집착하지 않고 승낙했다.

"그럼, 목패를."

쓰루바미는 희미한 미소를 지으며 재촉했다. 목에 건 것도 포함해서 교진, 후타바에게 5점씩 넘겨줬다. 그것을 쓰루바미, 하코가 이어서 확인했다. 각각 3점분은 양쪽 끝이 빨갛게 칠해진 목패와 교환된다. 더욱이 제일 후미 판정이 역참을 나갈 때를 기준으로 할 가능성도 있기 때문에, 교진에게 맡기고 후타바를 먼저 가게 했다.

"조심성이 많으시군요."

쓰루바미는 후후 웃었다.

"각각에 담당이 있는 한, 거의 동시에 목패를 확인하는 것도 가능할 텐데. 그러면 제일 후미가 어느 쪽인지를 두고 실랑이가 벌어지겠지."

"명답. 역참을 나가는 순서입니다."

슈지로와 후타바 사이는 3간 남짓 정도의 거리. 그러나 거기에 보이지 않는 경계선이 있다는 뜻이다.

"그럼, 사가 님은… 16점이로군요."

"그래."

슈지로는 교환된 목패를 받더니 걸음을 옮겼다.

"어… 안 돼!"

후타바가 외쳤으나, 슈지로는 입을 굳게 다문 채로 역참에서 발을 내밀었다.

"왜 - ."

후타바가 이쪽으로 돌아오려고 했으나, 교진이 팔을 움켜잡고 그것을 허용하지 않았다. 신지로는 고개를 숙이고 온몸을 덜덜 떨고 있다. 야마나시가 살며시 다가간다.

"사야마 님, 목패는… 1점이군요. 이제 뒤에는 아무도 없습니다. 참으로 안타깝지만, 탈락입니다."

야마나시가 눈짓을 하자, 쓰루바미, 하코가 신지로 옆에 휙 붙었다. 신지로의 떨림은 커졌고, 입술은 보라색으로 변했다.

"신지로 씨를 구해줘!"

후타바가 큰 소리로 호소했다. 역참을 오가는 사람들 중에는, 그 불길한 말에 무슨 일인가 하고 주목하는 자도 있었다.

"가쓰키 님, 조용히. 그 이상은 약속을 위반한 것으로 간주하겠습니다."

쓰루바미가 눈을 가늘게 뜨고 날카롭게 말했다. 규정이라는 단어를 원만하게 약속으로 즉흥적으로 바꾸는 것을 보면, 쓰루바미는 상당히 현명하다.

"왜… 목패는 있는데."

목패는 아직 16점 있다. 신지로에게 나눠줘도 모두가 통과할 수 있다. 신지로의 목에 걸린 1점을 빼앗지 않았기에, 후타바는 다 함께 통과하는 것인 줄 알았던 모양이다.

그러나, 그것은 다른 이유였다. 목패를 빼앗기면 그 자리에서 탈락이 확정되어 버린다. 목패를 모으는 것이 불가능해지면 어떻게 되는지를 실험하기 위해, 신지로 것을 빼앗지 않았던 것뿐이다.

"후타바, 그런 식이면 한이 없다. 우리가 살아남는 것만으로도 필사적이야."

슈지로는 감정을 억누르고 말했다. 확실히 지류 역참은 통과할 수 있다. 그러나, 하마마쓰에서는 10점이 필요한데, 3인분인 30점조차 지금은 채우지 못한 것이다. 신지로도 데리고 가게 되면 40점이 필요해진다. 더욱이 시마다에서는 60점. 하코네에서는 80점. 앞으로 나아가면 갈수록, 한 명의 적에게서 얻을 수 있는 목패 수는 많아질 거라고 생각하지만, 상대는 점점 강해진다. 목패를 얻기 위해 해야 할 노력은 훨씬 더 늘어나겠지.

"알아…. 나만으로도 충분히 짐인데…."

후타바가 고개를 숙여, 교진도 손을 쓱 놨다. 신지로는 명백히 낭패하는 모습이었으나 주먹을 꽉 쥐더니,

"당연한 응보다. 후타바, 고마워…."

라고 억지로 웃음 지어 보였다. 자기 의지는 아니었다고 해도, 신지로는 그들을 습격한 패거리에게 가담했었다. 그런데도 지키려고 해준

후타바에게 그가 가진 최대치의 다정함으로 응답한 것이리라.

"기다려!"

"가쓰키 님, 그것은 안 됩니다."

쓰루바미는 더욱 엄격한 말투로 말렸다.

"돌아가는 건 안 돼?"

"그건 상관없지만…."

"알았어."

후타바는 말하자마자 달려나갔다.

"후타바!"

슈지로는 손을 뻗었으나, 늦었다. 후타바는 역참 안으로 되돌아갔다. 교진은 머리카락을 쓸어올리고 씁쓸한 한숨을 내쉰다.

"뭘…?"

슈지로는 할 말을 잃고 우두커니 서 있었다.

"어째서 슈지로 씨는 덴류지에서 나를 도와준 거야…?"

후타바는 돌아보지 않고 물었다.

"그건… 내버려둘 수 없었기 때문이다. 너를 못 본 척하면, 아내와 아이를 두 번 다시 만날 수 없다고 생각했다."

"나도 마찬가지. 어머니를 볼 면목이 없어. 돌아가신 아버지도."

후타바의 작은 등은 떨리고 있었으나, 이어진 말은 당찬 것이었다.

"그러니까 끝까지 포기하고 싶지 않아."

"가쓰키 님, 이제 뒤에 오는 자는 없습니다. 수단은 없다고 생각합니다만?"

쓰루바미가 조용히 달랜다.

"어쩌면 다른 참가자가 돌아올지도 모르잖아."

"확실히 전혀 있을 수 없는 일은 아니군요. 하지만, 목패를 빼앗으면 그자가 탈락하게 됩니다."

"그 사람이 목패를 많이 갖고 있을지도."

"흠. 그것도 있을 수 있습니다. 그러나 결국은 나중으로 미뤄질 뿐입니다. 상금을 얻을 수 있는 것은, 많아 봤자 아홉 명뿐이니까요."

"그때까지 살아남을 수 있는 다른 길을 찾을 수 있을지도 몰라."

후타바가 다시 반론하자, 쓰루바미는 약간 어이가 없다는 듯이 대답했다.

"꽤나 고집이 센 분이군. 개최하는 우리가 그것밖에 길이 없다고 말하는데도…."

"처음이잖아요."

"무슨 뜻이죠?"

"이런 일을 하는 것. 그렇다면, 당신들도 못 보고 지나친 점이 뭔가 있을지도 모르잖아."

"확실히 일리 있군요. 그러나 난처하게 되었네요…."

쓰루바미가 퍼뜩 놀란다. 그때, 슈지로도 또한 역참 안으로 돌아와 있었기 때문이다.

"사가 님도 어떻게 되신 거지요?"

쓰루바미, 하코, 야마나시, 세 사람에게 살기가 차오른다. 여기에서 주최자 측을 베어버리고 도주한다. 그런 각본이 머리를 스쳤던 것이리라.

"신지로."

슈지로는 천천히 걸음을 옮겨, 신지로의 손에 목패를 쥐여주었다. 양 끝이 파랗게 칠해진, 5점을 의미하는 목패다. 신지로가 놀라 멍한 얼굴을 하면서 슈지로를 쳐다본다.

"이것은…?"

"이걸 써. 쓰루바미, 이것으로 6점이다."

"괜찮으시겠습니까?"

슈지로가 고개를 끄덕이자, 즉시 야마나시가 신지로의 목패를 확인하고는,

"사야마 신지로 님, 확실히 6점입니다. 목숨을 건지셨네요."

라고, 묘하게 밝게 말했다.

"후타바, 가자."

"슈지로 씨…, 미안해요…. 나도 슈지로 씨가 없었으면 여기까지 올 수 없었는데…."

후타바가 가녀린 목소리로 사과했다.

"네 말이 맞아. 전부를 구하는 것은 무리인지도 몰라. 하지만 눈앞에 있는 사람을 내버리는 짓을 해놓고 가족을 볼 수 있을 리가 없어. 떠올리게 해줘서 고맙다."

"후타바, 신경 쓰지 마. 확실히 그렇다고 내도 생각했구면."
"교진 씨…."
후타바는 당장이라도 울 것 같은 얼굴을 하면서 고개를 숙였다.
"신지로도 가라. 내가 마지막이 된다."
슈지로는 돌아가기로 결심했을 때부터 그럴 각오였다. 신지로는 목숨을 구했다는 사실에 넋을 놓고 있었으나, 제정신을 차리고는 분명히 고개를 가로저었다.
"아뇨, 두 사람이 먼저."
"신경 쓰지 마. 괜찮으니까 가."
슈지로가 손을 흔들어 재촉하지만, 신지로는 후타바 곁으로 다가갔다.
"후타바, 정말로 고맙다. 그러니까 나도 은혜를 갚고 싶어…. 도움이 되고 싶어. 마지막으로 가게 해줘. 부탁이다."
신지로는 열기가 담긴 목소리로 단언했다. 각오를 한 얼굴이었고, 고집스럽게 물러서지 않을 것임이 전해진 것이겠지. 후타바도 망설이면서도 결국에는 고개를 끄덕였다.
"고마워요."
"슈지로 씨."
"괜찮은 거지?"
신지로가 다시 한번 고개를 끄덕이는 것을 확인하더니, 슈지로는 후타바의 손을 잡아끌고 역참을 나갔다. 그리고 잠시 뒤에 신지로 또

한 마침내 역참 밖으로 발을 내디뎠다. 그 얼굴에는 안도, 그리고 결의의 빛이 떠올라 있다.

"사야마 신지로 님, 지류 마지막 통과자입니다."

야마나시가 굳이 말 안 해도 아는 사실을 선언한다.

"어떻게 되는 거야?"

신지로는 물었다.

"뭐… 별것 아닙니다."

야마나시는 웃음을 띠면서 다가와서는,

"목패를 주십시오."

라며, 커다란 손을 내밀었다. 그것이 벌이라고 생각한 것이겠지. 신지로가 순순히 방금 전에 받은 목패를 넘기려고 했으나, 야마나시는 고개를 가로저었다.

"목에 건 목패도입니다."

"실격이 되는 거지?"

"아니요. 지금은 특별입니다. 새로운 목패와 교환해 드리겠습니다."

신지로는 머뭇거리며 목에 건 목패를 뺐다. 번호는 269번이었다. 야마나시는 목패를 받아들더니, 품속에서 새로운 목패를 꺼냈다.

"받으세요."

"이것은…."

신지로는 손바닥 위의 목패를 응시한다. 슈지로도 그 이질적인 모양에 눈썹을 찡그렸다. 야마나시가 건넨 목패는 먹물을 칠한 것처럼,

아니 먹 그 자체인 것처럼 칠흑이었던 것이다.

"흑패라고 합니다. 여기에는 19점의 가치가 있습니다."

"어…."

신지로는 놀라 말문이 막혔다.

"엄청 어중간하구먼."

교진이 끼어들자, 쓰루바미가 크게 고개를 끄덕였다.

"흑패는 통상의 목패와는 전혀 다른 것."

쓰루바미가 시선으로 재촉하자, 야마나시가 다시금 말하기 시작했다.

"흑패는 이 지류 역참까지 오는 과정에서 분실된 패, 그 모든 점수가 부여됩니다. 지금까지 사라진 패는 13매."

"거기에 신지로의 6점을 더해서 19점인가?"

교진은 두세 번 고개를 끄덕였다.

"그렇습니다."

"그것뿐만은 아니겠지?"

슈지로는 낮게 다그쳤다. 야마나시는 상과 벌, 두 가지가 있다고 했다. 13점이 주어진 것뿐이라면 상일뿐이다.

"네. 먼저 흑패도 결코 빼서는 안 됩니다. 시마다 역참까지는 아까처럼 작은 패로 나누는 일도 불가합니다."

"시마다 역참에 도착하면 나눌 수 있다고?"

"네. 다음 관문은 하마마쓰. 그 다음이 시마다지요. 또한, 관문을 또 다시 마지막으로 통과하면 실격이 됩니다. 말씀드릴 수 있는 것은 이상입니다."

야마나시는 단숨에 설명을 마치고, 신지로를 향해 고개를 숙여 인사했다.

- 어떻게 되는 거야?

슈지로는 턱에 손을 댄다. 교진도 또한 의아해하고 있다. 이래서는 상이 크고, 벌이 너무나 작은 것처럼 보이는 것이다. 그때, 쓰루바미가 한 걸음 앞으로 다가왔다.

"사가 슈지로 님, 가쓰키 후타바 님. 흑패의 설명은 이제 이해하셨습니까?"

"어이."

하코가 어째서인지 제지했다.

"가장 빨리… 하는 것이 규칙일 터."

쓰루바미는 개의치 않고 힐끔 한번 볼 뿐이었다.

"이해했다."

"응."

"좋습니다. 그럼 더 이상의 설명은 생략하겠습니다. 제일 후미는 269번, 사야마 신지로. 19점. 현재 지류 역참을 막 나섰습니다."

"같이 있으니까 아는데…."

후타바는 당연한 말을 왜 하냐는 듯이 고개를 갸웃거렸다. 하코는 작게 혀를 차더니, 교진에게 말하기 시작했다.

"쓰게 교진 님. 흑패의 설명은…."
"필요 없구먼."
"제일 후미는 269번, 사야마 신지로. 19점… 지류 역참을 나섰습니다."
하코가 말이 끝나자마자, 슈지로가 소리 질렀다.
"교진!"
"그려, 서두르자고."
후타바, 신지로는 의미를 모르겠다는 듯이 당황했다.
"아무튼 지금은 거리를 벌자. 간다!"
슈지로가 더욱 재촉했다.
"좋은 여행이 되기를."
쓰루바미가 고개를 깊이 숙였고, 다른 두 사람도 따라 했다. 슈지로 일행도 일제히 움직이기 시작했다. 걸어가서는 안 된다. 그렇다고 해서 전력으로 질주해서 체력을 빼앗길 수도 없으므로, 종종걸음이었다.

"뭐가 어떻게 된 건가요?!"

신지로가 거의 뛰면서 물었다.

"너를 노리러 온다."

"누가…?"

"고독에 참가한 모든 자다."

"무슨—."

신지로는 경악하여 발의 움직임도 느려졌다.

"멈추지 마. 지금 이 틈에 거리를 벌어놔야 한당께."

교진도 상황을 이해한 것처럼, 신지로의 등을 두드리면서 추월해 갔다.

"이렇게 나올 줄은."

옆으로 온 교진에게, 슈지로는 앞을 향한 채로 말했다.

"그러게. 생각 잘했구먼."

교진의 말대로다. 고독에는 292명이 참가했고, 각각 처음에 1점을 갖는다. 마지막인 시나가와 역참을 빠져나가려면 30점이 필요하고, 아홉 명은 돌파할 수 있다는 계산이다.

그러나 싸움 중에 사라진 목패도 반드시 있게 마련이다. 예를 들면 슈지로가 베어 도게쓰교에서 떨어진 다치가와 고에몬의 목패도, 경찰서에 출두시킨 가와모토 도라마쓰의 목패도 회수하지 못했다. 그런 목패가 있는 이상, 실제로는 도쿄에 들어갈 수 있는 것은 아홉 명보다도 적어지는 것이 아닐까 생각했었다. 그러나 이 '흑패'가 앞으로도 계속 존재한다면, 고독 안에 존재하는 점수는 항상 292점으로 일정해

제4장 우체부　　　　　　　　　　　　　　　　　　　　　　　183

진다.

"어째서, 신지로 씨가?!"

후타바가 가볍게 숨을 몰아쉬면서 물었다.

"이름, 있는 위치, 점수를 다른 참가자에게 알린다. 그것이 흑패의 벌이다."

아까 쓰루바미는 그들에게 그것을 고했다. 같이 있어서 뻔히 아는데도 불구하고. 즉, 그런 뜻이다.

다른 참가자에게도 신지로의 정보는 전달된다. 제일 후미의 담당자, 즉, 이번 경우엔 야마나시로부터, 각각의 참가자의 담당자에게 전달하기로 정해졌겠지. 그때 이용하는 것은 분명 전보. 빠르면 오늘 중으로 모든 참가자가 알게 된다.

"너 혼자서 19점. 게다가 기다리고 있으면 뒤에서 온다. 모두의 입장에서 보면, 군침이 돌만큼 탐나는 사냥감이다."

"그럴 수가…."

신지로는 얼굴이 굳었다.

"떠맡긴 셈이네…."

후타바가 괴로운 듯이 흘린 말에, 슈지로는 고개를 가로저었다.

"아니야. 후타바, 네 덕분이다."

"엇… 나는 아무것도…."

"쓰루바미는 자기도 모르게 정보를 흘렸다."

후타바와 문답을 할 때,

―그러나 결국은 나중으로 미뤄질 뿐입니다. 상금을 얻을 수 있는 것은, 많아 봤자 아홉 명뿐이니까요.

라고 쓰루바미는 말했다. 지금까지는 도쿄까지 가는 것밖에 알려 주지 않았고, 그 뒤에 무엇을 하게 할지는 전부 감췄다. 따라서 후타바를 도쿄에 들여보내도 좋은 건지 알 수 없어서, 교진과 함께 도쿄 바깥에 남는 안을 검토했고, 그래서 탈락의 정의를 알아내려 했던 것이다.

그러나 그 발언이 사실이라면, 최후의 한 명이 될 때까지 싸울 필요가 없다는 말이 된다. 즉, 후타바를 포함해서 도쿄에 들어가도, 다 같이 살아남을 수 있다는 것이다.

"이것으로 단숨에 전망이 트였군. 그래도 그것은….."

"나도 같은 생각을 했었다. 일부러 흘린 것 아닐까, 라는 거지?"

슈지로가 말하자, 교진은 가볍게 달리면서 고개를 끄덕였다.

잠깐 이야기한 것뿐이지만, 안다. 쓰루바미는 이지적이며 냉정, 침착한 남자다. 그런 남자가 실수로 말이 헛나올까? 라는 뜻이다.

"굳이 그 자리에서 가르쳐줬고."

쓰루바미가 말하기 시작했을 때, 하코가 말리려고 했었다. 그것은 그 자리에서 바로 그 말을 하면, 벌의 내용을 알아차릴 우려가 있기 때문이다. 하코 입장에서는 조금 시간을 빗겨서 얼버무리고 싶었겠지. 즉, 쓰루바미는 거기에서 도움을 베풀었다는 뜻. 그것이 실수로 입을 잘못 놀린 것이 아니라, 은근히 단서를 줬다고 생각하는 이유다.

"그래도, 왜 고독 사람이 우리한테 그런…?"

후타바가 의문을 입에 올렸다.

"우리 편이라는 뜻은 아니겠지만, 적어도 호의는 갖고 있는지도 몰라. 그리고, 그것은 우리가 아니야. 아마도, 후타바. 너한테다."

"어… 나?"

후타바는 의외라는 듯이 눈을 동그랗게 떴다. 후타바가 신지로를 구하려고 했을 때부터 쓰루바미의 표정에 약간 변화가 있었다. 어디까지나 예상이지만, 후타바에 대해 뭔가 생각하는 바가 있었던 것 아닐까?

"고독을 주최하는 자들 쪽에서 보면, 후타바는 모든 것이 예상외인 존재겠지."

사실 후타바가 아니었다면, 슈지로는 이렇게 도와줄 일도 없었을 것이다. 교진도 손을 잡자는 생각을 하지 않았을 것이다. 이로하, 가무이코차, 우쿄, 산스케, 모두가 후타바에게 관여하여,

— '고독' 답지 않은.

행동을 한 것이다. 쓰루바미의 심경에도 뭔가 영향을 끼쳤다고 해도 아무것도 신기할 것은 없다. 가장 강한 자가 살아남는 '고독'에서, 아이러니하게도 가장 약한 자일 후타바가 열쇠를 쥐고 있는 것 같다는 생각까지 든다.

"아무튼 다른 참가자들에게 알리기 전에 조금이라도 거리를 벌려 둬야 혀. 적어도 오카자키에서 방해받고 싶지는 않구먼."

교진은 그렇게 말하더니, 신지로의 엉덩이를 때리며,
"그니께 뛰랑께."
라며 기합을 넣어준다. 신지로는 입을 꼭 다물고 고개를 끄덕였다.
"이 틈에 들어둬야겠구먼. 이 속도라면 말할 여유는 있겠지?"
교진은 슈지로를 향해 말했다. 신지로, 후타바 두 사람은 말할 여유는 없겠지만, 그들에게 속도를 맞춰주고 있는 두 사람에게는 문제가 없다.
"그래. 오쿠보 씨 이야기겠군."
"니, 아는 사이인겨?"
"옛날에."
"니가 속해 있던 곳은 도사잖여."
"그 전에, 처음에, 잠깐이었지만 사쓰마에 신세졌었다."
교토에 피바람이 불던 십여 년 전, 교진은 막부의 명령을 받아 지사의 동향을 살피고 있었으며, 그 당시에는 '고쿠슈'라 불리던 슈지로의 동향도 그 대상이었다고 한다. 따라서, 슈지로가 사쓰마와 연이 있었던 것을 몰랐다는 것이 신기한 모양이다.
"내가 산을 내려왔을 때 일은 이야기했지?"
구라마산에서 도망 나온 후 일단은 도쿄로 가긴 했지만, 멀리 도망치는 것보다 피비린내 나는 자들로 넘치는 교토에 있는 편이 환도재에게 들키지 않을 것 같다. 슈지로는 그렇게 판단하고, 교토에서의 활동이 활발한 번을 점찍어 그곳에 자기 검술을 팔았다. 이때 처음으로 응한 것이 사쓰마번이었다.

"마침 사쓰마가 어떤 남자를 번에 초대한 참이어서 말이지."

"어떤 남자?"

"가이세이죠(開成所)의 강사인 남자다."

가이세이죠란, 사쓰마번의 난학교(蘭學校. 네덜란드 학문, 특히 의학이나 과학 등 근대적 학문을 교육한 학교)다. 그 당시 사쓰마번은 번 내에서 인재를 등용하는 것에서 그치지 않고, 적합하다고 여겨진 자에게 권유해서 강사를 시켰다. 그 남자도 그중 한 명. 출장으로 종종 교토에 체재하게 되었는데, 누군가가 목숨을 노린다는 정보가 흘러들어왔다고 한다.

"이야기하자면 길어진다. 아무튼 사쓰마는 그 남자를 지키고 싶어 했다는 것이다."

"잠깐. 사쓰마번이라면 기리노 도시아키… 아니, 나카무라 한지로가 있잖여."

사쓰마번 굴지의 검객으로, 수많은 암살에 관여했다고 알려지며,

ㅡ사람 베는 한지로.

라는 별명을 가진 남자다. 그 강함은 비정상적일 정도라 매우 큰 두려움의 대상이었다.

자객으로서는 드물게, 메이지에 들어선 후에는 군인으로서 소장 계급까지 올라가고, 이름도 기리노 도시아키로 개명했다. 그러나, 그런 한지로도 사이고 다카모리를 따라 작년 세이난 전쟁에서 싸우다가

죽었다고 한다.

 아무튼, 그런 달인이 있는데도 슈지로를 필요로 했다는 것을 교진이 기이하게 생각하는 것은 무리도 아니었다.

 "나도 자세한 것은 몰라. 그러나, 가이세이죠에 대해서 번 내에서도 여러 가지 견해가 있던 모양이다."

 "그렇군."

 메이지 정부는 삿초도히(에도 시대 말기 가장 세력이 컸던 4대 번을 일컫는 말. 사쓰마번, 조슈번, 도사번, 히젠번(현재의 사가현))가 중심이 되어 수립되었다. 따라서 젊은이들 중에는, 그들 번은 다 같은 도막파(도쿠가와 막부 타도를 주장하는 세력)였다고 생각하는 자도 있다. 그러나, 실제로는 어떤 번에도 좌막파(막부 정권을 지지하는 세력)가 일정 수 있었다. 더욱이 한마디로 도막파라고 해도, 그중에는 무력행사를 서슴지 않는 과격파, 대화로 해결을 보기를 바라는 온건파, 그 밖에도 여러 가지 사상을 가진 자들이 있어, 번의 방침이 이리 바뀌고 저리 바뀌는 일은 드물지 않았다. 그 당시 사쓰마번도 번 내에서 의견이 갈라졌고, 그러한 일들로 인해 한지로를 쓸 수 없었던 것이리라.

 "내가 교토에 갔던 무렵에는 마침 도사번이 옥신각신하고 있었고."

 과거 도사번에서는 근왕파가 실권을 쥐었었고, 나카무라 한지로에게도 뒤지지 않는, 오카다 이조라는 자객을 이용해서 막부 정권의 요인을 암살하고 있었다. 그러다가 어느 시점을 경계로 이 오카다 이조를 통제할 수 없게 되었고, 이윽고 행방불명되었다.

그러나, 교토에서 잠복하고 있는 것이 발각되어 오카다 이조는 도사번으로 송환되었다. 그리고 혹독한 고문 끝에 참수형을 당한다. 게다가 이때 번 감찰인 이노우에 사이치로 살해를 자백하여, 오카다 이조뿐만 아니라 번 내의 근왕파가 잇달아 처형당하게 되었다.

"도사로 옮긴 것은 그러한 소동이 다소 가라앉고 나서다."

오카다 이조를 대신할 자를 찾고 있던 도사번에, 사쓰마번이 슈지로를 소개했다는 것이다.

"사쓰마번 관저에 얹혀살고 있던 때 챙겨준 것이 오쿠보 씨였다."

"사이고가 아니라?"

사이고 다카모리 쪽이 사람을 잘 챙길 거라고 생각하는 것은 교진뿐만은 아닐 것이다.

"안 그래도 다망한 시기였다. 그런 거물은 나 같은 것에 상관할 틈은 없어. 사쓰마번사의 호감을 받아 항상 사람들한테 둘러싸여 있었고, 말을 걸 틈 같은 건 없었지."

그 당시부터 사이고는 사쓰마번사로부터 절대적인 신뢰를 받고 있었다. 이방인인 슈지로로서는 다가가기 힘든 분위기가 있던 것은 분명하다.

"그에 비해, 오쿠보 씨는 혼자 있을 때가 많았으니까."

때때로 슈지로를 비롯한 고용된 낭인들의 숙소에 불쑥 나타났다. 세상 돌아가는 이야기를 하며 이야기꽃을 피웠던 것은 아니지만,

— 불편한 게 있다면 언제든지 말해주게.

라고 배려해 줬다. 그것은 번의 관저 바깥에서도 마찬가지였고, 위험한 시대, 가장 위험한 땅임에도 불구하고 혼자서 외출하는 일도 더러 있었다. 어느 날, 오쿠보가 혼자서 외출하려고 할 때,

– 만약을 대비해 함께.

라고 수행하겠다고 하자 오쿠보는 거리낌 없이 허락했다. 그 이후로 오쿠보가 외출할 때는 누가 먼저 말할 필요도 없이 슈지로가 호위를 맡는 일이 많았다. 그 후로 서서히 친해지면서 오쿠보의 인성을 알게 되었다는 것이다.

"그렇게 된 거구먼."

교진은 이해했다는 목소리를 냈다.

"정말 몰랐었나?"

"그 무렵에는 에도로 도로 불려 갔었으니께."

"보신 전쟁(戊辰戰爭. 1868~1869년에 일어난 내전. 에도 막부 세력(사무라이)과 교토 왕실에 정권 반환을 요구하는 세력(신정부군)과의 싸움으로 신정부군이 승리했다)에서는 오쿠보 씨가 조력을 요청해서, 중간부터 사쓰마의 낭인 부대에 있었다."

"우에노는?"

흘낏 옆을 보며 교진은 물었다. 에도성 무혈개성(1868년 메이지 유신 당시, 에도성(현 도쿄 성)이 전투 없이 신정부에 인도된 사건)에 납득하지 않았던 하타모토(진영의 깃발을 지키는 사람이라는 뜻으로 원래는 쇼군의 호위 무사단을 의미했으나, 에도 시대에는 쇼군의 직속 가신단 중에서 1만 석 이하의 영지를 하사

받고 쇼군을 알현할 수 있는 무사로 의미가 바뀌었다), 가신들이 중심이 되어 우에노 간에이지(寬永寺)에서 농성한 일을 말하는 것이다. 훗날 우에노 전쟁이라 불리게 된 싸움이다.

"참전했다."

"내도. 설마 너랑 같이할 줄은."

무사가 있던 시대에는 서로 적이었고, 무사가 사라진 지금은 같은 편. 그 차이는 있으나, 그들은 계속 싸우고 있다. 부질없다고 느끼는 것은 슈지로뿐만이 아닌 것이다. 교진도 자조적으로 웃고 있었다.

두 시간 넘게 걸어 오카자키 역참에 도착했다. 아직까지는 참가자들에게 흑패에 관해서는 전달되지 않은 것 같다. 안 그래도 적을 경계하고는 있었으나, 다행히도 기습을 당하는 일은 없었다. 역참에 들어서자 곧바로 우체국의 장소를 물어, 일행은 그리로 갔다.

우체국이라고 하면, 도쿄에서는 서양식의 멋스러운 건물이 많지만, 오카자키는 달랐다. 보통보다 크기는 크지만, 외관은 민가 그 자체였다.

도쿄나 오사카 등에서는 새로 지어진 건물이 많다. 그러나 다른 장소에서는, 한꺼번에 전국에 우편제도를 퍼뜨리기 위해, 촌장, 부유한 상가, 명사 등이 우체국 일을 위탁받았다. 그들은 자기 집이나 별채에 우체국을 열었고, 그에 따라 보수를 받는 것이다.

슈지로가 오카자키 우체국으로 뛰어 들어가자, 우체국원이 차를 마시고 있었다. 나이는 20대 중반이겠지. 이 집의 친척, 가신이었던 자인지도 모른다. 우체국에서는 그런 인맥 채용이 묵인되고 있었고, 이렇게 성실함과는 거리가 먼 자도 많은 것이다.

"전보를 치고 싶다."

슈지로가 부탁하자, 국원은 찻잔을 놓고 의욕 없이 대답했다.

"네, 네, 좀 기다리시죠. 용지는 어디 뒀더라…? 여기 있네요. 어디로 보내는 건가요?"

"도쿄다."

"도쿄까지의 가격은… 13전이군요."

전보는 동일국의 범위 내는 5전. 옆 국으로 멀어질 때마다 2전씩 가산된다. 예를 들어 도쿄에서 요코하마까지는 7전, 나고야면 15전, 오사카 25전, 오타루 48전이라는 식이다.

한 번에 보낼 수 있는 문자 수는 20자까지. 더욱이 열 자 추가할 때마다 정해진 가격의 반액이 가산되는 방식이다.

"지급 연락 바람. 오카자키에서 받겠음. 사가 고쿠슈… 이것으로 부탁하네."

"어디, 반올림해서 20전이네요. 수신지는 어디입니까?"

그렇게 말하더니, 국원은 차가 남은 찻잔에 입을 댔다.

"가스미가세키(도쿄 지요다구에 위치한 관청가 지역. 행정기관이 모여 있어 중앙 관공청의 대명사로 자리 잡았다)의 내무성 정사, 오쿠보 도시미치다."

슈지로가 말하자마자, 국원은 차를 뿜었다.

"지금 뭐라고…? 잘못 들은 게 아닌지….'

"잘못 들은 게 아니다. 내무경 앞으로 보내주길 바란다."

"아니, 그게…."

국원의 얼굴에서 핏기가 가신다. 단순히 보내는 것을 겁낸다기보다 협박문을 보내려는, 작금 유행하는 불평분자 사족으로 생각한 건지도 모른다.

"나는 오쿠보 씨의 지인이다."

"믿을 거라고 생각합니까…?"

국원은 슈지로를 훑듯이 보고는, 더욱이 후타바까지도 쳐다보며 말을 이었다.

"애초에 성청 상대로 보낼 땐 관리라는 증명이 없으면 무리라고요."

"그런 규칙이 있었나?"

"2년 전부터요. 좋지 않은 것을 보내는 놈들이 속출해서요."

국원은 진절머리 난다는 듯한 얼굴로 손을 흔들었다. 완전히 계획이 틀어져 버려, 슈지로는 턱에 손을 대고 생각에 잠겼다.

"어떻게 할까? 내가 뜰까?"

교진의 제안에는 대답하지 않고, 슈지로는 국원에게 다시 말했다.

"상신 전보는 칠 수 있겠지?"

"어떻게 그것을…?"

상신(上申) 전보란, 그 이름 그대로, '위에 올리는' 전보다. 각 지국에서 위급한 상황이 있을 때, 상부에 사태를 보고하고 지시를 기다리는 것이다.

"나도 예전에는 도쿄에서 국원을 했었다."

"그렇군요. 하지만, 아무것도 위급한 상황이 아니잖 – "

국원은 말하려다가 말끝을 흐렸다.

"그렇게는 만들고 싶지 않아."

슈지로가 칼자루에 손을 대고 칼집에서 살짝 뺀 것이었다.

"제, 제정신입니까?"

"아주 진지하다. 보내."

슈지로가 낮게 명하자, 국원은 체념한 것처럼 떨리는 목소리로 대답했다.

"뭐, 뭐라고요…?"

"오쿠보에게 전하고 싶은 일 있음. 사가 고쿠슈. 최상으로 보내라."

"최상이요?!"

상신 중에서도 특히 위급을 요할 때, 바로 윗자리를 건너뛰고 조직의 최상부로 보고할 수가 있다. 그렇기는 해도 전보가 보급된 이후로 이용된 것은 몇 번밖에 없을 것이다.

"장난이라고 생각하겠지요. 제가 질책을 당합니다…."

"걱정 없다. 그렇게는 되지 않아. 부탁한다."

슈지로가 고개를 숙이자, 국원은 마뜩잖아하면서 전보를 쳤다.

"아아…, 보내버렸다…."

국원은 머리를 감싸 쥐고 신음했다. 잠시 기다리고 있자니 전신기가 움직였다. 답신이다. 적어도 30분은 여기서 기다릴 생각이었으나, 운 좋게 금방 도착한 모양이다.

"어…."

"뭐라고?"

말문을 열지 못하는 국원에게 슈지로는 낮은 목소리로 물었다.

"자세한 상황을 전해달라… 고. 어떻게 된 거죠?"

설마 하던 내용에, 국원이 영문을 모르겠다는 듯한 태도다.

"답신 보낼 수 있나?"

"네."

질책을 당하지 않아서 약간 안도한 것이겠지. 국원의 목소리에 생기가 돌아왔다.

"아니, 내가 보내도 되나? 너는 모르는 편이 좋다."

이것은 고독의 규칙 중 하나.

— 다른 곳에서 발설해서는 안 된다는 것.

을 위반하는 일이 된다. 지금 전보로 전하는 상대는 신뢰할 수 있고, 절대로 말하지 않을 것이다. 그러나 감시당하는 이상, 이 이후에 이 우체국에서 무엇을 했는지, 국원이 심문을 받을지도 모른다. 그때, 내용을 알고 있으면 국원도 죽을 가능성이 있다.
"상부의 승낙이 떨어진 모양이니… 그것은 상관없습니다만."
"교대한다."
슈지로는 뒤로 돌아 전신기 앞에 앉았다. 그가 그만두기 직전에 전보는 순식간에 보급되었다. 따라서 조작은 할 수 있다.
− 사람을 물리는 게 바람직함.
슈지로는 먼저 그렇게 타전했다. 즉시 승인하는 대답이 왔다. 그 남자는 전신기를 조작할 수 있다. 아니, 오히려 누구보다도 잘하지 않을까?
− 호코쿠 신문 아는지? 사실임. 5월 5일 덴류지에 292명이 모임. 나도 그중 한 명.
슈지로는 시작부터 설명을 시작한다. 전신기 소리만이 울리는 가운데, 모두가 마른침을 삼키며 지켜본다. 교진은 감시를 하기 위해 밖으로 나갔고, 국원은 신지로와 후타바에게, 전신기 조작이 꽤 익숙해 보이신다는 등의 이야기를 하고 있었다.
고독의 개요와, 아직 억측이긴 하지만, 경시국의 인간이 관여한 것은 아닐까? 라는 것, 그리고 내무경 오쿠보 도시미치에게 이 사실을 전해주길 바란다는 것. 전보로 연결된 상대방에게서 곤혹의 색은 느껴지지 않는 것을 보아, 어느 정도는 뭔가를 파악하고 있던 건지도 모른다. 15분 정도 만에 대강의 내용을 다 전달하고는,
− 12일 정오 하마마쓰에서 답신을 기다림.

이라고, 마지막으로 타전하고 통신기에서 손을 뗐다.

"끝났다. 놀라게 해서 미안했다. 이것은 당신에게 주는 보상이다."

슈지로는 50전을 건네면서 말을 이었다.

"이후로 만약 누군가가 여기를 찾아와, 내가 뭘 했는지 물어보면… 이것을 보여줘도 상관없다."

슈지로는 전보 신청 용지에 내용을 적었다.

"보내둘까요?"

국원이 묻는다. 전신기에 기록은 남지 않기 때문에, 굳이 보낼 필요는 없다. 슈지로는 아주 잠깐 사이를 뒀다가,

"부탁한다."

라고, 짧게 대답했다. 국원은 웃으면서 끄덕이더니,

"성함은?"

이라고 물었다.

"공란으로 해둬. 반드시 알 거야."

고독의 규정은 위반하지 않았으나, 환도재가 있는 지금, 자기들 이름은 기록하지 않는 편이 좋다. 국원은 즉시 타전하겠다고 전하고 사본을 건네줬다.

다 함께 우체국 밖으로 나가자, 교진은 목 뒤쪽으로 손을 깍지 끼고 벽에 기대어 있었다. 감시 중이라는 것이라는 걸 알아차리지 않게 하기 위한 배려다.

"오쿠보에게는 전하지 못했지? 그럼 상대는 누구여?"

"역체국의 제일 윗자리다."

"그렇다는 건…."

"그래. 마에지마 히소카."

조금 전, 전보를 통해 대화한 상대의 이름을 고했다.

마에지마 히소카. 옛날 이름은 우에노 후사고로. 에치고국 구비키군 시모이케베촌의 부농의 차남으로 태어나, 오랫동안 에도에서 유학하며 의술을 배운다. 그때 네덜란드어, 영어도 배웠다. 더욱이 하코다테에서 항해술을 배웠고, 학자로서 세상에 널리 알려지게 된다.

메이지에 들어선 후부터는 관리가 되어 여러 가지 역직을 역임하고, 우편제도 창설을 태정관에게 건의하고는 영국으로 건너가 우편제도를 시찰했다.

귀국 후, 메이지 4년(1871년)에 직접 역체두(역체국의 수장)가 되어 우편제도 창설에 힘을 쏟았다. 그 후로도 전보, 외환 등의 업무도 개시하였고, 지금은 역체국장으로서 우편제도의 발전에 기여하고 있다. 이 나라의 우편제도의 아버지라고도 할 만한 남자다.

"니… 마에지마와 아는 사이였던겨?"

오쿠보와 면식이 있다는 것을 알았기 때문에, 교진의 놀라움도 전보다는 작았다. 그가 전 우체국원이라는 것도 알고 있다. 그렇기는 해도, 일개 국원이 마에지마와 이야기하는 일은 없을 것이다. 그런데도 전보로 바로 대화하고, 황당한 말을 믿어줬다는 사실에 의문을 품는 것도 무리는 아닐 것이다.

"어떤 남자를 호위하기 위해, 내가 사쓰마번에 초대받았었다고 했었지?"

"분명히 가이세이죠의… 그렇게 된 거구먼."

"그래. 그게 마에지마 씨였다."

사쓰마번은 마에지마를 가이세이죠 강사로 초빙했으나, 번 내에 그것을 달가워하지 않는 보수파 세력이 있었다. 더욱이, 마에지마가 서양 학문에 치우쳤다는 것 때문에 번 밖의 존양파(존왕양이론을 주장하는 파)들도 그의 목숨을 노리고 있었다.

어느 쪽의 입장에서도, 교토 출장 기간은 마에지마의 목숨을 노릴 절호의 기회. 그래서 호위를 붙이게 되었고, 슈지로가 당첨되었다는 것이다. 훗날 에도로 환도하게끔 오쿠보에게 조언했던 것도 실은 이 마에지마였다. 얼마나 마에지마가 선견지명이 있고, 사쓰마번에서 신뢰받았는지를 알 수 있다.

"그때인가?"

"실제로 지켜낸 적도 있다."

그 정도의 표현으로 그쳤으나, 마에지마는 자유분방한 성격이라서 말려도 나돌아다니는 일이 많았고, 도합 세 번의 습격을 당했다. 그 세 번 다 슈지로는 검을 휘둘렀고, 합계 11명을 해치웠다.

"그 인연으로 유신 후에 국원 자리를 권해줬던 것도 마에지마 씨였다."

"이제야 연결되는구먼."

도막파를 따르던 무사들 중에서 학문과 인연이 먼 자는 군인이나 경찰이 맞는 자리다. 역체국에 들어가는 일은 전혀 없다고 해도 좋을 정도였으니, 교진은 의아했던 것이겠지.

사실, 슈지로에게도 경찰 권유는 있었다. 그러나 두 번 다시 검을 잡고 싶지 않다며 거절했던 것이다. 그때,

-우리라면 어떤가? 파발꾼 같은 것이라네.

라며 불러준 것이 마에지마 히소카였다.

"그래서 우체국에…."

"그 사람 덕분이다."

자기도 모르게 중얼거린 후타바에게, 슈지로는 웃는 얼굴을 향했다.

"좋아. 네 형제와 만나는 것도, 조사 보고를 받는 것도 하마마쓰라 이거구먼."

교진은 손뼉을 짝 소리 나게 쳤다.

"하마마쓰는 세 번째 관문이기도 해. 1인 10점이지."

"신지로가 제일 뒤라서 13점을 얻었으니까, 네 명의 합계는 40점. 점수 자체는 채웠지만, 흑패는 나눌 수가 없지. 9점이 더 필요하구먼."

하마마쓰에도 네 명이 같이 간다는 말을 듣고, 신지로는 입술을 오므리더니 그 눈에 눈물이 맺혔다.

"어차피 알아서 다가오겠지."

"그렇구먼."

"가자."

슈지로는 모두를 둘러보고 힘 있게 말했다. 사태는 힘겨워지기만 하지만, 아주 조금씩 희망이 보이기 시작했다.

모두 같이 움직이기 시작하고 얼마 지났을 때, 후타바가 생각난 것처럼,

"뭐라고 전보 쳤어?"

라고 물었다. 후타바는 이미 수신자는 누구인지 듣지 않아도 알고 있는 모양이다.

"이거다."

슈지로가 사본을 보여주자, 후타바는 만면에 웃음을 띠고 튕겨 올라가는 것처럼 힘차게 고개를 끄덕였다.

사본을 남겨둘 필요는 없다. 슈지로는 다시 받아 들더니, 그대로 내던져 지나가는 바람에 실려 보냈다. 바람은 맑게 펼쳐진 하늘로 종이를 말아 올린다.

수신지는 가나가와현 후추의 자택. 내용은,

- 몸조리 잘하며 기다려 반드시 돌아간다

라는 것이었다.

- 남은 인원, 54명.

제 5 장

천명(天明)

*

 야릇하고 아름다운 음곡의 음이 떠도는 가운데 붓쇼지 야스케는 술잔을 벌컥 들이켰다. 바로 예기(藝妓, 연회에서 춤이나 노래, 연주 등으로 접대하는 기생)가 술을 따라주려고 한다. 이 자리에서는 춤이나 노래는 필요 없다. 술만 마시겠다고 말해뒀다. 예기의 손이 살짝 떨리고 있었다. 그가 어지간히 무서운 얼굴을 하고 있는 것이리라.
 기온 신치의 야마노오라는 요정이다. 오늘은 여기에서 어떤 남자와 만나기로 한 것이다. 잠시 후에 올 텐데, 야스케는 그조차 기다리지 못하고 양반다리를 한 무릎이 저절로 떨리는 것이었다.
 "한 병 더."
 따라주자마자 야스케는 잔을 비운다. 방금 전에 새 술이 나온 참인데 이미 동난 모양으로, 예기는 밖을 향하여 주문했다.
 야스케가 교토로 나온 것은 2월의 일. 이미 반년 가까운 세월이 흘렀다. 그동안에 어땠었냐고 묻는다면,
 ─최고.
 라는 한마디면 끝난다.
 먼저 술이 맛있다. 가미가타의 술은 그렇다고 들었지만, 소문 그 이상이었다. 솜씨 좋은 요리사도 많아서 밥도 맛있다. 더욱이 여자도 좋다. 에도의 여자도 나쁘지는 않지만, 교토 여자에게는 필설로 다하기 어려운 기품이 있다.

단, 여기에는 돈이 들어간다. 조슈번에서 용사조에 돈을 주고 있지만, 그것만으로는 만끽하기에는 부족하다. 그러나 교토에서는 간단히 스스로 돈을 벌 수 있다.

양이를 위해서라고 거짓말을 하고, 부유한 상인으로부터 돈을 빌리는 로시(浪士. 주군을 잃은 무사)들이 끊임없이 생겨났다. 사실 빌린다고 말은 하지만, 갚을 생각은 전혀 없다. 그저 로시들이 난폭한 짓을 할까 봐 순순히 돈을 내주는 것이다.

이것은 양이 로시뿐만이 아니라, 그들을 단속하는 무리도 마찬가지였다. 근래 들어, 아이즈번에 속해 있으며 양이 로시를 단속하는 미부로시구미라는 것이 생겼다. 그자들 또한 이런저런 핑계를 대면서 상가에서 돈을 뜯어냈다. 즉, 교토에서는 강자는 간단히 돈을 만들어낸다.

얼마 전에 야스케도 어떤 부유한 상인에게,

– 무슨 일이 생기면 지켜주겠다.

라며, 어깨를 두드려 300냥을 빌렸다. 그 돈도 이미 반 정도로 줄었지만, 다 떨어지면 또 다른 상인에게서 빌리면 될 뿐이다.

또한 교토에는 에도에는 없는 즐길 거리가 있다. 지금 교토에는 실력에 자신 있는 무리가 속속 모이고 있다. 그들과 대치할 수 있는 것뿐만이 아니라,

– 벤다.

벨 수가 있는 것이다. 조슈번은 양이에 반대하는 간악한 적들을 잇

달아 베어버렸다. 그러나, 덕분에 그들도 경계하게 되어 실력 있는 호위를 데리고 다니는 자도 꽤 많이 생겼다. 그 때문에 조슈번의 피해도 날로 늘어나, 실력자를 구한 결과로 생겨난 것이 용사조다. 결국, 야스케의 역할은 조슈번의 창이 되고, 그런 간적을 베는 일. 자연히 그들의 호위들과도 칼을 섞게 되었다.

ㅡ세상은 넓어.

야스케는 솔직하게 그렇게 생각했다. 에도에서는 싸워본 적이 없는 달인이 있는 것이다. 그것은 대치해 보고 바로 알았다.

야스케는 옛날부터 검을 쥔 자 뒤에 '아지랑이 같은 것'이 보였다. 그것의 크기, 피어오르는 기세가 바로 그자의 강함으로 직결되는 것이다.

사기를 친다고 생각할 게 뻔하니 많은 자들에게 말하지는 않았다. 그러나 스승인 사이토 야쿠로는, 그것은 천부적인 재능일 것이라고 말했던 적이 있다.

교토에서 칼을 섞은 자들의 어깨너머에서는 하나같이 그 아지랑이 같은 것이 용맹스럽게 피어올랐다. 이 정도 크기, 기세가 넘치는 것은, 에도에서는 스승 외에는 거의 본 적이 없었다.

그들의 실력은 스승보다 떨어지는 경우가 많다. 그렇다면 어째서 스승과 동등한 아지랑이를 두르고 있는 것일까? 어쩌면 그것은 살의에 기인하는 것 아닐까? 분명 상대방을 죽이려고 할 때, 사람의 실력은 몇 배나 더 올라가는 것이겠지.

약 반년 동안 야스케는 그런 자들을 줄곧 상대해 왔다. 그러나 그들보다 뒤떨어진 적은 단 한 번도 없다. 죽이겠다는 의지가 사람을 강하게 만든다면, 그것은 나도 마찬가지일 터. 지금까지 즐거운 싸움 끝에 많은 자를 베었다. 열 명 정도까지는 세었지만, 지금은 몇 명을 베었는지도 기억나지 않는다. 분명 30명은 족히 될 것 같다.

실로 유쾌했다. 불과 얼마 전까지는 ─. 그날을 기점으로, 술은 물처럼, 밥은 모래알처럼, 여자는 솜처럼 느껴져 불쾌하기 짝이 없었다.

"왔나?"

야스케는 맛없는 술을 들이켜고 잔을 힘차게 내려놓았다.

"기다리게 했군."

장지문을 열고 들어온 것은 체격이 좋은 남자였다. 쇠살 부채를 손으로 탁탁 치면서 안으로 들어와, 준비된 상차림 앞에 털썩 앉았다.

남자의 이름은 세리자와 가모라고 한다. 원래는 미토번사로, 존왕양이의 급선봉인 텐구당에도 소속된 적이 있다. 지금은 예의 미부로시조의 국장이다.

말하자면 그와는 서로 적이다. 그러나, 어느 날 야스케가 상가를 협박하고 있을 때, 세리자와도 때마침 거기로 들이닥쳤다. 원래는 그 자리에서 싸움이 일어날 만한 상황이었지만, 그 모습이 우스워서 야스케가 뿜어내자, 세리자와도 똑같이 느낀 모양으로 껄껄 웃고는, '사이좋게' 상가에서 돈을 빼앗았다. 그 이후로 친하게 지내게 되었고, 지금은 미부로시조로 들어오지 않겠냐고 권할 정도. 야스케도 또한, 그것도 나쁘지 않겠다고 생각하기 시작했다.

"네가 찾는 남자가 누구인지 알았다."

먼저 한 잔 마시고, 세리자와는 본론으로 들어갔다.

얼마 전 야스케는 조슈번의 명령으로 어떤 남자를 베려고 했다. 어차피 죽일 생각이었으니 남자의 이름 같은 건 기억하지 않았다. 그러나 그때 남자에게는 두 명의 호위가 붙어 있었다. 한 명은 키가 큰 30세 정도의 남자. 또 한 명은 키가 작은 남자. 이쪽은 상투를 튼 지 얼마 안 되는 것으로 보일 정도로 젊다는 인상을 받았다.

이름을 대는 것만으로도 이쪽이 겁먹을 것으로 생각했겠지. 키가 큰 쪽이,

- 미부로시조다. 각오하라.

라고 말해서 정체는 금방 알았다.

그때 야스케는 내심 비웃었다. 아니, 실제로 웃었는지도 모른다. 왜냐하면, 남자들의 아지랑이가 별것 아니었기 때문이다.

스승인 사이토 야쿠로를 100이라고 치면, 키가 큰 남자는 50정도. 젊은 남자에 이르러서는 10도 안 되었다. 이 정도로 아지랑이가 적은 것도 또한 드물어, 그런 남자가 미부로시조에 있다는 사실이 이상했다. 그 직후, 야스케는 미간에 주름을 잡았다. 그 젊은 남자 쪽이,

- 물러나 있는 게 좋아.

라고 키 큰 쪽의 가슴을 밀어 물러서게 한 것이다. 더 강한 키 큰 쪽이 윗사람일 거라고 당연히 생각했었으나, 아무래도 아닌 모양이다.

도대체 미부로시조는 어떻게 되어 먹은 거야? 라고 생각한 직후, 야스케는 아연실색했다. 그 젊은 남자의 등 뒤에서 엄청난 기세로 아지랑이가 피어오르기 시작한 것이다. 스승이 100이라면, 2백, 아니, 3백. 아지랑이의 가장자리가 번져 있어, 그 크기의 끝이 보이지 않는다. 이런 일은 이제껏 없었다.

야스케는 놀라 멍하니 있었지만, 젊은 남자는 그것을 허용하지 않았다. 그쪽에서 덤벼든 것이다. 구역질이 날 정도로 날카로운 일격에, 의지와는 달리 몸이 멋대로 뒤로 펄쩍 물러났다.

도망치는 자세를 보인 자신을 용서할 수가 없어, 야스케는 기합과 함께 덤벼들었다. 1합, 3합, 10합을 나눴을 때 젊은 남자는,

− 세네.

라고 말하며 히죽 웃었다. 말은 그렇게 하면서도 여유가 있다는 것은 명백. 애초에 그런 말을 굳이 하는 시점에서 그렇다. 야스케는 정신없이 공격을 내질렀지만, 젊은 남자는 그것을 막고, 쳐내고, 흘려넘기고, 찌르기를 쏟아냈다. 야스케는 머리를 흔들어 종이 한 장 차이로 피하고, 반격하려고 했던 그때였다. 분명 피했을 텐데, 어째서인지 눈앞에 아직 칼날이 있었다. 찌르기를 날린 직후에 바로 칼을 뒤로 뺐다가 다시 찌르기를 내지른 것이다.

이것은 야스케의 뺨을 파헤쳤다. 이번에야말로, 하고 손에 힘을 줬을 때,

− 어째서냐?

야스케는 경악했다. 아직도 칼날이 있다. 세 번의 찌르기. 아니, 세 번의 찌르기가 하나가 되었을 정도로 신의 솜씨였다.
 다음 순간, 야스케는 자기 어깨를 손으로 누르고 있었다. 몸을 틀어 관통당하는 것은 피했으나, 칼날이 어깨를 파고든 것이다.
 젊은 남자는 자기 찌르기에 절대적인 자신감을 갖고 있었을 것이다. 오오, 라고 감탄의 목소리를 냈으나, 곧바로 칼을 겨눈다. 그 등 뒤에서 피어오르는 아지랑이의 기세가 더욱 늘어난다. 야스케는 몸을 돌려 도망쳤다. 키 큰 남자가 쫓으려고 했으나, 그것을 흥미 없다는 듯이 말리는 젊은 남자의 목소리도 귓가에 닿았다.
 야스케는 조슈번 관저로 돌아와 다행히 무사했다. 치료를 받는 동안, 야스케는 계속 떨고 있었다. 참기 힘든 굴욕이었다. 검을 잡은 이후로 이런 일은 단 한 번도 없었다. 그 이후로는 술도, 밥도, 여자도, 거짓말처럼 아무 맛도 없었다. 더욱이 사람을 베어도,
 ― 나보다 강한 사내가 있는 것이다.
 라는 사실이 머리를 스쳐, 분해서 머리를 쥐어뜯게 되어버린다. 그 상태에서 벗어나기 위해서는, 그 남자를 베고, 나야말로 최강이라고 나 자신에게 보여주는 수밖에 없었다.
 "물러나라."
 세리자와는 위엄이 담긴 목소리로 기생에게 명령했다. 둘만 있게 되자 그제야 말을 꺼낸다.
 "키가 큰 쪽이라는 것은, 오제키 마사지로라는 남자. 야마토다카토

리번 출신으로…."

"그쪽은 관심 없어."

세리자와가 말하기 시작하는 것을, 야스케는 퉁명스럽게 막았다. 자기 의도를 알고 있을 텐데도, 이 남자는 이런 심술궂은 면이 있다. 세리자와는 우습다는 듯이 낄낄 웃은 후, 자기 손으로 직접 술잔에 술을 따르면서,

"오키타 소지다."

라고 내뱉듯 말했다.

"그자가?"

미부로시조는 세리자와 일파 외에 부슈타마의 시에이칸(試衛館)의 곤도 아무개가 이끄는 일파가 근간이 되어 발족했다. 그 곤도의 제자 중에 매우 실력이 뛰어난 남자가 있다고 소문이 났었다. 그 남자 이름이 분명히 그것이었다.

"그는 강하니까."

"강하다는 정도가 아니야."

진심으로 분했다. 그렇지만, 패한 주제에 큰소리를 칠 만큼 검을 허투루 대한 것은 아니었다. 교토에 와서 세상은 넓다고 생각했으나, 자기의 상상 그 이상이었다는 것뿐이다.

"그래서 어떻게 할 건데?"

세리자와는 두꺼운 눈썹을 쓱 치켜올렸다.

"베고 싶다. 그러지 않으면 나는 이제 앞으로 나갈 수 없어. 말린다

면 아무리 너라도…."

"말리지는 않아."

같은 미부로시조인데도, 세리자와는 태연하게 부정했다.

"싫어하는 건가?"

"아니. 오히려 좋아하는 편이지. 하지만 그가 있으면 두고두고 곤란해져."

"알겠다. 그러면 행적을 알게 되면 가르쳐줘."

"승산은 있는 건가?"

"나는 싸우면 싸울수록 강해진다. 다음에는 죽인다."

"그런가. 오키타를 해치우면 우리한테 올 건가?"

"그렇게 할까."

"기대하고 있겠다."

세리자와는 거만한 웃음을 지으며 또다시 잔에 술을 채웠다.

그 이후로 세리자와한테서 몇 번인가 연락이 왔었지만, 좀처럼 기회가 없는 모양이었다. 오키타는 술이나 여자를 멀리하기 때문에, 외출은 대부분 일을 할 때뿐이다. 일이 생기면 오키타뿐만이 아니라 여러 명을 데리고 나간다. 오키타만으로도 골치 아픈데, 그럭저럭 쓸만한 로시가 더 있으면 승률은 낮아진다.

야스케가 재전의 때를 일각이 여삼추의 심정으로 기다리던 때, 그의 주위에서 변화가 나타났다. 다른 용사조, 더욱이 조슈번 사람들이 그에게 묘하게 서먹하게 구는 것이었다.

―좋지 않네.

용사조 사람들이 소곤거리며 이야기하는 것을 엿들었다. 세리자와 만나고 있다는 것, 더욱이 로시조에 들어오라고 권유받은 일이 드러난 것이다. 분명 이쪽에 불화를 일으키려고 로시조가 말을 퍼뜨린 것이겠지. 완전히 거짓말은 아니고, 사실이기 때문에 더욱 대처하기 까다롭다.

*

한시라도 빨리 로시조로 옮기고 싶지만, 그렇게 해버리면 오키타와 싸우는 것은 지금보다도 훨씬 어려워진다. 어떻게 해야 할지 고민하고 있을 때, 야스케를 놀라게 하는 일이 또 일어났다.

놀랍게도, 그 기누가 교토에 모습을 보인 것이다. 순간적으로 꿈인가 생각했지만, 그게 아니었다. 그를 쫓아 교토까지 온 것이다.

"너는… 제정신이 아니야."

야스케는 경악했다. 아무리 우락부락한 남자에게도 공포심을 품지 않았었는데, 기누의 이 집념에는 그것을 느낀 것이다.

"따라다녀서 죄송해요…."

"죄송하면 당장 돌아가."

"일생일대의 부탁이 있어서 찾아왔어요."

"일생일대의 부탁이라고?"

야스케는 몸을 사리며 물었다.

"딱 1년. 아니, 반년이라도 상관없어요. 저와 도야와 함께 살아주시 겠어요?"

"도야도 와 있는 건가?"

"처음으로 이름을…."

야스케가 묻자, 기누의 얼굴이 밝아졌다. 돌이켜 생각해 보니, 그는 아이 이름을 부른 적이 없었고, 이것이 처음이었다.

"너는 제정신이 아니야. 돌아가."

야스케가 파리라도 쫓듯이 손을 휘휘 내저었지만, 기누는 포기하지 않았다.

"도야는 분명 야스케 님을 닮은 거겠죠. 변두리 도장이지만, 벌써 제일 - "

"알 바 아니야."

야스케가 단호하게 철벽을 쳤다. 기누의 얼굴에서는 초조한 웃음이 흘러나왔고, 그것이 너무나도 기분 나빴다.

"지금은 그럴 경황이 없어. 게다가 나는 강한 남자한테밖에 흥미가 일지 않는다. 내가 죽이고 싶을 정도의, 나를 죽일 수 있을 정도의 남자한테밖에."

야스케는 신음하듯이 말을 이었다. 굳이 그런 말을 한 것은, 역시 머릿속에 오키타 생각이 있었기 때문이겠지. 그제야 단념했는지, 기누는 고개를 숙이며 말을 흘렸다.

"적어도… 성을….."
 절연당해 친정 쪽 성은 쓸 수 없다. 최소한 붓쇼지라는 성을 가질 수 있게 해달라. 기누는 웅얼웅얼 말했다.
 "붓쇼지는 내가 뛰쳐나온 마을 이름에서 딴 것뿐. 자기 출신지에서 따서 적당히 붙이면 된다고 말해둬."
 야스케는 그렇게 말하더니, 몸을 돌려 빠른 걸음으로 멀어졌다. 자신을 되찾기 위해서 오키타를 죽여야만 한다. 그러나 나는 용사조, 조슈번에서도 의심받고 있다. 거기에 더하여 예상치 못했던 기누의 급습. 께름칙해서 머리가 이상해질 것 같아, 야스케는 하늘을 향해 포효했다.

 그로부터 두 달 정도 지난 8월 8일, 마침내 그때가 왔다. 그날, 시마바라의 요정에서 용사조, 조슈번사의 연회가 있었다. 이것 자체는 드문 일은 아니다. 단, 한참 분위기가 무르익어 평소보다 일찍부터 시작하고 늦게까지 이어졌다. 야스케도 술을 잔뜩 마셨다. 맛이 안 난다고는 해도 취하지 않는 것은 아니다. 야스케도 평소보다 많이 마셔서 갈지자로 걸으며 비틀거렸을 정도다. 시마바라에서 돌아오는 길,
 "소변."
 야스케는 멈춰서서 하카마를 들쳤다. 그때였다. 같이 귀로에 오른 용사조 사람들이 일제히 칼을 뽑아 덤벼든 것이다.
 "젠장."

야스케는 혀를 차고 허리춤에서 칼을 뽑았다. 교토의 밤에 높은 소리가 울려 퍼진다. 우선 일격은 피했으나, 잇달아 공격이 온다. 그것을 떨쳐내고 한 명을 베었으나, 용사조 사람들은 겁먹지 않았다.

"동문이다."

야스케는 칼을 휘두르면서 외쳤다. 용사조 대부분은 렌페이칸에서부터 함께 한 동료인 것이다.

"그래서 더욱 봐줄 수 없는 것이다!"

용사조는 맹공을 감행한다. 한 칸 떨어진 반대편 길을 나란히 달리고 있었던 것이겠지. 더욱이 네거리 사방에서 우르르 사람들이 튀어나온다. 조슈번 패거리로, 술자리에 나오지 않았던 자들이다. 이 연회, 애초에 그를 죽이기 위해서 마련한 자리였다는 것을 깨달았다. 과연 이 숫자는 감당하기 힘들고, 다른 곳에도 함정을 설치했을지도 모른다.

"붓쇼지 야스케를 얕보지 마!"

야스케는 귀신처럼 날뛰며 열몇 명을 베고 도주했다. 그중 다섯 명 정도는 숨이 끊어졌겠지. 감촉이 있었다.

야스케는 조슈번 관저로 갔다. 어째서 이 시점에서 거기로 가는 건가? 어리석다고 생각하고, 냉정한 상태였다면 그렇게는 하지 않았을 것이다. 그러나 어딘가에서 이 계획이 조슈번의 총의가 아니라, 일부 사람들의 암약이라고 생각했기 때문인지도 모른다. 그 정도로 자신은 번의 창으로서 조슈번에 열심히 힘을 보탰다는 자부심도 있었다. 그러나, 그것은 역시 착각이었다.

"붓쇼지 야스케다!"

라고 외쳤지만, 번저의 문은 꿈쩍도 하지 않았다. 응답이 있기는 고사하고 안은 숨을 죽인 듯이 조용했다.

─ 이대로 로시조로 가는 수밖에 없어.

야스케가 마침내 각오하고 미부로로 가려고 한 그때였다. 네거리 저편에서부터 인기척이 났다. 아니, 기척뿐만이 아니었다. 야스케는 확실히 아지랑이를 봤다. 네거리에서 흘러나올 정도다.

"여기서 나타나는 건가?"

야스케는 낮게 신음했다. 이 정도의 아지랑이를 발하는 자를 나는 한 명밖에 모른다.

─ 오키타 소지.

다. 이런 때 나오다니, 너무나도 기가 막힌 타이밍이다. 생각할 수 있는 것은, 세리자와가 자기를 조슈 측에 팔아넘겼다는 것. 그 욕심의 화신 같은 남자라면, 그리고 이매망량(魑魅魍魎. 온갖 도깨비)이 활보하는 교토라면 있을 수 없는 이야기는 아니다.

기척이, 아지랑이가 움직인다. 모습을 드러내고,

"무슨….'

야스케는 놀란 목소리를 흘렸다. 거기에 서 있던 것은 오키타가 아니었다. 낯선 남자. 아니, 엄밀히 말하자면, 남자라고도 할 수 없는 아이였다.

"요괴인가?"

야스케는 그런 것은 믿지 않는다. 그러나 눈앞의 광경은 그렇게밖에는 생각할 수 없었다. 사람이라면 나이는 열 살 정도인가? 허리에는 어울리지 않게 장검을 찼다. 그것만으로도 기이한데, 아이에게서 뭉게뭉게 그 아지랑이가 피어오르는 것이다.

"너무 취했나?"

야스케는 눈을 비볐다. 그러나, 아지랑이는 사라지지 않는다. 사라지긴커녕 한층 더 강해졌다. 그 오키타에게도 뒤지지 않을 정도로. 흐릿한 달빛과 겹쳐 신성함마저 느껴진다.

"붓쇼지 야스케."

아이는 목소리를 발했다. 그것은 연약한 목소리임에도 불구하고, 소름이 돋고, 등줄기에 오한이 일었다. 이것은 도대체 어찌 된 영문인가? 나는 꿈이라도 꾸고 있는 것일까?

"어째서, 내 이름을…?"

"어머님은 돌아가셨다."

"설마…"

야스케는 경악했다.

"어머님은 얼마 남지 않은 목숨이었다. 그래서 교토에 오셨다."

아이의 목소리는 온기가 일절 느껴지지 않고, 얼굴이 얼음으로 된 것 아닐까? 라고 생각할 정도로 표정도 차가웠다.

"너야…?"

아이는 아무 대답도 하지 않았으나, 야스케는 확신했다.

"강자라면 만나준다고 했지?"

아이는 저벅저벅 걸어온다. 한 걸음마다 아지랑이가 분출하는 것처럼 커졌고, 야스케는 뒷걸음질 쳤다.

"말도 안 돼…. 그런 일이 있을 수가…, 있을 수 없잖아…."

야스케는 중얼중얼 혼잣말했다. 교토에서 처음으로 오키타라는, 공포를 느끼게 하는 남자를 만났다. 그러나 교토에까지 오지 않아도, 바로 가까이에 그런 남자가 있었다는 말이 된다. 그러나 이런 아이가 과연? 이라는 생각을 완전히 떨쳐버릴 수는 없었다. 하지만 틀림없이 보이는 것이다.

"성을. 어머님이."

아이는 변성기도 지나지 않은 높은 목소리로 말했다.

"그, 그런 말을 했었지… 붓쇼지 성을 주마."

"내 출신지가 아니라?"

"확실히. 너는 붓쇼지 출신은 아니지. 어디에서 태어났지? 아니면, 좋아하는 것이라도 있나?"

야스케는 빠른 말로 쏟아냈다. 생각해 보면 그는 아무것도 모른다. 게다가 어째서 볼품없이 어린애의 눈치를 살피고 있는 것인가? 안타까움, 짜증, 두려움, 모든 것이 뒤섞여 뭐가 뭔지 알 수 없게 되었다.

"만약에 대비해서 먼저 주변을 살펴라!"

등 뒤에서 귀에 익은 목소리가 들렸다. 여기에 있으면 위험하다. 야스케는 옆을 빠져나가려고 했으나, 도야는 슬쩍 위치를 바꿔서 막아선다.

"비, 비켜줘."

"싫어."

"비켜!!"

야스케가 달려나갔을 때, 아이의 손이 허리를 향해 내달렸다.

내 눈이 잠시 흐려졌을 뿐. 그게 아니라면 설명이 되지 않는다. 이제 어쩔 수 없다. 야스케의 사고가 한순간에 움직여, 이미 몇 명의 피를 흡수한 칼을 뽑아 받아쳤다.

달이 떨어져 내린다. 그렇게 착각할 만한 섬광이 일었다.

"누… 눈은…."

목에도 뜨거운 것을 느끼고, 야스케는 무릎을 꺾으며 무너졌다. 어떻게든 몸을 틀려고 했지만, 뜻대로 되지 않았고, 위를 보고 벌렁 쓰러졌다.

안개구름조차 없다. 검신처럼 날카로운 하현달이 밤하늘에서 빛나고 있었다. 가느다란데도 빛은 강하다. 그것을 가로막은 것은, 불쑥 튀어나온 무표정한 아이의 얼굴이었다.

"천… 명… 거기에서… 왔나…?"

자기가 그랬던 것처럼, 하늘은 때로 만 명에 한 명 정도 인재를 만들어낸다. 그러나 더욱 드물게 일 억 명 중에 한 명의 천재도 태어나는 모양이다. 하늘이 내뿜는 한 줄기 광명에서 흘러나온 것인가? 그렇게 말할 생각이었는데, 목구멍에 피가 가득 차 말이 막혔다.

"천명(天明)?"

아이는 갸우뚱 고개를 틀었으나, 야스케의 목은 이제 움직이지 않았다. 빛이 약해지고 흐려지는 풍경 속에서 야스케가 마지막으로 본 것은, 자기 모친을 쏙 빼닮은 기분 나쁜 웃음이었다.

우체국이 있던 오카자기 역참에서부터 다음 후지카와 역참까지는 1리 25정. 유신 후에 도입된 서양식 단위로 말하자면 약 7킬로미터.

이보다 동쪽은 고원이다. 그 입구에 설치된 역참이기도 해서 여기에서 묵어가는 나그네도 많다. 그 때문에 여관도 크고 작은 것이 36개나 있고, 그런대로 북적거렸다.

"여기부터구먼."

그 후지카와 역참을 빠져나갈 때 교진이 말을 걸어왔다.

"음. 우르르 몰려올지도."

슈지로도 같은 생각을 하고 있었다. 다음 역참은 약 9킬로미터 더 가서 아카사카 역참이다. 거기까지 계속 고원이 이어지고, 길도 단숨에 좁아지며 언덕길이 이어지기 때문에 시야 확보가 힘들다.

그 다음은 고유 고양이(꼬리가 짧고 두꺼운 고양이)의 어원으로 알려진 고유 역참. 두 역참의 사이는 2킬로미터도 채 안 되며, 도카이도 중에서 가장 간격이 짧다. 이 사이는 '고유의 소나무 가로수'로 유명한데, 길 양옆으로 소나무가 한참 이어지기 때문에 여기도 잠복하기에는 안성맞춤인 장소다. 그리고 참가자들에게도 이미 '흑패'에 관해서 전해지기 시작했겠지. 앞으로 상당한 위험이 기다리고 있을 거라고 생각하는 게 좋을 것이다.

"워떻게 할겨?"

"앞뒤를 굳히는 수밖에 없겠지."

"하긴, 그래야 쓰겠구먼."

교진은 턱에 손을 대고 고개를 끄덕였다. 후타바와 신지로는 이야기의 맥락을 파악하지 못하는 것 같았지만, 두 사람 사이에서는 이것만으로도 충분히 통한다.

고독 참가자는 292명. 지류 역참을 빠져나가려면 5점이 필요하다는 것은, 이 시점에서 남는 건 58인까지 좁혀진다는 뜻이다. 더욱이 엄밀히 말하면, 우리가 40점을 보유하고 있으니까, 많아 봤자 50명이 된다. 그들은 여기까지 살아남았으니 그런대로 강자일 것은 틀림없다. 후타바나 신지로도 검술은 습득했으나, 남아 있는 자들 중에서는 일단 최약체 부류로 봐도 좋을 것이다. 그런 강자들이 일제히 습격해 올 때, 두 사람을 지키면서 가야 하니 대비하지 않을 수 없다. 전후좌우를 굳히는 것이 가장 좋지만, 슈지로와 교진밖에 없으니 어쩔 수 없다.

"앞은 내가 간다."

"그럼, 나는 뒤. 나는 좌우에 따른 불리함은 없으니께, 니는 특히 오른쪽을 부탁혀."

이것은 슈지로의 무기가 검이기 때문. 검은 왼쪽 허리에 차고 있기 때문에, 오른쪽에 비해 왼쪽에서 오는 습격에 대해서 다소 불리한 것이다. 반면에 교진의 무기는 수리검을 주로 한 암기다. 좌우의 유불리는 존재하지 않는다고 단언했다.

"둘 다 잘 들어. 무슨 일이 있어도 우리 둘 사이에서 나가지 마."

"응. 알았어."

"자, 잘 부탁합니다."

후타바, 신지로 순으로 대답했다.

"만에 하나, 부코쓰 정도의 실력자가 나타나면 내가 남는다. 그때는 교진을 따라가. 만나는 장소는 하마마쓰다."

생각할 수 있는 사태를 가능한 한 전부 말하여, 두 사람에게는 미리 마음의 준비를 시켜둬야만 한다.

"나나 교진, 둘 중 하나가 당하면 곧바로 셋이서 도망친다."

"두 분 정도의 분들이…."

신지로가 말끝을 흐린다.

"보통으로 있을 수 있구면."

교진은 히죽 웃었다. 부코쓰나 가무이코차 같은 자가 여럿이서 습격해 오면, 다치지 않고 빠져나가는 쪽이 더 어렵겠지.

"그때는, 두 사람 다 싸울 각오를 해."

"네."

후타바는 얇은 입술을 꼭 다물었고, 신지로는 얼굴이 창백해지면서도 고개를 끄덕였다.

"그러나, 그때까지는 칼을 뽑지 마."

"강한 사람일수록 칼날에 반응한다…."

덴류지에서 그가 가르쳐준 것을, 후타바는 분명히 기억하는 모양이다. 맹자가 되면 될수록 살기에 대해 예민하게 반응한다.

"그렇다. 두 사람은 발을 움직이는 일에만 전념해라."

슈지로는 강하게 명했다. 신지로가 조심스럽게 묻는다.

"혹시… 만에 하나, 말입니다. 두 분이 당했을 때는… 어떻게 하면?"

"그러니까 만에 하나가 아니랑께. 10에 하나 정도로 가능성이 있다고 생각해 둬. 그때는, 알지?"

교진은 쓴웃음 지으면서, 슈지로 쪽을 힐끔 본다.

"포기하지 말고 도망쳐."

슈지로는 그렇게 말하는 것이 고작이었다. 그러나 사실상 끝난 거라고 해도 과언이 아니다.

후타바는 두려움을 억누르는 것처럼 고개를 끄덕이고, 신지로는 아직 앳된 분위기가 남아 있는 얼굴이 한층 더 굳어진다. 이 두 사람뿐만이 아니다. 막말의 동란을 아느냐 모르느냐에 따라, 이럴 때의 마음

가짐은 크게 달라진다. 불과 10년 정도의 차이긴 하지만, 이 나라 역사상 이만큼 세대 차이가 크게 난 적도 드물 것이다. 그 정도로 세상이 크게 뒤집힌 것이었다.

미리 정한 대로, 슈지로, 후타바, 신지로, 교진 순으로 한 줄로 걸어갔다. 한동안 걸어가다 보니 경사가 급해졌다. 나무는 그리 많지는 않지만, 작은 언덕이 몇 개나 있어, 그것이 시야를 가로막는다.

"슈지로."

교진이 등 뒤에서 날카롭게 불렀다.

"봤다."

바로 지금, 구부러진 길 앞에서 흘낏 사람의 그림자가 보였다. 이쪽의 모습을 보고 냉큼 숨은 것이다.

"교진."

이번에는 슈지로가 이름을 부르자,

"맡겨주시라."

라고 교진이 대답한다. 분명히 잠복하고 기다리는 자가 있는데도 슈지로가 발걸음을 늦추지 않아서, 후타바는 불안한 듯했다.

예의 큰 커브 길에 접어들었다. 이윽고 시야가 트였을 때, 거기에 한 남자가 서 있었다. 키는 6척 2촌이 넘는 거구. 옷차림은 기모노에 노하카마(무사가 여행 때 입는 하카마로 움직이기 쉽게 개량된 것). 그뿐이라면 요즘 시대에도 결코 보기 드물지는 않지만, 허리에 당당히 큰 칼과 협차를 찼다. 동란 무렵의 차림새다. 유일하게 그 무렵과 다른 것은, 상투를 틀지 않았다는 것 정도겠지.

"그럭저럭."

슈지로는 모두에게 말했다. 흑패의 존재를 알고 잠복했던 것이겠지. 그러나 목패를 넘기라거나 신지로를 넘기라고 위협하지 않는다. 죽일 셈이다. 나머지 사람도 포함해서. 그 시점에서 자기 실력에 자신이 있다는 것은 틀림없다.

"온다."

슈지로가 이어서 숭얼거린 순산, 서구가 기합을 빌하며 일행 쪽으로 달려왔다. 거리 3간. 슈지로와 거구가 동시에 허리의 칼에 손을 댔다.

2간을 끊은 순간, 거구가 진로를 약간 오른쪽으로 비꼈다. 슈지로 옆을 빠져나가, 후타바와 신지로를 노리려는 것처럼.

"그렇게는 안 되지."

칼날이 빛을 내뿜은 순간도 겹쳤다. 서로가 발도와 동시에 휘두른 검이 허공에서 맞부딪쳐 불꽃이 튀었다.

이 순간을 오려내서 한 장의 그림으로 나타낸다면, 그림을 본 자는 어디에 눈을 둘까? 슈지로와 이 남자의 것뿐만이 아니라, 두 개의 '공격'이 더 쏟아진 것이다.

하나는 교진이 뒤에서부터 거구에게 날린 수리검. 또 하나는 머리 위. 적이 한 명 더, 왼쪽 높은 곳에 숨어 있었고, 슈지로를 향해 날아온 것이다. 차림새는 승려풍. 머리도 파르스름하게 밀었다. 무기는 짧은 창. 승려풍 남자는 허공에서 몸을 틀고 한 손으로 내리질렀다.

　― 무곡.

슈지로는 왼발을 차올려 몸을 허공에서 선회했다. 눈앞을 창끝, 손잡이, 그리고 경악하여 얼굴이 굳은 승려풍 남자의 얼굴이 지나간다.

착지했을 때도 거구는 발을 멈춘 상태였다. 교진의 수리검을 피하는 게 고작이었던 것이다. 그 교진이 수리검을 던지고 나서, 곧바로 정면에서부터 눈을 돌려 등 뒤를 향해 단검을 겨누고 있다. 뒤에서부터 또 한 명, 바로 가까이까지 키가 작은 남자가 다가와 있었던 것이다. 분명 적은 3인조. 정면의 거구는 미끼. 따라서 아까 그림자를 보인 것도 일부러였다. 거기에 승려풍 남자가 머리 위에서부터, 작은 남자는 일행을 지나쳐 등 뒤에서 습격한다는 계책이었다.

"칫."

교진이 알아차려서, 작은 남자가 혀를 찼다. 그러나 그대로 발을 멈추지 않고 교진의 사정거리 안으로 뛰어들어 팔을 흔든다. 보기 드문 무기, 분명히 대륙의 무기로 '괴(拐)'라던가, 류큐(류큐국. 현 오키나와. 류큐 열도에 있던 왕국이며 1609년 사쓰마번의 속국이 되었고 메이지 시대에 일본 정부에 의한 류큐 처분으로 멸망, 그 후 오키나와현이 설치되었다)에서 톤파 등으로 불리는 것이다.

"둘이서 덤벼라."

도발이 거구한테는 유효했다. 관자놀이에 힘줄이 튀어나오더니 맹렬하게 달려든다. 난전이다. 맹공을 받아넘기면서, 옆구리를 향해 닥쳐오는 창을 선회해서 피한다. 교진과 작은 남자 사이에서도 엄청난 응수가 시작되었다.

거구가 내리친 검을 밟아 움직임을 멈추고, 돌풍처럼 찌르는 창끝을 쳐낸다. 거구는 즉각 포기하고 멱살을 잡으려고 했고, 승려풍 남자는 바로 손을 뒤로 빼더니 이번에는 자잘한 찌르기를 세 번 반복했다. 슈지로는 손날로 거구의 손을 아래에서부터 올려치고, 춤추는 것처럼 창을 두 번까지 피하고, 세 번째에는 뛰어서 물러났다.

- 강해.

덴류지에서 싸웠던 자들과는 차원이 다르다. 각각 각 부현에 한 명 있을까 말까 할 정도의 실력. 자기 실력에 자신감도 갖고 있을 터. 그런데도 이름을 버리고, 실익을 좇아 도당을 짠 것이다. 강하지 않을 리가 없다.

"큭."

다시금 시작된 거구의 맹공에 집중하다 보니 승려풍 남자의 창이 옆구리를 스쳤다.

"슈지로 씨!"

신지로가 자기도 모르게 허리에 손을 갖다 대려고 했으나,

"안 돼!"

라고 후타바가 필사적으로 두 손으로 붙잡아 말렸다. 잘했어. 이 폭풍우 같은 난전에 접근했다가는 신지로의 목숨은 날아간다.

"후타바, 무리다!"

슈지로는 칼을 휘두르면서 외쳤다. 죽이지 않고 이길 수 있는 적들이 아니라는 뜻. 예상보다 빨리 마침내 그때가 왔다. 후타바가 아랫입술을 깨물면서 고개를 끄덕이는 것을 눈 가장자리로 포착했다.

"슈지로."

이번에 부른 것은 교진이었다. 때로는 총알처럼, 때로는 차바퀴처럼 덮쳐오는 톤파를 교진은 단도 한 자루로 튕겨내고 막아내고 있다. 그뿐만이 아니라, 작은 남자의 온몸에는 자잘한 상처가 몇 개나 생겼다.

"버텨라. 좀만 더하면 죽인다."

교진도 후타바의 반응을 보고 각오를 했다. 냉소적으로 말하더니, 작은 남자의 왼손을 얕게 베고 동시에 주먹을 배에 꽂아 넣었다. 작은 남자는 개구리처럼 신음하며 침을 흩날렸다. 그러나, 과연 작은 남자도 달인. 움직임을 멈추지 않고 다시 교진에게 공격을 감행한다.

"빨리 해!!"

목덜미를 노린 일격을 막으면서 작은 남자가 비통하게 외쳤다.

교진은 말했던 그대로, 앞으로 1, 2분이면 작은 남자를 해치우겠지. 그렇게 되면 2대 2. 이쪽이 총력으로 이긴다. 라고, 나뿐만이 아니라 적도 생각하고 있다. 작은 남자가 당하기 전에 나를 쓰러뜨리려고 한다. 두 사람의 공격이 더욱 격렬해졌지만, 슈지로는 발의 속도를 더 올려 벗어났다.

결국, 그 순간은 1분도 채 지나지 않아서 왔다. 교진은 어느 틈엔가 왼손에 수리검을 꺼내 쥐고 그것으로 작은 남자의 눈을 꿰뚫었다.

"컥!"

작은 남자가 몸을 굳힌 찰나, 교진은 배, 가슴, 목 세 군데를 찌르고, 관통하고, 베어버렸다. 그 사이에 교진은 전혀 목소리를 내지 않았다. 그 다음 순간, 거구와 승려풍 남자는 좌우로 휙 나뉘어 도주했다. 어느 한쪽을 쫓아가면, 한 명은 죽일 수 있다.

"그만둬."

교진이 말한다. 슈지로도 또한 같은 생각이다. 네 명째가 숨어 있을지도 모른다는 것과, 또 다른 적이 나타날 가능성도 버릴 수 없기 때문이다.

작은 남자는 위를 향한 채 쓰러져, 손으로 목의 출혈을 막고 있지만, 이미 피 웅덩이가 고이기 시작했다.

"미안하군."

"강하네…."

교진의 사과에 작은 남자는 쉰 목소리로 힘없이 대답했다.

"이대로 두면 30분 정도는 괴로울 거시여. 편하게 해주는 대신에 여러 가지 가르쳐줘. 어차피 옛날부터 함께 한 동료도 아니지?"

"그렇… 지."

망설이는 건지 사고가 흐릿해진 건지, 작은 남자의 대답은 애매했다.

"누군가에게 남길 말이 있다면 전해주지. 약간이라면 돈을 건네줄 수도 있구먼. 물론 내가 살아남는다면 말이지만."
 교진은 더욱 온화하게 말했다. 거짓인가? 참인가? 작은 남자는 알 수 없었지만, 이미 거기에 매달리는 수밖에 없다. 분명 이 심문 방식은 닌자 시대에 습득한 것일 거라고 생각된다.
 "이름은… 로준…, 류큐의 페친(親雲上. 류큐 왕국의 신분 계급 중 하나)…."
 작은 남자는 피에 젖은 손가락으로 허리띠의 장식을 가리킨다. 거기에 '로준(樓順)'이라고 새겨져 있었다.
 "사족이구먼."
 교진은 류큐에 관한 지식도 남들보다 더 있었다. 페친이라는 것은 류큐의 중급 사족인 모양이다. 이 실력이라면, 분명 이름이 알려진 무관이겠지.
 "돈은 됐어…. 쇼타이오(尙泰王)께… 송구합니다… 라고…."
 그 이름은 슈지로도 신문에서 읽어서 알고 있다. 류큐 왕국의 제19대 국왕. 현재 정부는 류큐 왕국을 흡수하여 하나의 현으로 만들려고 하고 있다. 류큐 왕국은 그에 반발하고 있지만, 저항하는 것은 어려워 존속의 위기에 처한 것이다. 이 로준에게도 인생이 있고, 고독에 참가해야만 할 이유가 있었던 것이리라.
 "알겠다. 아까 그 두 사람에 관해서 가능한 한 알려줘."
 "창을 쓰는 남자는…."
 로준은 최후의 목숨을 불태우려는 것처럼 말했다.
 승려풍 남자는 엔슌이라는 이름으로 나라의 승려. 호조인(寶藏院)류의 창술을 쓴다. 정부의 폐불훼석(廢佛毀釋. 불교를 배척하고 절이나 불상을 부숨. 메이지 초기에 일어난 불교 배척 운동) 정책으로 불상이 부서지고 불탄 일을 매우 가슴 아파하며, 그것들을 숨기고 보호하기 위해 돈이 필요했다. 또한 초반의 구사쓰 역참에서부터 함께 행동했다고 한다.

또 한 명인 거구 남자는 사카마키 덴나이. 전 시바타번사로 지키신카게(直心影)류를 쓰는 자. 막부 말기의 시바타번의 한심함에 분개하여, 미야 역참에서 함께 싸우자고 제안해 왔다고 한다.

"도움이 되었다. 이제 지쳤지?"

교진이 위로하듯이 말하자, 로준은 떨리는 손으로 허리의 주머니를 잡았다. 안에는 목패가 들어 있었다.

"이것도…."

살며시 목에 찬 목패를 잡았다.

"받아 간다."

로준은 눈만 움직여 승낙했다. 교진은 가느다란 한숨을 내쉬고는, 단검을 로준의 가슴에 조용히 찔렀다. 로준의 몸이 격렬하게 경련한 것도 잠시. 금방 경련이 가라앉고 이윽고 모든 움직임이 멈췄다. 로준이 갖고 있던 목패는 13점. 그것을 봐도, 상당한 강자였다는 것을 알 수 있었다.

2

미카와 고원에서부터 아카사카 역참으로 들어갔다. 이 역참은 규모에 비해 많은 것이 두 개 있다. 하나는 여관. 또 하나는 여자. 다른 역참에 비해 그것은 현저했고, 남자와 비슷한 수의 많은 여자를 길가에서 볼 수 있었다. 그 점은 후타바도 알아차린 모양으로,

"여자가 많지 않아?"

라고 의문을 입에 올렸다.

"아, 이 근처는… 여자가 많아."

슈지로는 애매하게 말끝을 흐렸다. 신지로도 어색한 듯이 시선을 멀리 돌렸다.

실은 이 아카사카, 그리고 다음 역참인 고유, 요시다는 도카이도에서도 가장 '밥 푸는 여자'가 많은 역참이었다. 소위 유녀(游女. 유곽에서 몸을 파는 일을 직업으로 하는 기생)다. 역참에 유녀를 두는 것은 금지되었기 때문에 상부의 눈을 피해 그렇게 부르고 있었다. 또 위에서도 알고는 있으나, 오랫동안 눈감아주고 있었다. 그 때문에,

− 고유와 아카사카, 요시다가 없으면, 무슨 재미로 에도에 다니나?

라고 할 정도. 밤이 되면 특히 활기를 띠는 역참마을이었다.

메이지가 되어 많이 줄어들었다고 들었는데, 그래도 하루이틀 만에 다 망하는 것은 아니다. 아직도 많은 유녀가 있고, 오후가 지난 지금

쯤이면 그들이 장을 보거나, 목욕탕에 가거나 한다. 그 때문에 길가에는 여자가 많은 것이다.

"흐음."

후타바는 눈치가 빠르다. 그것만으로도 왠지 알았겠지. 더 이상 물어보지 않았다. 문득 교진을 보니 묘하게 험악한 얼굴을 하고 있다. 적이 숨어 있는 것을 발견했나 싶어 슈지로는 물었다.

"누군가 있나?"

"응? 아니, 없어."

교진은 퍼뜩 놀라 평소의 표정으로 돌아왔다.

"역참 쪽이 그나마 낫겠지."

아까 이후로는 습격을 당하지 않았고, 수상한 자도 보이지 않는다. 그렇기는 해도 계속 달리다가는 후타바의 체력이 버티지 못하고, 막상 움직여야 할 때 움직일 수 없게 되어버린다. 지금은 빠른 걸음으로 걷는 것이 한계다. 그래도 서서히 피로는 쌓였고, 도중부터 후타바의 숨결도 약간 거칠어지기 시작했다. 경사가 있는 고원이라면 더욱 그랬다.

시간은 곧 오후 2시가 넘어가겠지. 그렇다면, 슬슬 결정해야만 한다.

"고유로 할까?"

슈지로는 앞을 향한 채로 물었다.

"글쿠먼. 어제도 거의 못 잤으니께."

교진도 후타바를 배려한다. 안 그래도 가혹한 여행이다. 산스케와 같이 갔던 탓에 어제는 두 시간 정도 잔 게 다였다. 후타바의 피로는 상당했다. 곧 아카사카. 그리고 2킬로미터도 못 가서 고유. 아직 해가 저물기에는 이르지만, 여기에서 일단 쉬는 편이 좋겠다고 판단했다.

"나는 괜찮아. 더 걸을 수 있어."

"아니, 더는 위험해. 하마마쓰에서 시쿠라네와 만나기까지는 충분히 시간이 있다."

"게다가 어느 쪽이든, 내일 중으로 하마마쓰에 들어가는 건 어려워. 그때까지 두 밤은 보낼 필요가 있으니까."

슈지로에 이어, 교진도 보충 설명하듯이 말했다.

"그렇구나."

후타바는 이해했다는 듯이 고개를 끄덕였다.

"그 후에는 히메 가도로 가는 방법도 있는데, 어때?"

슈지로는 다시 제안을 했다. 히메 가도란, 고유와 하마마쓰를 잇는 또 하나의 가도다. 도카이도 북쪽을 나란히 달리며, 산속을 뚫고 간다. 이로하는 진로쿠를 찾기 위해 이쪽 길로 가고 있을 것이다.

도카이도는 여기부터는 바다가 가깝기 때문에, 날씨에 따라서는 통행할 수 없는 경우도 있다. 그 때문에 다소 멀리 돌아가는 게 되지만, 우회로로 이용되는 일도 많은 가도다.

하마마쓰가 다음 관문이니 그쪽을 이용해도 문제없을 터. 고독 참가자 대부분이 그대로 도카이도로 갈 테니까, 마주칠 확률이 낮지 않을까도 생각했다.

"내는 반대구먼."

"이유는?"

"우선 시간을 꽤 잡아먹는구먼."

히메 가도로 가면, 약속 시간인 모레 정오에 하마마쓰에 도착하는 것은 아슬아슬해진다. 더욱이 흑패는 시마다 역참에서 해제된다고 하지만 그 성질상, 또 최종 통과자가 새로운 보유자가 되는 것을 생각할 수 있다. 지금 시점에서 제일 뒤에 있는데, 여기서 더 시간이 걸려 늦어지면, 시마다 역참에서부터도 흑패와 함께하지 않으면 안 될지도 모른다는 이유였다.

"과연 그렇군. 게다가 역시 위험할까?"

"그려, 아까처럼 여럿이서 기다리고 있으면 힘겨워."

히메 가도에는 고개가 몇 개인가 존재하고, 시야가 나쁘고, 숨을 곳이 많기로는 미카와 고원과 비교가 되지 않는다.

더욱이 분명 흑패 보유자가 어디에 있는지는 다른 참가자에게 가능한 한 전하지 않을까 예상하고 있다. 한 번뿐이면 떨굴 방법은 얼마든지 있고, 벌치고는 너무 가볍기 때문이다. 분명 모든 역참, 길마다 감시자가 있어, 이쪽의 위치를 전해주는 것이겠지.

히메 가도에도 역참은 존재하고, 예를 들면,

—기가 역참을 빠져나갔다.

라고 참가자에게 전해진다면, 하마마쓰에서부터 역주행해서 산속에서 기다리고 있는 자도 나올지도 모른다. 어차피 노리는 대상이 된다면, 탁 트이고 시야가 확보되는 도카이도 쪽이 그나마 낫다는 것이겠지.

아카사카 역참을 빠져나가 고유를 향해 갔다. 곧 양쪽에 소나무 가로수가 펼쳐지기 시작했다. 유명한 고유의 소나무 가로수다. 불어오는 바람이 솔잎 향으로 변해간다.

"아이고…."

교진이 씁쓸하게 말을 흘렸다.

"있군."

슈지로도 눈치챘다. 정확한 숫자는 모르지만, 약간 앞의 가로수 속에 숨어 있는 자가 있었다. 한두 명이 아닌 것처럼 느껴진다.

"아마도, 아까 그놈들보다는 약하겠지."

"그러나 숫자가 많은 쪽이 더 성가시다."

"그렇구먼. 이놈이고 저놈이고 하나같이 작당해서 패거리를 만들어서는."

"우리도 그렇잖아."

"확실히 그렇구먼."

교진은 한 방 먹었다는 듯이 숨을 내쉰다. 지금 고독에 남아 있는 것은 많아 봤자 50명일 테지만, 그 대부분이 패거리를 이루었을 가능성도 있다. 그랬으니 살아남았다고도 할 수 있는 것이다. 하긴 부코쓰처럼, 어디까지나 혼자서 움직이는 자도 있겠지. 그런 자는 더욱 강하다고 할 수 있다.

"뛰어서 빠져나간다."

"맨 뒤는…."

"내가 맡는다. 두 사람을 부탁해."

슈지로는 더욱 신경을 바짝 곤두세워 30걸음 정도 걸어간 그때였다. 나무 그늘에서부터 남자들이 우르르 모습을 드러냈다. 그 수는 다섯 명. 그중 한 명의 무기를 확인하고, 슈지로는 안색이 변해 날카롭게 외쳤다.

"뛰어!!"

리볼버식 권총이다. 확실히 총기는 안 된다는 규정은 없었다. 그러나 애초에 소지하는 것 자체가 어렵고, 무엇보다 사용하면 바로 경찰이 뛰어온다. 여기까지 어떻게 그것을 숨기고 지나왔을까? 그저 위협용인 것은 아닐까? 그런 생각이 머리를 한순간 스쳤지만, 굉음과 함께 그 생각은 날아갔다.

"참말로 쏘고 자빠졌네!"

후타바의 머리를 위에서 누르고, 신지로의 허리띠를 당기며 교진이 외쳤다. 남자가 노린 것은 슈지로. 총구를 응시하고, 손가락을 당기는 순간에 사선에서부터 몸을 피했다. 총알이 땅에 맞고 모래가 피어 오른다.

"가로수 속으로!"

슈지로가 말할 필요도 없이, 교진은 총구를 피하기 위해 두 사람을 더 앞쪽에 있는 가로수 숲속으로 데리고 들어갔다. 그 도중에 신지로가 몸을 돌리며 외쳤다.

"S&W 모델 1! 총알수는 7발입니다!"

"잘했다."

슈지로는 중얼거렸다. 그는 총은 잘 모르고, 교진도 또한 아무 말도 하지 않은 걸 보니 마찬가지인 모양이다. 속마음을 말하자면, 여기까지는 짐 덩어리일 뿐이었으나, 신지로의 이런 지식은 큰 힘이 된다. 슈지로는 검을 쓱 뽑고,

"와라."

라고 말한 그때, 다시금 총성이 울려 퍼졌다.

슈지로는 또 피했다. 움직인 것은 단 한 걸음. 총은 위협이지만, 상대가 한 명이라면 피할 자신이 있다. 과거 보신 전쟁 중에 몇십, 몇백 개나 되는 총구를 뚫고 나온 것이다. 권총남의 얼굴은 경악으로 물들었다.

"왜 그래?"

슈지로는 코웃음 치며 도발했다. 나머지 네 명의 남자들은 거리를 확보하고 에워쌀 뿐, 습격해 오지 않는다. 상당한 실력 차이가 있다는 것을 깨달았겠지. 그렇기는 해도 이쪽에서 공격하는 것도 힘들다. 그 순간을 노려 총을 쏘면 피할 수가 없고, 설령 피한다고 해도 자세가 무너져 나머지 네 명의 칼의 먹잇감이 된다. 자, 어떻게 할까? 생각한 바로 그때,

"슈지로! 뒤에서부터 온다!"

라고, 교진이 가로수 숲속에서 목소리를 냈다. 권총이 노리는 지금, 뒤를 돌아볼 수도 없다. 그러나 북진으로 확실히 기척은 느꼈다. 고유

방면에서부터 한 명, 이쪽을 향해서 맹렬히 달려오는 자가 있었다.

― 이놈들과 한패는 아니야.

남자들의 표정을 보고 알았다. 그렇기는 해도 우리 편이라고도 할 수 없다. 난전에 가담해서 그저 닥치는 대로 목패를 강탈하려는 건지도 모른다.

"이쪽은 맡겨주십시오. 그쪽을."

슈지로는 매우 놀랐다. 여자 목소리였다. 목소리의 주인은 금방 시야에 들어왔다. 흰 어깨띠를 한 하카마 차림의 여자. 손에는 언월도. 덴류지에서 본 여자다. 권총남을 향해 똑바로 돌진한다.

다음 순간, 칼날 네 개가 쏟아져 내리는 것을, 슈지로는 몸을 숙여 피하며 한 명의 허벅지를 벴다. 총성이 두 발 울려 퍼졌다. 노리는 것은 언월도의 여자다.

"오오, 좀 하는구먼."

교진이 놀란 목소리를 낸 것도 무리는 아니다. 여자는 옆으로 예각으로 뛰어 권총을 피한 것이다.

"앞으로 세 발이다!"

슈지로는 검을 휘두르면서 외쳤다. 여자의 대답은 없었지만, 들었다는 것은 분명하다. 권총남은 알려졌다는 사실에 초조함이 커졌는지, 사이를 두지 않고 곧바로 두 발을 더 쐈다.

여자는 소나무를 방패 삼아 권총남에게 더욱 접근한다. 그사이에 슈지로는 이미 한 명을 베어버렸다. 남은 총알은 앞으로 한 개. 남자가 아슬아슬한 지점까지 유인해서 쏘려고 한 순간, 여자는 회전하면서 몸을 굽혀 언월도를 휘둘렀다.

"캬악!"

권총남이 비명을 지르며 무너진다. 그러나 두 다리는 땅에 남은 채로. 일격에 절단한 것이다. 여자는 일어나면서 언월도를 선회하여, 용서 없이 권총남에게 결정타를 찔렀다.

"도망쳐!"

슈지로를 상대하던 나머지 두 명은 아카사카 방면으로 역주행해서 도망쳤다. 슈지로도 쫓아가지 않았고, 여자도 그냥 지켜볼 뿐이었다.

"덕분에 살았다고 하면 되는 건가? 아니면….''

이제부터 싸우는 건가? 슈지로가 말하자, 여자는 표정이 변하지 않은 채 대답했다.

"다친 데는 없습니까?"

"보는 바와 같이."

슈지로가 두 팔을 벌리자, 여자는 가로수 안에 있는 후타바들을 향해 말했다.

"그쪽은?"

"다들 다친 데는 없구먼."

교진이 모습을 보이며 대답한다.

"다행입니다."

여자는 살짝 웃었다. 그 모습이 너무나 요염했다.

"싸우지 않아도 된다는 뜻이군."

"바라신다면."

여자는 즉각 대답했다. 잘난 척하는 것이 아니다. 도전해 온다면 누구와도 싸우겠다는 각오가 엿보였다.

"그만두지. 어째서 도와준 건가?"

"하마마쓰를 통과하기에는 패가 모자라 찾고 있었습니다. 저는 뒤쪽이 되어버려서 곤란하던 참이랍니다."

"그 무기로 말인가?"

슈지로는 눈썹을 올렸다. 보통 칼이라면 숨길 수도 있겠지만, 언월도는 그렇게는 안 된다. 칼집에 넣고 다녀도 몇 번이나 경찰의 검문을 당했을 것이다. 그때마다 도장 연습을 위한 것이라고 설명했겠지만, 다른 자에 비해 시간을 잡아먹었을 것은 틀림없다.

"조금 앞을 가다 보니 총성이 들렸습니다. 고독의 참가자라면… 그러한 비겁자는 해치워야 한다고."

"비겁이라."

슈지로는 쓴웃음 지었다. 무사들 사이에서는 확실히 총은 비겁하다는 생각이 있었다. 그러나 요즘 시대는 사족이라도 그런 생각을 가진 자는 없다. 그런 고풍스러운 신념을 지키는 것이 여자라는 사실에 해학을 느낌과 동시에, 기껍게 여긴 것이다.

"가져가도 될지요?"

"물론, 그쪽 거다. 우리는 이쪽을 받지."

슈지로는 자기가 해치운 남자의 목에서 목패를 빼고, 몸을 뒤져봤지만, 그 외에는 갖고 있는 것 같지 않았다. 허벅지를 베여 몸부림치던 남자가 신음하듯이 말했다.

"목패는 전부 사사키가 맡아 가지고 있다…."

"저 총잡이 말인가? 잘됐군. 그쪽에 적어도 20점이 있다."

라고 말했지만, 여자는 약간 신음했다.

"10점밖에 없네요."

"젠장…, 역시 그랬나."

상처를 입은 남자는 분하다는 듯이 그렇게 말했다. 사사키라는 남자가 권총으로 위협해서 나머지 네 명분의 목패를 가져갔다고 한다. 그러나 조금 전의 역참에서, 밤에 여관을 빠져나가는 수상한 행동을 취했다. 아무래도 진짜 동료가 따로 있어서, 슬슬 네 명을 버리려고 했던 것이겠지.

"속아 넘어갔군."

슈지로는 그렇게 말하면서, 그 남자의 목에 건 목패도 뜯어냈다. 이 것으로 2점이다.

"비겁한."

또 여자가 혼잣말을 중얼거렸다.

"싫은 모양이군."

"네."

"이름은?"

"먼저 이름을 대는 것이 – "
"미안하네. 사가 슈지로다."
슈지로가 말을 끊고 사과하자, 여자는 영롱한 목소리로 대답했다.
"아키쓰 가에데라고 합니다."
"아니라면 미안하지만, 아이즈 사람 아닌가?"
슈지로는 아이즈번사가 말하는 것을 몇 번인가 들은 적이 있다. 가에데의 말투에서 어딘가 비슷한 사투리 억양을 느낀 것이다.
"네."
"부녀대의…."
"잘 아시는군요."
아이즈는 말 그대로 번의 이름을 걸고, 여자들까지 동원해서 신정부군에 철저 항전했다. 그때, 여자들만으로 조직된 부대가 있었다. 그것이 부녀대다. 그녀들의 가열찬 전투태세는 남자에게 전혀 뒤지지 않았고, 오히려 능가할 정도였다.
"저는 아직 어렸기 때문에. 어머니와 언니가."
"그런가. 쓸데없는 말을 해버렸다. 바로 자리를 뜨는 게 좋아. 곧 경찰이 올 테니."
"그렇군요. 그럼, 또."
가에데는 정중하게 인사를 하더니, 고유 방면으로 달려가 버렸다. 다시 언월도를 칼집에 넣기는 했으나, 저것은 눈에 띈다. 상당히 불리하다는 것을 각오하고 무기를 바꾸지 않는 것은, 그 무기가 특기일 뿐만 아니라 긍지를 갖고 있기 때문이겠지.

"냉혹한 여자였구먼."

교진이 농담처럼 말하면서 길로 나왔다.

"응, 상당히 강하다."

"정말 대단해…."

후타바는 점점 작아지는 가에데를 바라보면서 말했다.

고독에 참가한 여자는 적었다. 텐류지에서 대충 봤을 때, 전체의 10분의 1도 채 되지 않았다. 무술에 능한 여자라는 것은 결코 많지 않다. 이것은 편견이 아니라 사실이다. 그것은 도쿠가와 막부가 만들어낸 이상적인 남녀상에 기인한 부분이 크고, 메이지가 된 지금도 그리 달라지지 않았다. 그런데 저 정도로 강한 실력을 지녔고, 이미 중반을 넘어선 고독에서 살아남았다. 같은 여자라는 점도 있어서, 후타바는 동경하는 마음을 품는 것이겠지.

"여러 가지가 있군."

결코 아카사카의 '밥 푸는 여자'가 약하다는 뜻은 아니다. 여자도 모두 제각각의 형태로 새 시대를 발버둥 치며 살아가는 것이다. 가에데도, 이로하도, 후타바 또한 그렇다. 그리고 시노도. 슈지로는 한순간 스쳐 지나간 얼굴을 떨쳐버리고, 우리도 빨리 자리를 뜨자고 말했다.

– 남은 인원, 35명.

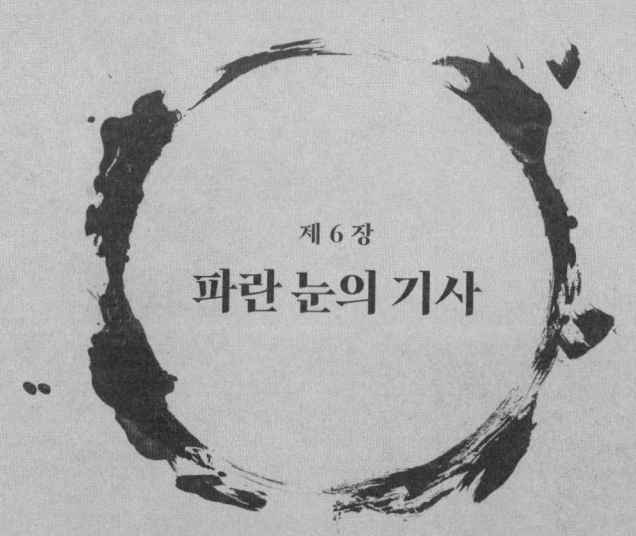

제 6 장
파란 눈의 기사

*

1854년, 9월.

청보석과 재를 섞어놓은 것 같은 하늘 아래, 수만 명의 사람들이 꿈틀댄다. 단속적으로 총과 대포가 불을 뿜고 초연은 점점 더 자욱해진다. 전장은 안개가 낀 것 같았다.

"프렌치 놈들. 너무 한심하잖아."

작은 언덕 위에서 한쪽 무릎을 꿇고 전장을 내려다보며 길버트는 코웃음을 쳤다.

어째서 이 전쟁이 시작되었는지 자세한 것은 모르고, 별로 자기가 알 필요도 없다고 생각한다. 한마디로 말하자면, 오스만제국과 러시아제국 사이에 갈등이 있었다. 러시아는 오스만의 땅에 진군해서 전쟁의 포문을 열었다. 오스만은 러시아의 맹공에 고전했고, 여러 나라에 원군을 요청. 이에 응한 나라가 몇 개국이나 있었다. 사실 그 나라들도 순수한 의리에서가 아니라, 러시아의 약진을 억제하는 것이 이득이기 때문이다. 그중에서도 대국이라 불리는 것은 둘. 하나는 프랑스다. 지금 이 전장에서도 오스만과 행동을 함께하며 러시아와 격전을 벌이고 있다. 단, 프랑스군 중에서 제대로 싸우고 있는 것은 역전의 용병부대뿐이며, 정규군은 당장이라도 무너질 것 같은 꼴이다.

또 하나의 대국. 그게 바로 길버트의 조국인 잉글랜드다. 섬나라인 잉글랜드는 러시아에 선전포고하고, 나폴레옹 전쟁 이후로 실로 약 40년 만에 도버해협을 건너 연합군의 한쪽 날개를 담당하게 된 것이다.

이렇게 되어 각지에서 격전이 벌어지고 있다. 대국이 가담하자 연합군은 열세를 만회하고, 러시아가 수비를 굳히고 있는 크리미아 반도로 진군했다. 그리고 지금, 이 알마강 유역에서 일대 전투가 벌어지고 있다.

러시아군 3만 8천에 비해 연합군은 5만 7천으로 수적으로는 우위였다. 그러나 지형의 이점은 러시아군에게 있다. 대량의 대포를 나란히 놓고 쏘아대고, 더욱이 강한 정예부대로 알려진 코사크 기병대가 연합군에 파고들어 무너뜨리고 있다.

"좋지 않네."

길버트는 혀를 찼다. 프랑스 정규군이 우왕좌왕하며 혼란이 생겨났다. 이대로 두면 스코틀랜드군, 오스만군의 양 날개에까지 전파될 것 같다.

"앗…, 깃발이 흔들립니다."

부하가 가리킨다. 우리 부대에 돌격을 명령하는 신호다.

"제정신이라고는 생각할 수 없습니다. 한동안 상황을 봐야 합니다."

부관이 고개를 가로저으며 말린다. 본래 우리 부대는 양군의 힘이 길항할 때 적의 측면을 찔러 무너뜨리는 것이 임무였다. 그 때문에 이 언덕 뒤에 숨어서 대기하고 있던 것이다. 그러나 모든 전투에서 연합군은 밀리기만 했고, 그럴 만한 국면은 한 번도 오지 않았다.

지금의 지시는 처음과는 다른 임무다. 전부 무너지는 것을 막으라는 의미다. 사기가 올라간 러시아군을 향해 뛰어들다니, 목숨을 버리라는 것이나 다름없다. 따라서 부관은 신호를 알아차리지 못한 척을 하고 상황을 살펴보자고 진언한 것이다.

"지금 내버려두면 어차피 우리의 패배다."

길버트는 엉덩이에 묻은 모래를 털면서 일어섰다.

"하지만…, 지금 돌진하면 죽으러 가는 것이나 마찬가지입니다."

"임무다."

길버트는 짧게 답하더니, 끌고 온 말에 씩씩하게 올라탔다. 부관도 더 이상 말리는 것은 무리라고 깨닫고 쓴웃음 지으면서 말 위에 올라탔다. 부하 120명. 보병은 아무도 없다. 전부 기마병이다.

"우리만으로 승리를 쟁취한다."

길버트가 조용히 말하자, 일동이 일제히 고개를 끄덕였다. 육지의 정상을 넘어서 한달음에 절벽을 내려가 포탄이 날아다니는 전장을 향해 똑바로 돌진한다. 러시아군이 그들이 오는 것을 알아차리고, 낯선 언어로 뭐라고 소리쳤다.

"제13용기병대다!!"

길버트가 벼락처럼 포효하자, 러시아군 사이에서 명백한 동요가 일었고, 그중에는 '와이번'이라고, 누가 부르기 시작했는지 모를 그의 별명을 외치는 자도 있었다. 이 크리미아 전쟁에서 제13용기병대는 이미 18번의 무훈을 세웠고, 그 대장인

―길버트 카펠 콜맨 대위

의 이름은 이미 널리 퍼졌다.

"레디(준비)."

길버트가 명령함과 동시에, 고삐에서 손을 떼고 일사불란하게 총을 든다.

"에임(조준)."

당황하면서도, 눈앞에 있는 러시아 병사들도 이쪽으로 총구를 향한다.

"파이어(쏴라)!!"

부대 전체의 총이 발사되고, 러시아군이 우수수 쓰러졌다. 그 사이에도 말발굽 소리는 일절 늦춰지지 않는다. 마치 용이 날아가면서 불을 뿜는 것처럼.

"차지(공격 태세)!"

총을 등으로 돌리고 일제히 사벨을 뽑아 들더니, 당황하고 있는 러시아군을 향해 달려들었다. 용기병대는 적진을 양쪽으로 가르며 달려나갔다. 길버트는 말 위에서 적을 잇달아 베어버렸다. 코사크 기병과 스쳐 지나간다. 머리를 숙여 검의 공격을 피하면서, 왼손으로 코사크 병사의 멱살을 움켜쥐고 말 위에서 낚아챘다. 그 사이, 오른손은 적 보병 한 명을 잠재웠다.

"― ― ―."

코사크 병사가 비장한 얼굴로 외쳤다. 자기가 한 손으로 가볍게 들어 올려졌다는 사실을 믿을 수 없는 것일까? 아니면, 너는 누구냐고 묻는 걸까?

"나이트(기사)."

길버트는 중얼거림으로 답하고 말머리를 돌리더니, 허공에 내던진 코사크 병사를 베어버렸다.

1833년, 길버트 카펠 콜맨은 잉글랜드 북부 요크셔에서 태어났다. 콜맨가는 요크셔의 영주인 카라일 백작가를 대대로 모시는 기사 가문이다. 부모가 둘 다 매우 엄격한 사람이었고, 어릴 때부터,

 – 기사답게, 긍지 높게.

라고, 귀에 못이 박힐 정도로 들으면서 자랐다.

누나와 여동생이 있지만, 아들은 한 명뿐이기도 해서 특히 기대를 받았을 것이다. 불과 다섯 살 때부터 검술, 승마, 심지어 포술까지 엄격한 훈련을 받았다. 길버트는 그 기대에 부응한 정도가 아니라,

"길버트는 콜맨가가 시작된 이후 유례없는 천재다."

라고 아버지가 말할 정도의 성장을 보였다.

우선 또래들보다도 항상 덩치가 컸다. 15세가 되었을 때는 이미 키는 6피트 1인치(185센티미터)를 넘었다. 그뿐이라면 나라 전체를 뒤져 보면 없지는 않겠지만, 모두가 정말로 경탄한 것은 길버트의 힘이다. 사과를 한 손으로 쉽게 쪼개고, 500폰드(226킬로그램)는 족히 넘는 큰 바위를 가볍게 들어 올린다. 다리 힘도 비범해서, 100야드(91미터)를

10초도 걸리지 않고 달린다. 확실히 당당한 체격을 자랑하고, 바위 같은 체구였지만, 결코 가로폭이 넓은 체형은 아니었다. 체중은 평균보다 훨씬 더 나가서 의사가 말하기를, 평균을 훨씬 뛰어넘게 근육이 많은 체질이라는 것이다.

그 괴력만 주목받을 법도 했지만, 길버트는 손재주도 매우 좋았다. 어릴 때부터 사벨을 잘 다뤄, 실력을 자신하는 어른들을 압도했다. 거기에 힘까지 세니 육박전이 되면 그대로 상대가 무릎을 꿇을 때까지 단숨에 눌러버린다.

상대의 사벨을 쳐서 부러뜨린 적도 한두 번이 아니었다. 길버트를 잘 아는 요크셔 사람은,

– 길버트에게는 용이 깃들어 있다.

라고 진지하게 말할 정도였다.

그런 사정이 있었기에, 길버트가 16세에 군에 입대하기로 결정했을 때, 그 후의 활약을 의심하는 자는 아무도 없었다.

길버트의 입대 직후의 계급은 소위. 기사 신분이 유리하게 작용하기도 했으나, 같은 기사라도 그보다 아래 계급부터 시작하는 자도 있었다. 이것은 카라일 백작가의 강한 추천도 있었기 때문이라고 들었다. 백작의 체면을 살려주기 위해서도, 길버트는 침식 이외의 모든 것을 바쳐 정진했다. 그 보람이 있어 18세의 젊은 나이에 명예로운 용기병 부대에 배속된 것이다.

용기병이란 총을 든 기병을 말한다. 총에서 불을 뿜으며 공격하는

모습이 용을 방불케 한다고 해서 그런 이름이 붙었다. 잉글랜드군에서는 일시 폐지되어 국왕 직속의 근위대를 가리키는 말이 되었으나, 수상한 정세가 이어지자 부활한 것이다. 21세에 3석이 되었고, 그때 예의 크리미아 전쟁이 발발. 길버트는 제13용기병대의 일원으로서 크리미아로 향했다.

전투를 치르는 동안, 대장과 부대장이 잇달아 전사하는 불행을 당했다. 훈련과는 전혀 달랐다. 방금 전까지 웃고 있던 자가 눈 깜짝할 사이에 아무 말도 할 수 없는 고깃덩어리가 된다. 천하의 길버트도,

—이것이 전쟁인가?

라고 전율하기는 했다. 그렇다고 해서 도망치는 일 따위는 결코 생각하지 않았다. 본국의 명령이니까, 라는 이유는 당연한 것. 오스만 백성은 그들을 보면 환희했고, 눈물을 흘리며 도움을 청했다. 이것을 못 본 척하는 것은 기사도에 어긋난다.

전시라는 점도 작용해, 길버트는 승진해서 대장에 취임했고, 거기에 걸맞게끔 계급도 대위가 되었다. 그렇기는 해도, 부대를 지휘해 본 적도 없는 젊은 애송이다. 본국도 제13용기병대는 이제 제대로 된 활약을 할 수 있을 거라고는 생각하지 않았던 모양이다.

그러나, 길버트는 그 예상을 뒤엎고 각지의 전장에서 러시아군을 격파했고, 적과 아군으로부터 전설상의 용의 이름,

—와이번.

이라 불리는 팔면육비(八面六臂. 여덟 개의 얼굴과 여섯 개의 팔. 사방에서 오

는 적에게 날쌔게 대응할 수 있다는 뜻)의 활약을 보인 것이다.

*

개전으로부터 2년 후, 크리미아 전쟁은 승자 부재인 채로 파리에서 종전 조약이 체결되었다. 길버트가 본국으로 돌아갔을 때는 23세. 레일라와 결혼한 것은 그 직후의 일이다.

레일라는 두 살 연하. 고향 요크셔의 대농원주의 6녀로, 길버트와는 소꿉친구라고도 할 수 있는 사이였다.

남자라면 누구나 한번은 무술에 흥미를 느끼는 건지도 모른다. 길버트가 혼자서 단련할 때도 몰려드는 것은 남자들뿐. 그러나 레일라는 불쑥 모습을 보이더니, 질리지도 않고 한나절 이상 구경하는 일이 흔했다. 게다가 어째서인지 생글생글 웃으며 기뻐하는 것 같았다. 어느 날 길버트가 땀을 닦으면서,

"뭐가 재미있어?"

라고, 물어본 적이 있다.

"언젠가 대단한 기사가 되겠구나, 하고. 그 과정을 지켜보고 있다는 게 굉장하지 않아?"

레일라는 천진하게 말했다. 기사 집안의 청년들이 여럿이 몰려다니며 농민 한 사람을 괴롭히던 때가 있었다. 그때 11세의 길버트가 지나가다가 보고, 겁먹지도 않고 말렸다. 길버트의 강함이 알려지기 시작

하긴 했으나, 그래봤자 어린아이라고 만만히 본 것이겠지. 실은 모두가 길버트를 추어올리니 질투심을 품고 있었던 것인지도 모른다. 청년들은 트집을 잡아 길버트를 손봐주려고 했다. 그러나 길버트는 눈 깜짝할 사이에 청년들을 때려눕히고,

 - 부끄러운 줄 알아. 그러면서 기사 가문의 아들인가?

라고 일갈하고 다친 농민을 업고 집까지 데려갔다.

"그거, 우리 오빠야."

"그랬나?"

들을 때까지 알아차리지 못했었고, 당연한 일이라서 기억에서 사라졌었다. 이것이 레일라와 처음으로 오래 대화한 때였다. 그 이후로 왠지 친해졌고, 입대하고 런던으로 옮기고 나서도 계속 편지를 주고받았다.

처음에 아버지는 못마땅해했다. 그에게는 귀족이나 기사의 딸을 붙여주려고 생각했던 모양이다. 그러나 길버트는 고집스럽게 레일라와 결혼하겠다고 말했다. 이 정도까지 주장하는 것은 처음 있는 일. 이미 길버트의 이름은 알려지기 시작해서 아버지도 끝내는 내키지 않아 하면서도 받아들여 줬다.

레일라와의 사이에서는 2남 2녀를 얻었다. 가족 사이는 매우 화목했고, 아이가 귀여워서 어쩔 줄을 몰랐다. 장남, 차남은 일찍부터 아버지 같은 기사가 되고 싶다고 말해줬고, 그 위의 딸은 아빠랑 결혼하고 싶다며 불가능한 일을 조른다. 용기병대의 부하들로부터는,

 - 천하의 와이번이 자식들한테는 팔불출이었을 줄이야.

라고, 놀림당하는 일도 종종 있었다.

길버트에게 다시 출진 명령이 떨어진 것은 29세 때의 일. 행선지는 신대륙 아메리카였다. 그 전해부터 아메리카에서는 남북으로 갈라져 내전이 일어났다. 양쪽의 주장은 여러 가지 면에서 엇갈렸다. 그러나 가장 대표적인 것은, 북부는 노예해방을, 남부는 노예제 유지를 내걸고 있다는 것이겠지. 북부는 공업이 급속하게 발전해서 노예는 이미 필요 없었고, 반면에 남부는 드넓은 농장을 운영하기 위해 노예가 필요했다.

거기에서 생산되는 작물의 최대 수입처가 잉글랜드 왕국인 것이다. 잉글랜드로서는 남부가 이기길 바랐다. 그렇기는 해도 세계적인 추세는 노예해방 쪽으로 흐르고 있어, 표면적으로 당당하게 원군을 보낼 수는 없었다. 그래서 비밀리에 소부대를 파견해 군사고문으로서 남군을 지원함과 동시에, 전황을 그때그때 즉각 본국에 알리도록 했다. 그 임무에 길버트가 선택되었다는 것이다.

"아빠는 나쁜 놈을 무찌르러 가는 거지?"

어디로 가는지는 말할 수 없다. 그러나 당연하다는 듯이 아이들은 눈을 빛냈다. 레일라가 난처한 얼굴을 한다. 길버트가 내심 노예제도를 반대한다는 것을 알고 있기 때문이다.

"그래."

길버트는 조용히 대답하고, 아이들의 머리를 차례대로 쓰다듬어주었다.

1862년 2월, 길버트와 용기병대에서 선발된 50명이 아메리카 땅에 도착했다. 잉글랜드의 군복도 입지 못하는 은밀한 원군이었다. 크리미아의 영웅과 만나, 약소부대가 부디 그리로 와달라고 청했다고 하는데,

 - 최전선에서 싸우는 우리야말로 필요하지.

라고 강하게 요청한 부대가 있어, 그쪽으로 합류하게 되었다.

장군의 이름은 토마스 잭슨 준장. 남북전쟁 개시부터 장병 지도를 맡았고, 그 후에 일군을 이끌고 싸우게 된다. 마나사스 전투(미국 남북전쟁 중 제1차 마나사스 전투와 제2차 불런 전투를 통칭하는 명칭)에서는 열세였음에도 맹공을 몇 번이나 물리치고 이윽고 적을 전부 무너뜨리기까지 한 일로,

 - 스톤월(돌벽) 잭슨.

이라는 별명으로 불리는 맹장이다. 견고한 수비로도 정평이 나 있지만, 그 이상으로 특필할 만한 점은 그 기동력이다. 숫자로는 불리한 남군을 지탱하고자, 고속으로 이동해서 모든 주요 전역에서 싸우고 있다. 어지간히 통제가 잘 되지 않으면 가능할 리가 없다. 아마도 엄격한 남자일 것이라고 상상했던 만큼, 막상 만나본 길버트는 매우 놀랐다.

"콜맨 님, 와주셨는가!"

본영으로 향하는 도중, 모여 있는 병사들 중에서 누군가가 말을 걸어온 것이다. 나중에 들었는데, 잭슨은 병사들과 함께 식사하는 것이

일상이라고 한다.

잭슨은 키도 결코 큰 편은 아니었다. 솔직하게 말하자면, 작은 남자 부류다. 턱수염은 잔뜩 길렀으나, 쌍꺼풀진 눈은 귀엽고, 약간 벗겨지기 시작한 머리가 애교 있는 인상을 더한다. 군복도 숯검정이었고, 이 사람이 장군이라고 가르쳐주지 않으면 절대로 알아차리지 못할 것이다.

"배 여행길은 힘드셨겠지. 곤란한 일이 있으면 뭐든지 말해주시게. 사실 다 대응할 수 있을지는 모르지만."

어깨를 두드리며 껄껄 웃는 잭슨에게, 길버트는 한눈에 반했다.

잭슨의 용병은 듣던 것 그 이상이었다. 3월, 남군이 모든 전장에서 밀리고 있는 것을 알고는, 컨스타운으로 진출해서 북군의 수도 워싱턴을 위협하는 움직임을 보였다. 이로 인해 북군이 병력을 집결하자 곧바로 철수. 그 결과, 각지의 남군이 살아남을 수 있게 되었다.

5월 초순에는 맥도웰 전투에서, 하순에는 프론트 로열 전투, 윈체스터 전투에서 북군을 격파.

6월에는 북군이 원군을 보내지만, 크로스키즈 전투, 포트리퍼블릭 전투에서 이틀 연속으로 격파해 북군을 몰아냈다.

이것들을 묶어서 밸리 캠페인이라 부르게 되는데, 잭슨은 1만 7천의 군을 이끌고 48일 동안에 그야말로 646마일(1,039킬로미터)을 질주하며 다섯 번의 큰 전투에서 승리를 거뒀다. 물리친 북군의 합계는 놀랍게도 6만을 넘는다. 남군의 사기는 잭슨의 승리로 유지된다고 할 정도였다. 그동안에 길버트도 잭슨과 함께 움직였다. 군사고문으로 파견되었지만, 아무것도 가르칠 것이 없다. 오히려 배움의 연속이었다. 길버트는 요소에서 용기병을 이끌고 북군을 무찔렀다. 잭슨에는 비교할 바가 아니지만, 그 숫자는 천은 족히 넘을 것이다. 그때마다 잭슨은,

"역시 진짜 기사는 달라."

라며 한껏 칭찬해 줬다.

"당신이 훨씬 더 기사다워."

그런 허물없는 말투로 이야기할 수 있을 정도로 두 사람의 관계는 가까워졌다.

"설마. 나에게는 그런 기품이 없다."

잭슨의 아버지는 변호사였지만 어릴 때 사망했다. 그 후 얼마 안 있어 어머니도 돌아가셔서 상당히 고생한 모양이다. 그래서 병사들의 마음을 이해하는 것이겠지. 누구보다도 열심히 일하고, 때로는 식사하다가 입에 음식을 넣은 채로 잠드는 일도 있었다.

그 후로도 또한 싸움이 이어졌다. 비버 댐 크릭 전투에서는 강행군으로 내달려 간신히 북군을 후퇴시켰으나, 그때부터 잭슨군은 사기가 떨어지기 시작했다. 무리도 아니다. 남군은 곤란할 때는 잭슨을 부르면 된다는 듯이 각지에서 불러댔고, 군의 피로는 극한을 맞이하고 있었다.

제2차 불런 전투에서는 측면 기습을 감행하여 승리. 이어지는 앤티

텀 전투에서는 큰 손해를 입고 패퇴. 프레드릭스버그 전투에서는 대승리. 일진일퇴의 공방이었다.

다쳐도, 병에 걸려도, 잭슨은 계속 진두에 섰다. 둘이서 모닥불을 둘러싸고 있을 때,

"왜 그렇게까지 하는 건가?"

라고, 길버트는 물어본 적이 있었다. 쓴 커피를 홀짝이며 대답한 잭슨의 말은 의외의 것이었다.

"이 싸움, 언젠가는 패하겠지."

"진심으로 말하는 건가?"

"그래. 사람도 총알도 부족해. 무엇보다 군량이 부족하다. 이길 수 있을 리가 없어."

"그럼, 이런 싸움을 계속해 봤자…."

의미가 없다. 그렇게 말할 뻔한 것을 길버트는 도로 삼켰다.

"글쎄. 그렇다고 해서 대화로는 해결되지 않았다. 사람은 그 정도로 어리석다는 것만은 분명해. 게다가… 몇 명이나 제자들을 내보냈다. 나만 출전하지 않을 수는 없어."

잭슨은 군사교관으로 수백 명의 사관을 배출했다. 그 대부분이 이미 이 세상에 없다고 한다.

"당신은 정말로 노예를…."

노예제도를 유지하고 싶은 건가? 어째서 그런 의문을 품기에 이르렀나 하면, 잭슨을 둘러싼 일화가 그럴듯하게 퍼져 있는 것이다.

잭슨이 일곱 살 무렵, 어머니가 사망하여 버지니아에서 농장을 경영하던 숙부가 그를 거둬줬다. 이 무렵 잭슨은 농장의 흑인 노예에게 글을 가르쳐줬다고 한다. 노예에게 글을 가르치는 것은 버지니아주법으로 금지된 것임에도 불구하고 말이다.

"좋은 놈들이라서. 장작을 나눠줬으니까, 뭔가 보답하고 싶다고 말했을 때 부탁받았다."

"역시."

"적어도 나는 그래. 그러나 세상은 그리 단순하지 않아. 노예제도가 사라지면 농장은 굴러가지 않고, 목을 매는 수밖에 없는 자도 잔뜩이다. 나는 내 신념을 관철하지 못한 것뿐이다."

잭슨은 자조적으로 웃으며 말을 이었다.

"그래서 더욱 신념을 관철하는 기사를 동경한 건지도."

"기사 같은 건."

확실히 그는 기사답게 행동하라는 말을 들으며 자랐고, 그것을 지키려고 했다. 그러나, 이미 현실에서는 사라지고 껍데기만 남았다고 봐도 될 것이다. 기사들 중에도 사악한 자도 있고, 서민 출신이라도 훌륭한 사람도 있다. 눈앞의 잭슨처럼.

"본국에 전해라. 남군은 앞으로 1, 2년 안에 패한다고."

"알고 있었나…?"

"역시."

잭슨은 숨을 휴, 내쉬었다. 잉글랜드가 진심으로 남군을 지원할 생각이었다면, 평판을 신경 쓰지 않고 대군을 파견했을 것이다. 전황을 지켜보는 것이 제일 큰 역할이라는 것을 알고 있던 모양이다.
"당신은 어떻게 할 거야?"
"새로운 세상에 내가 있을 장소는 없어."
잭슨은 리볼버 한 자루를 꺼내어 안쪽을 보여줬다. 딱 한 발만 총알이 들어 있다. 남군이 패하면, 북군을 가장 괴롭힌 잭슨의 목숨은 없다. 사형을 면한다고 해도, 암살당하리라 예측했다. 그렇다면 그 전에, 자기 손으로. 그렇게 생각하는 모양이다. 길버트는 필사적으로 쥐어짜 내려고 했지만 말이 나오지 않았다.
"지금까지 함께 싸워줘서 고맙다. 내일부터도 부탁한다."
잭슨은 남은 커피를 다 마시더니, 망연자실해하는 길버트의 어깨를 가볍게 두드리고는 숙사로 돌아갔다.

길버트는 본국에서 온 서신을 보고 자기 눈을 의심했다. 무슨 착오가 있는 것 아닌지 문의해 봤으나, 착오가 아니라고 한다. 군법회의에 회부되고 싶지 않으면 따르라, 안 그러면 곤란해지는 것은 가족이 아닌가? 그런 협박까지도 덧붙여 있을 정도였다.
1863년 봄, 북군이 대거 밀어닥쳤다. 그 숫자는 가히 11만. 열세 중에 잭슨은 도박이라고도 할 만한 전술을 상관에게 제안했다. 1만 8천으로만 반격하고, 잭슨이 2만 8천을 이끌고 크게 우회해서 북군의 좌익을 찌른다는 것이다. 이 전술은 근사하게 적중하여, 북군은 큰 혼란에 빠졌다. 길버트도 10의 병사를 쏘았고, 30을 넘는 병사를 베었다.

결과, 남군의 대승리였다. 그러나 이쪽의 피해도 상당한 것으로, 이미 전쟁을 계속하는 것은 어려워지고 있다는 것은 명백했다.

"두 팀으로 나눈다. 본대는 이대로 본영을 향하라. 나와 사관은 정찰한다."

본영으로의 복귀. 잭슨은 명했다. 잭슨의 측근 30명, 그리고 길버트와 여기까지 살아남은 용기병 30명만으로 숲으로 들어간다.

"5일 후로군."

잭슨이 느닷없이 말했다. 본국에서의 지령 중 하나는,

- 5월 15일을 기해 본국으로 귀환할 것.

이라는 것이었다. 잉글랜드는 남부 아메리카를 완전히 버린 것이었다. 그것은 이미 전한 일이었다.

"시간이 없다."

잭슨은 더욱 말했다. 전부 간파하고 있다. 길버트의 가슴이 격하게 고동친다. 본국에서 온 지령은 또 한 가지가 있었다. 이제부터 잉글랜드는 북부 아메리카와 친교를 다진다. 그 일환으로서 선물을 준비하려고 한다. 길버트는 아랫입술을 깨물었다.

"못 해…."

"해라."

"뭐가 기사야…."

"자기가 지켜야 할 것을 지킨다. 그것이 기사라고 생각했다만."

"안 된다. 역시 - "

길버트가 말하려던 때, 잭슨은 소리높여 외쳤다.

"영국은 우리를 배신했다! 여기에서 해치운다!"

남군 병사가 일제히 길버트 쪽으로 총구를 향하고, 용기병대는 격하게 동요했다.

"따를 생각은 없었다! 비록 벌을 받게 된다고 해도!"

길버트는 필사적으로 변명했다. 본국으로부터의 또 한 가지 지령. 그것은,

- 스톤월 잭슨을 해치워라.

라는 것이었다. 이 남군 영웅의 목을 가져가 북군과 화해하려고 한다. 소름 끼치는 계획이다.

"대장님! 어떻게 된 일입니까?"

"명령을!"

자기 부하들은 아무것도 모르고 비장한 목소리를 냈다. 반면에 잭슨의 부하는 사정을 이미 들었는지 차분했다.

"길버트! 각오를 해!"

잭슨이 날카롭게 포효했을 때, 길버트 속에서 뭔가가 폭발했다.

"항전! 싸워라!"

용기병대의 총이 불을 뿜었다. 그러나 잭슨의 부하의 총에서는 단 한 발의 총알도 발사되지 않았다. 총알이 들어 있지 않았던 것이다.

"어째서…?"

몇 분 후 길버트는 피바다에 잠긴 잭슨의 손을 잡고 있었다. 온몸에 총알을 맞고, 왼손은 사벨의 일격에 잘려나갔다.

"아군의 오인사격으로… 처리되도록 해뒀다…. 빨리 이 땅을 벗어나라…."

잭슨은 입가에 피를 흘리면서도 말을 이었다.

"어차피 죽을 생각이었다…, 이것으로 됐어."

"이제 나는… 돌아갈 수 없어…."

길버트는 신음하는 것처럼 겨우 말했다. 명령을 따랐을 때, 길버트 속에서 뭔가가 무너졌다. 레일라도, 아이들도, 볼 면목이 없다. 돌아가 봤자 분명 나는 얼마 못 가서 스스로 죽음을 택하겠지.

"잃어버렸다면 되찾아."

잭슨의 목소리는 떨리지 않았다. 허리에 손을 뻗어 권총을 쥔다.

M1861 쉐리프스. 콜트사의 최신 퍼커션식 권총이다. S&W사가 이미 더 다루기 쉬운 금속 약협을 개발했으나, 특허 때문에 콜트사는 쓸 수 없었다. 그러나 얼마 안 가서 그 특허권이 끝나 콜트사도 금속 약협을 채용하기로 했다. 즉, 이 권총은 최신이면서 최후의 퍼커션식이 된다고 한다. 잭슨은 시대의 경계선에 서 있다는 것을 확인하는 것처럼 작년부터 이 권총을 애용했었다.

"새로운 시대를… 너라면 할 수 있어."

라며 덧없이 웃는다. 적어도 편하게 해줘야 한다. 알고 있다. 길버트는 방아쇠에 손가락을 걸고, 야수처럼 몇 번이나 으르렁거렸다. 그러나 도저히 당길 수가 없었다.

"대장님… 이제…."

부하가 가만히 손을 만졌다. 이미 잭슨은 숨을 쉬지 않았다. 그 얼굴은 어째서인지 평온했다.

하늘에서 물방울이 툭 떨어졌다. 마치 죽음을 애도하는 것처럼 쏟아지기 시작하더니, 순식간에 소나기로 변한다. 그 속에서 길버트는 하늘을 우러러보며 그저 통곡했다.

*

길버트는 빈 껍질처럼 되어 죽을 장소를 찾아 헤맸다.

어딘가 전장은 없는지 본국에 문의해 본 결과, 딱 한 곳 있었다. 멀리 동방의 이름조차 몰랐던 나라다. 부하들은 본국으로 귀국시키고, 길버트는 혼자서 그 땅으로 향했다.

어디든 마찬가지인 모양이다. 이 나라에서도 내란이 일어났다. 길버트는 '사쓰마'라고 하는, 정부에 거역하는 세력의 군사고문으로 파견되었다. 그러나 이 내란에서도 죽지 못했다.

본국이 요코하마 땅에서 군사들을 퇴각시켰을 때, 길버트는 이 나라에 남기로 했다. 본국에서는 레일라와 아이들로부터 편지가 왔지만,

－아직 해야 할 일이 있어.

라고 늘 얼버무리는 답변을 보냈다.

길버트는 바다를 보고 있었다. 잭슨의 권총 쉐리프스를 손에 들고. 자기 턱에 총구를 댔을 때, 한 척의 군함이 눈앞을 가로질러 갔다.

"아아…."

길버트의 뺨에 한줄기 눈물이 흐른다. 배 가장자리에 글자가 있다. 깎아내서 지우려고 했던 건지, 흐릿해진 상태지만,

　─ Stonewall,

이라고, 분명히 읽을 수 있었다. 길버트는 항구까지 달려가 배의 내력을 물었다. 남군은 프랑스에서 이 군함을 사들여, 죽은 영웅의 이름을 붙였다. 종전 후 시간이 흐른 뒤에 이 나라가 사 왔다고 한다. 이 나라에서의 이름은 아즈마(東). 아즈마함이라고 불린다고 했다.

이것은 우연일까? 아니, 잭슨이 말리러 온 것이다. 그날, 그 시간의,

　─ 잃어버렸다면 되찾아.

라는 목소리가 파도 소리 사이로 되살아났다.

본국에서 급보를 알리는 편지가 온 것은 그 직후의 일. 이 나라에서도 만연하고 있지만, 잉글랜드에서도 콜레라가 맹위를 떨친다고 한다. 노부모는 콜레라로 죽었다. 처자식은 간신히 무사하긴 하나, 고향 요크셔에서는 처참한 광경이 펼쳐졌고, 물가의 폭등으로 굶어 죽는 자도 생긴다고 한다. 무슨 일이 있었던 건지는 알아. 그러나, 부탁이니까 돌아와줘. 레일라의 절실한 부탁이 적혀 있었다.

　─ 조금만 기다려줘. 한 달 후에 출발할게.

길버트가 그렇게 답장을 보낸 것은, 세상에 유포된 어느 기묘한 신문을 봤기 때문이다. 이거라면 모두를 구할 수 있다. 잭슨이라도 분명 그렇게 했을 것이다. 길버트는 낡은 군복을 서랍에서 꺼내, 과거 이 나라의 수도였던 곳으로 향했다.

고유에서 1박한 슈지로 일행은 시라스카 역참을 지나쳐 아라이 역참으로 향하고 있었다. 거기서부터는 시쿠라와 만나기로 한 장소인 하마마쓰 역참은 금방이다.

이 근처의 길은 바다가 가깝다. 파도가 때리고 간 거뭇거뭇한 바위 밭이 오른쪽에 펼쳐졌고, 때로는 바람에 실려 포말이 뺨에 닿을 정도다.

고유의 소나무 가로수에서 습격을 당한 이후로는 한 번도 적이 습격해 오지 않았다. 어쩌면 흑패를 노리는 자는 전체 중 반 정도인지도 모른다.

정말 자기 실력에 자신이 있는 자라면, 굳이 흑패를 노리지 않아도 마주치는 자들을 모조리 베면서 가면 된다. 그런 의미에서는 하나의 고비를 넘은 건지도 모르겠다. 그렇기는 해도 있는 위치가 알려지는 것은 상당히 불리하다고 느꼈다.

"좀 더 있었으면 하는디."

현재 소나무 가로수에서 얻은 2점을 더해, 네 명의 보유 점수는 55점. 하마마쓰는 문제없이 통과할 수 있지만, 역시 시마다 통과를 위한 합계 60점에는 부족하다. 게다가, 신지로가 가진 19점은 시마다까지는 나눌 수 없는 것이다. 그만큼 여분의 점수가 필요해진다. 다음에도 제일 뒤가 되어 신지로 이외의 누군가가 흑패를 갖게 되지 않도록, 이른 단계에서 채워두고 단숨에 진행하고 싶다.

"여기까지 온 놈이라면 보통은 10점 가까이 갖고 있을 것이구먼. 한 명이라도 괜찮은디…."

교진은 가벼운 말투지만, 날카로운 안광으로 주위를 살피고 있다. 흑패를 갖게 된 이후로 계속 이런 상태다. 아무리 달인이라고는 해도 소모는 한다. 그것은 슈지로도 마찬가지. 역시 흑패는 가질 게 못 된다.

이러니저러니 하는 동안에 바위 밭이 끝나고, 대신에 하얀 백사장이 나타났다. 바위 밭에서는 들리지 않았던, 파도가 우는 소리가 귓가에 기분 좋게 전해진다.

"어이, 저거."

교진이 낮게 말했다. 아까부터 백사장에 사람의 형체는 있었지만, 콩알보다 작게 보였기 때문에 상태는 알 수 없었다. 그러나 가까이 가면서 깨달았다. 수상한 분위기다.

숫자는 5명. 3대 2의 구도인가? 아니, 아무래도 그리 단순한 일이 아닌 것 같다. 이미 한 명이 다친 것 같고, 피를 흘리는 팔을 누르며 웅크리고 있다.

"저것은….."

신지로가 앗, 하고 목소리를 냈다.

"그려, 사카마키 덴나이구먼."

교진은 대답했다. 3인조 중에, 후지카와 앞에서 습격해 왔던, 전 시바타번사인 지키신카게류(直心影流) 사용자가 있었던 것이다. 이미 죽었거나, 아니면 서로 사이가 틀어진 건지, 같이 도주했던 호조인류(寶藏院流) 창잡이 엔슌은 없다.

"무리 짓는 것을 좋아하는 모양이군."

슈지로는 쓴웃음 지었다. 사카마키 덴나이는 벌써 새롭게 패거리를 만든 모양이다. 배신하고 배신당하는 고독에서는 드문 일은 아닐 테지.

"슈지로 씨, 저 사람…."

후타바가 부른 이유는, 집단 속에 한 명, 특징적인 남자가 섞여 있었기 때문일 것이다. 한 명의 긴 머리가 약간 빛바랜 금색으로 빛나고 있었다. 빛의 가감 때문에 그렇게 보이는 건가 했는데, 아니다.

"덴류지에서 봤다."

비교적 가까이에 있던 서양인이다. 도쿄에서는 양복 차림의 관인을 때때로 본 적이 있다. 저것은 확실히 프록코트라 불리는 것이다. 일본인이라도 다림질을 해서 주름 하나 없는 것을 입는데, 지금 서양인이 입은 것은 아무래도 낡은 것 같고, 천이 해진 것처럼 보였다.

 허리에는 두 개의 무기. 하나는 검. 요즘 경관이 차고 다니는 사벨이라는 것이다. 또 하나는 도끼. 두 손으로 잡는 큰도끼가 아니라, 작은 손도끼였다.

 "분명 시쿠라가 말했던 남자다."

 달인의 정보를 서로 말할 때, 시쿠라가 이야기했던 남자 중 한 명. 키가 6척이 넘고, 군복을 입었다는 점, 무기도 부합한다. 만약 그렇다면 놀랄 만한 완력의 소유자라고 했던 그 자인 것 같다.

 3인조는 이미 칼을 뽑아 들었고, 서양인은 검도, 도끼도 손에는 들지 않았다. 부상자를 막아서고 있는 것 같은 모습이었다.

 "이대로 간다."

 슈지로는 빠져나갈 수 있다고 확신했다. 곧 우리가 있는 것을 알아차리겠지. 저 장소는 고착 상태였고, 이쪽에 신경 쓸 여유는 없어 보인다.

 집단 속에서 제일 먼저 서양인이 그들이 있는 것을 알아차렸고, 슈지로와 시선이 마주쳤다. 그러나 힐끗 한번 볼 뿐, 곧바로 대치를 계속 이어갔다.

 "다시 한번 말한다. 물러나라."

 서양인이 말하는 것이 들렸다. 일본어를 할 줄 아는 모양이다. 발음에도 위화감은 없다.

"네놈은 관계없잖아!"

3인조 중 젊고 마른 남자가 외쳤다.

"그럴지도. 내 사정이다."

놀랐다. 발음이 이상하지 않은 정도가 아니라, 매우 유창하다. 상당히 오랫동안 일본에 체재한 것일까?

"엄청 잘한다…."

"응. 그러네."

적당히 맞장구를 쳐버렸다. 이미 슈지로는 다른 일에 정신을 빼앗겼다.

과연 서양인은 살아남을 수 있을까? 라는 것이다. 3대 2라고는 해도, 서양인 쪽에 부상자가 있는 모양으로, 실제로는 3대 1이다.

"끼어들지 마라."

서양인이 약간 고개를 돌렸다. 윤곽이 뚜렷한 얼굴이었고, 눈동자는 하늘을 모은 것처럼 파랬다. 입 주위에 수염이 자랐고, 그것도 또한 햇빛을 받아 금색으로 빛났다.

사카마키는 우리를 습격했던 자다. 서양인은 그것을 모르겠지만 애초에 이쪽은 도울 생각 따위 없다.

"오랑캐 놈. 건방지게."

아까와는 다른 남자. 이쪽은 전통 복식 정장 차림. 칼을 몸 가까이 끌어당기면서 어금니를 맞부딪치는 것 같은 소리를 내며 말했다.

"이 나라는 문명개화를 주장하고 있는 것 아니었나?"

서양인은 정갈한 볼을 움직여 웃었다. 슈지로의 다리는 멈췄고, 후타바도 돌아가는 상황을 지켜본다.

"할까?"

교진이 옆으로 와서 속삭였다. 어느 쪽이 이기든,

- 남은 쪽을 처치하고 목패를 빼앗는다.

라는 뜻이다. 교진의 시선은 서양인을 향해 있고, 어째서인지 그 눈에 분노 같은 것이 스며 나오는 것 같은 느낌이 들었다.

"이미 목패를 빼앗았다면, 죽일 필요는 없을 텐데."

서양인은 엄지를 세워 뒤에 있는 부상자를 가리켰다.

"안 내놓으니까 이러고 있는 거다. 게다가 살려뒀다가는 다시 빼앗으러 올지도 모른다."

그렇게 낮은 목소리로 대답한 것은 사카마키 덴나이였다.

"농락하다가 죽이는 것을 못 본 척할 수는 없다."

서양인은 역시 막힘없는 일본어를 구사했다.

"네놈, 아직 모르는 건가? 이건 죽느냐 죽이느냐다."

사카마키는 코웃음 쳤다. 이 남자는 꽤 실력이 있다. 다른 두 사람도 제3관문인 지류를 돌파하고 곧 제4관문인 하마마쓰에 도착하려는 자들. 자세부터 상당한 실력자라는 것을 알 수 있었다.

"Never too late."

"뭐야…?"

익숙하지 않은 말에 남자들은 일제히 눈살을 찌푸렸다.

"자기를 되찾는 것 말이다."

서양인은 천천히 허리에 찬 사벨을 뽑았다. 살기가 터질 듯이 차오른다.

"뭔 영문 모를 소리를!"

사카마키의 포효와 함께 세 명이 일제히 덤벼들었다.

비유가 아니라, 돌풍이 분 것처럼 사벨이 윙윙거렸다. 마른 남자의 팔이 허공으로 날아가고 절규가 백사장에 울린다. 다음 순간, 서양인은 몸을 돌려 동체를 베어버렸다. 이것은 회오리바람처럼 전통 정장 남자의 동체 반 정도 깊이까지 도달하는 엄청난 일격이었다.

사카마키가 찌르기를 내질렀다. 서양인의 검은 두 명째의 동체에 박힌 채. 당하나? 생각했을 때, 서양인은 적의 몸에 파고든 사벨을 포기하고, 허리에서 재빨리 손도끼를 꺼내어 휘둘렀다.

"젠장!"

사카마키는 맹공을 더했지만, 서양인은 칼보다도 짧은 손도끼로 교묘하게 쳐낸다. 파도 사이로 높은 소리가 한동안 울렸다. 그러나 서양인은 손도끼로 칼을 휘감아 날려버렸다.

"앗-."

그 순간, 사카마키가 칼을 눈으로 좇았다. 그 잠깐의 빈틈을 노려, 서양인은 오른손으로 사카마키의 멱살을 움켜쥐었다.

슈지로는 눈을 크게 떴다. 후타바도 입에 손을 대고 놀란다. 서양인은 한 손으로 사카마키를 허공으로 높이 들어 올린 것이었다. 놀랄 만한 완력이다.

그때, 팔이 잘려 나간 마른 남자가 괴상한 소리를 지르며 덤벼들었다. 서양인은 손도끼를 호쾌하게 휘둘렀다. 여전히 사카마키를 들어 올린 채였다. 마른 남자의 목에서 부글부글 핏방울이 떠오르더니, 금방 폭포처럼 쏟아졌다.

"놔, 놔라-."

사카마키는 발을 격렬하게 움직이며 두 손으로 서양인의 손을 떼어 내려고 했다.

"OK."

서양인은 메마른 목소리로 말했다. 옷 위로 봐도 팔의 근육이 약동하는 것을 알 수 있었고, 섬광 같은 속도로 사카마키를 머리부터 땅에 내동댕이쳤다. 부드러운 모래밭임에도 불구하고, 목이 부러지는 이상한 소리가 여기까지 들렸다.

"저 녀석은 정체가 뭐야…?"

슈지로는 자기도 모르게 말을 흘렸다. 심상치 않은 괴력. 손도끼를 뽑아 든 속도. 그리고 탁월한 무예의 기술도 갖췄다. 사카마키 패거리도 결코 약하지 않았으나, 눈 깜짝할 사이에 유린해버렸다.

"You want to try?"

서양인은 손바닥을 하늘을 향해 이쪽으로 내밀고, 손가락을 움직여 부르는 것 같은 동작을 했다. 왠지 영어라는 걸 알겠다. 분명 내용은,

-싸울 텐가?

라는 것이겠지.

"슈지로 씨, 넘어가면 안 돼."

후타바가 필사적으로 말린다. 확실히 처음에는 싸울 생각은 없었다. 그러나 슈지로는 생각을 바꿨다.

"여기에서 점수를 벌면 시마다를 빠져나갈 수 있다."

곧 제4관문인 하마마쓰라는 것을 생각해 보면, 50점이 있다 해도 이상할 것 없다. 그것을 전부 빼앗으면, 시마다는 물론이고, 제6관문인 하코네까지 네 명이 돌파할 수 있게 되는 것이다.

"내가 한다."

또 생각이 일치한 건가? 교진은 바닷바람에 흔들리는 머리카락을 쓸어올리며 낮게 말했다.

"둘이서 덤빌 건가?"

서양인은 이번에는 일본어로 도발했다. 우선 이 말만으로도 서양인이 달인이라는 것을 알 수 있다. 이쪽에서 경계할 만한 자는 슈지로와 교진이라는 걸 간파한 것이다.

"아니, 혼자서 충분하다."

"슈지로 씨!"

후타바는 소맷자락을 잡아당겼으나, 슈지로는 고개를 저었다. 별로 정정당당하게 싸우고 싶다는 뜻은 아니다. 둘이 덤벼서 싸울 때 다른 자에게 습격당하면 후타바와 신지로가 위험하다. 예를 들면 그 언월도잡이인 아키쓰 가에데 정도의 실력을 갖춘 적이라면, 10초도 못 버티고 두 사람 다 죽어버리겠지.

"너는 어느 쪽인가 하면, 상성이 좋지 않은 부류겠지."

슈지로는 진지한 얼굴로 말했다. 진심이다. 교진은 결코 힘이 센 것은 아니다. 더욱이 암기로 농락하는 것이 특기지만 저 남자는 건장한 체격이다. 두세 발 맞을 작정으로 돌진해 오면, 교진은 상당히 고전하게 된다.

"그래도…."

교진은 그것을 이해하면서도 물러서려고 하지 않는다. 냉정한 이 남자답지 않다.

"승산이 있는 쪽이 해야 한다. 나다."

슈지로는 바닷바람에 녹아드는 것처럼 중얼거렸다. 서양인의 일격은 보통 아니게 묵직했었다. 그러나 맞지 않으면 상관없다. 공격을 전부 다 피하고 해치우려면, 무곡과 북진을 구사하는 슈지로 쪽이 낫다. 혀를 차긴 했으나 그제야 교진도 물러섰다.

"슈지로 씨…."

"언젠가는 해야 한다. 기다리고 있어."

슈지로는 달래는 듯이 후타바에게 말하고는, 서양인을 향해 걸음을 옮겼다. 그 사이, 서양인은 부상자에게 뭔가 이야기하고 허리의 가죽 주머니에서 흰 천을 꺼내 건네주고 있다.

"왔나?"

파란 눈이 이쪽을 보고 거만하게 웃었다. 거리는 8간 정도다.

"그래. 뭘 하고 있었지?"
"3대 1로 농락당하고 있기에 도우러 뛰어들었다."
"게다가 부상자를 치료까지 해주다니… 호인이로군."
"그저 돈을 얻는 것만으로는 의미가 없어."
마치 자기 자신에게 말하는 듯한 말투였다.
"정정당당한 게 좋다고?"
"그런 거다."
이 남자에게도 뭔가 깊은 사연이 있다는 것이 느껴졌다. 그러나 그것은 나도 마찬가지다. 후추에서 괴로워하는 아내와 아이를,
– 무슨 짓을 해서라도 구한다.
라고, 마음속에 맹세했다.
"슈지로 씨, 그 사람 좋은 사람이야. 역시 – ."
"아가씨, 고마워. 그러나 배려는 필요 없어."
후타바가 역시 말리려고 하는 것을 보고, 서양인은 미소 지으며 말했다.
"잠시 기다려주겠나?"
"그러지."
슈지로는 고개를 끄덕였다. 서양인은 사벨과 손도끼를 겹쳐서 옆구리에 찔러넣더니, 느긋한 동작으로 허리에 찬 가죽 주머니에서 끈을 꺼내어, 길게 출렁이는 황동색 머리를 아무렇게나 묶었다.
"좋은 상대다."

서양인은 약간 입가를 허물며 웃어 보였다. 머리를 묶는 동안에 슈지로가 약속대로 아무 짓도 하지 않았기 때문이겠지. 살아 있는 말의 눈을 뽑아가는 자들뿐인 고독에서는 보기 드문 건지도 모른다. 그러나, 만약 공격했었다고 해도 해치우지 못했을 터. 단 한순간도 방심은 하지 않았다.

"이름을 물어봐도 될까?"

오른손에 사벨, 왼손에 손도끼를 다시 잡고 짧게 묻는다. 흘러내린 머리카락 탓에 야성미가 더욱 늘어나 보였다.

"사가 슈지로."

칼자루에 천천히 손을 떨어뜨리면서 대답했다.

"전 영국 육군, 제13용기병대. 길버트 카펠 콜맨."

"와라."

"그러지."

목소리와 동시, 아니, 추월하는 듯한 속도로 사벨이 눈앞으로 들이닥친다. 슈지로는 위를 보며 뒤로 쓰러지듯이 상반신을 뒤로 뺐다. 눈앞을 칼날이 지나감과 동시에, 발끝을 율동시켜 몸을 다시 세우고 발도했다. 길버트의 목에 칼날이 도달하기 직전, 손도끼가 불쑥 시야에 나타나 막아냈다.

"희한한 발놀림이로군."

사슬이 땅을 기는 것처럼 오른쪽으로 베어 올리며 사벨이 덮쳐왔다. 슈지로는 칼등으로 쳐냈지만, 이번에는 손도끼의 일격이 온다. 슈지로는 왼발로 땅을 박차더니 몸을 허공에 띄웠다. 뒤쪽으로 날아 사벨과 단검 사이를 빠져나간 것이다. 땅에 발이 닿자마자, 자잘한 공격을 내질렀다. 그러나 길버트도 손도끼를 살짝 움직여 대응하고, 때로는 사벨로 강렬한 일격을 쏟아낸다. 모래가 발에 달라붙어 뛰어올라 허공을 날았다.

— 오른쪽 비스듬히.

북진을 구사해서 적의 움직임을 미리 예측한다. 그러나 길버트의 공격은 뼈에 울릴 정도로 무겁고, 막아내도 검이 튕겨 나갈 정도였다.

슈지로는 고개를 숙이면서 몸을 돌렸다. 정수리를 손도끼가 스치는 것을 느꼈다. 동시에 내지른 발 걸기가 길버트의 무릎 뒤를 때렸다.

풍경이 천천히 흘러간다. 몸을 허공에 띄우는 길버트는, 어째서인지 한눈을 팔고 있었다. 놀란 표정을 하고 엉덩이부터 땅에 떨어진다. 슈지로가 검을 위로 쳐들었을 때, 눈 가장자리에서 이상한 것을 포착했다.

칼을 오른손에서부터 왼손으로. 빈 오른손을 협차로 이동한다. 길버트는 낙법 자세를 풀고, 앉은 채로 사벨을 선회하듯이 휘둘렀다. 슈지로는 협차를 빼더니, 곡선의 궤도 정점에 서슬이 도달했을 때, 다섯 손가락을 일제히 벌렸다.

"캬!"

목소리를 낸 것은, 길버트에게 도움받은 부상자였다. 화살처럼 날아오른 협차가 목을 관통했다. 남자가 입에 통을 대고, 이쪽을 노리고 있던 것이다.

"큭."

사벨을 간신히 막았다. 왼손만으로 견딜 수 있을 압력이 아니다. 슈지로는 재빨리 오른손을 되돌려 칼날이 맞닿은 상태가 되었다.

이쪽은 두 손. 반면에 길버트는 한 손. 게다가 엉덩방아를 찧은 자세임에도 불구하고 밀리지 않는다. 밀리기는커녕 얼굴을 찡그리며 도리어 밀어낸다. 무시무시한 힘의 소유자다.

"괴력 놈….''

신음하는 슈지로에게 길버트는 야수 같은 포효를 지르더니, 검을 튕겨내버렸다. 그 바람에 뒤로 물러난 슈지로는, 다시금 검을 몸의 중심에 두었다. 길버트도 벌떡 일어나 손도끼를 쥔 왼쪽을 앞으로 내밀어 몸의 반을 열고 자세를 잡는다.

"저 남자는 나를 노렸다."

길버트는 턱짓으로 숨이 끊어진 부상자, 아니, 입으로 부는 화살을 쓰려던 남자를 가리켰다.

"글쎄."

반사적으로 몸이 반응해서 협차로 해치우긴 했으나, 확실히 블로다트가 조준한 것은 길버트였다. 그러나 어느 쪽이든 곧바로 두 발째의 화살로 슈지로를 노렸겠지.

"나는 죽을 뻔했군."

길버트는 씁쓸한 한숨을 내쉬더니, 두 손을 쓱 내리고 뒷발로 곧추

섰다. 그와 동시에 발하던 살기가 단숨에 흩어져 사라졌다.

"뭐 하는 짓이냐?"

"졌다. 목패를 가져가라."

길버트는 검을 칼집에, 손도끼를 허리에 도로 넣었다.

"어이, 이런… 필요 없는 건가?"

"이래서는 의미가 없어."

전혀 영문을 모르겠다. 그러나 파란 눈동자는 똑바로 이쪽을 응시하고 있다.

"한 판 더… 라는 분위기는 아니로군."

슈지로도 천천히 칼집에 검을 집어넣었다. 사람은 가볍게 벨 수 있는 것이 아니다. 상대를 죽이겠다는 기를 몸에 가득 채워야 한다. 그 것이 빠져나가 버렸다.

"가져가라."

길버트는 다시 한번 말했다.

"화살이 노리는 지점은 나도 몰랐다. 너도 그래서 한눈을 팔고 있었으니까, 내 발차기를 맞은 거겠지?"

"글쎄."

길버트는 양쪽 손바닥을 하늘을 향하게 올리며 고개를 갸웃거렸다. 그 뺨에 온화한 분위기가 돌아와 있었다.

"아픔을 나누는 걸로 하면 어떤가? 목패도 똑같이 나누는 걸로."

그것으로 길버트도 납득한 모양이다. 숨을 훅 내쉬더니 고개를 끄덕였다. 둘이 나눠서 시체에서 목패를 찾는다.

슈지로는 자기가 해치운 블로 다트의 남자를 뒤졌다. 주머니가 있고 그 속에서 양 끝이 붉은색인 3점짜리 목패가 나왔다. 거기에 남자가 목에 걸고 있던 '165번'의 목패. 합쳐서 4점이다.

"Are you kidding me?"

세 명의 시체를 뒤지던 길버트가 쓴웃음 짓는다.

"왜 그래?"

"목패가 적어."

사카마키 덴나이는 목에 '202번' 목패 외에 5점을 갖고 있었다. 그러나, 다른 두 사람은 지난번에 습격해 왔던 자들과 마찬가지로 '55번'과 '280번' 목패뿐. 슈지로도 함께 찾았지만, 분명히 아무 데도 없었다.

"적어도 지류까지는 갖고 있었을 텐데…."

당연히 참가자라면 지류 역참을 돌파할 때 5점을 갖고 있었을 것이다. 고유에서 습격해 온 무리는 권총남이 목패를 맡아둔다는 명목으로, 실제로는 협박해서 그들을 부리고 있었다. 그러나 사카마키는 자기가 필요한 만큼밖에 갖고 있지 않았으니, 엄밀히 말하면 그것과는 다른 상태였다. 그렇기는 해도 두 번 연속으로 비슷한 현상이 일어났다는 것은 분명했다.

"불러도 될까?"

교진의 지혜를 빌리고 싶어, 슈지로는 물었다.

"상관없다."

길버트가 승낙해서, 슈지로는 손짓해서 모두를 불렀다.

"설마 도와준 사람을 배신할 줄이야."

교진의 얼굴은 험악했다.

"보였나? 그럼 도우러 와."

슈지로는 살짝 투정 부리는 듯이 말한다.

"말도 안 되는 소리."

길버트는 교진이 조력하러 왔다고 생각하고 공격했을 것이다. 슈지로도 또한 마찬가지다. 길버트와의 약속을 깨버려서 동요했을 테니. 그렇게 되면 또 다른 결말을 맞았을 것이라고 교진은 말했다.

"게다가 솔직하게 말하자면, 그쪽을 노리는 걸 알았으니까."

슈지로가 제1표적이었다면 움직였을지도 모르지만, 길버트라면 괜찮다고 생각했다고, 교진은 덧붙였다.

"솔직하군."

길버트는 숨을 훅 내쉰다.

"안 되나?"

교진은 내뱉는 것처럼 대답했다.

"길버트 씨는 강하네…."

후타바는 감탄한 것처럼 말한다.

"고마워."

순순히 길버트는 감사의 말을 했다. 일본인이라면 겸손하게 부정하겠지. 이런 면은 역시 문화나 풍습의 차이인지도 모르겠다.

"아까까지 싸웠었는데. 이상해."

확실히 방금 전까지 목숨을 걸고 싸우던 자와 함께 추리를 하고 있는 것이다. 후타바가 보기에는 신기하겠지.

"아이를 데리고 참가한 건가…? 빨리 도망치게 하는 게 좋아."

길버트는 걱정스럽다는 듯이 얼굴이 그늘진다.

"아니에요, 나도 참가자."

"뭐…? 아가씨가…?"

뚜렷한 쌍꺼풀을 깜빡이며, 길버트는 놀란다.

"그래. 그래서 같이 있는 거다."

슈지로는 후타바와 함께 있는 이유를 간단하게 설명했다. 길버트는 반쯤 넋이 나간 것 같았으나 전부 다 듣더니 자기 미간을 꼬집으며,

"이게 무슨 일이람…."

하고 신음하듯이 말했다.

"도쿄로 갈 생각이다."

"그런가…. 그것밖에 없겠군."

길버트는 두 번, 세 번 고개를 끄덕였다.

"길버트 씨."

"왜?"

후타바가 부르자 길버트는 되물었다. 싸우던 때의 사자 같은 모습

과는 전혀 다른, 부드러운 표정이다.

"일본어 잘하네."

"그래, 요코하마에 오래 있었으니까."

길버트는 자신을 영국 군인이라고 말했다. 영국은 삿초(薩長. 사쓰마 (지금의 가고시마 서부 지방)와 나가토(지금의 야마구치 서북부 지방)를 합쳐서 부르는 말)를 지원하고 막부를 타도하는 데 큰 영향을 끼쳤다. 무기 공급뿐만 아니라, 다수의 군사고문을 파견했다. 신정부 수립 후에도 요코하마에 주둔하며 경찰이나 군대의 설립에 협력했으나, 메이지 4년(1871년)에 대군이 주둔하는 것이 주권을 위협한다는 일본의 주장에 따라 대부분이 귀국길에 올랐다. 그때부터 주둔군은 서서히 숫자가 줄어, 3년 전인 메이지 8년(1875년) 3월 2일, 전원이 본국으로 귀환했을 터. 슈지로가 그 의문을 말하자, 길버트는,

"의외로 박식하네."

라고 늠름한 눈썹을 올렸다.

"신문에서 봤다."

"확실히 본국은 귀환을 명령했다."

"그렇다면, 어째서 당신은 남았지?"

"그 자리에서 퇴역했다. 그러나 지금은 본국으로 돌아갈 생각이다. 돈도 필요하다."

군에서 퇴역한 이유는 말하지 않았다. 그러나 길버트의 고향에서도 코로리(콜레라)가 맹위를 떨치는 모양이다. 그들을 구하기 위해 돈이

필요하다고 말했다.

"돈도… 라고? 다른 사정도 있다는 건가?"

다시금 물어보려다가 그만뒀다. 아까도 길버트는 정정당당히 싸우는 것에 집착했다. 뭔가 깊은 사연이 있는 것이겠지만, 들어봤자 소용없는 일이다.

"그쪽도 그렇겠지. 피차 마찬가지다."

고독에 참가한 이상, 모두에게 뭔가 이유가 있다. 그러나 이 짧은 만남에서도 슈지로의 그것이 사악한 이유가 아니라는 것을 알아차린 모양이다.

"그런데 목패는?"

교진은 두 사람을 번갈아 보며 물었다.

"그래서 불렀다."

슈지로는 이번에도 있어야 할 목패가 없다는 사실을 말했다. 교진은 고개를 갸웃거리며 잠시 생각하더니,

"분명 그런 장소겠지. 아니, 시기라고 하는 게 좋겠구먼…."

이라고 추리했다.

"무슨 뜻이야?"

"처음과는 다르다는 뜻이여."

자기 실력에 자신이 있는 자가 모였다고는 해도 실력 차이는 하늘과 땅만큼 큰 것은 분명. 세키 역참의 3점까지는 약한 자를 노리면 가능했는지도 모른다. 텐류지의 난전 속에서 목패를 빼앗아 도망친 자

도 있겠지. 그런 자들은 지류의 5점을 모으는데 고생했을 터. 거기에서 생각한 것이,

"무리를 이루는 것이여."

"확실히… 그 부근에서부터 늘었지."

슈지로는 고개를 끄덕였다. 돌이켜 생각해 보니, 세키 역참 이후로 부코쓰 같은 예외를 제외하면, 무리 지어 습격해 오는 자들뿐이었다.

"그 말이 맞다고 생각합니다."

신지로가 뒷받침하는 듯이 말했다. 신지로도 목패를 모으는데 고생하던 참에 반바에게 붙잡혀 그의 휘하로 들어오도록 강요당했었다.

"그래서 지류를 빠져나간 후, 다음은 무슨 일이 일어날 거라고 생각혀?"

"무리 내부의 싸움… 아니, 배신인가?"

"그려."

교진은 씁쓸하게 한쪽 입꼬리만 올려 웃었다. 그들은 전체 중에서 약한 부류에 들어간다고 자인하기에 더욱 패거리를 이루는 발상에 도달한 것이다. 반면에 단독으로 지류를 빠져나갈 수 있을 만한 자는 괴물급들만 남는다. 두세 명의 패거리라면 쉽사리 박살 내겠지. 패거리를 짠 자들이 그것을 깨달았다면, 목숨을 걸고 강자를 노리는 것보다도,

—배신하고 목패를 빼앗는다.

라고 생각한다. 그래서 과거 동료로부터 목패를 빼앗는 자가 속출

하는 것 아닐까? 목패를 잃은 자는 초조해져 지푸라기라도 붙잡으려고 든다.

이 집단도 두 사람이 목패를 빼앗긴 자들. 사카마키는 어떠한 이유로 혼자가 되었고, 그들을 이용하려고 자기 휘하에 들어오게끔 했다는 것을 추측할 수 있다.

"그렇군. 그럼 사카마키만 목패를 갖고 있던 것도 납득이 가는군."

"그래서 후타바랑 같이 있는 니한테 같이 하자고 한 거라고 말했잖은가. 나는 이른 단계부터 이렇게 될 것을 간파했으니께."

확실히 교진은 그런 말을 했었다. 그 예상이 근사하게 적중했다는 것이다.

"그렇다면, 찾아도 소용없나."

슈지로는 절명한 자들을 둘러보면서 말을 흘렸고, 교진은 불쑥 질문했다.

"목패는 워찌 할 거시여?"

"공평하게 나누기로 했다."

이 자리에 있는 것은 12점. 서로 6점씩이라는 뜻이다. 그때 길버트가 고개를 가로젓더니 말했다.

"나는 됐어. 갖고 가줘."

"어째서지?"

"그쪽은 네 명. 시마다를 빠져나가려면 60점이 필요하겠지."

다음은 하마마쓰인데, 어째서인지 길버트는 시마다를 말했다.

"설마…."

"그쪽 남자가 사야마 신지로겠지?"

길버트는 표정을 부드럽게 폈다.

"눈치채고 있었나?"

"height… 키? 그 밖에 얼굴 생김새, 복장까지 히이라기한테서 들었다."

길버트의 말을 듣고 신지로의 얼굴이 새파랗게 질렸다.

슈지로와 교진은 함께 있었으니까 듣지 못했던 건가? 아니면 담당자마다 차이가 있어서, 길버트에게 붙어 있는 히이라기가 더 상세하게 말한 것이라고 생각할 수도 있다. 아무튼 그렇게까지 정보가 전해졌다면, 매번 습격당한 것도 이해가 간다.

"그러니까 시마다까지 서둘러야겠지. 나는 이미 12점 있다. 하마마쓰는 빠져나갈 수 있어."

"아니, 그럴 수는 없다."

슈지로가 거절했으나, 길버트는 거듭 목패를 전부 갖고 가라고 권했다.

"나까지 생각해 줘서 그러는 거지요…?"

후타바가 입을 열었다. 길버트는 긍정도, 부정도 하지 않고 입을 다물었고, 후타바는 계속해서 물었다.

"혹시나 아이가?"

"그래. 남자아이가 두 명, 여자아이가 두 명 있어."

"역시. 그 때문에라도 반드시 돌아가야지. 반씩 나눠요."

후타바는 생긋 웃었다. 길버트는 후타바의 얼굴을 한동안 바라보았으나,

"알겠다. 그렇게 하지."

라고, 씁쓸하게 말끝을 흐리며 고개를 끄덕였다. 이렇게 해서 목패를 6점씩 나눠 가졌다. 이것으로 합계 61점. 그중 19점이 신지로가 지닌 흑패고, 이것은 나눌 수가 없으니까, 앞으로 3점만 더 있으면 시마다를 빠져나갈 수 있는 점수다.

"빨리 여기를 벗어나는 게 좋아."

슈지로는 가도 쪽으로 눈길을 향했다. 이 모래밭은 트인 장소다. 아직까지는 수상하게 여기는 사람은 없는 것 같지만, 조만간 사람이 쓰러져 있다는 것을 알아차리는 자도 있겠지. 슈지로 일행이 벗어나려고 했을 때, 길버트가 불러세웠다.

"한 가지 알려주지. 시마다까지 서두를 생각이겠지만 그 뒤로도 그대로 서둘러 가라."

"그 뒤에도?"

"정확하게 말하자면, 5월 20일까지는 요코하마를 빠져나가는 게 좋아."

"뭔가 있는 건가?"

"고독과는 관계없어. 영국의 요인이 온다."

그날 요코하마 항구에 영국 배가 들어온다. 그 배에 다수의 요인이

타 있을 것이라고 한다. 그 때문에 일본 측도 군대를 동원해서 엄중히 경계한다고 한다.

그런 요코하마에 칼을 차고 들어가려고 해봤자 가로막힐 테고, 경우에 따라서는 사살당할 수도 있다. 그전까지 요코하마를 빠져나가지 않으면, 다음에 경비가 느슨해지는 것은 25일. 고독의 기한인 6월 5일까지 열흘 남짓밖에 남지 않게 된다. 요코하마에서부터 시나가와까지는 충분히 갈 수 있으나, 도중에 거기까지 살아남은 강적과 싸워야만 한다는 것을 생각하면 불안하다.

"알겠다. 머릿속에 넣어두지. 역시 당신이 먼저 벗어나는 게 좋겠어."

지금은 집단으로 있기 때문에 눈에 띄지 않지만, 길버트가 혼자 남으면 여러 명이 쓰러져 있다는 사실을 들키기 쉽다.

"고맙게 받아들이겠다."

길버트는 그렇게 말하고 걸음을 옮기기 시작했다. 원래 똑똑한 것이겠지. 상당히 어려운 일본어를 구사한다. 길버트는 조금 떨어진 곳에서 돌아본다.

"도쿄에서 만나자, Dance man."

"댄스…?"

슈지로가 미간을 찌푸리자, 길버트는 훗 하고 작은 웃음을 남기고, 더 이상 돌아보지 않았다.

"무리하지 마."

후타바는 불안한 듯이 그렇게 말했다.
"미안해. 하지만… 여기서 결정하고 싶었다."
역시 시마다는 단숨에 빠져나가고 싶다. 만약 거기에서 점수가 부족해지면, 발이 묶이게 되고 기다리고 있던 자와 뒤에서부터 다가오는 자 사이에 껴서 협공을 당하게 되어버린다. 후타바와 신지로, 두 사람을 지켜야 하는 지금, 그것만큼은 어떻게든 피하고 싶었다.
"갔다."
교진이 턱짓하며 알린다. 길버트의 모습은 이미 보이지 않게 되었다.
그 남자가 힘을 보태준다면, 환도재와의 싸움에서 커다란 전력이 되겠지. 다음에 만나면 이야기를 꺼내봐도 좋을지도 모르겠다.
"하마마쓰까지 간다."
슈지로가 말하는 것과 동시에 바로 걸어 나갔다. 후타바는 시체를 향해 합장하고는 그 뒤를 따라왔다. 이 상황에서도 후타바는 아직도 상냥함을 잃지 않았다. 처음에는 그것이 약함으로 이어진다고 생각했다. 그러나 지금은 그것이 강함이 되는 것 아닐까? 라고 느낀다. 슈지로는 그런 생각을 하면서 바닷바람에 머리카락이 나부끼는 후타바의 얼굴을 바라보았다.

2

슈지로 일행이 하마마쓰 역참에 들어간 것은 12일 아침의 일이었다. 저녁이 되긴 하겠지만, 그래도 전날 들어설 수도 있었으나, 그러지 않고 하나 전 역참인 마이사카 역참에서 1박을 했다. 지금 상황을 생각해 보면, 한 곳에 모여 있을 때는 가능한 한 짧게 머무는 편이 좋기 때문이다.

여기까지 오면 도쿄까지의 긴 여정도 거의 반은 온 셈이 된다. 후타바 외에 교진과 신지로. 여기에서 시쿠라, 이로하와 합류한다. 덴류지에서 고독에 대해 들었을 때는 나 홀로 여행이 될 거라고 예상했었고, 이렇게 누군가와 함께 갈 것이라고는 생각지도 못했다.

"사람이 많네."

후타바는 길가의 좌우를 번갈아 보면서 말했다. 여기까지는 작은 역참이 연속으로 있었기 때문에 더욱 그렇게 보이는 것이겠지.

"옛날부터 그렇구면. 곤겐(權現. 신이 잠시 인간의 모습으로 나타나는 것을 의미하나, 후에 도쿠가와 이에야스의 별명이 되기도 했다) 님과 인연이 있는 토지니께."

곤겐이란 도쿠가와 이에야스를 말한다. 이에야스는 그 생애에서 몇 번이나 거처하는 성을 바꿨는데, 이 하마마쓰에 있던 무렵부터 특히 약진했다. 따라서 하마마쓰 성을 '출세 성'이라고 부르며, 한눈에 봐도 들렀다 가는 나그네가 많은 것이다. 이 역참을 약속 장소로 정한 것은, 사람들이 많은 편이 오히려 눈에 띄지 않을 것이라는 이유도 있다.

하마마쓰의 약속 장소는 시쿠라가 지정한 여인숙. 도쿄로 갈 때 몇 번인가 이용한 적이 있는데, 출입구가 많아 갑작스러운 습격에 대비하기 쉽다고 한다. 방은 '다쓰('다쓰'에는 용이라는 뜻도 있다) 실'이라고 한다. 하마마쓰 역참 바로 동쪽을 흐르는 덴류가와(天龍川)에서 유래한 건지, 혹은 '다비다쓰(길을 떠난다)'라는 말에서 따온 이름인지도 모른다. 바로 찾아갔더니,

"다나카 지로 님은 이미 오셨습니다."

라고, 주인이 가르쳐줬다. 다나카 지로는 시쿠라의 가명이며, 군적에도 그 이름으로 올라가 있다고 말했었다.

시쿠라가 잡아놓은 방은 1층 가장 구석에 있는 방. 가까이에 뒷문이 있어, 확실히 도망가기 쉬운 구조다.

"열겠다."

밖에서 말하고 나서, 슈지로는 장지문을 열었다. 시쿠라는 정면이 아니라, 약간 왼쪽 위치에 있다. 더욱이 왼손은 칼, 오른손은 칼자루에, 무릎을 세운 모습. 실전에서뿐만이 아니다. 평소에 조심성이 많은 점도 시쿠라가 강한 이유일 것이다.

"왔나? 뒤의 남자는?"

알고 있을 테지만, 시쿠라는 굳이 묻는다.

"쓰게 교진이구먼. 처음 뵙겠소."

교진은 두 팔을 들고 손바닥을 보였다. 누군가가 위협해서 동료인 척을 하고 여기로 데리고 오게 했다. 그런 일말의 가능성조차 배제하기 위한 문답이다. 역시 시쿠라는 신중하다. 교진도 또한 그것은 잘 알고 있어서 이런 자세를 보인 것이다.

"이시베 역참을 지난 부근에서부터 나를 봤을 텐데."

"눈치챘구먼…. 역시 대단혀. 니 의동생은."

교진은 슈지로의 어깨를 찔렀다.

"또 한 사람은 사야마 신지로다."

"왜 여기에? 게다가 골치 아픈 것을 갖고 있는 모양이군."

시쿠라는 미간에 잔주름을 만든다. 신지로에 관해서는 전했으나, 지류 역참에 놓아두고 올 생각이라고도 말했다. 그런데 어째서 대동한 건가? 그런 뜻이다.

"이로하가 오고 나서 이야기해도 될까?"

"상관없어."

시쿠라는 순순히 대답했다. 교진과 달리, 신지로는 실력이 그리 뛰어나지 않다는 것도 간파했다. 시쿠라라면 설령 자고 있었다고 해도 반격할 수 있을 테니 집착도 없었다.

"언제 여기에?"

슈지로는 앉으면서 물었다.

"어제 낮이다."

"빠르네."

"이만큼 모이는 거다. 수상한 자가 있으면 제거해 두고 싶었다."

하마마쓰는 참가자가 반드시 통과해야 할 제4의 관문이기도 하다. 그것까지 생각해서 함정을 파놓는 자가 있을지도 모른다. 그 밖에도 도착은 했으나, 목패가 부족해서 구하느라 혈안이 된 자들이 얼쩡거리고 있을 가능성도 있다.

"어땠나?"

"한 명 있기에 해치웠다."

하마마쓰 역참에 들어서서 얼마 안 되어 미행하는 자가 있었던 모양이다. 눈에 띄는 것을 피하기 위해 왔던 방향으로 돌아가 역참을 다시 나갔으나, 역시 따라왔다. 인적 없는 곳까지 유인해서 1합에 칼을 부러뜨리고, 다음 일격으로 심장을 꿰뚫어 해치웠다고 한다.

"별 대단한 실력은 아니었다. 게다가 목에 건 것 말고는 어째서인지 목패를 갖고 있지 않았다."

"그쪽도 그런가?"

슈지로는 자기들도 그런 참가자와 조우했다는 것과, 그것에 대한 교진의 견해를 말했다.

"그렇군. 있을 수 있어."

시쿠라는 바로 이해하고 고개를 끄덕였다.

"우리는 네 명이서 61점. 단, 그중 19점은 흑패라서 하나로 붙어 있다. 그쪽은?"

"딱 10점으로 하마마쓰에 왔다. 따라서 11점이다."

시쿠라는 일부러 최소한의 점수를 유지하려는 것도 아닌 모양이다. 습격해 온 자를 그때마다 모조리 격파하다 보니 마침 그 점수가 되었다는 것이다.

"진로쿠는?"

"아니, 발견하지 못했다."

시쿠라는 고개를 가로저었다. 역참에서 물어보고 다니기도 했으나, 비슷한 자를 봤다는 이야기도 나오지 않았다고 한다.

"이쪽도 마찬가지다."

지류 역참 시점에서 진로쿠가 그들보다도 앞서가고 있었다는 것은 분명하다. 따라잡는 일은 없었다는 뜻이다.

"이로하는 예정대로 히메 가도로 가고 있다."

도카이도에 딸린, 높은 지대로 이어진 예의 가도다. 도중에서부터 두 조로 나뉘어 찾기로 해서, 이로하는 그쪽을 살피고 있다.

"그런가. 슬슬 올 텐데…."

정확한 시각은 모르지만, 약속인 정오까지 분명 앞으로 30분 정도밖에 남지 않았다. 무슨 일이 있었나? 하고 걱정하기 시작했을 때, 바깥에서 주인이 대응하는 목소리가 들렸다. 그러나 좀처럼 발소리가 들려오지 않는다. 의아하게 생각한 그 순간, 갑자기 장지문이 열렸다.

"내가 마지막이네."

이로하는 방 안을 휙 둘러보았다.

"전혀 발소리가 나지 않았다."

"자기 걸로 만든 모양이군."

슈지로, 시쿠라가 이어서 말했다.

"그럴 생각으로 걸어왔으니까."

'녹존'을 자기 것으로 만들기 위해, 이로하는 시행착오를 거치면서 여기까지 왔다고 한다. 그 결과, 이어받았을 때보다 더욱 청력이 뛰어나지고, 자기의 희미한 발소리까지 포착해서 그것을 지우는 보행법의 비결도 어느 정도는 파악했다고 한다.

"그런가….'

슈지로의 뇌리에는 미소 짓는 산스케의 얼굴이 떠올랐다. 이로하가 필사적으로 자기 것으로 만들려고 한다는 것을 들으면, 분명 산스케는 그런 표정을 짓겠지.

"그 남자가 쓰게 교진이군."

"잘도 알았네."

"모를 이유가 없어."

"그런가."

교진은 훗, 하고 살짝 웃었고, 이로하는 시선을 옆으로 옮긴다.

"그쪽은?"

"사야마 신지로다. 여기에 있는 이유를 이야기하지."

슈지로는 지류 역참에서 있었던 일을 전부 이야기했다. 시쿠라는 힐끔 후타바를 쳐다봤을 뿐, 큰 반응을 나타내지는 않았다. 이로하는

작은 목소리로,

"또 어리숙한 짓을…."

이라고 흘렸다.

"이로하 씨, 미안해요…."

후타바가 입을 꼭 다물고 고개를 숙였다.

"멋대로 해. 당신들이 정한 일. 우리는 어디까지나 환도재를 치기 위해 동맹을 맺은 것뿐."

이로하는 얼굴을 돌리면서 말했다.

"그래도, 이로하 씨 말이 맞다고 생각했어요. 누군가를 지키고 싶다면, 나도 강해져야 한다고."

"하루아침에 강해질 수 있다면 고생하지 않겠지. 게다가…."

이로하가 거기에서 말을 끊었기 때문에, 후타바는 불안한 듯이 물었다.

"뭔데요?"

"아니, 아무것도 아니야. 사정은 알았다."

이로하는 뒷말을 계속하지 않고, 이야기를 거기서 끝냈다.

"진로쿠는 어땠어?"

시쿠라가 본론으로 들어간다.

"못 찾았어. 하지만 본 자는 있어."

이로하도 역참에서 물어보면서 왔다. 미쓰가비 역참에서는 비슷해 보이는 자가 묵었다고 여인숙 여주인이, 가얀바 역참에서는 찻집

여성이 우동을 우걱우걱 먹던 그의 모습을 기억하고 있었다. 아무래도 진로쿠는 히메 가도를 지나온 모양이다. 슈지로는 다음 질문을 던졌다.

"히메 가도로 간다는 것은, 무슨 일이 있었던 것이겠지… 어느 정도 차이야?"

"약 하루. 엄밀히는 20시간 정도. 서두르면 따라잡을 수 있어."

진로쿠가 가는 속도는 약간 떨어졌다고 한다. 소동을 일으킨 지류 역참에서 벗어났다는 것, 자기도 목패를 모아야만 한다는 이유로 발걸음을 늦춘 것으로 여겨진다.

또 하나의 목적인 환도재에 대항하기 위한 동맹을 제안해 볼 만한 참가자를 찾는 일에 관해서는 시쿠라도, 이로하도 눈에 드는 자는 찾지 못했다고 한다.

"알겠다. 이제 이쪽 이야기다."

"저 애 건 말고 더 있어?"

이로하의 시선 끝은 신지로였다.

"저 애라니….."

아무리 신지로라도 불쾌한 듯한 얼굴을 한다. 신지로는 23세. 이로하도 버려진 아이였기 때문에 정확한 나이는 모르지만, 신지로와 같은 23세. 그러나 아수라장을 헤쳐나온 경험 차이를 생각하면, 이로하가 보기에는 어린아이 같겠지.

"이 '고독'의 흑막의 정체에 관해서다."

붙잡은 자를 이용해 실험했던 것. 그래서 알아낸 것은, 경시국 내에 누군가가 고독에 관여했을 가능성이 높다는 것. 그리고 뭔가 안 좋은 예감이 든다는 것. 그런 것들을 한꺼번에 이야기했다.

"당신의 감은 잘 맞으니까."

시쿠라는 툭 던지듯 중얼거린다.

"그래서 비밀리에 정부 요인에게 전하기로 했다."

슈지로가 오쿠보와 면식이 있다는 사실에는, 시쿠라도 이로하도 과연 놀라는 것 같았다. 더욱이 그 연결고리가 자객을 했던 일로 인해 생긴 것이라는 사실에도.

거기서부터 우체국으로 가서, 오쿠보에게는 직접 연결되지 않았지만, 그 측근 중의 측근인 마에지마 히소카에게까지 전할 수 있었다는 것. 이 하마마쓰에 답신이 와 있을 것이라는 일도 고했다.

또한 길버트와 만난 일도 이야기했다. 우리 편으로 만들 수 있을지도 모른다고도 말했다.

"설마 자객을 했었을 줄은…."

시쿠라는 역시 그 일이 제일 놀라운 모양이다. 유신 후의 일은 짤막하게 이야기했었지만, 그 이전 일에 관해서 언급한 것은 이것이 처음이다.

"형제와 싸우고 싶지 않다고 도망친 어리숙한 남자니까."

슈지로는 무겁게 말했다. 자조하는 것이 아니다. 그 탓에 형제들 중에는 계승전보다도 힘든 일을 당한 자가 있는 것이다.

"꼭 그때 일뿐만이 아니야."

원래 나는 좋게 말하면 착하다고 여겨졌다. 그러나 스승은 그 어리숙함이 발목을 잡는다, 교하치류의 존속의 장애가 될 거라고 말했고, 몇 번이나 엄격하게 벌을 줬던 것이다. 그 결과, 스승의 말대로 교하치류에 있어서 나는 해악이 되었다. 그런 내가 사람을 베면서 살아남는 길을 선택할 줄은, 두 사람에게는 상상도 할 수 없었던 모양이다.

"나는 형제를 베고 싶지 않았다…. 다른 누구를 벨지언정."

한동안 무언의 시간이 흘렀다. 그것을 깨버린 것 또한 슈지로였다.

"지금도 마찬가지다. 이제 두 번 다시 베지 않겠다고 맹세했는데 나와, 후타바를, 모두를 죽게 하고 싶지 않으니까 베고 있다."

"나도 비슷해. 세이난 전쟁에서 많은 사람을 죽였다."

시쿠라가 소속된 히로시마 진대에서도 군인들이 참전했다. 마찬가지로 투입된 경찰과 달리, 군의 무기는 총이 기본이다.

"총을 다룰 수 있나?"

"군인이었으니까."

"그런가…."

형제 중에서도 시쿠라는 가장 검술의 소질이 있었다. 어릴 때부터 분명 대단한 검사가 될 것이라고 기대했었기 때문인지, 총을 든 시쿠라의 모습은 좀처럼 상상할 수 없었다.

"검에 비하면 훨씬 서툴다. 그러나… 그래도 간단히 죽일 수 있어. 그것이 총이라는 것이다."

30년 동안 검 외길 인생으로 살아온 달인을, 불과 반년의 훈련을 받은 자가 순식간에 죽인다. 그런 광경은 수도 없이 봐왔다고 한다. 생각을 바꿔 보면, 총이라는 것은 훈련 시간을 단축할 수 있는 것이기도 하고, 상대의 수련 시간을 박살 내는 것이라고도 할 수 있다.

"그러기에 더욱 괴로워하는 자도 있다."

1년 전까지는 선량한 농부였던 젊은이가, 전장에서 몇 명이나 되는 사람들의 목숨을 빼앗는 것이다. 전장에서는 정신 착란을 일으키고, 전쟁 후에도 마음의 병을 얻은 자도 많다. 시쿠라의 부하 중에도 몇 명 있다고 한다.

만약 검이었다면, 또 다른 결과가 되지 않았을까? 사람은 고작 반년 만에 타인을 죽일 수 있게 되게끔 생겨먹지 않았다. 그렇게 생각한 적도 있는 모양이다.

"요즘의 총의 진화는 놀라울 정도다. 집단이라면 특히 더 조심하는 게 좋아. 우리도 당할 수 있다."

시쿠라는 분명히 단언했다. 긴 역사 속에서 때로는 괴물처럼 회자된 교하치류 사용자라도 그런 것이다. 요 십여 년 만에 얼마나 세상이 변했는지 알 수 있다. 누구든 괴물이 될 수 있는 시대가 와버렸다고도 말할 수 있겠지.

"이로하는…."

슈지로는 침을 삼켰다. 이로하의 과거에 관해서는 일절 듣지 못했다. 말하고 싶지 않다면 괜찮다. 그러나 말한다면, 그것을 받아들일 책임이 도망친 나에게는 있다고 생각하게 되었다.

"오사카에 있었다. 그 뒤는 일본 전체."

"무슨 뜻이지?"

시쿠라도 듣지 못했던 모양으로 물어본다.

"시로가네조라는, 유랑 공연단에 있었거든."

"시로가네조라면 꽤 유명한데…."

"그쪽을 잘 모르는 나도 알아."

슈지로가 말했고, 시쿠라는 고개를 끄덕였다. 오사카를 본거지로 하지만, 일 년에 반은 일본 각지를 돌아다닌다. 줄타기나 곡예 외에 일본의 전통 마술, 서양에서 들어온 마술도 도입하여, 매년 공연 작품을 바꾸는 점으로도 인기를 끌었다.

"내가 재주가 있는 것을 알고 예전 단장이 권해서. 먹고 사는 게 힘들었으니까."

"눈에 띄었을 텐데?"

시쿠라는 의아한 듯이 물었다.

"본편에서는 눈만 내놓고 복면으로 가렸어. 그것을 조건으로 들어간 거야. 관객들도 남자라고 생각했을 정도."

"그렇군."

슈지로도 납득하고 고개를 끄덕였다.

"여행을 하다보면 형제들도 찾을 수 있을지도 모른다고 생각했었고. 하긴 분명 다들 공연을 보러 올 여유 같은 건 없었겠지만."

이로하는 콧대가 오똑한 코를 살짝 울려 콧소리를 내고는 허공을 바라보며 말을 이었다.

"여러 가지를 보고 싶었어. 산밖에 몰랐으니까."

그것은 형제라면 모두가 이해한다. 세상을 모른다는 사실은 그들을 지독하게 괴롭혔다. 그러나 보이는 것 전부가 신선했던 것도 분명했다. 처음에는 초롱불 하나만 봐도 흥분했었다.

"그런 것치고는 전혀 사투리가 없는디?"

이야기가 일단락되었을 때, 교진이 끼어들어 물었다. 오사카에 오래 살았고, 시로가네조에도 오사카 사람이 많았다고 한다. 이로하의 말투는 확실히 가미가타 억양이 없지만, 그 이유를 슈지로나 시쿠라는 알고 있다.

"그것도 우리는 배웠다."

교하치류는 위정자의 검. 때로는 암살을 위해 뽑는 일도 있다. 어딘가의 사투리가 섞이면, 그럴 때 눈에 띄기 쉽기 때문이다.

"당신이야말로, 왜 가미가타 사투리야?"

이로하는 물었다. 막신이었으니 에도에 거처가 있을 터. 슈지로도 예전에 같은 의문을 품고 물었었다.

"어떤 사람 흉내구먼."

"이가 사투리네."

"과연, 일본 전체를 돌아다녔을 만하군."

교진은 에둘러 말하며 긍정했다.

의도치 않게 모두의 과거를 약간 알게 되었다. 그러나 슬슬 본론으로 돌아가야 한다고 생각했겠지. 시쿠라가 화제를 전환했다.
"이제부터는?"
"오늘 정오까지 마에지마 씨한테서 답변이 온다. 벌써 도착했을 것이다. 먼저 그것을 받고 싶다."
"알겠다. 우체국이로군."
"금방 돌아올 테니 기다려줘."
"아니, 우리도 가는 게 좋겠지."
시쿠라는 고개를 가로저었다.
"사람들 눈에 띌 텐데?"
"여기서부터는 오히려 그게 낫다."
환도재는 계승자 세 명이 손을 잡는 것도 상정하고 있을 테니, 만약 본다고 해도 상관없다. 아까부터 이야기한 것처럼 여기까지 오면 배신자가 생기는 패거리도 많다. 하마마쓰를 넘으면 이제 30명도 남지 않은 참가자 중에서 실력자 네 명이 패거리를 만들었다면, 다른 참가자들한테는 상당한 위협이 되겠지. 앞으로 조를 나눠서 진로쿠를 찾게 된다면 더욱. 예를 들어 혼자일 때라고 해도, 다른 동료의 보복을 겁내 손을 대기 힘들 것이다. 따라서 오히려 알려지는 편이 유리하다고 시쿠라는 이야기했다.
"네 의동생은 똑똑하구먼."
교진은 턱에 손을 대고 감탄했다.

"옛날부터 시쿠라 오빠는 머리가 좋았으니까."
"나는 바보라서 미안하군."
이로하의 말에 슈지로는 쓴웃음 지었다. 확실히 옛날부터. 이런 대화를 형제간에 다시 한번 할 수 있을 거라고는, 며칠 전까지는 꿈에도 생각지 못했다. 그래서 아직 가슴속에서 치밀어 오르는 것이 있다.
"다 같이 가자."
슈지로는 감개를 억누르며 말하고는, 다 같이 여인숙을 나섰다. 역참 마을을 걷고 있노라니, 금방 다가오는 자가 있었다. 쓰루바미였다. 시쿠라와 이로하가 살기를 피워올렸지만, 고독의 담당자라고 설명했다.
"사가 님, 가쓰키 님, 무사하셔서 다행입니다."
"빠르네."
"필사적이랍니다."
쓰루바미는 씁쓸함이 묻어나는 웃음을 띠면서 말을 이었다.
"목패를 확인하겠습니다."
"아직 하마마쓰에서 나갈 생각은 없다."
이쪽에 흑패가 있는 이상, 하마마쓰를 돌파하면, 또 그 사실이 다른 참가자에게 알려지는 것 아닐까? 라는 우려가 있어, 우체국에서의 볼일이 끝나고 나서가 좋다고 생각했다.
"이미 알려졌습니다."
쓰루바미는 힐끗 시선을 움직였다. 인파 속에서 또 한 사람이 걸어온다. 신지로에게 붙은 남자, 야마나시였다.

"게다가 목패가 있다면 일찌감치 확인을 받는 게 좋을 거라고 생각됩니다. 무슨 일이 일어날지 모르니까요."

쓰루바미는 말을 이었다. 만약 확인하지 않은 채로 이 직후에 누군가에게 목패를 빼앗기면, 갑자기 하마마쓰에서 오도 가도 못 하게 되어버린다. 그러나 일단 확인을 하고 나면, 다음 관문인 시마다 역참에 도착하기 전에만 만회하면 된다는 것을 은근히 알려주는 것이다.

"꽤 상냥하군."

"두 분은 도쿄까지 남아주시길 바라니까요."

쓰루바미는 입가를 쓱 올렸다.

"어이, 하코. 이리 와."

그때 교진이 손짓했다. 그러자 건물 뒤에서 또 남자가 나타났다. 교진에게 붙은 하코다.

"역시 대단하시네요."

하코는 씁쓸한 얼굴로 다가왔다.

"확인해라. 4인분이구먼."

쓰루바미, 야마나시, 하코 셋이서 목패를 확인한다. 신지로는 목에 19점분의 흑패를 걸었다. 그것 외에 세 사람이 30점 필요한데, 42점. 충분하다.

"우리도 해둘까?"

"그래."

이로하의 재촉에 시쿠라도 고개를 끄덕였다. 서로 다른 곳을 쳐다보자 그 시선 끝에서 각각 남자가 다가왔다. 각각의 담당이겠지. 슈지로는 처음 보는 남자들이다.

"기누가사 님, 알고 계셨습니까? 이것 참, 놀랍습니다."

다른 자에 비해 남자는 빠른 말투여서 바쁘다는 것이 느껴졌다.

"사라이, 당신이 보통이라고 생각했는데, 꽤 시끄러운 편이었네."

"그렇습니까? 또랑또랑하다고 말해주십시오. 이왕 여행을 한다면 - ."

"당장 확인해."

"네, 네. 12점이군요. 충분합니다."

그런 이야기를 하는 동안에 시쿠라 쪽에서도 목패 확인을 하고 있었다. 이쪽은 상당히 키가 커서 눈에 띈다. 6척 2촌은 되겠지. 키 5척 8촌 정도인 시쿠라는 올려다보는 모양새가 된다.

"오우치입니다."

"알아."

시쿠라는 손을 쓱 내밀더니, 남은 손으로 목깃을 벌려 목에 찬 목패를 보였다.

"네…, 11점."

"불만은 없겠지?"

시쿠라는 새로 건네받은, 10점을 의미하는, 양 끝이 흰색인 목패를 퉁명스럽게 주머니에 넣는다. 새로 나타난 남자의 이름은 사라이(杷)와 오우치(樗). 역시 지금까지 전부 나무 목 변(木)에 한자 한 글자인 이름이다.

"가자."

슈지로는 모두에게 재촉했다. 이 정도 숫자가 모이니 역시 눈에 띄었고, 때때로 이쪽을 쳐다보는 자들이 있었다. 대부분은 관계없는 자다. 그러나, 그중에는 분명히 다른 눈으로 보는 자도 있었다.

"다섯 시 방향."

시쿠라가 군인다운 표현으로 속삭인다. 참가자가 있는 것이다. 슈지로도 거의 동시에 알아차렸고, 이로하에게 말했다.

"부탁해도 될까?"

"이미 듣고 있어. 나와 교진을 아는 것 같아."

이로하는 '녹존'을 구사해서, 인파 속 멀리 떨어진 남자들의 대화를 포착했다. 덴류지에서 싸우는 것을 봐서 상당히 강하다는 걸 알고 있다. 그런 저들이 손을 잡은 것은 좋지 않아. 저들 말고도 상당한 실력자 놈들이 더 있을지도 몰라. 그런 대화를 하는 모양으로, 시쿠라의 예상대로 되었다는 뜻이다. 공격해 올 생각도 없고, 미행도 위험하다고 포기한 모양이다.

"서두르자."

"좋은 여행이 되기를."

이것으로 이 말도 몇 번째던가? 쓰루바미가 깊이 고개를 숙이는 가운데, 슈지로 일행은 역참 안을 걸어가기 시작했다.

− 남은 인원, 31명.

제 7 장

국전(局戰)

1

우체국은 역참 바깥, 가도에서 약간 벗어나야 한다. 하마마쓰 우체국은 그 지역 촌장의 집을 한 칸 빌린 것 같은 것이 아니라, 서양식으로 지어진 훌륭한 건물이었다. 어느 정도 크기가 있는 마을에서는 인근 기지국의 역할도 맡게 되어, 이렇게 새로 건축하는 것이다.

"이 우체국 앞으로 전보가 와 있을 것입니다."

이쪽도 오카자키와 마찬가지로 젊은 국원이었다. 슈지로는 이름을 말한 후에 그렇게 말했다.

"어디…, 잠시만 기다려주세요…."

국원은 찾아보지만 나오지 않는다. 못 보고 빠뜨린 것일까? 하고, 다시 한번 처음부터 찾아보았다.

"없네요."

국원은 눈썹이 여덟 팔자로 처지며 말했다.

"그럴 리가 없는데."

"그렇게 말씀하셔도… 발신자의 이름은?"

"마에지마 히소카."

"장난하지 마시고요."

국원은 어이없다는 듯이 웃었다. 자기가 소속된 국의 수장 이름이니, 이런 반응이 나오는 것도 무리는 아니다.

"늦어지는 거 아닌겨?"

교진이 옆에서 물었다.

"아니, 그 사람은 시간관념이 정확해. 늦어지면 늦어진다는 연락만이라도 하는 사람이다. 역시 다시 한번 찾아보—."

슈지로가 국원에게 부탁하려고 했던 때였다. 뒤에서 목소리가 날아왔다.

"잘 알고 있군."

"어…."

슈지로가 돌아봤다. 대기하는 사람들을 위해 마련된 나무 의자에 양복 차림의 남자가 세 명 앉아 있었다. 그중 한 명은 중산모를 눈가까지 깊게 내려썼기 때문에 얼굴은 보이지 않는다. 몸에 걸친 것은, 원단이 좋기 때문인지 살짝 푸른빛이 도는 것처럼 보인다. 빈로지구로(檳榔子黑. 빈랑수 열매로 만든 염료로 물들인, 푸른 빛이 도는 기품 있는 검정)라 불리는 것이다.

"오랜만이네."

그 남자는 쓱 일어서더니, 모자챙을 올리고 한쪽 입만 올려 웃었다.

"마에지마 씨!"

"어어!!"

슈지로의 목소리보다도 국원의 놀란 소리가 더 크게 울려 퍼진다. 사진으로 본 적은 있기 때문이겠지. 이 수선스러운 모습을 보니, 하마마쓰 우체국 사람도 몰랐던 모양이다.

"이 사람이…."

후타바도 놀라움을 감추지 못하고 자기도 모르게 손으로 입을 가렸다. 면도칼로 살짝 정돈한 것 같은 가느다란 눈썹, 외꺼풀의 눈은 작고 눈동자 또한 작다. 귀는 약간 뾰족하고, 코는 오른쪽 콧구멍이 약간 커서 짝짝이다. 입은 크고, 입술도 두껍다. 어딘가 도마뱀을 연상시키는 기이한 상이다.

"시찰이 아니라 개인적인 용무로 왔다. 신경 쓰지 말고 일해줘."

마에지마가 모두에게 말하자, 그제야 차분함이 돌아왔다.

"권총을 갖고 있다. 두 사람 다."

시쿠라가 귀 가까이에서 속삭였다. 마에지마 외의 두 사람에 대한 말이다. 행동거지로 간파한 것이겠지. 이쪽의 경계를 예민하게 알아차린 모양이다.

"후나미 이치노스케와 우루마 류조. 내 비서를 맡고 있다."

마에지마가 말하자, 소개받은 두 사람이 고개를 숙였다. 검은 차지 않았지만, 예전에는 무사였고 무술 경험도 상당한 것으로 보였다.

"마에지마 씨, 어째서 여기에?"

"직접 이야기하는 편이 좋을 거라고 생각했다."

슈지로가 묻자, 마에지마의 입가가 살짝 일그러졌다. 그렇게 해야 할 정도로 중대한 사태라는 뜻이겠지.

"국장, 방을 사용해도 될지?"

"다, 당연하지요! 안내하겠습니다."

마에지마가 묻자, 하마마쓰 우체국 국장이 이마에서 땀을 흘리며 안쪽으로 안내한다. 20조(일본 전통 바닥재인 다다미 규격. 다다미 1조는 약 180×90cm) 정도 크기의 방이다. 긴 책상 앞에 의자가 나란히 놓여 있다. 큰 우체국에는 회의를 위해 이런 방이 있는 모양이다.

"앉게."

마에지마는 손을 약간 허공으로 흔들며 권했다. 슈지로가 앉자, 후타바와 신지로도 앉았다. 다음으로 교진이 방 안을 둘러보면서, 이로하는 눈을 가늘게 뜨고 앉는다. 눈과 귀로 함정은 없는지 살피는 것이다.

"나는 됐어."

시쿠라는 후나미, 우루마, 두 명의 호위에게서 한순간도 눈을 떼지 않았다. 아까 총의 무서움을 이야기한 직후다. 게다가 무예 실력을 갖추고 있다면, 긴장하지 않을 수가 없다.

"나는 상관없네만⋯ 우루마, 후나미, 권총을 거기에 둬."

마에지마가 방구석에 있는 작은 책상을 본다.

"하지만⋯."

후나미가 못마땅한 얼굴을 한다. 우루마는 시쿠라를 노려봤다.

"상관없어."

마에지마가 엄중하게 명령했다. 후나미는 한 자루, 우루마는 두 자루의 권총을 꺼내 책상에 올려놓았다.

"모델 2가 아니야⋯."

신지로가 중얼중얼 말했다.

"잘 알고 있군."

마에지마는 얇은 눈썹을 치켜올렸다. 우편배달원이 권총을 소지한다는 것은 이야기했다. 그 권총이라는 것이 S&W 모델2라는 것으로, 아미라고도 불린다. 다카스기 신사쿠가 사카모토 류마에게 보낸 권총도 그것이다.

슈지로는 예전에 배달원이었기에 그것은 알고 있지만, 다른 총에 대한 지식은 전무하다고 해도 좋다.

"알아?"

슈지로는 아무렇지도 않게 물었다. 신지로는 고개를 끄덕이면서 말했다.

"우루마라는 분의 총은 두 자루 다 S&W 모델 3입니다. 모델 2에 비하면 구경이 크고, 위력도 그만큼 큽니다."

우루마는 눈을 가늘게 뜨고 코를 울리는 소리를 냈다. 맞는 모양이다.

"후나미 씨의 총은 처음 봤지만, 분명 콜트 M1877이 아닐까 하는데…, 이 총은 구경에 따라 통칭이 바뀝니다. 저것은 32구경. 통칭 레인메이커입니다."

"해박하군."

후나미는 중얼거리듯 흘렸다. 이쪽도 정답인 모양이다. 이 권총은 작년부터 팔리기 시작한 것이라고 한다. 지난번 습격 때도 신지로는 적의 권총을 근사하게 알아맞혔는데, 그것은 우연이 아니었던 모양이다. 어째서 그토록 자세히 아는 걸까? 모두가 의아해하는 것을 깨닫고, 신지로는 이야기하기 시작했다.

"숙부가 좀 괴짜라서…. 막신 출신이면서도 칼보다 총을 좋아합니다."

구 막신 일부는 도쿠가와 요시노부와 함께 시즈오카현으로 옮겼으나, 다른 이들은 목돈을 받고 사실상 퇴직했다. 목돈이라고 해도 250년 넘게 대대로 일해온 것을 생각하면, 쥐꼬리만큼의 돈이다. 신지로의 아버지는 그 돈을 자본금으로 장사를 시작했다. 이른바 무사의 상법(무사 출신이 장사에 손댔다가 실패하는 경우가 많았던 것을 빗대어, 익숙하지 않은 일을 하면 실패할 확률이 높다는 뜻으로 쓰인다)이라 실패하는 자가 많았지만, 그래도 신지로의 아버지는 작은 이자카야를 열심히 꾸려나갔다.

한편, 다른 집안에 양자로 갔던 숙부는, 이제부터는 총의 시대가 온다며 맹렬히 공부해서 작은 수리점을 개업했다. 서양에서는 이미 이런 직업이 있고,

-건 스미스

라고 부른다고 한다. 숙부는 머지않아 정부의 허가를 받아내서 화약 취급, 총알 자체 제작도 하고 싶다고 말했다. 그리고, 후계자가 없으니 신지로가 물려받으면 어떠냐고 권해주었다. 일단은 한 달에 몇 번씩 다니면서 일을 배웠지만, 역시 서툴게 장사를 하는 아버지를 내버려둘 수가 없었다. 코로리의 유행으로 가게를 운영할 수 없게 될 때

까지는 그런 나날을 보냈다고 한다.

마에지마는 모두를 빙 둘러보면서 말했다.

"이미 눈치챘겠지만, 두 사람은 비서이면서 동시에 호위도 담당하고 있다. 그래서 관제가 아니라 다루기 쉬운 총을 사용해도 좋다고 특별히 허가를 받았다."

"그렇습니까?"

슈지로는 적당히 반응해 주면서, 옛날 일을 머릿속에 떠올렸다. 과거 그도 마에지마의 호위를 맡았던 적이 있다. 호위의 무기도 칼에서 총으로. 여기에서도 격세지감을 느낀다.

"이제 믿어주겠나?"

마에지마가 묻자, 시쿠라는 말없이 자리에 앉았다.

"굳이 눈에 띄는 짓을…."

슈지로는 어이가 없다는 듯이 말했다.

"우체국은 내 성이다. 여기가 오히려 정보가 누설되지 않아."

마에지마의 말에는 자신감이 가득했다.

"변하지 않았네."

슈지로는 씁쓸하게 웃었다. 치밀한 두뇌의 소유자이면서, 최선책을 위해서라면 때로는 대담한 행동을 한다. 그것이 우에노 후사고로, 즉, 마에지마 히소카라는 남자다.

"본론으로 들어가겠다. 오쿠보 씨를 만났다."

전보를 받은 직후, 내무성으로 가서 오쿠보 도시미치를 만났다고 한다. 먼저 오쿠보는,

- 고쿠슈는 아직 잘 있나?

라며, 밝은 표정으로 물었다고 한다.

"기억해 줬구나…."

슈지로는 중얼거렸다. 한때라고는 해도, 오쿠보를 가끔 호위했었다. 보신 전쟁 도중에 사쓰마군으로 옮기긴 했으나 그때의 인연에 의한 것이다. 그렇기는 해도 오쿠보는 지금은 나라를 대표하는 정치가. 슈지로 같은 존재는 잊어버렸다고 해도 이상할 것 없다는 생각도 했었다.

"그리고, 네 전보 내용을 전부 전했다."

오쿠보가 가벼운 놀라움을 보인 것도 잠시. 이야기가 진행됨에 따라 표정의 험악함, 안광의 날카로움이 더해갔다고 한다. 오쿠보는 모든 것을 다 듣고 난 후,

- 경시국 과격파 짓인가?

라고 중얼거리는 것처럼 말했다.

"그런 자가?"

"그래, 존재한다."

마에지마는 미간에 주름을 모으고 고개를 끄덕였다. 경시국의 전신인 도쿄 경시청 시대부터 중급 관료를 중심으로 그런 파벌이 형성되기 시작했다. 메이지에 들어서 창설된 군의 권력이 강해짐에 따라 위

기감이 높아진 무리다. 그들은 표면적으로는 경찰의 대우 향상을 주장하지만, 권력의 강화, 자신의 출세를 바라는 것이 속내라고 한다.

그러나 그들의 의도와는 반대로, 도쿄 경시청은 경시국으로서 내무성에 통합. 군 정도가 아니라, 먼저 총기 휴대가 허락된 역체국까지 압박하기 시작했다. 사실 이것은 과열된 경시국 과격파를 억제하기 위해, 오쿠보가 경시국 국장과 협의해서 그렇게 조장한 것이었다.

그러나, 작년 세이난 전쟁에서 사쓰마의 자객부대에 군이 허망하게 패하는 사태가 발생했다. 정부는 이에 대응하기 위해, 무사 출신이 많은 경시국에서 선발한 발도대를 편성했다.

"음…."

후타바가 작게 반응을 보였다. 후타바의 아버지도 구 가메야마번의 무술 지도자였기 때문에 그중 한 명으로 전장에 파견된 것이라 전혀 관계없지는 않다.

"그 활약이 놈들에게 불을 붙였다."

마에지마는 말을 계속했다. 발도대는 사자분신(獅子奮汎. 사자가 성낸 듯 맹렬한 기세로 싸움)으로 움직여 세이난 전쟁의 형세에 영향을 끼쳤다. 이 사실로 경시국 과격파는 자기들의 필요성을 주장하고, 단숨에 파벌을 확대했다고 한다. 이 '고독'도 그 과격파가 어떠한 의도를 갖고 꾸민 것이라는 게 오쿠보의 판단이었다.

"이렇게 손이 많이 가는 일을 무엇 때문에…?"

슈지로는 조용히 물었다.

"솔직히, 이유는 확실하지 않아. 이것은 어디까지나 오쿠보 씨의 가설이다."

마에지마는 그렇게 전제하고 이야기를 계속했다.

이번에 주목해야 할 점은 '무예에 능통한 자'가 모였다는 것. 세이난 전쟁 이후로 불평하는 사족에 대한 단속은 더욱 강화되었다. 이제 내전을 일으킬 만한 힘은 남아 있지 않다고 보지만, 그렇다면 암살로 전환하는 자가 늘어날 거라고 보기 때문이다.

그것이 가능한 달인들의 목을 300명 가까이 바친다. 경시국 과격파는 이것이 큰 공이 될 거라고 생각하는 것 아닐까? 라는 것이다.

"그럴 수가… 암살 같은 것은 꿈에도 생각한 적 없습니다."

신지로가 자기도 모르게 입을 열었다. 진심일 것이다.

"그 말대로 어이가 없다. 암살을 하지도 않았고, 계획한 적도 없다. 그러나 돈으로 움직이는 놈은 때와 장소에 따라서는 암살자가 될 거라고 무작정 믿는 것이겠지."

그래서 막대한 돈으로 유인했다는 것이다. 마에지마는 가늘게 숨을 뱉어내고 말을 이었다.

"사실 그 돈의 출처도 모르겠어. 놈들끼리 마련할 수 있는 액수는 아니니까."

"그렇다면 금불상도 가짜일지도 모르겠군…."

슈지로가 중얼거렸을 때, 이로하가 끼어들었다.

"그건 아니야."

"어째서지?"

"산스케 오빠가 진짜 금이었다고 했어."

센닌즈카에서 도망칠 때의 일이다. 이로하는 애초에 이 고독이 환도재가 꾸민 것은 아닐까? 하고 의심했었다. 그 말을 듣고 산스케는 환도재가 그만큼의 돈을 마련할 수 있을 리가 없다고 반론했다고 한다. 그러나 그것도 가짜라면 가능한 일이다. 이로하가 그렇게 말하자,

– 틀림없이 금의 울림이었다. 전체가 다.

라고 산스케는 대답했다고 한다. 불상의 손가락을 부러뜨렸을 때의 소리. '녹존'으로 틀림없이 전체가 다 금으로 되어 있다는 것을 판단할 수 있었다고 한다.

"그렇다면 협력하는 자가 있다는 뜻이로군."

마에지마는 그렇게 단정 짓고, 더욱 말을 계속했다.

"다음에 너희를 감시하는 자들이 어떻게 해서 서로 연락을 주고받는가 하는 거다. 이것은 추측한 대로 전보였다."

"역시…."

"우체국을 이용하지 않고 전보를 보낼 수 있는 자. 일부 정치가를 제외하면 경찰뿐이다."

기본적으로 전신기는 우체국에만 있고, 이것들은 우체국의 관리하에 놓여 있다. 그러나 경찰은 그것과는 별개로 전신기를 소지하고 있다. 그것으로 흉악범이 도망쳤을 때 연락해서 포위망을 짜거나, 사건에 대해 본국의 지시를 받거나 하고 있다. 전신기가 있고, 사용하고

있다는 점도, 경찰이 관여했다는 사실을 뒷받침하는 근거다.

"사용하는 것도 알았습니까?"

"음. 통신 자체는 전부 방수(傍受. 통신을 수신자가 아닌 제3자가 우연히 또는 고의적으로 수신함)하고 있다."

전보는 모스 부호를 이용해 보낸다. 이것은 역체국도 전부 주워서 듣고 있다. 이번 달에 들어서 유난히 경찰이 전보를 많이 이용한다는 것은 알고 있었다. 그러나 이것은 흉악범이 나타났을 때는 볼 수 있는 현상이며, 역체국에서도 그리 문제 삼지 않았던 모양이다.

"내용도…?"

"문언은 알고 있다. 그러나 암호를 사용해서, 내용까지는 좀처럼 특정할 수가 없어. 지금 내 부하가 도쿄에서 해독하고 있다."

마에지마는 부하 중에서 유능한 자를 선발하여 암호 해독을 맡겼다고 한다. 거기에만 의존하지 않고, 뭔가 새로운 발견이 있으면, 전보를 통해서라도 보고하라고 지시했다는 것이다.

"그러나 딱 한 가지 알아낸 사실이 있다. 전보를 보낸 장소다."

암호가 해독될 때까지 내용은 불명이지만, 보낸 장소에 관해서는 안다. 그 대부분이 제각각이지만 그중 한 곳에 전보가 집중되어 있다. 이것은 과격파 무리가 전신기를 들고 다니며 장소를 바꿔서 보내기 때문이라고 마에지마는 봤다. 그런데 그중 딱 한 장소만 변하지 않는 곳이 있었다. 게다가 그 장소를 향해 보내는 전보도, 그 장소에서 보내는 전보도, 다른 것보다도 훨씬 많다는 것이다. 그 사실로부터, 그 장소가 바로 고독을 주최하는 자들의 본거지라고 추측할 수 있었다.

"그것은….."

"후지산 기슭. 남측. 지도상으로는 아무것도 없는 장소다."

마에지마가 가볍게 손을 들자, 뒤에 있던 후나미가 종이 한 장을 꺼냈다. 그 부근의 지도이며, 거기에 손바닥 크기의 동그라미가 그려져 있다. 이 범위 내의 어딘가에서 전보가 발신된 것은 틀림없다고 한다. 범위의 가장 바깥쪽이라고 해도, 가장 가까운 마을에서부터 직선거리로 3킬로미터쯤 떨어져 있다. 다른 성청에 그 근방 출신자가 있어서 물어봤는데, 거기에는 수해가 있을 뿐이라고 한다.

"오쿠보 씨는 뭐라고?"

현재 알고 있는 것은 이것이 전부라서, 슈지로는 오쿠보의 생각을 물었다.

"그대로 전하겠다."

마에지마는 오쿠보가 전달을 맡긴 내용을 이야기하기 시작했다.

먼저, 이러한 형태라도 무사하다는 것을 알게 된 것은 기쁘다. 당장이라도 흑막을 체포하고 '고독'에서 빠져나오게 해주고 싶지만, 그러려면 한동안 시간이 필요하다. 그때까지는 섣불리 막아버리면 '고독' 주최자는 너를 처치하려고 들겠지. 너는 물론이고, 함께 있는 아가씨의 목숨이 위험해진다. 우리가 괴멸시킬 때까지 아무것도 모르는 척하고 여행을 계속하는 것이 바람직하다. 며칠 안에 본거지를 함락해서 전부 끝낼 테니, 그때까지는 몸을 지키는 데 전념해 줘. 어쨌든 도

쿄로 와주길 바란다. 자세한 이야기를 직접 듣고 싶다는 이유도 있지만,

- 오랜만에 너와 술 한잔 나누고 싶다.

라고, 오쿠보는 마지막에 한쪽 입술을 올리며 웃었다고 한다.

"오쿠보 씨도 여전하네…."

슈지로는 중얼거렸다. 움직인다면 신중하면서도 신속하게. 얼굴도 본 적 없는 후타바를 진심으로 걱정해 준다. 그리고 거만하지 않은 점도. 사는 세계가 다르다고 그가 멋대로 생각했었으나, 전언을 듣고 오쿠보는 지금도 그 무렵 그대로라고 느꼈다.

"그러니까 한동안 이대로 견뎌주길 바란다."

마에지마는 근엄하게 말했다.

"알겠습니다. 본거지에 들어간다는 것 말입니다만…."

"오쿠보 씨는 가와지에게 그렇게 명했다."

가와지 도시요시. 사쓰마번의 준시분(準士分. 사쓰마번 가신의 신분 중 하나로 시분(士分) 다음 가는, 혹은 그에 준하는 신분)이라고도 할 수 있는, 요리키(与力. 부교 밑에서 경찰, 행정 업무를 담당한 하급 관리를 지휘하던 사람) 출신이다. 사이고 다카모리, 오쿠보 도시미치가 발탁했다. 사격 솜씨가 상당히 뛰어나고, 금문의 변(1864년 교토에서 추방당한 조슈번 세력이 일으킨 무력 충돌 사건)에서는 조슈번 유격대 총독인 기지마 마타베를 저격하는 큰 공을 세웠다.

메이지에 들어선 이후에는 사이고의 권유로 관직에 앉아 출세를 거

듭했고, 후에 서양의 경찰 조직을 배우기 위해 유럽으로 유학. 귀국 후에 경시청이 창립되자 초대 대경시에 취임했다.

가와지는 일찍부터 경찰 내에 불만분자, 과격파가 있다는 것을 알아차렸고, 오쿠보에게 그 사실을 의논했다고 한다. 경시청을 내무성에 통합시킨 것도 그런 논의가 있었기 때문. 오쿠보에게 있어서 마에지마가 오른팔이라면, 가와지는 왼팔이라고도 할 수 있는 존재다.

가와지는 지금 시찰 때문에 군마에 출장 중이지만, 오쿠보는 전보를 이용해서 사태를 알리고는,

─신뢰할 수 있는 자들로만 부대를 편성해서 후지산 기슭의 본거지를 함락하라.

라고 명령했다고 한다.

"이런 말씀을 드려도 될지 모르겠습니다만…."

슈지로는 말하기 거북한 듯이 말끝을 흐렸다.

"거리낌 없이 말해."

"가와지 씨는… 신용할 수 있는 겁니까?"

고독에 경시청이 얽혀 있다는 것은 틀림없다. 그 국장인 가와지 역시 신뢰할 수 없는 것 아닐까? 라는 뜻이다.

슈지로도 사쓰마번에서 잠시 지낼 때 가와지를 본 적이 있다. 한두 마디는 대화도 나눴었는지도 모른다. 그러나 오쿠보나 마에지마와 달리, 친했던 것은 아니고, 그 인품에 관해서도 잘 모르는 것이다.

"편벽한 사내다. 그러나 관청을 배신할 만한 남자는 아니야."

마에지마는 고개를 가로저었다.

그것은 세이난 전쟁에서의 가와지의 행동이 뒷받침한다고 한다. 사이고가 하야했을 때, 많은 전 사쓰마번사들이 그를 따라갔다. 사이고가 발탁해 출세했다는 이유도 있어, 가와지도 따라갈 거라고 모두가 생각했다. 그러나 가와지는,

- 개인적인 감정으로는 정말로 견딜 수 없지만, 국가 행정 활동은 단 하루도 쉬는 것이 용납되지 않는다. 대의 앞에서는 사적인 감정을 버리고 어디까지나 경찰에 헌신하겠다.

라고 표명하고 관직에 남았다. 오쿠보는 이 일을 높이 평가하고 가와지에 대한 신뢰를 더욱 굳히게 되었던 것이다. 큰 은혜를 입은 사이고를 버리면서까지 대의를 위해 정부에 남은 것이다. 이제 와서 배신하는 짓은 하지 않을 거라는 것이다.

"자, 잠깐 실례해도 될까요?"

문밖에서 목소리가 들렸다. 하마마쓰 우체국 국장의 목소리다.

"무슨 일인가?"

"역체국으로부터 전보가 도착했습니다. 상당한 양이고 지금도 계

속 오고 있습니다."

"벌써 시간이 그렇게 되었나?"

5월 12일 정오에 하마마쓰 우체국에 도착한다. 마에지마가 도쿄를 나온 후에 판명된 사실을 오후 1시에 전보로 보고하라. 그렇게 출발하기 전에 지시해 뒀던 모양이다.

"뽑은 것부터 순서대로 가지고 와줘."

"네!"

국장은 일단 되돌아가더니 종이 뭉치를 들고 왔다. 입구에서 우루마가 받아 마에지마에게 전달한다. 마에지마는 종이를 재빨리 넘기다가,

"좋았어."

라고, 짧게 중얼거렸다.

"무슨 일입니까?"

"암호 글 일부를 해독한 모양이다. 대강의 내용이 보이기 시작했다."

게다가 이 사이에 후지산 기슭을 향해 전송된 전보를 반쯤 해독했다고 한다. 숫자를 나타내는 암호, 그리고 죽는다, 죽인다, 도망친다는 등의 흉흉한 동사가 군데군데 보인다. 역시 후지산 기슭이 고독 흑막의 본거지라는 확신이 강해졌다.

"다음입니다."

후나미가 다음 종이 다발을 받아와 건넸다.

"뭐…."

마에지마가 경악하는 것을 알았다.

"무슨?"

"요 이틀, 특히 전보가 많았다."

"모두 하마마쓰에 접근할 무렵입니다. 많은 자가 죽었어도 이상할 것 없지요."

"아니, 그게 아니야. 후지산 기슭**에서 전송된** 전보가 쏟아지는 것이다. 지금까지도 많았지만, 요 이틀 사이에 그 세 배… 그중에는 경시국으로 날린 것도 있다."

수신자는 이 하마마쓰 부근이 반. 이것은 '고독'에 관한 연락으로 보인다. 나머지 반은 경시국으로 타전한 것이라고 한다.

"어떻게 된 일?"

이로하가 자기도 모르게 목소리를 높이고,

"수상하군."

이라고 시쿠라가 조용히 대답했다.

"후나미, 타전이다. 토벌대는 벌써 나갔는지 경시국에 문의해. 가와지는 어제 돌아왔을 것이다."

"알겠습니다."

후나미는 방에서 나가 타전실로 갔다. 그 사이 국장에게서 받아오는 종이는 우루마가 한 손으로 받아 마에지마에게 건넸다.

"경시국 중에도 '고독'에 관련된 자가 있다는 것은 이미 명백… 그러나 뭘 꾸미는 거야?"

마에지마는 신음하는 것처럼 말했다.

"좀 봐도 되는겨?"

교진이 안색이 변해서 자리에서 일어섰다. 우루마가 움직이려고 했지만, 마에지마가 손으로 제지한다.

"왜 그래?"

"지금, 잠깐 보인 그게 암호인가?"

"그렇다."

그 사이 이리저리 날아다니던 암호는 그대로 이쪽으로 보내고, 해석이 된 부분만은 따로 모아서 보고하는 모양이다. 교진의 눈에 들어온 것은 그 암호의 종이였다.

"해석할 수 있을지도 모르는구먼."

"진정인가? 하지만, 어째서…."

"백인조가 공통으로 사용했던 암호랑 비슷하구먼."

백인조란, 이가조, 코가조, 네고로조, 25기조의 총칭이다. 오랜 태평성대 동안 각각 표면적으로는 그냥 무사가 되었다고 생각했지만, 그중 일부는 전국시대 무렵처럼, 막부의 명을 받아 은밀하게 활동하는 자들이 있었다. 이가조의 교진도 그중 한 사람이다.

각 조는 기본적으로 제각각 움직이기 때문에 독자적인 암호를 사용한다. 그러나 간혹 큰 임무에서는 모든 조가 협력해서 일에 착수하도록 명령받는 때도 있다. 그때 사용하는 공통의 암호가 있는데, 전보의 문장이 그것과 흡사하다고 한다.
"그런 것이 있었다니… 아무도 알아차리지 못했다."
마에지마는 놀란 얼굴이 되었다.
"정부가 제대로 구 막신을 품어줬다면, 이렇게는 되지 않았겠지. 특히 백인조 같은 말단들."
교진은 비아냥을 섞어 대답했으나, 그럴 때가 아니라고 생각했는지, 다시 심각한 표정으로 말을 이었다.
"보여주쇼."
"부탁한다."
마에지마는 자리를 양보하고, 교진은 선 채로 책상 위에 종이를 펼쳐냤다. 시간으로는 12, 13분 정도, 방 안에 종이가 스치는 소리만 울렸다.
"어이, 어이… 좋지 않구먼."
교진이 처음 한 말은 그것이었다. 평소의 경묘함은 한 점도 없고, 그 표정은 매우 굳었다. 슈지로는 자리에서 일어나서 물었다.
"읽을 수 있었나?"
"그려. 각오하고 들어봐. 크게는 세 가지…, 전부 나쁜 이야기구먼."
교진의 전제에, 마에지마는 침을 삼키며 고개를 끄덕였다.
"첫 번째, 흑막은 경찰 내부의 과격파가 아니여."
"무슨 말도 안 되는."
"그보다 더 나쁘구먼."

"설마….".

"그려. 경시국장, 가와지 도시요시가 흑막이라고 봐도 거의 틀림없 구면."

전보에 이름이 나온 것은 아니다. 그러나 교진은 경시국의 2인자에게도 지시를 내렸다는 점에 착안. 이것이 가능한 것은 경시국장인 가와지밖에 없다. 군마로 출장을 갔다는 것도 거짓말이고, 분명 그 후지산 기슭의 은신처에 있을 것이라는 말이다.

"도저히 믿을 수 없다…."

마에지마가 경악했을 때, 마침 후나미가 방으로 돌아와 말했다.

"토벌대는 아직 출동하지 않은 모양입니다. 가와지 님도 돌아오지 않았다고. 그리고 이것이…."

후나미는 새로운 전보를 마에지마에게 건넸다. 본건과는 관계없지만, 마에지마의 귀에 들어가는 게 좋다고 생각한 모양이다.

어제 내무성 안에 있는 지방국 사람이 찾아왔다. 이시카와현 사족 6인이 오쿠보 도시미치의 암살을 꾸미고 있다는 정보를 지방국은 얻었다. 지방국은 즉시 경시국에 그 사실을 보고했으나, 가와지에게 전달해 두겠다는 가벼운 대답뿐이었다고 한다. 지방국 공무원은 그 어설픈 대응에 거기에서 물러나지 않고, 출장 중인 가와지에게 전보를 쳐달라고 다그쳤다. 공무원 앞에서 확실히 전보는 보내졌고, 가와지한테서 답신이 왔다. 그러나 그 내용이,

-이시카와현 사람이 뭘 할 수 있다는 건가?

라고 깔보는 것으로, 전혀 상대해 줄 기색이 없었다. 그 이상은 월권에 해당하기 때문에 물러났지만, 역시 개운치 않아서 오쿠보의 오른팔인 마에지마 소관인 역체국으로 들고 갔다고 한다.

"정말이란 말인가…?"

마에지마는 미간을 꼬집으면서 신음했다. 이시카와현 사족의 습격이 진짜 있을지는 모른다. 단, 보통이라면 오쿠보의 귀에 반드시 들어가야 할 안건이다. 역시 경시국은, 가와지는 뭔가가 이상하다.

"마침 잘됐구먼. 그것은 두 번째랑 관계 있응께."

교진은 다시 이야기하기 시작했다.

"마침 잘됐다니…?"

"가와지는 오쿠보를 치려는 거시여."

"뭐라고?"

마에지마는 눈을 크게 뜨고 망연자실했다.

"오쿠보가 토벌대를 보내라고 명령한 시점에서, 가와지는 '고독'에 관해서 누설되었다는 것을 깨달았구먼."

교진은 책상 위의 종이를 손가락으로 톡톡 두드리며 말을 이었다.

"거기에 이시카와현 사족의 정보여. 지금이라면 암살해도 그놈들 짓으로 돌릴 수 있을 거라고 대담해진겨. 아니, 애초에 그 정보를 지방국에 흘린 것도 경시국인지도 몰러."

반기를 들겠다고 각오한 시점에서, 예전부터 갖고 있던 정보를 지방국에 흘려, 그것을 경시국에 돌아오게 한다. 그러면 암살이 성공해도 이시카와현 사족의 소행이라고 주장할 수 있다. 가와지로서는 실수였긴 하지만, 적어도 자기가 관여한 것은 부정할 수 있다는 것이다.

"가와지 놈…."

마에지마는 주먹을 꽉 쥐었다. 이쯤 되니 이제 마에지마도 가와지의 짓이라고 확신을 얻은 것 같다.

"마지막으로 세 번째. 말해도 되나?"

교진은 모두를 둘러봤다. 그 얼굴이 약간 긴장되어 있다.

"뭐지?"

슈지로가 짧게 묻자, 교진은 깊이 숨을 들이쉬고는 대답했다.

"그리 멀지 않아… 경시국과 시즈오카현청 제4과가 이 하마마쓰 우체국으로 쳐들어온다."

그때였다. 마치 때를 노린 것처럼, 국장이 안색이 변해 방으로 뛰어들어왔다.

"말씀 중에 실례합니다! 지금 밖에 4과가!"

"벌써 왔나?"

마에지마는 책상에 팔꿈치를 짚고 손을 깍지 꼈다.

"눈치 못 챘던겨?"

교진이 의아한 듯이 묻자, 이로하는 씁쓸한 얼굴로 대답했다.

"무리한 요구를 하지 마."

"비술은 항상 꺼내놓고 있는 게 아니야."

슈지로는 고개를 가로저으며 말했다. 무곡, 파군, 문곡 등을 전투 때 쓴다는 것은 알지만, 반면에 녹존, 거문 등은 쓰는 것이 아니라, 몸의 강화로 오해하기 쉽다. 그러나 그것은 잘못 아는 것이고, 자기 의지로 발동해야 한다. 또한 거기에는 상당한 체력이 필요하고, 비술의 종류, 개인차도 있지만, 시간에도 제한이 있는 것이다.

"그렇구먼."

교진은 이제야 알았다는 듯이 이로하에게 가볍게 고개를 숙여 사과했다.

"4과는 뭐라고?"

그 사이, 마에지마는 국장에게 물었다.

"여기 마에지마 님이 계실 테고, 게다가 흉악범의 인질로 잡혀 계신다고…."

"그런 각본이로군. 안심해. 이 자들은 흉악범 같은 게 아니야."

"그것은 압니다. 여기에 역체국장님은 안 계시다, 뭔가 오해가 있을 거라고 말했습니다. 하지만 4과는 물러서지 않고, 입구에서 실랑이를 벌이고 있습니다. 상당한 인원입니다…."

국장은 목을 꿀꺽 울렸다. 그 수는 백 명이 넘는다. 이 하마마쓰에서 이토록 많은 경찰을 본 것은 처음이라고 한다.

마에지마가 이곳에 없다고 주장했으나, 4과는 무슨 소리를 들었는지,

―너희도 협박당한 거지? 구해줄 테니 안심해라.

라고 말하며 전혀 물러서지 않는다고 한다. 들이닥치는 건 시간문제다.

"우리는 알아서 하겠습니다. 마에지마 씨는 밖으로."

슈지로는 권했으나, 마에지마는 고개를 가로젓는다.

"경시국 사람도 있을 터. 이렇게까지 한다는 것은 여차하면 나도 처치할 생각인지도 모른다."

슈지로 일행이 마에지마와 만난 것은 분명. 그러나 마에지마의 거성인 우체국에서의 대화는 아무리 주죄자들이라고 해도 파악할 수 없고, '고독'에 관해서 말했다는 확증은 없다. 따라서 그들을 실격 처리할 수는 없을 것이다.

그렇기는 해도, 말하지 않았다고도 생각할 수 없어 그것이 공표되는 것을 상당히 걱정하고 있을 터. 흉악범이 죽였다. 혹은 구하는 과정에서 유탄을 맞았다, 등등의 이유를 붙여,

— 그 자리에서 마에지마를 없애라.

라고 절박한 나머지 지시했을 가능성도 충분히 있다.

"이미 이것은 정부에 대한 모반…."

마에지마는 거기까지 중얼거리더니, 잠시 사이를 두고 나서,

"역체국과 경시국의 전쟁이다."

라고 낮게 선언했다. 그 후에는 곧바로 지시를 내렸다.

"국장. 우선은 국원과 함께 대피해 주게."

"하지만…."

"걱정할 필요 없다. 말려들게 해서 미안하다."

마에지마가 고개를 숙이자, 우체국장은 황급히 말렸다.

"고, 고개를 들어주십시오. 말씀대로 따르겠습니다."

"부탁한다. 가능한 한 천천히, 시간을 벌어주면 고맙겠다."

국장은 알았다며 방을 나갔다.

대피가 끝날 때까지 길어봤자 10분 정도. 그 짧은 시간 안에 대책을 강구해야만 한다. 그러나 역시 동란을 헤쳐나와 역체국 수장 자리까지 올라간 마에지마였다. 침착하게 모두에게 말했다.

"자네들은 뒷문으로 나가면 돼."

"안 돼. 완전히 포위되었다."

이로하가 귓불에 손가락을 콕 대면서 대답했다. 지금은 녹존을 사용하는 모양이다. 뒤쪽에서도 여러 명의 말소리가 들린다고 한다.

"그렇다면 우리가 유인해서 시간을 벌겠다. 그 틈을 노리면 된다."

마에지마는 자기를 미끼로 삼을 것을 제안했으나, 슈지로는 고개를 저었다.

"마에지마 씨를 버릴 수는 없어."

"나는 도쿄에 타전해야만 한다."

오쿠보의 목숨을 노린다는 것도 보고해야만 한다. 그 때문에 어찌 되었든 남아야만 한다는 것이다.

"보고하는 것은 당연합니다. 단…, 그것만으로는 불안합니다."

"오쿠보 씨의 경호는 굳건하다."

항상 여러 명의 건장한 호위가 붙어 있고, 이동에 이용하는 마차에는 철판이 붙어 있어 총에 대한 대비도 만전이라고 한다.
"아뇨, 정말 무서운 것은 진짜 자객입니다."
칼은 총 때문에 도태되어 가고 있다. 그렇기는 해도 칼의 이점이 없는 것은 아니다. 총알 수의 제한도 없고, 장전할 필요도 없다. 슈지로나 그의 형제, 도사의 오카다 이조, 구마모토의 가와카미 겐사이, 사쓰마의 나카무라 한지로, 그리고 '난자의 부코쓰' 간지야 부코쓰-.
이 정도의 달인이 등장할 경우에는 이야기가 달라진다. 이런 자들이라면 설령 열 명, 스무 명의 호위가 붙어 있다 한들 전부 베어버리고 철판 마차에서 끌어 내릴 것이다.
확실히 그 정도급의 인간은 좀처럼 없지만, 슈지로의 뇌리를 스친 것은, 덴류지에서 교토부청 제4과의 검객을 단칼에 베어버린 그 복면 남자였다. 그 남자의 검은 그 정도 영역에 있다고 느꼈다. 만약 그 남자를 암살에 투입한다면, 오쿠보의 신변이 위험하다.
"움직이기 시작했다."
이로하가 중얼거리듯 말했다. 바깥의 목소리가 들린다. 국원을 회유하는 4과의 목소리다. 이로하만큼의 청력을 갖지 않은 슈지로에게도 들렸다. 이제 돌입까지 5분 정도밖에 남지 않았다.
"마에지마 씨, 나를 이용해 주십시오."
"하지만 말려들게 할 수는….."
"말려들게 한 것은 우리 쪽입니다. 지금은 다같이."

슈지로는 더욱 강하게 재촉했다.

"우리 목적을 위해서도 힘을 보태주겠다면."

이로하가 말했다. 환도재를 친다는 목적 말이다. 이제 진로쿠와 합류해서 네 명이 싸운다고 해도 만전이라고는 말할 수 없기 때문에, 조금이라도 많은 달인을 모으고 싶다고 말했었다. 마에지마 측의 협력을 얻을 수 있다면 든든하다.

"뭔지는 모르지만, 내가 할 수 있는 일은 하겠지만…."

마에지마는 이로하를 쳐다봤다.

"어찌 되든, 저쪽은 우리도 표적에 넣겠지."

시쿠라도 또한 동조했다.

"교진…."

"동맹을 제안한 것은 내구먼."

교진은 씁쓸하면서도 거만한 웃음을 보였다.

"저는 선택할 입장이 아닙니다."

신지로는 긴장하면서도 애써 웃음을 보인다.

"후타바."

"당연하지."

후타바는 잠깐의 뜸도 들이지 않고 고개를 끄덕였다.

"이야기는 정리되었다. 최선책을 쓸 수 있는 것은 당신입니다."

슈지로가 말하자, 마에지마는 잠시 넋을 놓고 있었으나, 힘 있게 고개를 끄덕였다.

"먼저 모두 여기를 빠져나간다. 그후에는 우리도 지키면서 공격하고 싶다."

"지키면서 공격한다?"

"누군가 단숨에 도쿄로 들어가 오쿠보 씨를 지켜주길 바란다."

마에지마도 슈지로의 이야기에 나왔던 복면의 남자가 묘하게 마음에 걸린다고 한다. 적이 당장 준비를 마치면, 오쿠보 습격은 금방이라도 일어날 수 있다. 지금 바로 자기와 함께 누군가가 도쿄로 가줬으면 한다는 것이다.

"늦지 않을까요?"

슈지로는 물었다. 하마마쓰에서부터 도쿄까지 아직 상당한 거리가 있다. 밤새 달린다고 해도 꼬박 이틀은 걸린다.

"전마(傳馬)를 이용한다."

같은 간격으로 배치된 역에서 말을 계속 갈아타는 제도를 말한다. 막부가 완성한 것을 역체국이 이어받아, 지금은 더욱 정비를 진행하고 있다.

"그거라면 늦지 않을지도…, 하지만…."

두 가지 문제가 있다. 하나는 아직 그들이 '고독' 도중이라는 것. 아무도 도쿄에 들어갈 수 있는 30점을 갖지 못했다. 두 번째는 말을 잘 다루는 자가 있느냐 하는 것. 적어도 슈지로는 무리였고, 교진도 씁쓸하게 고개를 가로저었다.

"나는 군인이다. 탈 수 있다."

시쿠라가 조용히 말했다.

"괜찮은 건가…?"

환도재를 치는 것이 시쿠라의 목적이다. 도쿄까지 가면 그만큼 기회는 줄어들게 되는 것이다.

"어차피 지금은 해치울 수 없다는 걸 알았다. 놈도 도쿄까지 반드시 남겠지. 그때 약속대로 힘을 빌리겠다."

"알겠다. 약속한다."

슈지로는 분명하게 고개를 끄덕였다.

"하지만 목패가…."

"넘겨주면 되잖아?"

슈지로가 말하려 하자, 후타바가 끼어들었다. 지금 슈지로 일행은 네 명이서 61점, 시쿠라는 11점을 보유하고 있다. 도쿄에 들어가는 데 필요한 것은 30점. 즉, 19점을 시쿠라에게 넘겨주면 되는 것이다.

"그렇군."

"고독 패거리도 이런 상황은 상정하지 못했을 거구먼."

슈지로는 감탄했고, 교진은 웃었다. 후타바는 시쿠라에게 19점 정도를 건네고,

"부탁합니다."

라며 고개를 숙였다.

"그래."

시쿠라는 목패를 꽉 움켜쥐고 마에지마에게 말했다.

"일각을 다툰다. 서두른다."

"역체국의 전력을 다 쏟겠다."

마에지마는 더욱 덧붙였다.

"후나미, 요코하마부터는 그들을 쓴다. 더 빠르다."

"알겠습니다."

후나미는 고개를 끄덕이더니 책상에 놓아뒀던 권총을 품속으로 도로 집어넣었다.

"그들이라니?"

"공부성 안에는 역체국과 상당히 친밀한 국이 몇 개인가 있다."

마에지마가 말하는 그들은, 관할 성은 달라도, 협력하지 않으면 서로의 일에 큰 지장이 생기기 때문이라고 한다. 전신을 관장하는 전신국 등이 그 제일 대표적인 예다.

"휘말리게 하는 것은…?"

"역체국의 전력을 다 쏟겠다고 말했지? 게다가 벌써 그 국면에 처했다."

확실히 이것은 정부에 대한 반란이라고 해도 과언이 아니다. 마에지마는 표정이 한층 더 험악해지며 말을 이었다.

"반드시 힘을 빌려줄 국 중 하나에…."

"앞으로 몇 명."

이로하가 끼어들어 재촉한다. 지금 우체국장은 발을 다친 척을 하며, 국원의 부축을 받으며 시간을 벌면서 오고 있다고 한다. 남은 시간은 3분도 없겠지.

"너무 오래 이야기한 모양이다. 나중에 하자. 다음은 공격하는 쪽이다."

마에지마는 남은 시간을 돌아보고 이야기를 되돌렸다.

"어떻게?"

"후지산 기슭의 본거지를 친다."

마에지마는 늠름하게 말했다. 지금 이쪽은 완전히 선수를 빼앗겼다. 가와지 등 주모자 패거리는 방심하고 있겠지. 역으로 이쪽이 본거지를 쳐서 단숨에 끝내는 전략도 세우고 싶다는 것이다.

"이로하, 부탁이 있다."

슈지로는 정중한 말투로 말했다.

"당신…."

이로하는 어이가 없다는 듯이 한숨을 내쉰다. 의도는 이미 알아차렸을 테지.

'고독'의 본거지라면, 상당히 엄중한 경비 체제가 깔려 있을 것을 예상할 수 있다. 거기를 치는 거라면 위험도 크다.

 ─ 내가 가는 수밖에 없다.

라고 생각하고 있다. 그렇게 되면 이로하에게 마에지마, 신지로 그리고 특히 후타바를 지켜달라고 해야 한다.

"마에지마 씨, 거기에는 ─."

"나가 좋겠구먼."

슈지로가 말하려던 것을 가로막았다. 교진이었다.

"너…."

"본거지는 대강의 장소밖에 몰라. 수해 속에서 찾아내야 하는 거면 나가 제일 유리하구먼. 게다가…."

"뭐지?"

"아녀, 그 밖에도 나가 맞을 만한 이유가 있을지도 모르는구먼."

교진은 의미심장한 말로 말끝을 흐렸다.

"교진 씨."

후타바가 불안한 듯한 얼굴로 본다.

"후타바, 딱 한 가지 부탁이 있다. 후지산에 가려면 간바라 역참이나 요시와라 역참에서부터. 어느 쪽이든 시마다 역참 지나서구먼."

"14점이 필요하다는 거구나."

다음 관문인 시마다 역참을 빠져나가려면 15점이 필요하다. 본거지를 기습하기 위해 점수 패를 모으고 있을 짬은 없다.

"괜찮은겨?"

"물론."

후타바는 14점을 교진에게 건넸다. 이것으로 나머지는 27점. 19점의 흑패를 가진 신지로는 접어두고, 슈지로, 후타바 두 사람은 하마마쓰를 빠져나갈 수 없을 정도로 줄어들게 된다.

슈지로의 뇌리에 쓰루바미의 말이 한순간 스쳤다. 여기에 오기 전에 쓰루바미는,

― 게다가 목패가 있다면 일찌감치 확인을 받는 게 좋을 거라고 생각됩니다. 무슨 일이 일어날지 모르니까요."

라며 먼저 목패를 확인할 것을 권했었다. 이미 경시국이 움직이고 있고, 도주해야 하는 사태가 될 것을 알고 있었는지도 모른다. 그러나 어째서 일부러 은근히 도와주는 것 같은 일을 한 것일까? 한순간의 변덕인가? 아니면 뭔가 목적이 있는 건가?

"지금 국장이 중얼거렸다… 제발 무사하시기를, 이라고."

이로하가 말함으로써 생각에서 현실로 되돌아왔다. 국장은 제일 마지막으로 우체국에서 나갔다. 그것은 즉 곧 경시국, 시즈오카현청 제4과가 들이닥친다는 것을 의미한다.

"드디어인가? 아무쪼록 부탁한다."

마에지마가 힘 있게 고개를 끄덕였다.

"모두…."

슈지로는 모두를 둘러보고, 이어서 의연하게 말했다.

"도쿄에서 만나자."

그 순간, 건물에 사람이 들어오는 소란스러운 기척이 났다. 여러 명의 발소리, 들이닥치는 자의 목소리도 귀에 들어온다.

견제를 위해서일까? 건물 뒤쪽에서부터 공방이 시작되었음을 고하는 것 같은 한 발의 총성이 울려 퍼졌다.

*

희미한 등불이 아련히 비추는 방으로 한 사람, 또 한 사람 되돌아온다. 하나같이 표정도 굳었고 긴장하고 있었다.

후지산 기슭에 있는 이 서양식 건물에는 30개가 넘는 방이 있고, 네 명의 손님에게는 각각 호화로운 객실이 주어졌다. 하루의 대부분을 객실에서 술을 마시며 보내는 자도 있고, 독서에 몰두하는 자, 유희실에서 체스를 즐기는 자도 있다.

단, 정오에는 이 방에 모여 회의했고, 오후 6시에 만찬회를 할 때만큼은 다들 얼굴을 내밀기로 정해졌다.

그러나 지금은 밤 10시. 급히 모이라고 객실에 비서들이 부르러 갔기 때문에 모두 무슨 일인가 예기치 못했던 일이 벌어졌다고 이해한 모양이다.

"눈치채신 바와 같이, 일이 약간 성가셔졌다."

모두가 모였을 때 말문을 열었다. 당황하지 않도록 애써 부드럽게 말했다고 생각했으나 이미 손을 덜덜 떠는 자도 있다. 그자는 잠시도 견딜 수가 없다는 듯이 물었다. 그 목소리 또한 힘이 없다.

"가와지 씨…, 성가신 일이라니…?"

가와지 도시요시. 그것이 내 이름이다. 가슴 앞에서 손을 깍지 끼면서, 모두를 향해 낮은 목소리로 말했다.

"그 전에, 지금도 결심에 흔들림은 없는지 확인하고 싶다."

"변함없습니다. 사족은 전부 멸망해야 합니다."

가장 체격이 좋은 남자, 사카키바라가 곧바로 대답한다.

불평 사족이 일으킨 구이치가이의 변(1874년 도쿄 아카사카 구이치가이 언덕에서 일어난, 우대신 이와쿠라 도모미 암살 미수사건), 사가의 난 등에서 오쿠보의 명령을 받고 나는 밀정을 이용해 동향을 살펴왔다.

세이난 전쟁에서도 마찬가지다. 부하 몇 명은 사이고의 사학교 생도에게 붙잡혔다. 거기에서 차라리 죽는 게 나을 정도의 고문을 당하고,

- 사이고를 암살할 생각이었다.

라는 거짓 증언을 강요받았다. 이로 인해 사이고에게 심취한 자들은 격노했고, 마침내 내전이 발발할 지경에 이르렀던 것이다.

싸움이 시작되고 나서는, 나는 경시대에서 조직한 별동 제3여단을 이끌고 규슈의 각지에서 싸웠다. 후에 세이난 전쟁에서 가장 격전이었다는 말을 듣게 된 다바루자카 전투(1877년에 구마모토에서 벌어진 전투. 최대의 격전지인 다바루자카(田原坂)를 정부군이 함락함으로써 세이난 전쟁의 종결로 이어졌다)에도 참가했다. 부하들이 잇달아 죽어가는 것을 지켜보면서,

- 이놈들은 뭐지?

라고 적에게 격렬한 분노를 느꼈던 것을 지금도 뚜렷하게 기억한다. 나도 무사 태생임은 틀림없다. 그렇기는 해도, 요리키(与力)라는 하급 무사 집안에서 태어났다. 그 밑으로 교시(鄕士)라는 신분이 있긴

하지만 요리키는 제대로 된 무사로 대우받지 못하고, 상사 무리로부터 항상 멸시당했다.

상사 무리는 자기들만 무사라는 듯한 태도였고, 걸핏하면 자기들이 번을 지키고 있다는 둥, 천하 국가가 어떻다는 둥 하는 말을 목청 높여 논했다.

그러나 메이지 정부 수립 후, 그들은 불만이 고조된 끝에 마침내 이러한 반란을 일으키기에 이르렀다. 불만인 것은 자기들의 대우였다. 그것은 나태함 탓이다. 그 증거로 나는 요리키 신분이면서도 밤낮으로 면학에 힘썼고, 몸이 가루가 되도록 일하여 초대 대경시까지 올라갔다.

그런데도 그들은 폐도령이나 단발까지도 거론하며,

– 무사의 존엄성을 잃었다.

라고 지껄이고 있다. 몇 번이나 말한다. 불우한 것은 자기들의 게으름 탓인데도. 애초에 나는 무사라는 신분에는 아무런 집착도 없었다. 원래가 하급 무사였던 탓도 있겠지만, 보신 전쟁, 유신을 거치며, 무사가 그토록 쓸모없는 무리라는 것을 깨달았기 때문이다.

무사 중에도 영민한 자와 우둔한 자가 있다. 그것은 농민, 장인, 상인이라도 마찬가지다. 금수들을 잘 보라. 본래 능력 있는 자가 살아남고, 없는 자는 절멸한다. 이것이 자연의 섭리일 텐데. 그런데도 인간만이 신분이라는 정체 모를 것으로 나태하고, 나약하고, 열등한 씨를 지켜왔다. 도쿠가와 막부라는 감옥이 부서짐으로써, 이제야 생물로서의 본래 모습에 가까이 간 것뿐이다.

그것을 이해하지 못하고, 자기들 욕심으로 난동을 부리고, 선량한 백성들을 다치게 한다. 그런 구시대의 망령들은 멸망해야 한다. 그것이 내 유일한 바람이며, 사명이라고도 생각한다.

사이고는 거물이었다. 은혜도 입었다. 그러나 결과적으로, 그도 무사였다. 다른 속내가 있었는지도 모르지만, 그러한 망령들에게 가담했으니 변명은 할 수 없다. 사이고가 일으킨 세이난 전쟁으로 망령들 대부분은 멸망시킬 수 있었다.

그러나 아직도 남아 있다. 그 이후로 반란을 일으키는 짓은 하지 않지만, 암살이라는, 더욱 교활하고 더욱 냉혹한 수단을 이용해 자기 뜻을 관철하고자, 울분을 해소하고자 한다.

나는 한 명, 또 한 명 그자들을 밟아버렸다. 조금씩이나마 확실하게 숫자는 줄어들고 있다. 이대로만 가면 내가 죽을 때까지는 망령 퇴치를 완수할 수 있다는 계산도 서 있다. 그러나 도중에,

- 이것은 죽을 때까지 끝내지 못한다.

라는 사실을 깨달았다. 생각했던 것보다 망령의 수가 많았던 까닭이 아니다. 망령 토벌을 방해하는 '그것'의 존재를 알아차린 것이다. 그 탓에 도중에서부터 전혀 진전이 없게 되었다.

초조했다. 어떻게 하든 '그것'을 제거해야만 한다. 1년 동안 그 일만을 생각하고 고민하다가 어느 순간에 번뜩 떠오른 것이 바로,

- '고독'.

이었다. 경시국은 나에게 심취한 자가 대부분이며, 이쪽의 동의는 어려움 없이 얻을 수 있었다. 그러나 아직 불충분하다. 힘이 부족하다. 그래서 나와 마찬가지로 망령들을 두려워하고, 증오할 것 같은 자들에게 말을 걸었다. 그리고 협력을 맹세한 것이 눈앞의 이 네 명이었다.

"고맙군."

덩치 큰 남자, 미쓰비시의 사카키바라에게 가와지는 가볍게 고개를 끄덕였다.

미쓰비시는 도사의 이와사키 야타로가 해군업을 시작한 것을 계기로, 메이지 7년(1874년)의 대만 출병을 기점으로 급성장을 이뤘다. 작년 세이난 전쟁에서도 군사 수송을 도맡았고, 그 규모는 점점 커졌다.

"우리도 각오를 하고 왔습니다."

옅은 콧수염의 남자, 스미토모의 모로사와가 다음으로 입을 열었다.

미쓰비시와 달리 스미토모의 역사는 오래되었다. 아직 오다 노부나가가 살아 있던 무렵, 소가 리에몬이라는 은(銀) 상인의 가게인 이즈미야가 그 토대라고 한다. 그 후, 금은 광산의 발굴, 환전상도 운영하며 재물을 축적하여 유신을 맞이했다.

올해 스미토모가 보유한 국내 최대 규모의 에히메현 벳시의 구리 광산이 정부의 재원 확보를 위해 몰수당했다. 그러나 내가 요인인 이와쿠라 도모미와 연결해 줘서 이것은 해제될 전망이다. 나에게 그런 은혜를 입은 스미토모 가문이라서 말을 걸어봤던 것이 이 모로사와다.

"그야 우리만큼 무사의 무법에 괴롭힘당한 자는 없을 테니까요."

제일 키가 큰 남자는 미쓰이의 진보다. 미쓰이의 전신은 말하지 않아도 다 아는 거상 에쓰고야야. 도쿠가와 시대, 몇 번이나 대출금을 반납받지 못해서 두 번 다시 무사에게 돈을 빌려줘서는 안 된다는 가훈이 생겼을 정도.

메이지가 되어 본업인 포목점이 수입이 저조했으나, 정부의 재정을 쥐고 있던 이노우에 가오루와 특별히 친분이 있었기 때문에 5년 전에 미쓰이는 은행업을 맡게 되었다. 2년 전에는 일본 첫 사립은행인 미쓰이 은행을 설립. 그해에는 도쿠가와 시대 때부터 이어져 온 환전상을 발전시켰고, 미쓰이 물산도 동시에 창립되었다. 이로 인해 미쓰이는 궁지에서 벗어났다.

"저, 저희도… 마음은 같습니다."

아까부터 동요를 보이던, 지나치게 마른 남자, 야스다의 지카야마가 억지로 목소리를 짜내는 것처럼 말했다.

야스다의 역사는 아직 그 정도까지는 아니다. 막말 무렵, 야스다 젠지로라는 엣추(越中)국 교시(郷士)가 에도로 상경해, 완구점과 환전상 밑에서 수업.

그로부터 6년 뒤에 환전상과 건조식품 가게를 겸한 야스다야를 창립한 것은 불과 14년 전의 일이다. 동란의 시대, 막부가 시중의 귀금속을 회수하는 것을 도와 막대한 자산을 손에 넣었고, 메이지가 되자 그것을 자본으로 하여 다조칸사쓰(太政官札. 메이지 정부가 1868년부터 1869년에 걸쳐 발행한 일본 최초의 전국 통용 지폐. 금찰이라고도 불렸다) 거래로 더욱 이익을 거뒀다. 금융으로 성장한 부유한 상인이다.

재작년에는 대장성의 추천으로 제3국립은행을 창립. 이제부터는 경영 부진에 빠진 지방은행을 흡수, 더욱이 서양에서는 이미 일반적인 보험에까지 사업을 확대하려고 계획하고 있다. 그 때문에 야스다에게 정부와의 연결고리는 중요하다.

"돈이라면 마련하겠습니다."

모로사와가 한마디로 말했다. 이 고독을 생각해 냈을 때, 제일 먼저 고민해야 할 것이 돈이었다. 그래서 누가 제일 먼저 부르기 시작했는지는 몰라도 '4대 재벌'이라고 불리는 네 가문 중에서 "이 사람이다" 싶은 인간에게 말을 걸었던 것이다. 각지에 뿌려진 호코쿠 신문. 망령들을 낚기 위한 금불상. 모든 비용은 당주가 모르는 곳에서 그들에 의해 차출되고 있다.

"얼마를 쓰든 본전은 회수할 수 있습니다."

사카키바라가 콧김을 거칠게 내뿜으며 동조했다. 반드시 낚일 거라고 확신했다. 능력과 야심을 가진 자에게 말을 건 것이다. 그리고, 그것은 근사하게 적중했다. 그들도 역시 망령을 증오했고, 또한 두려워했다. 그것은 그들이 부유한 자들이기 때문이다.

유신 후에 미쓰비시, 미쓰이, 스미토모, 야스다는 부를 축적했다. 이대로라면 빈부 차는 점점 더 커지겠지. 그러나 그것은 내 입장에서 보면, 그들이 분골쇄신으로 일하기 때문이며, 아무런 문제도 없다. 그것이 불만이라면 똑같이 일하면 될 뿐이다. 그런 재벌도 기피하는 것이 딱 한 가지 있다. 그것이 '반란'이다.

반란은 즉, 무질서이며, 모든 것을 뿌리째 뒤엎어버릴 가능성을 숨기고 있다. 재벌 중에는 그 반란에 편승해 부흥한 가문도 있다. 그때는 때마침 흐름에 잘 탈 수 있었을 뿐. 다음에는 어떻게 될지 모른다. 모든 것이 무(無)가 되어버리는 일도 있을 수 있다. 그들이 금후로도 착실하게 장사를 해나가기 위해서 반란은 막아야만 한다.

그 반란을 일으키는 자는 누구인가? 그것이 망령, 무사다. 무사를 근절하는 것은 그들에게 있어서 10년 후, 백 년 후의 이익을 지키는 일로 연결되는 것이다. 네 명은 이것을 즉각 이해했고, 나에게 힘을 빌려주기로 약속해 줬다.

"고맙지만, 문제는 돈이 아니야."

가와지가 고개를 가로젓자, 지카야마가 불안한 듯이 물었다.

"그럼, 뭔가요…?"

"아무래도 오쿠보에게 발각된 모양이다."

"힉—."

지카야마는 오그라드는 비명을 질렀다.

"진정해. 말을 계속 들어보자."

그렇게 달랜 것은 진보였다.

"순서대로 이야기하겠다."

먼저 나는 그 일을 오쿠보 본인한테서 들었다. 경시국 내부에 불온한 움직임을 보이는 과격파가 있는 것 같다. 본거지도 대강 파악했으니 서둘러 포박해달라고.
"즉, 오쿠보는 아직 나를 의심하지는 않아."
내 말에 지카야마는 안도로 가슴을 쓸어내렸다. 모로사와는 비웃는 것처럼 코웃음을 치더니,
"계속 말씀해 주십시오."
라고 재촉했다.
"오쿠보의 귀에 어디서부터 들어갔는지를 조사해 봤더니… 아무래도 마에지마 같아."
오쿠보가 전보로 나에게 지시를 내린 그날, 마에지마가,
— 급히 상담할 일 있음.
이라며 방문해 왔다는 것을 알았다. 내가 꾸미고서 이렇게 말하는 건 좀 그렇지만, '고독'은 상당히 황당무계한 일이다. 그 상황도 그렇고 그런 황당무계한 일을 오쿠보가 바로 믿고 행동을 일으켰다는 것만 봐도, 측근인 마에지마가 고독에 관해서 알았다고 봐도 틀림없을 것이다.
"그러나… 마에지마는 어디서 그 사실을?"
진보가 의아한 듯이 물었다.

"바로 그거다. 히라기시."

방구석에서 대기하던 비서장 히라기시. 고독의 상황 파악, 운영은 이자에게 맡긴 상태다.

"네. 아무래도 참가자 중 한 명이 마에지마에게 알린 것으로 보고 있습니다."

"뭐라고요? 누가 알고 있는 겁니까?!"

사카키바라는 얼굴이 상기된다.

"확실한 증거가 있는 것은 아닙니다만, 이자가 아닐까 하고."

히라기시는 종이 한 장을 테이블 위에 놓았다. 모두가 몸을 앞으로 내밀고 들여다본다.

"108번… 사가 슈지로…."

지카야마가 읽자, 히라기시는 고개를 끄덕였다.

"마음에 걸려서 조사해 봤더니, 우체국원 출신이었습니다."

"그래서 마에지마인가? 그러나 일개 국원이 마에지마와 면식이 있는 겁니까?"

모로사와는 의심쩍다는 듯이 물었다.

"사가 고쿠슈라는 이름을 들은 적은?"

내 질문에 모두가 고개를 갸웃거렸으나, 단 한 명, 진보가 앗, 하고 소리를 냈다.

"설마… 도사의…?"

사카키바라와 모로사와도 생각난 모양이다. 에도가 중심 거처였던

지카야마만이 모르겠다는 듯이 좌우의 얼굴들을 쳐다본다.

"맞아. 도사, 사쓰마를 오가며 활동하던 자객이다."

내가 그렇게 말하자, 분위기는 단숨에 얼어붙은 것처럼 굳어버렸다.

"그자가 우체국원이…?"

지카야마가 조심스럽게 물었다.

"나도 몇 번 만난 적이 있지만, 몰랐다. 마에지마의 인연인 모양이야."

가와지가 눈짓을 하자, 히라기시가 대신에 이야기하기 시작했다.

"게다가 마에지마가 움직인 그날, 사가 슈지로가 오카자키 우체국에 들어갔다는 사실이 확인되었습니다."

"전보인가?"

사카키바라가 꺼림칙하다는 듯이 말하자, 히라기시는 고개를 끄덕였다.

"후에 사람을 보내 조사해봤습니다만, 전보는 분명히 보냈지만, 가족에게 보낸 것. 게다가 '고독'과는 아무런 상관도 없는 내용이었습니다. 그러나 위장한 것으로 생각됩니다."

"어째서 지금이 될 때까지 몰랐던 겁니까?"

모로사와는 짜증을 숨길 수 없는 것처럼 손가락으로 테이블을 두드렸다. 참가자에게는 각자 담당 감시자가 붙어 있다. 우체국에 들어가려고 한 시점에서 왜 말리지 않았는가? 더욱이 바로 보고하지 않았는가? 라고 추궁했다.

"사가 슈지로의 담당은 쓰루바미…, 미나세 하지메라는 뛰어난 밀정이다."

여기에는 내가 대답했다. 사가번의 하급 번사에서 경시국으로. 세이난 전쟁도 포함해서, 모든 사족 반란의 정찰을 담당하고도 생환한 남자다. 나도 그 능력을 높이 평가하고 있다.

"그러나 어찌 됐든, 좋게 말하면 규칙을 준수하고, 나쁘게 말하면 융통성이 없다."

더욱 말을 이었다. 우체국에 들어간 일을 왜 보고하지 않았는가? 라고 물었을 때, 미나세는,

- '고독'의 규정을 위반한 것은 아니므로.

라고 당당하게 말했다고 한다. 이 일을 알게 된 것은 모두에게 짚이는 것이 없는지 물었을 때, 사가 슈지로와 행동을 함께했던 쓰게 교진이라는 남자의 담당인, 하코라는 이름을 쓰는 다로 조지가 보고했기 때문이다. 히라기시는 타이밍을 봐서 이야기를 재개했다.

"이것 때문에 늦어진 것은 사실입니다. 마에지마는 도쿄를 나갔습니다."

"그것은…."

지카야마가 주먹을 꽉 쥐었다.

"사가 슈지로와 합류할 생각인 듯. 분명 장소는 하마마쓰."

"그건 큰일이잖습니까?"

사카키바라에게도 과연 초조한 빛이 떠올랐다. 사가 슈지로와 합류하면, 고독의 전모를 알게 된다. 명석한 마에지마라면, 흑막이 나라는 것, 더욱이 재벌가 인간이 자금을 대고 있다는 것도 머지않아 알아낼 것이다.

"그러나 간신히 늦지 않았습니다. 이미 손은 써뒀습니다."

"어떻게?"

모로사와는 심호흡을 하고 조용히 물었다.

"먼저 첫 번째. 시즈오카현청 제4과에 마에지마를 체포하라고 시켰습니다. 그 소동을 틈타…."

히라기시는 손을 칼처럼 세워 자기 목을 훑었다.

"그러나 4과만으로 대응할 수 있겠습니까? 거기에는 그 자객도 있잖아요?!"

지카야마는 입에 거품을 물었다. 그러나 이것은 다른 자도 마찬가지로 우려를 품은 모양으로 그를 우습게 보는 자는 아무도 없었다.

"사가 슈지로만이 아닙니다."

99번, 쓰게 교진은 그와 행동을 함께한다. 7번 다나카 지로, 168번 기누가사 이로하도 합류할 조짐이 있다. 이들은 모두 사가 슈지로에 뒤지지 않는 달인이라고 한다.

"그럼 더욱 문제 아닙니까?"

지카야마는 울 것 같은 얼굴이 되어 호소했다.

"4과뿐만이 아니라, 경시국에서 우테나와 호쿠소…, 고센 유마, 아즈마 로쿠이치, 두 사람도 보냈습니다."

"분명히 격검 대회에서 상위를 차지했던."

사카키바라는 자기도 격검(검 또는 검 모형을 들고 싸우는 격투기)을 하기 때문에 기억하고 있던 모양이다. 고센은 올해 4위, 아즈마는 3위였던 남자다. 참가자의 감시 담당으로는 붙이지 않고, 이럴 때를 대비하여 대기시켜뒀던 것이다.

"하지만 상대방도…."

모로사와가 말하려는 것을, 히라기시는 제지하는 것처럼 말했다.

"게다가 군도 움직이고 있습니다."

"그렇다면…."

"총이 있다는 말입니다."

경시국과 군부는 솔직히 서로 사이가 나쁘다. 그러나 내 직접적인 부탁이어서, 군부는 내게 은혜를 입히는 셈이 된다고 생각한 것이겠지. 그에 더하여 마에지마가 군부와 사이가 나쁜 탓도 있었다. 순순히 승낙해 줬다.

"거기에."

"뭐가 더…?"

이것만으로도 충분할 텐데 집요하게 대책을 강구했다는 것에 진보는 경악을 감추지 못하는 것 같았다.

히라기시는 종이를 들고 한 점을 손가락으로 가리켰다.

"이 남자, 사가 슈지로에게 집착한다는 점. 4과에는 전 경관이라고 설명하고 도와줄 이로 보냈습니다."

"그것은."

그 철저함에 모로사와는 쓴웃음을 지었고, 다른 자는 연민의 표정으로 바뀌었다.

"그쪽은 됐습니다. 하지만 오쿠보는 어떻게 하실 건지?"

사카키바라가 고개를 끄덕이면서 물었다. 히라기시는 입을 다물었다. 이것은 내 입으로 말해야겠지. 가늘게 숨을 내쉰 후에 분명하게 단언했다.

"해치운다."

"뭐―."

모두가 경악하는 것도 무리는 아니다. 일반 세상에서는 나는 오쿠보가 눈여겨 봐줘서 이 자리까지 왔다고 생각한다. 그러나 사실은 그리 단순하지 않았다. 오쿠보는 나에게, 경찰이라는 존재에게 강한 경계심을 품고 있다. 따라서 고립된 경시청을 해체하고, 내무성에 경시국으로서 포함시킨 것이다. 역체국에는 총기 휴대를 허용하고 경시국의 요구는 거절하는 것 또한 그것이 이유다. 언젠가는 넘어야 할 벽이라고 생각했다. 그것이 빨라진 것뿐이다.

이시카와현 사족이 오쿠보 암살을 꾸미고 있다는 사실도 지금의 나에게 있어서는 요행이다. 암살을 덮어씌울 수가 있다.

"오쿠보는 암살을 상당히 경계하고 있는 것은…?"

사카키바라는 쥐어짜낸 목소리로 물었다.

"사쿠라를 보냈다."

사쿠라는 내, 아니, '고독'의 조커다. 덴류지에서는 교토부청 제4과의 '질풍의 안진' 즉, 안도 진베를 순식간에 잠재운 일로도 실력이 확실하다는 것을 증명했다. 이 자리에 있는 자들에게는 이 사쿠라의 정체를 고했다.

"그렇다면 가능할지도 모르겠군요."

"드디어 가와지 님의 진심을 알았습니다."

등등 각각 납득했다. 사쿠라에게는 그만큼의 실적과 신뢰가 있다. 모인 얼굴들을 천천히 둘러본 후, 땅을 기어가는 것처럼 낮은 목소리로 선언했다.

"지금부터 경시국과 역체국의 전쟁을 시작한다."

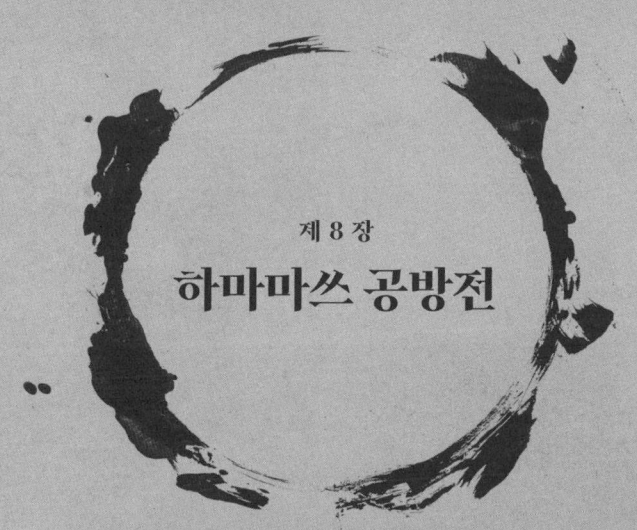

제 8 장
하마마쓰 공방전

1

하마마쓰 우체국은 시즈오카현 동부의 총괄국. 항상 십여 명이 근무하며, 배달원의 수는 30명도 넘는다. 우체국으로서는 보기 드문 2층 건물이며, 위층에는 서류 등이 보관되어 있다. 업무를 보는 집무실도 43평으로 상당한 넓이다. 전신기도 집무실에 있고, 뒷문으로 나가기 위해서도 거기를 지나가야만 한다. 응접실에서부터 복도를 지나, 집무실 문을 제일 먼저 연 것은 슈지로였다.

"오오."

슈지로는 눈썹을 치켜올렸다. 집무실은 이미 경찰들로 가득했다. 그 수는 이십 여 명. 지금부터 우체국 내부를 탐색하려는 참이었겠지. 이쪽이 너무나 태평하게 모습을 드러냈기 때문에, 다들 한순간 멍한 얼굴을 했다.

"아직 남아 있는 국원을 발견 - ."

젊은 경찰이 보고하려고 했지만, 누군가가 멈추게 하려는 것처럼 외쳤다.

"저놈이 적이다!"

그 목소리가 울리는 것보다도 빨리, 슈지로는 집무실을 달려 빠져나간다.

- 많아.

정면의 좌우로 열리는 문이 활짝 열려 있으니, 아직 숫자가 더 있다는 것을 알 수 있었다. 정면만으로도 이렇다면 100명은 족히 넘는 숫자가 와 있을 거라고 예상할 수 있었다.

달리면서 쌓인 서류를 쳐서 날려버린다. 허공에 펄럭이는 종이 사이로 달리는 것은 슈지로뿐만이 아니다. 이미 시쿠라, 후나미, 이로하가 집무실로 뛰어 들어왔다. 각자 서가 뒤로 돌아가거나, 뒤집힌 책상을 방패 삼아 몸을 숨겼다.

"붙잡아라!"

"흉악범이다! 용서하지 마!"

"감당하기 힘들면 죽여도 상관없다!"

등등 경찰들의 목소리가 날아다녔다.

"역체국 국장 상급 비서, 후나미 이치노스케다. 마에지마 국장님 모반은 허위 보고다. 즉각 습격을 멈춘다면, 우리는 내무성에 출두할 용의가 있다."

이쪽에서도 후나미가 책상을 방패 삼으며 호소했으나,

"끝까지 발악하는구나!"

"속지 마!"

등등 즉각 돌아오는 대답. 사정을 아는 자가 그의 말을 믿지 못하게끔 꾸민 것인가? 가와지를 끝까지 믿는 건가? 혹은 자기가 정의라고 믿어 의심치 않는 것인가?

"소용없었네."

슈지로가 씁쓸하게 말하자, 후나미는 과장되게 혀를 찼다.

"국장님 명령이니까."

99퍼센트는 멈추지 않을 것이다. 알고는 있었지만, 마에지마는 이쪽의 견해를 전달하라고 명령했다. 그래도 멈추지 않는다면,

-더는 용서하지 마라.

라고도. 이 변명 거부가 신호가 되어, 일제히 모습을 드러냈다.

슈지로는 기다리지 않았다. 선수를 쳐서 경찰 무리를 향해 달린다. 쏟아져 내리는 경찰봉 밑을 빠져나가 한 명의 무릎 뒤를 걸어차고, 두 명째를 손바닥으로 잠재우고, 세 명째를 발을 걸어 넘어뜨린다. 무곡을 아끼는 것은 아니었다.

그 와중에 북진이 칼날의 습격을 알렸다. 슈지로는 축이 되었던 발로 마룻바닥을 차고 허공에서 몸을 회전하면서 허리춤의 검을 뽑아 휘둘렀다. 달려들던 사벨을 튕겨내자 그 건너편에 경악으로 물든 남자의 얼굴이 보였다. 착지와 동시에 팔, 허벅지를 베어 잠재우면서 슈지로는 모두에게 말했다.

"발도 경관(세이난 전쟁에서 사이고 군과 싸운 경시청의 발도대(拔刀隊). 발도대는 칼을 뽑아 들고 적진에 돌파하던 부대이며 주로 경관들이었다)이 있다."

"십여 명쯤 될까?"

시쿠라는 두 명의 발도 경관 사이에 끼어 있었다. 발도 경관은 기합을 발하며 동시에 덤벼든다. 다음 순간, 쇠를 톱으로 긁는 것 같은 이상한 소리가 났다. 사벨은 뿌리 쪽에서 부러져 허공에서 춤춘다. 게다

가 두 자루 모두. 이것이 바로 파군이다.

"뭐야-?"

발도 경관이 놀랐을 때, 시쿠라는 각각에게 공격을 가하고 다음 먹잇감, 대여섯 명이 뭉쳐 있는 무리를 향해 돌진했다. 경찰봉, 사벨을 불문하고, 시쿠라의 검에 닿기만 하면 둘로 잘린다. 경찰봉의 일격이 시쿠라의 옆구리를 찔렀다. 보통이라면 졸도하거나 최소한 신음 소리는 내겠지만, 시쿠라는 전혀 개의치 않고 상대의 손목을 베어 잘라버렸다.

저 정도 인원수를 향해 뛰어들면 일격을 맞는 것은 어쩔 수 없다. 시쿠라도 그것은 상정했을 터. 실수로 경찰봉에 찔린 것이 아니다. 거문을 발동해서 일부러 옆구리로 받은 것이었다.

"새로운 적! 총!"

이로하가 발도 경관의 팔을 베어 날리면서 외쳤다. 정면에서 계속해서 들어온다. 하나같이 경찰 제복이 아니라 군복. 손에는 세이난 전쟁에서 맹위를 떨쳤던 스나이더식 총을 들었다.

"쏴라!!"

굉음이 울려 퍼지고 초연이 솟아올랐다. 종이가 다시금 나부꼈고, 총알이 튀는 높은 소리가 집무실을 헤엄쳐 다녔다. 총병이 요란한 비명을 질렀다. 총격 직후, 이로하가 다시 덤벼든 것이다. 적의 시점에서 보면 초연 속에서 불쑥 모습을 드러낸 것처럼 보였을 것이다.

"다음 탄을-."

문곡이 맹위를 떨친다. 이로하는 소협차뿐만 아니라, 왼손으로 자도를 뽑고, 지시를 내리려던 자의 목을 베었다. 두 개의 칼날이 회오리바람처럼 선회하며, 잇달아 베어버린다.

각각의 상처가 그리 깊지 않은 것은, 숨통을 끊는 일보다도 다음 총알을 쏘지 못하게 하는 것을 우선시하기 때문. 녹존으로 격철을 젖히는 소리를 포착한 순서대로, 눈으로 볼 필요조차 없이 베고 있는 것이다.

발도 경관의 맹공을 흘려버리는 사이에 세 명의 군인이 더 들이닥쳐 이로하에게 총을 향했다. 그러나 연속으로 뭔가에 이마를 맞은 것처럼 쓰러진다.

"잘하네."

소협차와 자도로 발도 경관의 두 팔을 동시에 베고 이로하는 훗, 하고 웃었다.

"당연하다."

후나미는 탄창에 총을 다시 넣으며 코웃음을 쳤다. 콜트 M1877 레인메이커가 세 번 불을 뿜은 것이다.

"할 수 있다!"

"확보!"

슈지로와 시쿠라의 목소리가 겹쳤다. 작전의 제1은 집무실에 들어온 적을 밀어내고 길항 상태를 만드는 것. 그것이 달성된 지금, 작전 제2로 이행한다.

두 사람의 부름에 응하여 집무실로 이어지는 복도로 연결된 문이 열리고 우루마, 마에지마, 신지로, 교진, 그리고 후타바 순으로 집무실로 들어왔다.

"국장님, 여기입니다!"

후나미가 부른다. 우루마의 호위를 받으며 마에지마는 몸을 앞으로 굽히고 달려 도착하더니, 바닥에 내려놓은 전신기를 두드리기 시작했다. 내무경 오쿠보 도시미치에게 직접 전보를 보내려면 암호, 절차가 필요하고, 그것은 이 자리에서는 마에지마밖에 모른다. 내용은,

– 가와지 경시국 모반. 만전을 기한 듯. 서둘러 돌아가겠음,

이라는 것이었다.

"교진! 신지로와 후타바를 부탁한다!"

슈지로는 책상 위로 미끄러져, 경찰의 얼굴을 걷어차 버렸다.

"맡겨주시라."

교진은 수리검, 봉수리검, 구나이류를 날리지 않고, 쇄분동으로 경찰의 이마를 때리고, 그걸 되돌리며 발도 경관의 사벨을 휘감아 날려 버렸다. 이 뒤에 후지산 기슭의 적의 본거지를 급습해야 하므로, 숫자 제한이 있는 날리는 도구는,

– 가능한 한 남겨두고 싶다.

라고 말했던 것이다. 이쪽이 잇달아 무효화시켜도 적은 계속해서 새로운 사람을 투입해 온다. 100명 정도라고 생각했었으나 이 상황을 보니 좀 더 많은지도 모르겠다.

"분명 1개 중대가 출동했다."

시쿠라는 총검조차 박살 내면서 또 한 명을 베어버렸다.

"몇 명이야?!"

"약 200."

"많네…."

"소대장부터 순서대로 친다. 그것으로 무너질 거야."

"구분이 –"

"내가 본다."

이 대화 중에도, 슈지로가 세 명, 시쿠라가 두 명을 해치웠다. 집무실에는 칼에 베인 자들이 나뒹굴어 발 디딜 틈도 없어졌다. 아직 숨이 붙어 있는 자는 건물에서 끌려나가지만, 또 새로운 적이 가차 없이 들이닥친다.

"경시국의 개가!"

우루마는 두 자루의 S&W 모델3을 사용해 탄막을 끼었었다. 한 자루여도 어마어마한 굉음. 그것이 두 개 겹치니 천둥번개를 방불케 한다.

우루마는 대충 쏘고 있는 것이 아니었다. 실력은 확실한 모양으로, 총병 네다섯 명이 절명했거나 몸부림치고 있다.

"이로하, 지금 혀를 찬 남자다!"

시쿠라는 적의 총알을 옆으로 뛰어서 피하면서 외쳤다. 이로하의 소협차가 휘어지면서 선회하여 군인 한 명을 잠재웠다. 소대장이었을 테지. 총병들 사이에서 동요가 이는 것이 보였다.

"너무 강해! 장전할 틈이-."

"발도 경관을 더 투입해!"

군인이 여기저기에서 외쳐댔다. 파고든 칼의 공격에 총병들이 무너지는 모습은 세이난 전쟁에서 이미 경험했다. 그에 대한 대응책이 발도 경관대로 총병을 지킨다는 것이었다. 앞으로 더욱 공세가 격화될 거라고 직감하고, 슈지로는 총병을 베어버리면서 외쳤다.

"마에지마 씨!!"

"조금만 더!"

모습은 보이지 않지만, 마에지마의 목소리가 들렸다.

"고쿠슈!"

후나미가 도움을 청했다. 적의 제1목표는 마에지마 히소카인 모양이다. 후나미는 달려드는 적을 저격해서 제거하고 있다. 신지로 왈, 매우 보기 드문 더블액션식이라는 권총으로, 손가락으로 격철을 올릴 필요가 없고, 방아쇠를 계속 당기기만 하면 총알이 발사된다. 그러나 구조가 복잡하기 때문에 고장도 잦아서 유럽에서는 수리점을 울리는 총이라는 말이 있다고 한다. 그런데도 달려드는 적이 너무 많아 탄을 넣는 속도가 따라가지를 못한다.

슈지로는 마에지마를 호위하러 갔다. 등 뒤에서 자기를 조준하는 총병이 보였다. 서가에 발을 걸치고 허공으로 날았다. 총알이 다리 바로 옆을 지나가는 것을 알았다.

"이 틈에 총알을."

슈지로가 조용히 말하고, 경찰 두 명, 발도 경관 한 명, 총병 한 명을 순식간에 침몰시켰다. 유리창이 잇달아 깨지고, 거기서부터 군병이 밀어닥친다.

"겁먹지 마!"

"제압해!"

정면에서는 발도 경관이 두 명. 두 명 모두 사벨이 아니라 일본도를 벨트에 찼다. 사벨은 무르고, 역시 익숙한 게 좋다며 일본도를 사용하는 경관은 더러 있다. 두 사람 다 상당한 달인이라는 것은 한눈에 알았다. 적은 제3파로 일제 공격으로 나왔다. 분명 이 두 사람이 조커인 것이리라.

"아즈마 로쿠이치와 고센 유마! 상당히 강하다!"

우루마가 양손으로 총을 쐈지만, 아즈마와 고센은 휙 떨어지며 피하고, 그대로 양 날개부터 빙 돌아 파고드는 것처럼 돌진해 왔다. 이들도 마에지마를 노리고 있다.

"시쿠라 오빠!"

"그래, 마른 놈을 맡기겠다."

아다시노 시쿠라와 아즈마 로쿠이치, 기누가사 이로하와 고센 유마가 격돌했다.

슈지로는 후나미와 함께 방어에 전념하는 와중에, 눈 가장자리에서 이상한 것을 포착했다. 정면의 문 쪽에 남자가 서 있다. 역광 때문에 용모는 확실히 보이지 않지만, 잘못 봤을 리가 없다. 슈지로는 오늘 하루 중에서 가장 절박한 목소리로 불렀다.

"마에지마 씨, 아직인가?"

"잠깐, 잠깐, 잠깐만… 끝났다!"

"좋아, 서둘러!"

작전 제3은 전보를 보내는 대로 철수를 시작한다. 단, 뒷문에도 적이 있을 테니 뭉친 전력으로 탈출하고, 나머지는 후진이 되어 여기에서 시간을 번다.

즉, 마에지마, 후나미, 교진, 시쿠라가 먼저 철수. 교진은 그대로 후지산 기슭으로. 남은 세 명은 바로 도쿄로 가서 오쿠보를 구출.

후진은 슈지로, 이로하, 우루마, 그리고 신지로와 후타바. 시쿠라 팀이 퇴로를 확보하면, 이로하의 호위로 후타바, 신지로도 도망친다.

슈지로와 우루마가 최후의 보루가 되어 시간을 봐서 퇴각. 전투 중에서 후퇴전이 가장 어렵다고 해서, 군대에 오래 있었던 시쿠라가 입안한 작전이다.

– 어떻게 하지?

슈지로의 머리가 정신없이 돌아간다.

시쿠라는 제일 먼저 철수할 예정이었지만 아직 아즈마 로쿠이치라는 남자와 대치하고 있다. 내가 교대할까? 아니야, 마에지마 호위가 약해진다. 한일자로 똑바로 오면, 우루마와 후나미가 막을 수 있을까? 아니, 저 무질서한 남자라면, 후타바나 신지로를 먼저 노리는 일도 있을 수 있다. 그때는 교진이 혼자서 -.

2

거기까지 생각했을 때였다. 이 소동 속에서도 또렷하게 문 앞의 남자 목소리가 들렸다.

"하고 있네. 이것 참, 극락이로군."

남자는 피바람과 초연으로 자욱해진 집무실을 둘러보면서, 저벅, 저벅, 걸음을 옮긴다. 햇빛에서 벗어나 얼굴도 또렷해졌다. 역시 틀림없다.

"간지야 부코쓰… 어째서 여기에…?"

슈지로가 이를 악물었을 때, 부코쓰가 갑자기 슈지로 쪽을 보았다.

"오, 있네, 있어. 싸우러 왔다."

"내가 목적인가?"

"당연하지. 그거 말고 뭐가 있겠어?"

부코쓰는 날름 혀를 내밀고 코웃음 쳤다.

어째서 여기에 있는 건지는 상관없다. 집요하게 나를 노린다는 것은 알고 있었다. 단, 뒤집어서 생각해 보면 흥미가 있는 것은 나뿐이고, 마에지마는 어찌 되든 상관없는 것으로 보인다.

"너 말고도 상당하네. 이게 뭔 상이람…. 망설여지네."
부코쓰는 시쿠라와 이로하를 보며 입맛을 다셨다.
"젠장! 이런 애송이 계집한테 - ."
"고동 소리가 빨라졌는데. 애송이 계집 상대로."
분노에 얼굴이 빨개진 고센을 향해 이로하는 비웃음을 날렸다. 고센의 맹공을 피하고, 후려치고, 받아넘기고, 이로하에게는 전혀 닿지 않는다. 대신에 계속 공격할 때마다 고센의 몸에 크고 작은 상처가 새겨졌다.
"언제까지 거리를 두고 싸울 생각이야?"
시쿠라는 냉소적으로 아즈마에게 말했다. 아즈마는 시쿠라와 충분한 거리를 두고 검을 피하면서 말벌처럼 필살의 순간을 살피고 있다.
"닿으면 칼이 부러지겠지."
"칼뿐만이 아니야. 사람도 부러진다."
시쿠라의 한마디에 아즈마는 오한이 달리는 것처럼 몸을 떨었다.
"내가 움직임을 막겠다. 총으로 이놈을 노려."
아즈마가 등 뒤의 총병에게 지시를 내렸을 때는, 시쿠라의 가슴이 격렬하게 약동했고,
"염정."
이라고 중얼거렸다. 그 순간, 시쿠라가 단숨에 거리를 좁혀 찌르기를 내질렀다.
"큭 - ."

아즈마는 뒤로 뺐던 칼로 쳐냈다. 그러나, 높은 소리가 나며 압력에 부러져, 찌르기를 피하기는커녕 속도가 늦춰지는 일도 없이 아즈마의 가슴을 깊이 꿰뚫었다.

그 직후 총성이 울려 퍼졌지만, 시쿠라는 아즈마의 몸을 옆으로 움직여 방패로 삼았다. 아즈마는 무수한 총알을 맞고 절명했다. 아니, 찌르기가 심장을 관통했을 때 이미 죽었겠지. 그 호흡은 염정. 그것으로 신체 능력을 높이면서, 파군의 찌르기로 해치운 것이다.

"오오…, 뭐야? 저건. 엄청 굉장하잖아. 너, 나랑 싸우자!"

부코쓰가 시쿠라를 가리켰다. 시쿠라는 힐끗 쳐다볼 뿐, 슈지로 쪽으로 달려왔다.

"해치웠어. 이로하도 곧 끝난다."

"그래."

"할 수 있겠어?"

시쿠라는 부코쓰를 가리키며 약간 턱을 흔들었다.

"걱정 없어. 오쿠보 씨를 부탁한다."

슈지로가 다시 말하자, 시쿠라는 말없이 고개를 끄덕이고 마에지마, 후나미와 함께 뒤쪽으로 간다.

"슈지로, 나도 간다."

다음으로 온 것은 교진이었다. 후타바와 신지로를 데리고 왔다. 미리 의논했던 대로 시쿠라 팀과 퇴로를 확보하면서 그대로 후퇴한다. '고독'의 흑막을 박살 낸다고 해도, 해치우지 못한다고 해도, 다음에 만나는 것은 최후의 관문인 시나가와라는 약속이다.
"그래, 뒷일은 맡겨줘."
"교진 씨, 무리는 하지 마요."
후타바는 눈을 치켜뜨고 호소했다.
"알아. 동맹은 계속되니께."
"응!"
교진은 후타바의 머리를 헝클어지도록 마구 쓰다듬어주더니, 몸을 돌려 시쿠라 팀의 뒤를 쫓아갔다.
"뒤가 무너졌다! 증원을!"
소대장으로 보이는 자의 한마디에 집무실 안의 병사들 일부가 바깥으로 나가버려 한결 공세가 수월해졌다. 더욱이 아즈마 로쿠이치가 간단히 시쿠라에게 당함으로써, 특히 경찰, 남아 있던 몇 안 되는 발도 경관들 사이에 동요가 일었다. 슈지로가 교진과 대화하는 도중에 그 낭패감은 더욱 커진 것 같다.
"거짓말이야…, 그럴 수가…."
이로하와 대치하던 고센 유마였다. 온몸에는 대충 봐도 스무 군데 이상의 칼자국. 결국 마지막에는 목을 찢겨, 흘러내리는 피를 쓸어 담는 것 같은 몸짓을 하면서 무릎을 꺾더니 털썩 쓰러졌다.
"상태가 안 좋은지도."
이로하는 손목을 돌리면서 내뱉더니, 다시 시작된 총격을 헤치고 이쪽으로 달려왔다.

"두 사람을 부탁해. 의논했던 대로다."

다음은 이로하 팀이 탈출할 차례다. 여기서부터 세 개 더 가면 있는 역참인 가케가와에서 만나기로 했다.

"할 수 있겠어?"

이로하가 시쿠라와 똑같은 질문을 해서, 슈지로는 자기도 모르게 웃어버렸다.

"걱정되나?"

"환도재를 치는데 곤란하니까."

"걱정 없어…. 한다."

우루마는 역시 칼도 쓸 줄 알았다. 한 자루를 허리의 벨트에 차고, 주운 칼을 오른손에, 남은 한 자루의 권총을 왼손에 들고 분투하고 있다. 안 그래도 병사들이 줄고, 더욱이 아즈마, 고센이 당하자 적은 거의 공황 상태에 빠져 있었기에, 우루마 한 명을 상대로도 고군분투했다.

"뭘…?"

이로하가 의아한 듯이 묻는다. 슈지로가 나뒹굴던 스나이더 총을 잡았기 때문이다.

"불 지른다."

이 상황에서 마지막 순서가 자신과 우루마 둘이서 도망치는 것이니, 이 정도 일은 해야 한다. 흩어진 서류를 모아 화약을 바르더니, 스나이더식 총의 격철로 불꽃을 일으켰다. 불길이 화르륵 일어나더니 타오르기 시작했다. 더욱이 서류를 땔감 삼아 불꽃이 더 커졌을 때, 슈지로는 그것을 발로 차서 날렸다. 불타는 종이가 흩날리고, 산란한 서류에 금방 인화해서 연기가 올라간다.

"가라."

슈지로가 말한 그때였다. 경찰이 부러진 다리를 질질 끌면서,

"미야모토 님! 도와주십시오!"

라고, 부코쓰에게 필사적으로 호소했다.

"미야모토…? 아, 나 말인가?"

부코쓰가 거만하게 입가를 올렸다. 대강의 상황이 보였다. 분명 가와지는 부코쓰에게 이 자리에 슈지로가 있다는 것을 알려줬을 것이다. 그리고 시즈오카현청 제4과와 군대에게는, 협력자 '미야모토 아무개'라고 소개하고 합류시킨 것이겠지.

집무실의 처참한 광경과 피 냄새를 만끽하는 것처럼, 부코쓰는 때로는 빙글 둘러보고, 때로는 심호흡하며 황홀한 표정이었다. 그러나 바로 이 순간, 뭔가가 딱, 하고 맞물린 것처럼, 눈에 격렬한 살기가 깃들더니 우루마를 향해 걸음을 옮겼다. 슈지로는 날카롭게 외쳤다.

"우루마! 도망쳐!"

우루마는 사벨을 한 손으로 막고, 권총으로 마침내 발도 경관의 흉부를 쏜 참. 총성 때문에 들리지 않았던 건가?

"뭐라고?!"

되물었다.

"그놈은 간지야 부코쓰다!"

"난자의 부코쓰인가?"

"엇 -."

우루마는 몸에 기합을 넣고 공격 태세를 갖춘다. 경찰과 군인들 중에도 부코쓰의 이름을 아는 자는 적지 않다. 아군 중에 부코쓰가 섞여 있었다는 사실에 당황하고 있다.

"싸우지 마! 후퇴한다 -."

"이야기가 다르잖아."

부코쓰의 미끈거리는 목소리가 또렷하게 귓가에 닿았다. 옆에 있던 이로하도 얼굴을 확 찡그렸다.

서로의 거리는 3간. 우루마는 권총을 발사했다. 그러나 맞춘 것은 부코쓰의 잔상. 반걸음 왼쪽으로 몸을 이동했다.

"장난감은 치우자고. 멋없게."

"흉적이 -."

거리를 단숨에 좁히는 부코쓰를 향해, 우루마의 거구에서부터 강렬한 칼의 일격이 쏟아져 내렸다.

이 무법자의 어디에 그런 섬세함이 있는 건가? 부코쓰는 칼로 부드럽게 막아내고, 둥실 휘감아서 날렸다. 우루마는 곧바로 왼손으로 권총을 발사했다. 그러나, 총알은 엉뚱한 방향으로 날아가 경찰의 머리를 관통했다. 부코쓰가 우루마의 왼손을 잘라버린 것이다.

"우루마!"

슈지로는 이미 달리고 있었다.

"큭."

우루마는 고통에 얼굴이 빨개졌으나, 아직 포기하지 않았다. 이미 오른손은 허리에 찼던 또 한 자루의 권총을 쥐고 있었다.

탕, 쾅, 화르륵, 권총이 불꽃을 뿜어낸다. 부코쓰는 몸을 펴고, 고개를 돌리고, 우루마의 팔을 움켜잡아 당겼다. 총알 세 발은 하나도 맞지 않았다.

"얍."

부코쓰는 가벼운 기합을 발하며, 도마 위의 잉어를 가르는 것처럼, 우루마의 손등을 향해 칼을 내리쳤다.

"끄아악!"

"잘리네."

우루마의 다섯 손가락이 떨어져 나가고, 권총도 둘로 갈라졌다. 손목을 노리지 않은 것은 자신의 베기가 권총에도 통할지 시험해 본 것이라는 듯이.

"이 악랄한 놈!"

우루마는 몸통 박치기를 날렸지만, 부코쓰는 훌쩍 피했고 그는 머리부터 털썩 엎어졌다.

"이거, 당기는 것만으로 총알이 나가는 건가?"

부코쓰는 잘린 우루마의 왼손을 휙 잡는다. 우루마는 신음하며 고개를 틀어 노려본다. 부코쓰는 총을 겨누고, 거기 걸려 있는 우루마의 손가락을 당겼다. 총알이 미간을 관통하고, 우루마의 머리는 땅에 쿵 떨어졌다.

"새로운 시대에 새로운 자해로군."

부코쓰는 낄낄 웃으면서 우루마의 팔을 내던지고는,

"우리는 옛스럽게 가자고."

희번덕 날카로운 안광으로 슈지로를 쳐다봤다. 슈지로는 가까이 접근해 있다. 그 거리는 불과 1간. 두 개의 칼날이 허공에서 교차하여 불꽃이 튀었다.

"닥쳐."

"해봐라."

부코쓰는 히죽 웃고 공격을 날리고, 슈지로는 쳐냈다. 서로 칼날의 응수. 주위 사람들에게는 두 사람에게 무수한 하얀 선이 감기는 것으로 보이겠지.

생각했던 것 이상으로 불길이 빨리 번진다. 기쁜 오산이다. 확산된 불꽃은 커튼에까지 달라붙어 흑백이 뒤섞인 연기를 토해낸다. 이제 10분도 채 지나지 않아 집무실은 빨갛게 유린당하겠지. 절호의 기회다.

"이로하! 가라!"

슈지로는 윤무를 추는 것처럼 발을 움직이면서 외쳤다.

"신지로 씨!"

후타바의 목소리다. 흘깃 보니, 신지로가 불타는 종이를 움켜쥐고 여기저기 창틀로 옮겨 다니고 있다. 불길이 번지는 것이 예상보다 빨 랐던 것은 그것이 원인이었다는 것을 깨달았다.

"너도 빨리 - ."

"나를 봐."

부코쓰의 귀기 넘치는 일격은 받는 수밖에 없었다. 이 얄팍한 몸 어디에 이만큼의 힘이 들어 있었는지 놀라울 정도로 무거워, 슈지로는 뒤쪽으로 날려갔다. 곧바로 자세를 바로잡고 반격한다. 도저히 신지로를 구하러 갈 여유는 없다.

"이로하 씨, 후타바랑 먼저 가세요!"

신지로는 경찰에게서 도망치며, 스나이더 총을 주워들고 총구를 겨눈다. 총알이 남아 있지 않았으나, 경찰은 앗, 하고 몸을 굳히고 발을 멈췄다. 신지로는 총을 내던지더니, 달리면서 또 다른 총을 주웠다. 이번에는 총알이 남아 있던 모양으로, 굉음을 내며 경찰의 허벅지를 맞췄다.

"저도 금방 가겠습니다! 어서!"

이로하는 고개를 끄덕이고, 후타바의 손을 힘껏 잡아끌고 달리는 것이 최선인 것으로 보였다.

"신지로! 살아남아라!"

"네!"

슈지로의 포효에 신지로도 필사적인 목소리로 대답했다. 열풍이 윙윙거리며 소용돌이치기 시작해 마치 지옥도 같은 풍경이었고, 경찰과 군인 중에도 대피하기 시작하는 자들이 속출했다.

부코쓰는 펄쩍 뒤로 크게 뛰더니, 나뒹구는 경관의 머리에 발을 올리고 칼을 어깨에 걸치는 것 같은 자세를 취했다.

"이제야 나를 봐주는 건가?"

"빨리 도망가지 않으면, 너도 타죽는다."

"그게 무슨 상관?"

부코쓰는 눈썹을 펴고 코웃음 친다. 실력은 초일류다. 그러나 이 남자, 제정신이 아니라고밖에는 생각할 수 없다.

"역시 미야 역참에서 죽였어야 했어."

"그렇지? 하긴 그건 그거대로 재미있었지만."

"설마…?"

그 정도의 실력자다. 더욱이 사람들의 눈도 많았다. 지금, 이 순간까지도, 그가 적당한 국면에서 후퇴했을 거라고 생각했으나, 부코쓰의 말투가 걸렸다.

"목은 나루미 근처에 버렸다. 찾아볼래?"

부코쓰는 멍청한 표정을 지은 후, 불꽃이 소리 없이 다가오는 천장을 향해 소리높여 웃었다.

우쿄의 실력은 상당한 것이었다. 교진, 가무이코차, 길버트 등과 비교해도 손색이 없을 정도로. 그런데 나와 후타바 때문에 -.

머릿속에서 뭔가가 소리를 내며 폭발하는 것을 느끼고, 슈지로는 얼음처럼 차갑게 말했다.

"너는 이제 죽어라."

"나왔네…, 고쿠슈."

부코쓰가 희열에 찬 웃음을 지었을 때, 이미 슈지로는 덤벼들고 있었다. 부코쓰는 치잇, 하고 이빨 사이로 소리를 흘리며 막아냈다. 몸속에서 피가 끓는 것을 느끼면서, 슈지로는 숨도 쉬지 않고 연속 공격을 퍼부었다.

"대단하네."

그러나 부코쓰는 매번 종이 한 장 차이로 피하고, 아슬아슬하게 직전에 막아낸다.

역량은 호각. 아주 작은 빈틈이 운명을 가른다. 거무스름한 불꽃이 실내를 돌아다니고 열파가 볼을 쓰다듬는 와중에, 구시대에 남겨두고 온 줄 알았던 선율이 울려 퍼진다.

─ 뭔가.

자기도 놀랄 정도로 머리는 냉정했다. 북진을 구사해서 부코쓰의 몸을 빠짐없이 본다. 근육의 움직임을 쫓고, 부코쓰가 잘하지 못하는 움직임을 간파하려고 한다. 그러나, 그런 것은 없었다. 모든 근육이 균등하게 기능했고, 아름다움까지 느껴진다.

─ 이상하다.

이미 다시금 칼을 섞고 20여 합. 슈지로는 어떤 사실이 마음에 걸렸다. 부코쓰의 뺨에 진한 흉터가 있다. 지난번에 대치했을 때는 없었을 터.

더욱이 약식 기모노의 흔들리는 옷자락 사이로 엿보이는 오른발, 열풍에 휘감긴 오른손에도 상처가 있다. 부코쓰에게 상처를 낼 수 있는 자는 그리 많지 않을 테니, 우쿄가 낸 것이라고 보는 것이 자연스럽다. 오른쪽, 오른쪽, 오른쪽, 거기까지 생각했을 때, 슈지로의 뇌리에 번뜩이는 것이 있었다.

"무곡."

기술 그 자체를 고무하는 신비한 심경이 되고, 자기도 모르게 목소리가 흘러나왔다. 회오리바람을 다리에 깃들인 것처럼 다리의 율동이 빨라진다.

"큭―."

살짝 스치는 정도였으나, 처음으로 칼이 부코쓰에게 닿았다. 위치는 오른쪽 어깨. 기모노가 찢어지고 핏방울이 방울방울 떠오르는 것까지 북진은 포착했다.

"아직, 아직."

부코쓰의 어지러운 공격은 가속한다. 정해진 유파 같은 것은 없는 자기류. 엄밀히 말하자면, 여러 가지 유파가 뒤섞인 것처럼 느껴진다. 하얀 칼날의 돌진을 막아내면서, 슈지로는 검을 아주 약간의 틈새로 찔러넣었다.

"커억…."

섬광 같은 허리치기. 간신히 막아내긴 했으나, 칼이 오른쪽 옆구리에 파고들어, 부코쓰는 짐승처럼 신음을 내질렀다.

―역시.

슈지로는 확신했다. 부코쓰는 오른쪽 반신을 겨냥한 공격에 대응이 늦어진다. 사실 그것은 아주 짧은 순간. 우쿄 같은 어지간한 달인이 아니라면 깨닫지 못한다. 그 이유는―.

"으랴아아!!"

부코쓰는 침을 튀기면서 흉검을 마구 휘둘렀다. 슈지로는 코끝 직전에서 피하고는 선회하며 종아리를 노렸다. 부코쓰가 다리를 쓱 뒤로 뺀 순간, 슈지로는 회오리바람처럼 베어 올렸다.

철퇴를 맞은 것처럼 부코쓰의 머리가 뒤로 튕겼다. 등과 목의 힘만으로 순식간에 뒤로 몸을 젖혀 치명상을 피한 것이다. 그 반동을 이용해 그대로 뒤로 굴러, 부코쓰는 무릎을 바닥에 짚었다.

"알아차렸나…?"

몸을 굽히는 부코쓰는 상처 입은 짐승을 방불케 했다. 천천히 치켜든 얼굴의 오른쪽 반은 선혈에 물들었다. 원래 상처와 겹쳐 오른뺨에 십자가 새겨진 것처럼 되었다.

"오른쪽 눈이 보이지 않는다니."

슈지로는 조용히 말했다. 부코쓰의 오른쪽 눈은 빛을 잃었다. 백탁한 것도 아니어서 눈치채지 못했었다. 분명 그것은,

"의안…."

슈지로가 중얼거렸다. 부코쓰는 일어서서 오른쪽 안구에 손가락을 찔렀다. 끄집어내어 들어 올린 것은, 정교하게 만들어진 의안이

었다.

"차포 떼고 상대해 주겠다는 거다."

부코쓰는 내뱉으며 의안을 내던졌다.

"그렇겠지."

병 때문인가? 아니면 싸움에서인가? 어느 쪽이든, 한쪽 눈만으로 이토록 강하다는 사실을 믿기 힘들었다. 만약 두 눈이 다 보인다면 어느 정도였을지 가늠할 수조차 없다.

"아-, 아니야. 뭐라고 말하면 되지…?"

부코쓰는 목을 틀고, 품속에서 난폭하게 수건을 꺼냈다. 뺨의 피를 닦는 건가 했더니, 아니었다. 칼을 바닥에 세우더니, 오른쪽 눈을 덮는 것처럼 머리에 묶는 것이었다.

"이쪽이 더 강하거든."

기분 나쁜 웃음을 띤 다음 순간, 부코쓰는 칼을 뽑아 돌진해 왔다. 장절한 공격을 코앞에서 막아냈지만, 부코쓰의 힘은 멈추지 않고 미처 날뛴다.

"뭐라고…?"

슈지로는 오로지 방어만 하게 되었다. 명백하게 아까보다 빨랐고, 납덩어리를 달아놓은 것처럼 무겁다. 천을 감은 것뿐, 원래 보이지 않는 오른쪽 눈을 덮은 것만으로 어떻게 이렇게 되는 건가? 그 논리를 전혀 알 수가 없다. 단, 명백하게 한 단계 더 강해졌다.

"세상이란 게 그런 거다. 도리가 통하지 않는 일 쪽이 많지."

부코쓰의 웃음은 석류를 쪼갠 것처럼 붉고, 검은 시간이 지날수록 날카로움이 더해갔다.

불꽃은 주위에서 날뛰며 시체를 잡아먹고 악취를 풍긴다. 창틀을 따라 올라가 천장을 태우고, 무수한 불똥이 빨간 눈처럼 쏟아져 내린다.

그 업화에 이미 경찰과 군인들도 전부 도망가서 주변을 포위하는 데 전념했다. 밖에서는 불을 끄라고 지시하는 목소리도 들렸다. 신지로의 모습도 보이지 않는다. 잘 떨쳐내고 후퇴한 것이겠지.

안에 남아 있는 사람은 두 명의 검객. 머리카락이 그을리고, 피부가 말라붙고, 입술이 갈라질 정도의 작열이지만, 베기와 찌르기의 폭풍우는 멈추지 않는다.

―기다려줘.

슈지로는 마음속으로 불렀다. 무곡도, 북진도 지나치게 썼다. 진흙탕 속에 있는 것처럼 다리가 무겁고, 시야가 시시각각 좁아졌다.

"으랴아!"

올려치기에 칼이 튕겨 나가고 부코쓰의 희열에 찬 얼굴이 다가온다. 슈지로는 몸을 틀었으나 늦었다. 죽음. 그 두 글자가 머리를 스쳐간 그때였다. 부코쓰가 한눈을 판 것과, 총성이 울려 퍼진 것이 동시였다.

"웃…."

슈지로는 몸을 튼 자세 그대로 불꽃이 산란하는 바닥을 굴렀다. 가슴을 찢은 상처는 얕았다. 한순간의 빈틈이 있었던 것. 부코쓰도 또한 몸을 틀어 간신히 치명상은 피했다.

"네 이놈!!"

부코쓰가 귀신 같은 형상으로 외치는 그 앞에는 권총을 든 신지로가 있었다.

"슈지로 씨! 도망쳐요!"

다시 총이 포효한다. 부코쓰는 이빨을 드러내고 점프하여, 불꽃을 휘감으면서 구르는 것처럼 피했다.

"신지로…."

슈지로는 울컥했다. 신지로의 손에 있는 것은 우루마의 권총. 망가지지 않은 쪽. 잘려나간 우루마의 손이 쥐고 있던 것이다.

"이 틈에!"

신지로는 부코쓰를 조준하면서 외쳤다. 슈지로는 고통을 견디면서 서서히 발을 움직여 거리를 벌렸다.

"그런 장난감으로… 방해를 하는 건가아…?"

부코쓰는 불쑥 일어섰다. 분노를 넘어섰다는 것처럼, 그 뺨은 씰룩씰룩 경련했다.

"S&W 모델3… 44구경. 팁업 방식에서 톱 브레이크 방식으로 바꿔, 자동으로 약협을 배출하도록 함. 장인이 고심 끝에 만들어낸 물건이다. 장난감인지 아닌지 시험해 보겠어?"

신지로의 목소리는 떨리고 있었으나, 공포를 억누르려는 것처럼 큰

소리쳤다.

"어이, 어이. 제대로 조준해."

부코쓰는 자기 미간을 손가락으로 두드렸다.

"그 수에 넘어갈 줄 알고. 머리를 노리게 해서 피할 생각이겠지."

"애새끼가."

부코쓰는 진저리치듯이 내뱉었다. 한번 뛰어서 벨 수 있을 정도로 가깝지는 않고, 확실하게 피할 수 있을 정도로 멀지도 않다. 노린 건가? 아니면 우연인가? 신지로는 부코쓰와 절묘한 거리를 두고 있다.

"그거, 몇 발 들었냐?"

부코쓰는 물었지만, 신지로는 입을 꾹 다물고 대답하지 않는다.

"저 녀석이 세 발 쐈고, 내가 한 발 쐈고, 네가 두 발 쐈다. 이제 총알은 없는 것 아닌가?"

"아는 거라고는 검뿐인가?"

신지로는 표정이 굳으면서도 거만하게 한쪽 입을 올려 웃었다.

"S&W라면 역시 7발 들어 있나?"

"알고 있네."

부코쓰가 꺼림칙하다는 듯이 혀를 찼을 때, 신지로 옆으로 다가가 슈지로는 검을 다시 겨눴다.

"아무 때나 쏴. 거기에 맞춰서 내가 공격한다. 그 뒤에는 도망쳐…."

"후퇴합시다. 후타바가 기다려요."

"성가시네. 팔 정도는 맞아도 되려나."

부코쓰가 혼잣말을 흘렸을 때, 누에(鵺. 전설상의 괴물. 머리는 원숭이, 수족은 호랑이, 몸은 너구리, 꼬리는 뱀, 꼬리는 호랑지빠귀와 비슷하다고 한다)의 통곡 같은 무거운 소리가 울려 퍼졌다. 천장이 무너지며 대들보가 함께 떨어진 것이다. 쏟아져 내리는 파편 속, 부코쓰는 튕기는 것처럼 옆으로 뛰었다.

"지금이다!"

부코쓰와의 사이에 파편이 떨어져서, 슈지로는 신지로의 손을 잡고 뛰어나갔다. 부코쓰는 고함을 지르면서 파편을 발로 찼지만, 치우는 것은 무리라는 걸 깨닫고 빙 돌아서 가려고 했다. 또다시 파편이 쏟아져 진로를 막아, 부코쓰는 짜증을 숨기지 못하고 고래고래 소리 질렀다.

슈지로는 뒤돌아보지 않고 뒤쪽 출구로 향했다. 6간 정도의 복도에는 아직 불이 번지지 않았지만, 아지랑이가 일렁이고 있어 마치 한증막 같았다. 달리면서 신지로가 솜씨 좋게 권총에 총알을 넣는다.

"너… 설마…."

"실은 빈 총이었습니다."

신지로는 목소리를 떨었다. 이 S&W 모델 3은 6연발이라고 한다. 그러나 S&W 모델 1은 7연발. 보신 전쟁 전후로 날뛰던 부코쓰가 본 적이 있는 거라면, 모델 1 쪽일 가능성이 높다고 생각한 모양이다.

"부코쓰 상대로 허풍을 떤 건가? 강심장이로군."

슈지로는 혀를 내둘렀다.

"배짱도 생길 만하지요. 게다가… 은혜를 갚고 싶어서."

"고맙다. 덕분에 살았다."

진심이었다. 신지로가 도우러 오지 않았으면, 틀림없이 부코쓰에게 당했을 것이다. 신지로는 쑥스러운 듯이 웃더니, 탄창을 회전시키면서 틀에 끼웠다.

"후타바에게 가요."

"그래."

슈지로는 뒷문을 열었다. 모두 바람이 부는 쪽으로 가기 위해 대피한 것이겠지. 멀리에 군인 몇 명이 있을 뿐, 한순간 멍해질 정도로 출구를 지키는 자는 없었다. 대신에 시쿠라 팀이 해치운 무수한 시체가 나뒹구는 것을 보니, 겁을 먹고 재정비를 위해 후퇴했기 때문이기도 한 모양이다.

혼탁한 연기가 떠도는 가운데 아직 있다, 나왔다, 붙잡아, 등등의 목소리가 들렸지만, 신지로가 몸을 틀어 권총을 쏘자 다가오는 속도는 둔해졌다.

소동으로 상당한 수의 구경꾼들도 모인 모양이다. 건물 뒤의 숲을 빠져나가, 인파 속으로 뛰어들었다.

울려 퍼지는 소리에 슈지로는 뒤를 돌아봤다. 천장 일부가 또 무너져 내린 것이다. 거기서부터 하늘을 태우려는 것처럼 불길이 뻗어 올라갔다. 하마마쓰 우체국 건물은 이미 진홍의 업화에 휩싸였다.

슈지로는 다시 앞을 향한 채로 두 번 다시 돌아보지 않았다. 비명과 절규가 소용돌이치는 가운데, 인파를 헤치는 것처럼 달려나갔다.

- 남은 인원, 28명.

제 9 장

기오이자카
(紀尾井坂)로

*

메이지 11년(1878년) 5월 14일도 오쿠보 도시미치는 새벽녘부터 움직이기 시작했다. 오전 6시부터 일찌감치 면회 예정이 있었기 때문이다. 한 시간도 채 안 돼서 몸단장과 간단한 조식을 마치고는 응접실로 향했다. 방에 들어서자 40대 남자가 한 명. 의자에 앉아서 기다리고 있었고 그의 얼굴을 보자마자 고개를 숙였다.

"아침 일찍부터 송구합니다. 꼭 인사를 드리고 싶어서 왔습니다."

"아니, 내가 사과해야 하네. 이런 시간에 오게 해서 미안하다. 앉아줘."

오쿠보가 허공에서 손을 흔들자, 남자는 인사하고 자리에 앉았다.

남자의 이름은 야마요시 모리스케라고 한다. 요네자와번사인 하야시베 다다마사의 차남으로 태어나, 후에 야마요시 가문에 양자로 들어갔다. 야마요시가는 유명한 아코 로시 사건(1703년 전 아코번 로시 47명이 옛 주군 아사노 나가노리(浅野長矩)의 원수인 기라 요시히라(吉良義央)의 집을 습격하여 요시히사와 일가족을 살해한 사건) 때 기라 편에서 분투한 야마요시 신파치의 가문이다. 야마요시는 학문이 우수하고 담력도 있어, 유신 후에는 출세를 거듭하여 후쿠시마 현령 자리에 앉았다.

"다망하시죠?"

"뭘."

오쿠보는 별일 없다는 듯이 미소 지었으나, 실제로는 눈이 돌아갈 정도로 바쁜 나날을 보내고 있다. 앞으로 몇 달은 자잘한 일정이 꽉 차 있다. 야마요시는 공적인 일로 도쿄에 나와 있었으나, 이번에 후쿠시마현으로 돌아가게 되어 인사를 하고 싶다고 청해왔다. 오쿠보 역시 한번 만나두고 싶다고 생각했는데, 스케줄을 생각하면 이 시각밖에 비는 시간이 없었다.

"후쿠시마는 어떤가?"

오쿠보는 당장 말을 꺼냈고, 야마요시는 실정을 이야기하기 시작했다. 메이지 시대가 된 지 11년이 지났으나, 아직 문제는 산더미 같다. 그 하나하나를 해결해 나가야만 한다. 내무경은 그 전부를 관리하고 책임을 져야 하는 자리다. 피곤하다거나 졸리다고 불평할 수는 없다. 열심히 일하고 있다고 생각했지만, 그런 자신을 규탄하는 자도 적지 않다.

국회를 개설하지 않는다, 공공사업에 자금을 지나치게 투자한다, 여러 외국과의 조약을 개정하지 않는다, 나라를 생각하는 지사를 배척하여 내란을 유발했다, 등등의 이유다. 이런 이야기를 들었을 때 오쿠보는 분노를 넘어서,

- 무리한 요구를 하지 마.

라며 쓴웃음을 지어버렸다.

국회는 언젠가 개설한다. 그리 멀지 않은 앞날이다. 아직 국가의 기틀조차 확립되지 않은 지금은 시기상조다. 앞으로 10년, 아니, 5년만 있으면 거기까지 다가갈 수 있을지도 모른다. 그때 나는 정치에서 떠

나 은둔해도 좋다고 생각했다.

공공사업도 그렇다. 전란으로 나라는 황폐할 대로 황폐해져서 고쳐야만 해야 할 것들이 산더미 같다. 그에 더해 도쿄에 유례없을 정도로 인구가 집중했기 때문에, 각 지방의 산업은 쇠퇴하기 시작했다. 국가가 사업을 던져줌으로써 직업을 보장하고, 더 이상 사람들이 이동하지 않도록 제한을 둬야만 한다. 국가의 예산만으로는 부족하여, 오쿠보는 여기에 사비를 쏟을 정도로 중대하게 생각하고 있다. 세상 사람 중에는 그가 사리사욕만 채운다는 등 야유하는 자가 있지만, 재산은 거의 바닥나 빚까지 졌고, 아내인 마스코는,

-우리 집 예산도 바닥났어요.

라며 쓴웃음 짓는 지경이었다.

외국과의 조약 또한 마찬가지. 그렇게 쉽게 개정할 수 있는 거라면 고생은 하지 않는다. 차라리 네가 해보라고 말하고 싶었을 때도 있지만, 그것을 꾹 삼키고 있다.

그리고 나라를 생각해서 운운-.

들을 것까지도 없이 알고 있다. 알고 있는 것이다. 그런 자가 있었다는 것은. 그러나 사족으로서의 특권을 잃었다는 사실에 불만을 품고, 억지 부리는 어린아이처럼 되어버린 자도 많았던 것도 사실. 오쿠보 역시 내란 같은 것을 일으키고 싶었던 것은 아니었다. 그러나, 어찌할 수도 없었다. 그것은,

-사이고 씨도 알고 있었을 터.

사이고는 바로 직전까지 거병에 소극적이었다고 알려졌다. 신념 차이로 갈라섰으나, 사이고도 예상보다 더 사족의 불만이 쌓여 있다는 사실에 놀랐던 것은 아닐까? 이미 이것은 국가를 뒤흔들 수도 있다고 보고, 패자로서 그들과 함께 멸망함으로써 국가를 지키는 길을 선택한 것이 아닐까? 오쿠보는 그런 생각을 떨쳐버릴 수가 없었다. 오쿠보는 생각에 잠기면서도 야마요시의 보고를 일절 놓치지 않고 들었다.

"요즘, 나카무라에서 –."

라고, 야마요시가 말했을 때, 앵무새처럼 그 단어를 다시 말했다.

"나카무라?"

"네, 소마에 있는 지명입니다."

"그렇군."

머리 한구석으로 사이고를 생각하고 있었기 때문에, 어떤 남자가 떠올라 자기도 모르게 소리 내어 말했다. 그도 나라를 걱정하며 함께 뛰어다녔던 동료. 서양식으로 말하자면, 친구라고 불러야 하겠지.

– 오쿠보 씨, 그쪽을 부탁드립니다.

마지막이 된 날, 헤어질 때 보여준 옛날과 다름없는 쾌활한 웃음은 지금도 눈꺼풀 안쪽에 달라붙어 있다. 그 남자는 결코 사이고와 같은 사상을 가졌던 것은 아니었다. 그러나, 그럼에도 함께 가는 길을 선택한 것이겠지.

"4과 말입니다만….'

"뭔가 있었나?"

오쿠보가 그의 말이 끝나기도 전에 물었기 때문에, 야마요시는 약간 당황하는 기색을 보였다.

"아뇨…. 최근에는 수상한 사건도 많고, 증원을 생각해 볼까 하고."

"아니, 그건 지금대로 둬."

오쿠보가 엄격한 말투로 명했기 때문에 야마요시는 입을 다물고 고개를 끄덕였다.

4일 전, 오쿠보의 오른팔인 역체국장 마에지마 히소카가 안색이 변해서 저택으로 달려왔었다. 이 응접실로 불러들이자, 마에지마는 무겁게 입을 열었다.

- 기괴한 일이 일어났습니다.

마에지마는 막힘없이 사정을 설명했다. 다소 믿기 힘든 일이었다. 너무나도 터무니없었던 것이다. 그러나 마에지마에게 그 사실을 전한 사람이 그 사가 고쿠슈라는 말을 듣고 신용했다. 그 남자는 그런 거짓말을 할 만한 부류의 사내가 아니라는 것을 알고 있다.

마에지마는 더욱 조사를 진행하고자 바로 시즈오카현으로 가기로 했다. 동시에 또 한 명의 심복이라고도 할 수 있는 남자, 경시국의 가와지 도시요시에게 흉적을 검거하도록 지시를 내렸다.

그러나, 이틀 전에 하마마쓰에 있는 마에지마에게서 전보가 와서, 오쿠보는 경악했다. 그 내용이라는 것이,

- 가와지 경시국 모반. 만전을 기한 듯. 서둘러 돌아가겠음

이라는 것. 즉, 일련의 기괴한 사건의 주모자가 바로 가와지이며, 경

시국을 이용해 일을 벌이고 있다는 것. 아무리 마에지마의 보고라고는 해도, 이 또한 쉽사리 믿을 수 없었다. 그러나 그 직후, 마에지마가 있었을 하마마쓰 우체국에 불이 났다는 보고가 들어와 오쿠보는 확신했다. 내가 모르는 곳에서 황당한 일이 일어난 것 같다고. 그 후 마에지마의 소식은 끊겨 알 수 없었다.

어째서 가와지는 이런 일을 계획한 것일까? 분명 불평 사족을 일망타진하기 위해서겠지. 몇 년 전까지는 반란이 연이어 일어났었지만, 불평 사족도 세이난 전쟁이 터진 이후로는 무모하다는 것을 깨닫고 군사를 일으키는 것을 포기했다. 어떤 자는 평화적인 자유민권 운동에 몸을 던지고, 또 어떤 자는 잠복해서 요인 암살을 꾸미게 되었다. 실력 있는 자들을 모은 것은, 위협이 되는 암살자를 색출해 내기 위해서라고 봐도 좋겠지. 그러나 여기에서 한 가지 의문이 떠오른다.

– 어째서 바로 처치하지 않은 건가?

라는 것이다. 전해진 바에 따르면, 참가자는 교토의 덴류지에 모였다. 금문의 변 때 조슈가 본영을 두었던 절이다. 거기에서 가와지는 유격대 총독인 기지마 마타베를 저격하여 공을 세웠다. 그것을 의식한 것이라면, 가와지도 어지간히 감상적으로 된 모양이다. 아무튼 어째서 그때 바로 처치하지 않고 굳이 이런 복잡한 일을 벌이는 것인지 알 수 없었다.

뭔가 의미가 있을 터. 작금의 정보를 보면 답이 보이지 않을까? 이틀 동안 생각하다가 오쿠보의 뇌리에 번뜩이는 것이 있었다.

―알리기 위해서인가?

고독의 성격상, 최대 9명이 도쿄에 들어간다. 선발된 이 자들을 이용해서 세상의 풍조를 완전히 바꿔버릴 생각인 것이다.

대충 뭘 할지도 보였다. 먼저 마에지마와 합류하는 것이 제일. 앞으로 며칠 이내에 돌아오지 않는다면, 마에지마는 죽었다고 봐야 할 것. 그때는 나 혼자서라도,

―경시국을 박살 낸다.

라고 결심했다.

야마요시와 두 시간 정도 담화하고 있노라니 저택이 약간 소란스러워졌다. 문을 두드리는 소리가 나서, 오쿠보는 명령했다.

"들어와."

비서인 스즈키였다. 그 표정이 심각한 것을 보고, 큰일이 생긴 것이라는 걸 눈치챘다. 스즈키는 야마요시에게 고개를 숙인 후, 오쿠보 옆으로 가서 귓속말했다.

"궁내경 도쿠다이지 사네쓰네 님으로부터 급히 입궐해달라는 전갈이."

왕의 신변에 뭔가가 일어났다는 뜻이다. 야마요시도 긴박한 사태라는 것을 알아차리고,

"저는 이만."

이라며 물러나겠다고 고했다.

"대접도 하지 못해 미안하다."

"무슨 말씀이십니까? 충분합니다."

"후쿠시마를 부탁한다."

"알겠습니다."

야마요시는 정중하게 인사하고 방을 나갔다. 회중시계를 꺼내보니, 오전 7시 47분이다. 8시까지는 갈 수 있겠지.

"무슨 일이 있었나?"

"병환으로 쓰러지셨다고 합니다."

스즈키는 궁내성에서 온 사자가 전해준 일을 보고했다. 오늘 오전 6시 지나서. 왕이 가슴의 통증을 호소하여 즉시 어의가 진료했으나, 용태가 회복되지 않았다. 송구하지만 만일의 사태에 대비하여 급히 입궐해달라는 것이다.

"즉시 나간다. 마차를."

"하지만…, 아직 호위가."

스즈키는 심각한 얼굴로 말렸다. 마에지마는 가와지가 그의 암살을 꾸미고 있다고 보고했다. 그 이후로 밖에 나갈 때는 호위를 붙였다. 당연히 경시국은 믿을 수가 없다. 군에서 신원이 확실한 자를 선발한 것이다. 원래 오늘은 오전 9시에 밖으로 나갈 예정이었다. 따라서 호위는 8시 반에 저택으로 올 예정이며, 아직 도착하지 않은 것이다.

"어쩔 수 없지. 중대한 일이다."

오쿠보는 그렇게 명하고, 준비가 된 마차에 바로 올라탔다.

"다로, 부탁한다."

"알겠습니다."

마부는 나카무라 다로. 원래는 오사카에서 태어난 고아였으며, 오랫동안 오쿠보 옆에서 일해왔다. 다로라는 이름은 오쿠보가 지어줬지만, 그의 성은 어떤 남자가,

- 다로, 내 성을 주지.

라며 준 것이다.

"궁이다. 아카사카로 간다."

"알겠습니다!"

나카무라는 힘 있는 목소리로 대답했다. 메이지 6년(1873년)에 불이 나서 황거가 소실했다. 따라서 지금 왕은 아카사카의 임시 어소(御所)에서 살고 있다. 예전 황거는 사쿠라다 문으로 들어가지만, 지금은 아카사카 임시 어소 동문으로 들어가는 것이 최단 거리다. 몇 번이나 배웅하고 마중했던 나카무라도 그 사실은 익히 알고 있는데도, 초조함에서 새삼 당부하게 되었다.

- 그날도 5월 5일이던가?

머릿속에 문득 스쳐 갔다. 그는 연호와 일시를 기억하는 것을 잘한다. 습관이라고 해도 좋다. 황거가 불탄 것도 우연하게도 '고독'의 날. 5년 전인 5월 5일의 일이었다. 곧바로 고독과 연결 짓는 것을 보면, 역시 지금은 그 일이 그의 머릿속을 많이 차지하고 있는 것이리라.

"나왔나?"

길로, 라는 의미다. 오랫동안 마부 일을 해온 나카무라는 그 말만으

로도 알아차리고,

"네. 구미자카입니다."

라고, 곧바로 대답했다. 저택 주위를 빙글 돌아 언덕을 올라간다. 언덕 이름은 구미자카(수유 언덕)라고 한다. 예전에 있던 구키 나가토노카미(에도 시대 다이묘가 임명한 관직명) 저택 앞으로 나가는 작은 언덕길이며, 양쪽에 수유나무가 심어져 있었던 것에 유래한다.

"꺾어집니다!"

말 달리는 속도가 빠르다. 그 때문에 흔들림도 심해서 나카무라는 미리 말해둔다.

몸이 왼쪽으로 기울어져, 오쿠보는 좌석에 손을 대고 지탱했다. 우회전한 것이다. 다시금 마차는 직진한다. 여기서부터 막다른 곳의 독일 공사관까지는 한동안 똑바로 직진 코스가 이어진다.

"길은?"

"비어 있습니다. 내일이 아니라서 다행입니다."

오쿠보의 물음에 나카무라가 대답했다. 오늘은 5월 14일이다. 내일인 15일은 외상매출금 회수 등으로 아침 일찍부터 활발하게 움직이는 상인들도 많다.

– 내일이라.

문득 또 기억이 스쳐 지나갔다. 10년 전인 5월 15일, 우에노에 있는 간에이지(寬永寺)에서 농성하던 막신과 신정부군이 충돌했다. 사람들이 말하는 우에노 전쟁이다. 그렇기는 해도 그때는 음력을 사용했기 때문에 정확히 10년 전은 아니지만, 기억에 남는 날짜라는 것은 틀림없다. 생각해 보면 그때부터 겨우 10년밖에 지나지 않았다. 세상이 변하는 것이 빠르다는 것을 느낄 수밖에 없었다.

"꺾어집니다!"

"음."

또 나카무라가 외쳤다. 독일 공사관 앞을 왼쪽으로 꺾어진다. 이 앞을 조금 더 가서 산베 언덕에 들어서면 궐문은 바로 코앞이다. 더 가서 우회전. 산베 언덕으로 접어든다. 여기를 다 올라가면 궐문도 보인다. 아카사카 미쓰케의 평지를 빠져나가면 금방이다.

"경, 말씀 올려도 될지요?"

나카무라가 갑자기 물었다. 평소에 쓸데없는 말은 일절 하지 않기 때문에 드문 일이다.

"뭔가?"

"어소에서 무슨 일이 벌어진 것인가요…?"

정치에 말을 얹는 남자는 아니다. 점점 더 보기 드문 일이다.

"아무리 너한테라도 그것은 말할 수 없다."

"알고 있습니다."

"그럼 어째서 묻는 거냐?"

"그게… 곧 꺾어집니다!"

"알겠다. 생각하는 바가 있다면 말해봐."

우회전를 고하기 위해 중단했으나, 곧바로 오쿠보는 화제를 다시 되돌렸다.

"우에다 님은 병환이십니까?"

"궁내성의 우에다 말인가…?"

궁내성에서 오쿠보에게 연락하는 사자로 찾아오는 것은 우에다였다. 우에다가 어떤 이유로 쉴 때는 다른 자가 오는 경우도 있지만, 그것은 아주 드문 일이었다. 오쿠보는 퍼뜩 놀라 나카무라에게 물었다.

"오늘은 우에다가 아니었나?!"

"네! 게다가 대신 오신 것이, 뵌 적 없는 분이었습니다. 그래서 의아하여-."

"아뿔싸!"

오쿠보가 소리를 냈을 때, 마차는 덜컹덜컹 소리를 내며 왼쪽으로 꺾어졌다. 다음 순간, 나카무라가 날카롭게 외쳤다.

"괴한입니다!"

오쿠보는 마차 창문을 열고 얼굴을 내밀고 앞을 살폈다. 아카사카 미쓰케로 가는 입구 근처에 열 명 정도의 남자가 길을 막고 있었다. 그 거리는 20미터도 안 된다. 어째서 경찰이 없는 건지는 생각할 필요도 없다. 놈들이 바로 괴한인 것이다.

"마차를 돌려!"

"넷!"

일단 대답했으나, 나카무라는 즉시 외쳤다.

"뒤에도 괴한이!"

오쿠보는 고개를 돌려 뒤를 보았다. 그러자 지금 왔던 길에 사람들이 우르르 보였다. 이쪽도 열 명 정도. 퇴로도 막힌 꼴이었다.

"돌파해!"

"네!"

오쿠보는 냉큼 창문을 닫고, 벽에 손을 짚고 충격에 대비했다. 저 숫자는 도저히 감당할 수 없다. 게다가 분명 경시국의 노련한 자들뿐이겠지. 나카무라가 두 마리의 말에게 필사적으로 채찍을 휘두르는 소리가 들렸다.

"내무경의 마차라는 것을 알고 하는 짓인가!!"

나카무라가 통렬하게 외쳤지만 전혀 대답은 없다. 귀에 익은, 일제히 칼을 빼 드는 소리가 귓가에 닿았다. 마차가 격렬하게 흔들린다. 두세 명을 치어버리고 말이 울음소리를 냈고 위아래로 충격이 일었다.

"한 마리가 칼에 맞았습니다!"

나카무라는 즉시 칼을 맞은 말을 풀어버리고, 남은 한 마리로 달리게 하려고 했다. 그러나, 그사이에 완전히 포위되는 꼴이 되었다.

"경⋯, 송구합니다."

마차에서 뛰어내릴까? 아니면 여기에서 기다리다가 칼을 빼앗아 한 명씩 해치울까? 어느 쪽이든 빠져나갈 가능성은 작다. 그래도 오쿠보는,

"아직이다. 포기하지 마."

라고, 나카무라와 자신을 질타했다.
저벅저벅 발소리가 다가온다. 어느 쪽을 선택할 건지 결정해야만 한다. 조금이라도 시간을 버는 게 좋다고 생각하고, 오쿠보는 몸을 돌려 마차 문을 정면으로 향한 채 기다렸다.

그때였다. 한 발의 총성이 울려 퍼졌다. 적이 권총을 쏜 것인가? 그렇게 생각했으나, 마차 안으로 총알은 날아들어 오지 않는다. 그러기는커녕 비명이 들렸다.
"경! 후나미 님입니다!"
나카무라가 환희의 목소리를 냈다.
"마에지마의?"
역체국장 마에지마 히소카의 상급 비서다. 비서라고는 해도 일도류의 달인이며, 근래에는 권총을 사용하여 우루마와 함께 마에지마의 호위를 맡고 있다.
"어째서 여기에!"
"너무 빨라!!"
괴한들의 낭패한 목소리가 들리고,
"네놈들을 막으려는 것이 역체국뿐이라고 생각했나!"
라는 후나미의 목소리도 들렸다. 과연, 저것을 이용하여 더 빨리 도쿄에 들어온 것이다.
"오쿠보를 빨리 해치워!"

자객 중 한 명이 외쳤다. 누군가가 밖에서 마차 문에 손을 댔다. 그러나 다시금 총성이 울리고,

"캬악―"

이라는, 비통한 목소리가 문 너머에서 들렸다.

"오쿠보 경! 나카무라, 엎드려요!"

후나미가 외쳤다. 또 발포. 나카무라 근처에 있던 적을 쏜 모양이다. 이어서 비명이 연속으로 들렸다.

"누구냐?"

"이놈은 '고독'의―"

등등의 목소리가 마차 주변에서 소용돌이친다. 다시금 권총의 포효. 그 직후에 후나미가,

"지금 문을 여는 자는 아군입니다!"

라고 외치는 것이 들렸다. 문이 소리를 내며 열리고, 아침 햇살이 스며들어왔다. 거기에 있던 것은 단정한 얼굴을 한 기모노 차림의 청년이었다. 청년은 목도리를 쓱 밑으로 내리고,

"무사하십니까?"

라고 물었다. 그사이에도 청년은 등 뒤로 덤벼든 자객의 목을 한 손으로 베어버렸다.

"자네는…?"

"히로시마 진대 소속 제4공병중대부 오장, 다나카 지로. 아니…."

청년은 몸을 돌려 자객들을 향하여 칼을 겨누면서,

"아다시노 시쿠라. 사가 고쿠슈의 의동생입니다."
라고, 조용히 이름을 댔다.
"고쿠슈의…."
"형의 부탁으로 왔습니다."
자객이 고함을 지르며 덤벼든다. 그러나 시쿠라가 후려치자 자객의 칼은 설탕 과자처럼 뚝 부러졌다. 시쿠라가 되돌린 칼에 자객은 두 동강이 나 땅바닥으로 침몰했다.
"오쿠보 경을 부탁한다!"
후나미는 칼을 내리친 자객의 손을 움켜잡고, 다른 한 손에 있는 총을 배에 갖다 대고, 퍽, 총을 쐈다. 더욱이 또 한 발을 쏘고, 휜 칼날 밑을 몸을 숙여 빠져나가면서 총알을 장전했다.
"죽고 싶은 놈은 와라."
시쿠라의 도발에 넘어가 몇 명이 일제히 덤벼든다. 그러나 모든 자객의 칼은 눈 깜짝할 사이에 부러지고 부러진 칼날이 마차에 박혔다. 자객들은 속수무책으로 쓰러졌지만 그래도 포기하려고 하지 않았다.
"너는 덴류지의 사내로군…."
시쿠라가 중얼거렸다. 자객들은 수건으로 뺨을 둘러 얼굴을 감췄다. 그러나, 그 남자는 그뿐만이 아니라 삿갓을 눈가 가까이까지 깊이 내려썼다. 삿갓의 남자는 시쿠라의 어깨너머로 오쿠보 쪽을 힐끔 봤다. 오쿠보는 아주 약간 엿보이는 그 두 눈을,
　－어딘가에서.

예전에 봤던 것 같은 느낌이 들었다. 삿갓의 남자는 아무런 대답도 하지 않고, 허리의 칼에 부드럽게 손을 떨어뜨린다.

다시금 총성. 그것과 동시에 삿갓의 남자는 몸을 휙 돌렸다. 후나미의 총격을 반사적으로 피한 것이다. 그것을 신호로 다시금 다른 자객들도 덤벼들었다. 거기에 대기하던 시쿠라가 응전한다. 한편, 삿갓은 후나미에게 향했다. 상대가 교대한 것 같은 모양새다.

"레인메이커…."

삿갓의 남자가 중얼거린다. 이 목소리도 귀에 익었다.

"겨, 겨, 경! 저, 저것은!"

이 사태에서도 동요하지 않았던 나카무라가 목소리를 떨면서 괴상한 소리를 냈다.

"잘 알고 있군. 군인인가?"

후나미는 총구를 향하면서 물었으나, 삿갓은 그 말에는 대답하지 않았다.

"피의 비를 뿌려라."

후나미는 냉혹하게 내뱉으며 동시에 검지를 당겼다. 삿갓은 옆으로 뛰어 피하고 달려나간다. 후나미는 두 발, 세 발, 네 발, 총격을 계속했지만, 삿갓은 지그재그로 달려 피하면서 거리를 좁힌다.

가까이 접근하자, 후나미의 뺨이 긴장했으나, 지근거리에서 다섯 발째의 총알을 쐈다.

"웃―."

총알은 천공을 향해 날아갔다. 후나미의 오른팔이 어깨부터 잘려나간 것이다. 삿갓이 발도와 동시에 휘두른 칼은 전광석화 같았다. 눈으로 좇아갈 수도 없었다. 이런 발도를 하는 자는, 오쿠보는 딱 한 명밖에 모른다.

"칫."

후나미는 포기하지 않는다. 곧바로 남은 왼손으로, 날아간 오른손을 좇아 권총을 낚아채더니 옆을 향한 채로 쐈다.

"우우…."

후나미의 결사의 한 발도, 삿갓은 몸을 휘릭 돌려서 피한다. 그뿐만이 아니라 되돌리는 칼로 후나미의 목을 깊이 찔렀다. 후나미가 무릎을 꺾으며 무너지자, 삿갓은 칼에 묻은 피를 휙 털어냈다. 이 동작도 틀림없다.

"기리노 님입니다!!"

나카무라는 자기에게 성을 준 은인의 이름을 외쳤다.

기리노 도시아키. 유신 전의 이름은 나카무라 한지로. 그 무쌍의 강함으로,

 -사람 베는 한지로.

라는 별명을 얻었다. 무슨 일이든 솜처럼 흡수하고, 검뿐만 아니라 두뇌도 명석하며, 유신 후에는 출세를 거듭하여 육군 소장까지 올라갔다. 그러나 사이고와 함께 하야. 세이난 전쟁 종반에 이마에 총을 맞고 전사했을 터.

"정말로…?"

오쿠보가 망연자실하자, 삿갓을 벗고 얼굴의 수건을 아래로 내렸다. 얼굴에 깊은 상처가 늘어나 있긴 했으나, 틀림없다. 기리노 도시아키다. 아니, 그 안광은 나카무라 한지로 시대의 그것이었다.

"오쿠보. 미안하지만 죽어줘."

한지로의 눈에는 흉한 빛이 깃들어 있다. 그러면서도 지독하게 서글픈 듯이 보였다. 저벅저벅, 한지로가 다가온다. 마치 시간이 천천히 흘러가는 것 같은 착각이 든다.

이 남자의 노림을 받고는 만에 하나도 살아남을 수 없다. 오쿠보도 과연 각오하려던 그때, 그 사이로 그림자가 휙 뛰어 들어왔다. 아다시노 시쿠라였다.

"설마 사람 베는 한지로일 줄이야."

시쿠라는 질풍처럼 연속으로 검을 날렸으나, 한지로는 고개를 흔들고, 몸을 움직여 피한다. 그러나 시쿠라의 공격은 더욱 빨라지고, 마침내 한지로는 칼로 막았다. 어떤 원리인지는 모르지만, 시쿠라의 검에 닿으면 모든 것이 부러진다. 이번에도 그렇게 될 것이라고 생각했으나, 한지로의 칼은 부러지지 않았다.

"파군이 통하지 않는다고…?"

"그 기술은 파군이라는 것인가?"

말투는 사쓰마 사투리가 아니라, 유신 후에 애써 사용하던 표준어가 되어 있었다. 시쿠라는 재차 공격했지만 한지로는 그것을 칼로 막고, 받아넘긴다.

"미끄러뜨리면 부서지지는 않아."

"그런 일이 -."

시쿠라에게는 처음 있는 일일 테지. 머리로는 알아도 실제로 가능할 리가 없다는 건가? 한지로가 날카롭게 기합을 발한다. 엔쿄(猿叫) - 원숭이 울음소리. 지겐류(示現流) 검술 특유의 기합 소리다. 한지로의 맹공에 이번에는 시쿠라가 방어에 급급하게 되었다. 이미 한지로의 칼은 시쿠라의 몸을 포착했다. 동강 날 것이라고 생각했으나, 시쿠라는 옆으로 날려갔긴 했지만, 숨을 쉬고 있다.

"어떻게 된 거지? 분명히 베었을 텐데."

"거문을 사용해도 이 정도인가…?"

한지로는 미간에 주름을 모으고, 시쿠라는 옆구리를 누르며 일어선다. 자객이 빈틈을 노려 마차를 습격하려는 것을, 시쿠라는 한 손으로 단칼에 베어 버렸다. 시쿠라는 마차를 등지고 막아서서는 작은 목소리로 속삭이는 것처럼 말했다.

"경, 다른 빠져나갈 길은?"

"바깥 성문으로는 힘든가…? 시미즈다니라면."

한순간 망설인 후, 시쿠라는 말했다.

"그럼, 신호하면 달리십시오. 마에지마 님은 바로 근처까지 와 있습니다."

그 나카무라 한지로와 싸우는 것만으로도 엄청난데, 자객으로부터 자기를 지키는 것까지 생각해야 한다면 불리하다고 생각한 것이겠지.

"알겠다. 자네는…?"

"여기에서 저 남자를 막겠습니다."

시쿠라의 호흡이 이상하다. 갈비뼈가 부러진 건가 싶었지만, 아무래도 그게 아닌 것 같다. 호흡에 규칙성이 있었다.

"'염정'… 부탁한다."

시쿠라는 수수께끼의 말을 조용히 내뱉더니, 고개를 휙 쳐들고 땅을 박찼다. 아까보다도 명백하게 움직임이 빠르다. 마차의 진로를 막던 자객 세 명이 순식간에 시체로 변했다.

"지금입니다!"

"다로! 시미즈다니다!"

"네!"

세 개의 목소리는 거의 동시에 발해졌다. 말 한 마리만 남은 마차가 달리기 시작한다. 한지로는 질주해서 마차 문에 손을 댔다.

"기리노…, 너…."

오쿠보의 중얼거림에 한지로는 이제 아무 대답도 하지 않았다. 다섯 손가락에 힘을 주어 마차 안으로 기어 올라가려고 했다. 쿵, 하고 천장에서 격렬한 소리가 들리고 다음 순간, 시야에 시쿠라가 하늘에서 내려왔다. 마차에 기어올랐다가 뛰어내린 것이었다. 그 손에는 칼. 한지로의 머리를 박살 내려고 했다.

"큭-."

처음으로 한지로의 얼굴이 고통에 일그러지고, 손을 휙 떼어 시쿠라의 일격은 피했다.
"빠져나왔습니다!"
나카무라가 기쁜 듯한 목소리로 외쳤을 때, 오쿠보는 창문으로 고개를 내밀어 뒤쪽을 봤다. 격전은 이미 재개되었고, 두 사람의 하얀 칼날이 아침 햇빛을 받아 눈부시게 빛나고 있었다.

*

시쿠라는 맹공을 계속해서 가했다. 이 남자한테는 수비로 돌리면 이쪽이 죽는다. 파군, 거문, 염정, 전부를 구사했지만 그래도 어떻게든 막아낸다.
이시카와현 사람들이 습격을 계획하고 있다고도 들었다. 그게 사실이라면 잠시도 오쿠보에게서 떨어지고 싶지는 않다. 그러나 한지로를 막는 것이 고작이었다. 멀리 돌아서 거의 위험이 없을 시미즈다니로 인도한 것만으로도 다행이라고 해야 한다. 오쿠보의 마차는 시미즈다니를 향해 달려갔고, 이윽고 꺾어져 보이지 않게 되었다.
"곧 군대가 온다."
시쿠라는 한지로를 향해 말했다. 한지로는 동요를 보이지 않았으나, 남은 몇 명의 자객들은 분명히 당황했다. 거짓말은 아니다. 마에지마는 함께 도쿄에 들어왔으나,

―군에 원군을 요청하겠다.

라며, 이치가야로 향했다.

곧 군이 출동한다. 그렇게 되면 아무리 한지로라고 해도 잠시도 버티지 못한다.

"할 수 없군. 물러난다."

생각 외로 한지로는 순순히 물러났다. 자객들은 분해하기보다도 안도하는 것 같았다. 시쿠라로서도 더 이상 비술을 계속 쓰는 것은 힘들다. 오쿠보의 목숨을 지킨다는 목적을 달성한 이상, 여기에서 물러나는 것이 좋겠지.

"그런데… 아다시노 시쿠라, 목패는 있는 건가?"

한지로는 칼집에 칼을 넣으면서 물었다. 방심은 할 수 없다. 조금 전에 본 이 남자의 발도는 상궤를 이탈한 속도였다.

"그래. 딱 30점."

"그런가."

한지로는 정간한 얼굴로 쓴웃음을 지었다.

"다음 기회에 하지."

"다음?"

시쿠라는 미간을 찌푸렸다.

"고독에서 도쿄에 들어갈 수 있는 숫자는 최대 아홉 명. 그렇게 되면 어중간하다고 생각하지 않나?"

"그런 거였나?"

"도쿄에는 내도 들어간다."

한지로는 갑자기 낮은 톤의 사쓰마 사투리로 말했다. 고독을 이겨낸 9명에 나카무라 한지로까지 더해서 10명. 이야기의 흐름상 뭔가를 하게 만들 거라는 것은 틀림없다.

"또 서로 죽이는 건가?"

"그것은 모두가 모이고 나서 알게 되는 걸 기대해."

한지로가 훗 하고 숨을 내쉰 그때, 먼 곳에서 말 울음소리가 들렸다. 시미즈다니 방향. 오쿠보가 도망간 쪽이다.

"잘 풀린 모양이군."

한지로는 입을 다물더니 한 손을 들고 그쪽을 향해 배례했다.

"설마…."

"이시카와현 사족이 해낸 모양이다."

한지로가 안도한 것처럼 한숨을 내쉼으로써, 시쿠라는 모든 것을 알아차렸다.

가와지는 이쪽이 호위하러 나타날 것도 상정했다. 이시카와현 사족으로는 그들에게는 대항할 수 없을 테지. 따라서, 먼저 한지로한테 습격하게 하고, 그래서 해치우면 좋다. 해치우지 못해도 호위를 유인한다. 그리고 이시카와현 사족에게는,

– 오쿠보는 시미즈다니를 지나간다.

라고 정보를 흘려둔 데다가, 최악의 경우라도 그쪽으로 유도한다. 남은 것은 이시카와현 사족이 계획대로 오쿠보를 해치워주는 것뿐.

그런 스토리를 짜놓은 것이겠지.

"네놈…."

시쿠라의 살기가 되살아나는 것을 한지로는 예민하게 알아차린 모양으로, 한걸음 뒤로 물러났다.

"다음에 하자고 말했지?"

한지로가 손을 들자, 자객들은 휙 흩어져 달려갔다. 이윽고 한지로도 천천히 몸을 돌려 걸음을 옮긴다. 그러나 전혀 빈틈이 보이지 않았다.

"네 담당은 분명 오우치였지? 이렇게 빨리 진행하면 쫓아오지 못하겠지. 대신에 말해줄까…?"

한지로는 돌아보지도 않고, 걸음을 멈추는 일도 없이, 혼잣말처럼 중얼중얼 말했다. 메마른 바람이 모래 먼지를 감아올리는 가운데, 한지로는 고개만 움직여 돌아봤다.

"7번 다나카 지로… 아니, 아다시노 시쿠라. 도쿄 제1착 입성을 인정한다."

한지로는 여운이 남는 목소리로 선언하더니, 다시 앞을 향하고, 이제 두 번 다시 돌아보는 일 없이 황금빛 연기 속으로 녹아드는 것처럼 사라져갔다.

- 남은 인원, 23명.

(지(地)의 권 완)

「제1장 붓쇼지 야스케」는 「소설 현대」 2022년 4월호에 게재되었습니다.
그 외는 새로 썼습니다.

이쿠사가미

전쟁의 신 2 |地지|

2025년 11월 20일 1판 1쇄 인쇄
2025년 11월 30일 1판 1쇄 발행

지은이 이마무라 쇼고 | 옮긴이 이형진 | 그린이 이시다 스이

발행인 황민호
콘텐츠4사업본부장 박정훈
책임편집 김선림 편집기획 신주식 최경민 윤혜림
마케팅 이승아 국제판권 이주은 김연
제작 최택순 성시원

디자인 ALL
발행처 대원씨아이(주)
주소 서울특별시 용산구 한강대로 15길 9-12
전화 (02)2071-2018
팩스 (02)797-1023
등록 제3-563호
등록일자 1992년5월11일

www.dwci.co.kr

ISBN 979-11-423-3682-9 04830

● 이 책은 대원씨아이㈜와 저작권자의 계약에 의해 출판된 것이므로, 무단 전재 및 유포, 공유, 복제를 금합니다.
● 이 책 내용의 전부 또는 일부를 이용하려면 반드시 저작권자와 대원씨아이(주)의 서면동의를 받아야 합니다.
● 잘못 만들어진 책은 판매처에서 교환해 드립니다.
● 책 가격은 뒤표지에 있습니다.